化工原理实验

主　编　徐　伟
副主编　刘书银　鞠彩霞
编　委　徐　伟　刘书银　鞠彩霞　刘　莉

山东大学出版社

图书在版编目(CIP)数据

化工原理实验/徐伟主编 . —济南:山东大学出版社,2008.5
ISBN 978-7-5607-3576-4

Ⅰ.化…
Ⅱ.徐…
Ⅲ.化工原理—实验—高等学校—教材
Ⅳ.TQ02-33

中国版本图书馆 CIP 数据核字(2008)第 060274号

山东大学出版社出版发行
(山东省济南市山大南路27号　邮政编码:250100)
山 东 省 新 华 书 店 经 销
日照阳光广告彩印包装有限公司印刷
787×1092毫米　1/16　17.25印张　394千字
2008 年 5 月第1 版　2008 年 5 月第1 次印刷
定价:35.60 元

内容提要

　　本教材主要介绍了化工原理实验的基本理论,典型化工设备的结构、性能、常用的测量仪表和测量方法,涵盖了动量传递、热量传递、质量传递三大规律的基本实验及附录部分。本教材适用于高等院校本科化学工程与工艺及其相近专业使用,也可作为科技人员、教师的参考用书。授课时数为 30～40 学时。

前 言

    本书是在任课教师多年实验教学实践的基础上,根据教育部关于高等院校本科化学专业教学的基本要求和本课程的教学大纲,结合我院工程实验仪器情况而编写的,旨在完善化学专业学生的知识结构和提高学生应用化工基础理论解决生产实际问题以及学生动手操作的能力。

    根据高等院校"化工原理"与"化工原理实验"课程教学的基本要求,本书概括阐述了化工原理和实验方面的基本理论知识、实验操作基本技能、实验安全常识和注意事项。书中包括的实验有流体流动过程实验5个,热量传递过程实验3个,质量传递过程实验6个以及化学反应过程实验5个。在实验报告部分,针对每个实验都配有实验数据记录和整理所需的表格。考虑到实验所涉及的物理参数较多,书中还附有部分常见流体的各种物理性质数据参照表。由于化工实验涉及的学科和技术领域众多,书中使用了法定的计量单位,部分数据给出了法定计量单位与工程单位的对照。

    本书在资料收集和编写的过程中,得到了编者所在的学校领导和同事们的大力帮助和支持。在此特向他们表示感谢!

    由于编者水平所限,加之时间仓促,书中不妥之处,敬请读者批评指正。

编　者

2006 年 3 月

目 录

绪 论

1 课程的特点与目的

化工原理实验是学习、掌握化工基础知识必不可少的重要环节。化工原理实验属于工程实验范畴,它是用自然科学的基本原理和工程实验方法来解决化工及相关领域的工程实际问题。化工原理实验与一般化学实验的不同之处在于它具有明显的工程特点。化工原理实验的研究对象和研究方法与物理、化学等基础学科明显不同。在基础学科中,较多地是以理想化的简单的过程或模型作为研究对象,如物体在真空中的自由降落运动,理想气体的行为等,研究的方法也是基于理想过程或模型的严密的数学推理方法;而工程实验则以实际工程问题为研究对象,对于化学工程问题,由于被加工的物料千变万化,设备大小和形状相差悬殊,涉及的变量繁多,实验研究的工作量之大之难是可想而知的。因此,面对实际的工程问题,要求人们采用不同于基础学科的实验研究方法,即处理实际问题的工程实验方法。化工原理实验就是一门以处理工程问题的方法论指导人们研究和处理实际化工过程问题的实验课程。

通过化工原理实验应达到以下目的:

(1)验证有关化工单元操作的理论,以巩固和加强对理论知识的认识和理解。

(2)熟悉实验装置的结构、性能和流程,并通过实验操作和对实验现象的观察,使学生掌握基本实验技能。

(3)运用化工基本理论分析实验过程中的各种现象和问题,培养学生分析问题和解决问题的能力。

(4)通过对实验数据的分析、整理及关联,培养学生组织报告的能力。

(5)通过实验培养学生自学能力,独立思考能力,创新能力以及理论联系实际,实事求是的学风。

2 化工原理实验课程的研究内容

一个化工过程往往由很多单元过程和设备组成,为了进行完善的设计和有效的操作,化学工程师必须掌握并正确判断有关设计或操作参数的可靠性,必须准确了解并把握设备的特性。对于物性数据,文献中已有大量发表的数据可供直接使用,设备的结构性能参数大多可从厂商提供的样本中获取,但还有许多重要的工艺参数,不能够由文献查取,或文献中虽有记载,但由于操作条件的变化,这些参数的可靠性难以确定。此外,化工过程的影响因素众多,有些重要工程因素的影响尚难以从理论上解释,还有些关键的设备特性和过程参数往往不能由理论计算而得。所有这些,都必须通过实验加以研究解决。因此,采取有效的实验研究方法,组织必要的实验以测取这些参数,或通过实验来加深理解基础理论知识的应用,掌握某些工程观点,把握某些工程因素对操作过程的影响,了解单元设备的操作特性,不仅十分重要而且是十分必要的。

为了适应不同层次、不同专业的教学要求,本教材共编写了三类实验。

第一类:演示实验。

柏努利方程实验;流体流动形态观察与测定;板式塔塔板性能的测定;旋风分离器性能演示实验;流线演示;流体绕流演示实验;边界层演示实验。

第二类:验证实验。

流量计校核实验;管路流体阻力的测定;离心泵特性曲线的测定;离心风机特性曲线实验;⑤套管换热器液-液热交换系数及膜系数的测定;对流传热实验;裸管与绝热管热交换膜系数的测定;透明膜精馏塔的操作与塔效率的测定;筛板精馏塔实验系统实验;精馏塔的操作及其性能评定;填料塔间歇精馏实验;吸收实验;洞道干燥操作和干燥速度曲线;流化床干燥操作实验;双流喷雾干燥实验;过滤及过滤常数的测定;液—液萃取塔的操作实验;单管升膜蒸发器的操作;超滤膜分离实验。

第三类:综合实验。

氨-水系统汽液相平衡数据的测定;双驱动搅拌器测定气-液传质系数;圆盘塔中二氧化碳吸收的液膜传质系数测定;连续流动反应器中的返混测定;共沸精馏实验;反应精馏实验;脉冲填料萃取塔实验;超临界流体萃取高附加值产品;填充管式反应器液体停留时间分布及流动模型参数的测定;液膜分离法脱除废水中的污染物。

此外,还介绍了部分仿真实验。

针对不同层次、不同专业的教学对象,可对实验教学内容灵活地进行组合调整。

3 课程教学方法及基本要求

面对 21 世纪科学技术的迅猛发展,培养大批具有创新思维和创新能力的高素质人才是时代对于高等学校的要求。化工及相关专业的学生,在掌握了必要的理论知识的基础上,还必须具备一定的原创开发实验研究能力,这些能力包括:对于过程有影响的重要工程因素的分析和判断能力;实验方案和实验流程的设计能力;进行实验操作、观察和分析实验现象的能力;正确选择和使用有关设备和测量仪表的能力;根据实验原始数据进行必要的数据处理以获得实验结果的能力;正确撰写实验研究报告的能力等等。

只有掌握了扎实的基础理论知识并具备实验研究的综合能力,才能为将来独立地开展科研实验或进行过程开发打下坚实的基础。

化工原理实验课程的教学方法

化工原理实验课程由若干教学环节组成,即实验理论课(又称实验预习课)、撰写预习报告、实验前提问、实验操作、撰写实验研究报告、实验考核。实验理论课主要阐明实验方法论、实验基本原理、流程设计、测试技术及仪表的选择和使用方法、典型化工设备的操作、实验操作的要点和数据处理注意事项等内容。实验前提问是为了检查学生对实验内容的准备程度。实验操作是整个实验教学中最重要的环节,要求学生在该过程中能正确操作,认真观察实验现象,准确记录实验数据,并在实验结束后用计算机对实验数据进行处理,检查核对实验结果。实验研究报告应独立完成,并按标准的科研报告形式撰写。

课程教学基本要求

(1)掌握处理工程问题的实验研究方法

化工原理实验课程中贯穿着处理工程问题的实验研究方法论的主线,这些方法对于处理工程实际问题是行之有效的,正确掌握并灵活运用这些方法,对于培养学生的工程实践能力和过程开发能力是很有帮助的。在教学过程中应结合具体实验内容重点介绍有关工程研究方法的应用。

(2)熟悉化工数据的基本测试和仪表的选型及应用

化工数据包括物性参数(如密度、黏度、比热容等)、操作参数(如流量、温度、压力、浓度等)、设备结构参数(如管径、管长等)和设备特性参数(如阻力系数、传热系数、传质系数、功率、效率等)等数据。物性参数可从文献或有关手册中直接查取,而操作参数则需在实验过程中采用相应的测试仪表测取。学生应熟悉化工常用测试技术及仪表的使用方法,如流量计、温度计、压力表、传感器技术、热电偶技术等。设备特性参数一般要通过数据的计算整理而得到。

(3)熟悉并掌握化工典型单元设备的操作

化工原理实验装置在基本结构和操作原理方面与化工生产装置基本是相同的,所处理的问题也是化工过程的实际问题,学生应重视实验中设备的操作,通过操作了解有关影响过程的参数和装置的特性,并能根据实验现象调整操作参数,根据实验结果预测某些参数的变化对设备性能的影响。

(4)掌握实验规划和流程设计的方法

正确地规划实验方案对于实验顺利开展并取得成功是十分重要的,学生要根据实验理论课的学习和有关实验规划设计理论知识正确地制定详细可行的实验方案,并能正确设计实验流程,其中,特别要注意的是测试点(如流量、压力、温度、浓度等)和控制点的配置。

(5)严肃记录原始数据,熟悉并掌握实验数据的处理方法

在实验过程中,学生应认真观察和分析实验现象,严肃记录原始实验数据,培养严肃认真的科学研究态度。要熟悉并掌握实验数据的常用处理方法,根据有关基础理论知识分析和解释实验现象,并根据实验结果归纳总结过程的特点或规律。

4　课程的任务

进行实验研究全过程的多种能力的培养。所谓全过程系指根据规定的任务,确定实验目标－制定实验方案－设计实验装置－操作实验装置并测取实验数据、整理、计算、分析化工过程各种参变量之间的定性和定量关系,确定所得数据的可靠程度,书写完整的实验报告,并开展相互交流或投稿发表。加深对化工单元操作的理解,培养和提高在实践中运用理论知识发现问题、分析问题和解决问题的能力。

注意理论联系实际。本实验课注意将单元操作实验与实验技术的应用融为一体,每一个单元操作实验都同时探讨若干实验技术问题,这样不仅可以提高测量的精度,同时使课堂讲授的实验技术立即得到应用,加强化工原理实验技术的研究,严格进行实验技术基本功的训练。

要强调的是,对于所开设的实验都配有计算机数据处理程序,学生在撰写实验数据处理部分内容时,除了要将计算机的处理结果全部附上外,还应有一组手算的计算过程示例。

第一章 实验室操作基本知识

化工实验与一般化学实验比较起来,有共同点,也有其本身的特殊性。为了安全成功地完成实验,除了每个实验的特殊要求外,在这里提出一些化工实验中必须遵守的注意事项和一些必须具备的安全知识。

1 实验注意事项

1.1 启动设备前必须完成的工作

(1)泵、风机、压缩机、电机等转动设备,用手使其运转,从感觉及声响上判别有无异常;检查润滑油位是否正常。

(2)设备上各阀门的开、关状态。

(3)接入设备的仪表开、关状态。

(4)拥有的安全措施,如防护罩、绝缘垫、隔热层等。

1.2 使用仪器仪表前必须做的工作

(1)熟悉原理与结构。

(2)掌握连接方法与操作步骤。

(3)分清量程范围,掌握正确的读数方法。

(4)接入电路前必须经教师检查。

1.3 实验过程中的注意事项

(1)操作过程中注意分工配合,严守自己的岗位,精心操作。实验过程中,随时观察仪表指示值的变动,保证操作过程在稳定条件下进行。产生不符合规律的现象时要及时观察研究,分析其原因,不要轻易放过。

(2)操作过程中设备及仪表发生问题应立即按停车步骤停车,报告指导教师。同时应自己分析原因供教师参考。未经教师同意不得自行处理。在教师处理问题时,学生应了解其过程,这是学习分析问题与处理问题的好机会。

(3)实验结束时应先将有关的热源、水源、气源、仪表的阀门或电源关闭,然后再切断电机电源。

1.4 安全问题

实验前应对实验室的防火、用电、防爆和防毒等安全知识和措施作相应的了解。

2 化工材料安全知识

为了确保设备和人身安全,从事化工原理实验的实验者必须具备以下安全知识。

2.1 危险药品分类

实验室常用的危险品必须合理分类存放。易燃物品不能与氧化剂放在一起,以免发生着火燃烧的危险。对不同的危险药品,在为扑救火灾选择灭火剂时,必须针对药品进行选用,否则不仅不能取得预期效果,反而会引起其他的危险。例如,着火处有金属钾、钠存放,不能用水进行灭火,因为水与金属钾、钠等剧烈反应,会发生爆炸,十分危险;轻质油类着火时,不能用水灭火,否则会使火灾蔓延;若着火处有氰化钾,则不能使用泡沫灭火剂,因为灭火剂中的酸与氰化钾反应生成剧毒的氰化氢。因此,了解危险品性质与分类十分必要。危险药品大致分为下列几种类型:

(1)爆炸性物品

常见的爆炸性物品有硝酸铵(硝铵炸药的主要成分)、雷酸盐、重氮盐、三硝基甲苯(TNT)和其他含有三个硝基以上的有机化合物等。

这类化合物对热和机械作用(研磨、撞击等)很敏感,爆炸威力都很强,特别是干燥的爆炸物爆炸时威力更强。

(2)氧化剂

氧化剂包括高氯酸盐、氯酸盐、次氯酸盐、过氧化物、过硫酸盐、高锰酸盐、铬酸盐及重铬酸盐、硝酸盐、溴酸盐、碘酸盐、亚硝酸盐等。它本身一般不能燃烧,但在受热、受阳光照射或与其他药品(酸、水等)作用时,能产生氧,起助燃作用并造成猛烈燃烧。如过氧化钠与水作用,反应剧烈并能引起猛烈燃烧。强氧化剂与还原剂或有机药品混合后,能因受热、摩擦、撞击发生爆炸。如氯酸钾与硫混合可因撞击而爆炸;过氯酸镁是很好的干燥剂,若被干燥的气流中存在烃类蒸汽时,其吸附烃类后就有爆炸危险。

通常,人们对氧化剂的危险性认识不足,这常常是发生事故的原因之一,必须予以足够的重视。

(3)自燃物品

带油污的废纸、废橡胶、硝化纤维、黄磷等,都属于自燃性物品。它们在空气中能因逐渐氧化而自燃,如果热量不能及时散失,温度会逐渐升高到该物品的燃点,发生燃烧。因此,对这类自燃性废弃物,不要在实验室内堆放,应当及时清除,以防意外。

(4)遇水燃烧物

钾、钠、钙等轻金属遇水时能产生氢和大量的热,以至发生爆炸。电石遇水能产生乙炔和大量的热,即使冷却有时也能着火,甚至会引起爆炸。

(5)易燃液体和可燃气体

易燃液体和可燃气体在有机化工实验室内大量接触,容易挥发和燃烧,达到一定浓度遇明火即着火。若在密封容器内着火,甚至会造成容器超压破裂而爆炸。易燃液体的蒸汽一般比空气重,当它们在空气中挥发时,常常在低处或地面上漂浮。因此,可能在距离存放这种液体的地面相当远的地方着火,着火后容易蔓延并回传,引燃容器中的液体。所以使用这种物品时必须严禁明火、远离电热设备和其他热源,更不能同其他危险品放在一起,以免引起更大危害。

（6）易燃固体

松香、石蜡、硫、镁粉、铝粉等都属于易燃固体。它们不自燃，但易燃。燃烧速度一般较快。这类固体若以粉尘悬浮物分散在空气中，达到一定浓度时，遇有明火就可能发生爆炸。

（7）毒害性物品

凡是少量就能使人中毒受害的物品都称为毒品。中毒途径有误服、吸入呼吸道或皮肤被沾染等。其中有的蒸汽有毒，如汞；有的固体或液体有毒，如钡盐、农药。根据毒品对人身的危害程度分为剧毒药品（氰化钾、砒霜等）和有毒药品（农药）。使用这类物质应十分小心，以防止中毒。实验室所用毒品应有专人管理，建立保存与使用档案。

（8）腐蚀性物品

这类物品有强酸、强碱。如硫酸、盐酸、硝酸、氢氟酸、苯酚、氢氧化钾、氢氧化钠等。它们对皮肤和衣物都有腐蚀作用。特别是在浓度和温度都较高的情况下，作用更甚。使用中防止与人体（特别是眼睛）和衣物直接接触。灭火时也要考虑是否有这类物质存在，以便采取适当措施。

（9）压缩气体与液化气体

该类物品有三种：①可燃性气体（氢、乙炔、甲烷、煤气等）；②助燃性气体（氧、氯等）；③不燃性气体（氮、二氧化碳等）。

该类物品的使用和操作有一定要求，有关内容在安全使用压缩气体一节中专门介绍。

2.2 安全使用危险药品

实验用的毒品必须按规定手续领用与保管。剧毒品要登记注册，并有专人管理。使用后的废液必须妥善处理，不允许倒入下水道和酸缸中。凡是产生有害气体的实验操作，必须在通风橱内进行。但应注意不使毒品洒落在实验台或地面上，一旦洒落必须彻底清理干净。绝不允许用实验室内任何容器作食具，也不准在实验室内吃食品，实验完毕必须多次洗手，确保人身安全。

对具有污染性质的化学药品不能与一般化学试剂放在一起。对有污染性物质的操作必须在规定的防护装置内进行。违反规程造成他人的人身伤害应负法律责任。

实验室内防毒防污染的操作往往离不开防毒面具、防护罩及其他的工具，在此不一一介绍。

对于易燃易爆药品应根据实验的需用量和按照规定数量领取。不能在实验场所存放大量该类物品。存放易燃品应严禁明火，远离热源，避免日光直射。有条件的实验室应设专用贮放室或存放柜。

危险性物品在实验前应结合实验具体情况，制定出安全操作规程。在进行蒸馏易燃液体、有机物品或在高压釜内进行液相反应时，加料的数量绝不允许超过容器的三分之二。在加热和操作过程中，操作人员不得离岗，不允许在无操作人员监视下加热。对沸点低的易燃有机物品整理时，不应使用直接明火加热，也不能加热过快，致使急剧汽化而冲开瓶塞，引起火灾或造成爆炸。进行这类实验的操作人员，必须熟悉实验室中灭火器材存放地点及使用方法。

在化工实验中，往往被人们所忽视的毒物是压差计中的水银。如果操作不慎，压差计中的水银可能被冲洒出来。水银是一种累积性的毒物,水银进入人体不易被排除,累积多了就会中毒。因此,一方面装置中竭力避免采用水银;另一方面要谨慎操作,开关阀门要缓慢,防止冲走压差计中的水银。操作过程要小心,不要碰破压差计。一旦水银冲洒出来,一定要认真地尽可能地将它收集起来。实在无法收集的细粒,也要用硫磺粉和氯化铁溶液覆盖。因为细粒水银蒸发面积大,易于蒸发汽化,不能采用扫帚一扫或用水一冲的自欺欺人办法。

2.3 易燃物品的安全使用

各种易燃液体、有机化合物蒸汽和易燃气体在空气中含量达到一定浓度时,就能与空气(实际是氧)构成爆炸性的混合气体。这种混合气体若遇到明火就发生闪燃爆炸。

任何一种可燃气体在空气中构成爆炸性混合气体时,该气体所占的最低体积百分比称爆炸下限;该气体所占的最高体积百分比称爆炸上限;在下限与上限之间称爆炸范围。低于爆炸下限或高于爆炸上限的可燃性气体和空气构成的混合气体都不会发生爆炸。但对体积比超过上限的混合气遇明火会发生燃烧,但不会爆炸。例如甲苯蒸汽在空气中的浓度为 $1.2\%\sim1.7\%$ 时就构成爆炸性的混合气体。在这个温度范围遇明火(火红的热表面、火花等各种火源)即发生爆炸,低于 1.2% 或高于 1.7% 都不会发生爆炸。

当某些可燃性气体或蒸汽遇空气混合进行燃烧时,也可能突然发生爆炸。这是由于该气体在空气中所占的体积比逐渐升高或降低,浓度由爆炸限以外进入爆炸限以内所致。反之,爆炸性的混合气体由于成分的变化也可以从爆炸限内逐渐变至爆炸限范围以外,称为非爆炸性气体。

这类具有爆炸性的混合气体在使用时应倍加重视,但也并不可怕。若能认真而严格地按照安全规程操作,是不会有危险的。因为构成爆炸应具备两个条件:①可燃物在空气中的浓度落在爆炸范围内;②有明火存在。故防止方法就是不使浓度进入爆炸极限以内。在配气时,必须严格控制。使用可燃气体时,必须在系统中充氮吹扫空气,同时还必须保证装置严密不漏气。实验室要保证有良好通风,并禁止在室内有明火和敞开式的电热设备,也不能让室内有产生火花的必要条件存在等。此外,应注意某些剧烈的放热反应操作,避免引起自燃或爆炸。总之,只要严格掌握和遵守有关安全操作规程就不会发生事故。

3 高压钢瓶的安全使用

在化工实验中,另一类需要引起特别注意的东西,就是各种高压气体。化工实验中所用的气体种类较多,一类是具有刺激性的气体,如氨、二氧化硫等,这类气体的泄露一般容易被发觉。另一类是无色无味,但有毒性或易燃、易爆的气体,如一氧化碳等,不仅易中毒,在室温下空气中的爆炸范围为 $12\%\sim74\%$ 。当气体和空气的混合物在爆炸范围内,只要有火花等诱发,就会立即爆炸。氢在室温下空气中的爆炸范围为 $4\%\sim75.2\%$ (V%)。因此使用有毒或易燃易爆气体时,系统一定要严密不漏,尾气要导出室外,并注意室内通风。

高压钢瓶是一种贮存各种压缩气体或液化气体的高压容器。钢瓶容积一般为 $40\sim60L$,最高工作压力为 $15MPa$,最低的也在 $0.6MPa$ 以上。瓶内压力很高,以及贮存的某些气体本身又是有毒或易燃易爆,故使用气瓶一定要掌握其构造特点和安全知识,以确保安全。

气瓶主要有筒体和瓶阀构成,其他附件还有保护瓶阀的安全帽、开启瓶阀的手轮、使运输过程减少震动的橡胶圈。另外,在使用时瓶阀出口还要连接减压阀和压力表。

标准高压气瓶是按国家标准制造的,并经有关部门严格检验方可使用。各种气瓶使用过程中,还必须定期送有关部门进行水压试验。经过检验合格的气瓶,在瓶肩上用钢印打上下列资料:

(1)制造厂家;

(2)制造日期;

(3)气瓶型号和编号;

(4)气瓶重量;

(5)气瓶容积;

(6)工作压力;

(7)水压试验压力,水压试验日期和下次试验日期。

各类气瓶的表面都应涂上一定颜色的油漆,其目的不仅是为了防锈,主要是能从颜色上迅速辨别钢瓶中所贮存气体的种类,以免混淆。常用的各类气瓶的颜色及其标识如表 1-1 所示。

表 1-1　　　　　　　　　　常用的各类气瓶的颜色及其标识

气体种类	工作压力 (MPa)	水压试验压力 (MPa)	气瓶颜色	文　字	文字颜色	阀门出口螺纹
氧	15	22.5	浅蓝色	氧	黑色	正扣
氢	15	22.5	暗绿色	氢	红色	反扣
氮	15	22.5	黑色	氮	黄色	正扣
氩	15	22.5	棕色	氩	白色	正扣
压缩空气	15	22.5	黑色	压缩空气	白色	正扣
二氧化碳	12.5(液)	19	黑色	二氧化碳	黄色	正扣
氨	3(液)	6	黄色	氨	黑色	正扣
氯	3(液)	6	草绿色	氯	白色	正扣
乙炔	3(液)	6	白色	乙炔	红色	反扣
二氧化硫	0.6(液)	1.2	黑色	二氧化硫	白色	正扣

为了确保安全,在使用钢瓶时,一定要注意以下几点:

(1)当气瓶受到明火或阳光等热辐射的作用时,气体因受热而膨胀,使瓶内压力增大。当压力超过工作压力时,就有可能发生爆炸。因此,在钢瓶运输、保存和使用时,应远离热源(明火、暖气、炉子等),并避免长期在日光下暴晒,尤其在夏天更应注意。

(2)气瓶即使在温度不高的情况下受到猛烈撞击,或不小心将其碰倒跌落,都有可能引起爆炸。因此,钢瓶在运输过程中,要轻搬轻放,避免跌落撞击,使用时要固定牢靠,防止碰倒。更不允许用锥子、扳手等金属器具击打钢瓶。

(3)瓶阀是钢瓶中关键部件,必须保护好,否则将会发生事故。

①若瓶内存放的是氧、氢、二氧化碳和二氧化硫等,瓶阀应用铜和钢制成。当瓶内存放的是氨,则瓶阀必须用钢制成,以防腐蚀。

②使用钢瓶时,必须用专用的减压阀和压力表。尤其是氢气和氧气不能互换,为了防止

氢和氧两类气体的减压阀混用造成事故,氢气表和氧气表的表盘上都注明有氢气表和氧气表的字样。氢及其他可燃气体瓶阀,连接减压阀的连接管为左旋螺纹;而氧等不可燃烧气体瓶阀,连接管为右旋螺纹。

③氧气瓶阀严禁接触油脂。因为高压氧气与油脂相遇,会引起燃烧,以至爆炸。开关氧气瓶时,切莫用带油污的手和扳手。

④要注意保护瓶阀。开关瓶阀时一定要搞清楚方向缓慢转动,旋转方向错误和用力过猛会使螺纹受损,可能冲脱而出,造成重大事故。关闭瓶阀时,不漏气即可,不要关得过紧。用毕和搬运时,一定要安上保护瓶阀的安全帽。

⑤瓶阀发生故障时,应立即报告指导教师。严禁擅自拆卸瓶阀上任何零件。

(4)当钢瓶安装好减压阀和连接管线后,每次使用前都要在瓶阀附近用肥皂水检查,确认不漏气才能使用。对于有毒或易燃易爆气体的气瓶。除了保证严密不漏外,最好单独放置在远离实验室的小屋里。

(5)钢瓶中气体不要全部用净。一般钢瓶使用到压力为0.5MPa时,应停止使用。因为压力过低会给充气带来不安全因素,当钢瓶内压力与外界大气压力相同时,会造成空气的进入。对危险气体来说,由于上述情况在充气时发生爆炸事故已有许多教训。乙炔钢瓶规定剩余压力与室温有关(详见表1-2)。

表 1-2 乙炔钢瓶的剩余压力与室温关系

室温(℃)	<−5	−5~5	5~15	15~25	25~35
余压(MPa)	0.05	0.1	0.15	0.2	0.3

(6)气瓶必须严格按期检验。

4 实验室消防知识

实验操作人员必须了解消防知识。实验室内应准备一定数量的消防器材。工作人员应熟悉消防器材的存放位置和使用方法,绝不允许将消防器材移作他用。实验室常用的消防器材包括以下几种。

4.1 火砂箱

易燃液体和其他不能用水灭火的危险品,着火时可用砂子来扑灭。它能隔断空气并起降温作用而灭火。但砂中不能混有可燃性杂物,并且要干燥些。潮湿的砂子遇火后因水分蒸发,致使燃着的液体飞溅。砂箱中存砂有限,实验室内又不能存放过多砂箱,故这种灭火工具只能扑灭局部小规模的火源。对于不能覆盖的大面积火源,因砂量太少而作用不大。此外还可用不燃性固体粉末灭火。

4.2 石棉布、毛毡或湿布

这些器材适于迅速扑灭火源区域不大的火灾,也是扑灭衣服着火的常用方法。其作用是隔绝空气达到灭火目的。

4.3　泡沫灭火器

实验室多用手提式泡沫灭火器。它的外壳用薄钢板制成。内有一个玻璃胆,其中盛有硫酸铝。胆外装有碳酸氢钠溶液和发泡剂(甘草精)。灭火液由 50 份硫酸铝和 50 份碳酸氢钠及 5 份甘草精组成。使用时将灭火器倒置,马上有化学反应生成含 CO_2 的泡沫。

$$6NaHCO_2 + Al_2(SO_4)_3 \rightarrow 3Na_2SO_4 + Al_2O_3 + 3H_2O + 6CO_2$$

此泡沫粘附在燃烧物表面上,形成与空气隔绝的薄层而达到灭火目的。它适用于扑灭实验室的一般火灾。油类着火在开始时可使用,但不能用于扑灭电线和电器设备火灾。因为泡沫本身是导电的,这样会造成扑火人触电事故。

4.4　四氯化碳灭火器

该灭火器是在钢筒内装有四氯化碳并压入 0.7MPa 的空气,使灭火器具有一定的压力。使用时将灭火器倒置,旋开手阀即喷出四氯化碳。它是不燃液体。其蒸汽比空气重,能覆盖在燃烧物表面与空气隔绝而灭火。它适用于扑灭电器设备的火灾。但使用时要站在上风侧,因四氯化碳是有毒的。室内灭火后应打开门窗通风一段时间,以免中毒。

4.5　二氧化碳灭火器

钢筒内装有压缩的二氧化碳。使用时,旋开手阀,二氧化碳就能急剧喷出,使燃烧物与空气隔绝,同时降低空气中含氧量。当空气中含有 12%~15% 的二氧化碳时,燃烧即停止。但使用时要注意防止现场人员窒息。

4.6　其他灭火剂

干粉灭火剂可扑灭易燃液体、气体、带电设备引起的火灾。1211 灭火器适用于扑救油类、电器类、精密仪器等火灾。在一般实验室内使用不多,对大型及大量使用可燃物的实验场所应备用此类灭火剂。

5　实验室安全用电

5.1　保护接地和保护接零

在正常情况下电器设备的金属外壳是不导电的,但设备内部的某些绝缘材料若损坏,金属外壳就会导电。当人体接触到带电的金属外壳或带电的导线时,就会有电流流过人体。带电体电压越高,流过人体的电流就越大,对人体的伤害也越大。当大于 10mA 的交流电或大于 50mA 的直流电流过人体时,就可能危及生命安全。我国规定 36V(50Hz)的交流电是安全电压。超过安全电压的用电就必须注意用电安全,防止触电事故。

为防止发生触电事故,要经常检查实验室用的电器设备,寻找是否有漏电现象。同时要检查用电导线有无裸露和电器设备是否有保护接地或保护接零措施。

(1)设备漏电测试

检查带电设备是否漏电,使用试电笔最为方便。它是一种测试导线和电器设备是否带电的常用电工工具,由笔尖端金属体、电阻、氖管、弹簧和笔尾端金属体组成。大多数将笔尖作成改锥形式。如果把试电笔笔尖金属体与带电体(如相线)接触,笔尾金属端与人的手部接触,那么氖管就会发光,而人体并无不适感觉。氖管发光说明被测物带电。这样,可及时发现电器设备有无漏电。一般使用前要在带电的导线上预测,以检查是否正常。

用试电笔检查漏电,只是定性的检查,欲知电器设备外壳漏电的程度还必须用其他仪表检测。

(2)保护接地

保护接地是用一根足够粗的导线,一端接在设备的金属外壳上,另一端接在接地体上(专门埋在地下的金属体),使之与大地连成一体。一旦发生漏电,电流通过接地导线流入大地,降低外壳对地电压。当人体触及外壳时,流入人体电流很小而不致触电。电器设备接地的电阻越小则越安全。如果电路有保护熔断丝,会因漏电产生电流而使保护熔断丝熔化并自动切断电源。一般的实验室用电采用这种接地方式已较少,大部分用保护接零的方法。

(3)保护接零

保护接零是把电器设备的金属外壳接到供电线路系统中的中性线上,而不需专设接地线和大地相连。这样,当电器设备因绝缘损坏而碰壳时,相线(即火线)、电器设备的金属外壳和中性线就形成一个"单相短路"的电路。由于中性线电阻很小,短路电流很大,会使保护开关动作或使电路保护熔断丝断开,切断电源,消除触电危险。

在保护接零系统内,不应再设置外壳接地的保护方法。因为漏电时,可能由于接地电阻比接零电阻大,致使保护开关或熔断丝不能及时熔断,造成电源中性点电位升高,使所有接零的电器设备外壳都带电,反而增加了危险。

保护接零是由供电系统中性点接地所决定的。对中性点接地的供电系统采用保护接零是既方便又安全的办法。但保证用电安全的根本方法是电器设备绝缘性良好,不发生漏电现象。因此,注意检测设备的绝缘性能是防止漏电造成触电事故的最好方法。

设备绝缘情况应经常进行检查。

5.2　实验室用电的导线选择

实验室用电或实验流程中的电路配线,设计者要提出导线规格,有些流程要亲自安装,如果导线选择不当就会在使用中造成危险。导线种类很多,不同导线和不同配线条件下都有安全截流值规定,在有关手册中可以查到。在实验时,应考虑电源导线的安全截流量。不能任意增加负载而导致电源导线发热造成火灾或短路的事故。合理配线的同时还应注意保护熔断丝选配恰当,不能过大也不应小。过大失去保护作用;过小则在正常负荷下会熔断而影响工作。熔断丝的选择要根据负载情况而定,可参看有关电工手册。

5.3　实验室安全用电注意事项

化工原理实验中电器设备较多,某些设备的电负荷也较大。在接通电源之前,必须认真检查电器设备和电路是否符合规定要求,对于直流电设备应检查正负极是否接对。必须搞清楚整套实验装置的启动和停车操作顺序,以及紧急停车的方法。注意安全用电极为重要,对电器设备必须采取安全措施。操作者必须严格遵守下列操作规定:

(1)进行实验之前必须了解室内总电闸与分电闸的位置,以便出现用电事故时及时切断各电源。

(2)电器设备维修时必须停电作业。

(3)带金属外壳的电器设备都应该保护接零,定期检查是否连接良好。

(4)导线的接头应紧密牢固。接触电阻要小。裸露的接头部分必须用绝缘胶布包好,或者用绝缘管套好。

(5)所有的电器设备在带电时不能用湿布擦拭,更不能有水落于其上。电器设备要保持干燥清洁。

(6)电源或电器设备上的保护熔断丝或保险管,都应按规定电流标准使用。严禁私自加粗保险丝或用铜或铝丝代替。当保险丝熔断后,一定要查找原因,消除隐患,而后再换上新的保险丝。

(7)电热设备不能直接放在木制实验台上使用,必须用隔热材料垫架,以防引起火灾。

(8)发生停电现象必须切断所有的电闸。防止操作人员离开现场后,因突然供电而导致电器设备在无人监视下运行。

(9)合闸动作要快,要合得牢。合闸后若发现异常声音或气味,应立即拉闸,进行检查。如发现保险丝熔断,应立刻检查带电设备上是否有问题,切忌不经检查便换上保险丝或保险管就再次合闸,这样会造成设备损坏。

(10)离开实验室前,必须把分管本实验室的总电闸拉下。

6   实验的基本要求

与化工原理单元操作相应设置的每一实验都要求实验者在实验完毕后能够提出一份有某种实用意义或参考意义的实验报告。也就是说,实验报告能够把实验的任务,实验观测的结果用表、图、公式、文字描述,将讨论题简练明确地表达出来,使阅读者能够一目了然。除此以外还必须具备:①数据是可靠的,为此必须认真考虑实验方案,认真细致地进行实验并实事求是地正确记录原始数据。实验前做好预习工作,实验时集中精力,认真仔细观察实验现象和记录仪表指示数,边实验边分析实验数据是否合理,以便能够及时排除实验中的干扰因素;②实验记录要有校核的可能,因此,要清楚说明实验的时间、地点、条件和同时做实验的人员。为了保证做出合格的实验报告,对实验过程中各个步骤、各个问题,我们提出如下的说明和要求:

6.1   实验前的预习工作

(1)阅读实验讲义,弄清本实验的目的和要求。

(2)根据本次实验的具体任务,研究实验的理论根据和实验的具体做法,分析哪些参数需要直接测量得到,哪些参数不需直接测取,而能够间接获得,并且要估计实验数据的变化规律。

(3)到实验室现场了解摸索实验流程,观看主要设备的构造、测量仪表的种类和安装位置,了解它们的测量原理和使用方法,最后全面审查整个实验流程的布置是否合理,审查主要设备的结构和安装是否合适,测量仪表的量程、精度是否合适以及其所装位置是否合理。

(4)根据实验任务和现场勘查,最后规定实验方案,确定实验操作程序。

6.2　实验小组的分工和合作

化工原理实验一般都是由四人为一小组合作进行的,因此实验开始前必须作好组织工作.做到既分工又合作;既能保证质量,又能获得全面训练。每个实验小组要有一个组长负责执行实验方案、联络和指挥,与组员讨论实验方案,使得每个组员各明其职(包括操作、读取数据、记录数据及现象观察等),而且要在适当时候进行工作轮换。

6.3　实验必须测取的数据

凡是影响实验结果或者数据整理过程中所必须的数据都必须测取。它包括大气条件、设备有关尺寸、物料性质及操作数据等,但并不是所有数据都要直接测取的。凡可以根据某一数据导出或从手册中查出的数据,就不必直接测定。例如水的密度、粘度、比热等物理性质,一般只要测出水温后即可查出,因此不必直接测定水的密度、粘度、比热,而只需测定水的温度就可以了。

6.4　实验数据的读取及记录

(1)实验开始前拟好记录表格,在表格中应记下各次物理量的名称、表示符号及单位。每位实验者都应有一专用实验记录本,不应随便拿一张纸或实验讲义空白处来记录,要保证数据完整,条理清楚,避免记录错误。

(2)实验时一定要等现象稳定后再开始读取数据,条件改变后,要稍等一会才能读取数据,这是因为条件的改变破坏了原来的稳定状态,重新建立稳态需要一定时间(有的实验甚至要花很长时间才能达到稳定),而仪表通常又有滞后现象的缘故。

(3)每个数据记录后,应该立即复核,以免发生读错或记错数字等事故。

(4)数据的记录必须反映仪表的精确度。一般要记录至仪表上最小分度以下一位数。例如温度计的最小分度为1℃,如果当时的温度读数为20.5℃,则不能记为20℃;又如刚好是20℃,那应该记录为20.0℃。

(5)记录数据要以实验当时的实验读数为准。

(6)实验中如果出现不正常情况,以及数据有明显误差时,应在备注栏中加以说明。

6.5　实验过程中的注意点

有的实验者在做实验时,只读取数据,其他一概不管,这是不对的。实验过程中除了读取数据外,还应该做好下列事情:

(1)操作者必须密切注意仪表指示值的变动,随时调节,务使整个操作过程都在规定条件下进行,尽量减少实验操作条件与规定操作条件之间的差距。操作人员要坚守岗位,不得擅离职守。

(2)读取数据后,应立即和前次数据相比较,也要和其他有关数据相对照,分析相互关系是否合理,数据变化趋势是否合理。如果发现不合理的情况,应该立即共同研究可能存在的原因,以便及时发现问题、解决问题。

(3)实验过程中还应注意观察过程现象,特别是发现某些不正常现象时更应抓住时机,研究产生不正常现象的原因,排除障碍。

6.6　实验数据的整理

（1）数据整理时应根据有效数字的运算规则,舍弃一些没有意义的数字。一个数字的精确度是由测量仪表本身的精确度所决定的,它绝不因为计算时位数增加而提高。但是任意减少位数也是不许可的,因为这样做就降低了应有的精确度。

（2）数据整理时,如果过程比较复杂,实验数据又多,一般以采用列表整理法为宜,同时应将同一项目一次整理。这种整理方法既简洁明了,又节省时间。

（3）计算示例。在所列表的下面要给出计算示例,即任取一列数据进行详细的计算,以便检查。

6.7　实验报告的编写

一份优秀的实验报告必须写得简洁明了,数据完整,交待清楚,结论正确,有讨论,有分析,得出的公式或曲线、图形有明确的使用条件。报告的内容一般包括:

（1）报告的题目;

（2）写报告人及同实验小组人员的姓名;

（3）实验的目的;

（4）实验的理论依据;

（5）实验设备说明(应包括流程示意图和主要设备、仪表的类型及规格);

（6）实验数据,应该包括与实验结果有关的全部数据,报告中的实验数据不是指原始数据,而是经过加工后用于计算的全部数据,至于原始记录则可作为附录附于报告后面;

（7）数据整理及计算示例,其中引用的数据要说明来源,简化公式要写出导出过程,要列出一列数据的计算过程,作为计算示例;

（8）实验结果,根据实验任务,明确提出本次实验的结论,用图示法、经验公式或列表法均可,但都必须注明实验条件;

（9）分析讨论,要对本次实验结果作出评价,分析误差大小及原因,对实验中发现的问题应作讨论,对实验方法、实验设备有何改进建议也可写入此栏。

第二章 实验误差的估算与分析

通过实验测量所得的大批数据是实验的初步结果。但在实验中，由于测量仪器和人的观察等方面的原因，实验数据总存在一些误差，即误差的存在是必然的，具有普遍性的。因此，研究误差的来源及其规律性，尽可能地减小误差，以得到准确的实验结果，对于寻找事物的规律，发现可能存在的新现象是非常重要的。

误差估算与分析的目的是评定实验数据的准确性。通过误差估算与分析，可以认清误差的来源及其影响，确定导致实验总误差的最大组成因素，从而在准备实验方案和研究过程中，有的放矢地集中精力消除或减小产生误差的来源，提高实验的质量。

目前对误差应用和理论发展日益深入和扩展，涉及内容非常广泛，本章就化工基础实验中常遇到的一些误差基本概念与估算方法作一扼要介绍。

1 实验数据的误差

1.1 实验数据的测量

科学实验总是和测量紧密相联系的，这里主要讨论恒定的静态测量，一般分为两大类。可以用仪器、仪表直接读出数据的测量叫直接测量。例如：用米尺测量长度，用秒表计时间，用温度计、压力表测量温度和压强等。凡是基于直接测量值得出的数据再按一定函数关系式，通过计算才能求得测量结果的测量称为间接测量。例如：测定圆柱体体积时，先测量直径 D 和高度 H，再用公式 $V = \pi D^2 H/4$ 计算出体积 V，此时 V 就属于间接测量的物理量。化工基础实验中多数测量均属间接测量。

1.2 实验数据的真值和平均值

1.2.1 真值

真值是指某物理量客观存在的确定值。对其进行测量时，由于测量仪器、测量方法、环境、人员及测量程序等都不可能完美无缺，实验误差难以避免，故真值是无法测得的，是一个理想值。在分析实验测定误差时，一般用如下方法替代真值。

①实际值是现实中可以知道的一个量值，用它可以替代真值。如理论上证实的值，像平面三角形内角之和为 $180°$；又如计量学中经国际计量大会决议的值，像热力学温度单位——绝对零度等于 -273.15K；或将准确度高一级的测量仪器所测得的值视为真值。

②平均值是指对某物理量经多次测量算出的平均结果，用其替代真值。当然测量次数无限多时，算出的平均值应该是非常接近真值的。实际上，测量次数是有限的（比如 10 次），

所得的平均值只能说是近似地接近真值。

1.2.2 平均值

在化工领域中常用的平均值有以下几种。

(1)算术平均值 这种平均值最常用。设 $x_1, x_2, \cdots, x_n$ 代表各次的测量值,n 代表测量次数,则算术平均值为

$$\overline{x} = \frac{x_1 + x_2 + \cdots + x_n}{n} = \frac{\sum\limits_{i=1}^{n} x_i}{n} \qquad (2\text{-}1)$$

凡测量值的分布服从正态分布时,用最小二乘法原理可证明:在一组等精度的测量中,算术平均值为最佳值或最可信赖值。

(2)均方根平均值 均方根平均值常用于计算气体分子的平均动能,其定义式为

$$\overline{x}_{均} = \sqrt{\frac{x_1^2 + x_2^2 + \cdots + x_n^2}{n}} = \sqrt{\frac{\sum\limits_{i=1}^{n} x_i^2}{n}} \qquad (2\text{-}2)$$

(3)几何平均值 几何平均值的定义式为

$$\overline{x}_{几} = \sqrt[n]{x_1 x_2 \cdots x_n} \qquad (2\text{-}3)$$

以对数表示为

$$\lg \overline{x}_{几} = \frac{\sum\limits_{i=1}^{n} \lg x_i}{n} \qquad (2\text{-}4)$$

对一组测量值取对数,所得图形的分布曲线呈对称时,常用几何平均值。可见,几何平均值的对数等于这些测量值 x_i 的对数的算术平均值。几何平均值常小于算术平均值。

(4)对数平均值 在化学反应、热量与质量传递中,分布曲线多具有对数特性,此时可采用对数平均值表示量的平均值。

设有两个量 x_1, x_2,其对数平均值为

$$\overline{x}_{对} = \frac{x_1 - x_2}{\ln x_1 - \ln x_2} = \frac{x_1 - x_2}{\ln \dfrac{x_1}{x_2}} \qquad (2\text{-}5)$$

两个量的对数平均值总小于算术平均值。若 $1 < \dfrac{x_1}{x_2} < 2$ 时,可用算术平均值代替对数平均值,引起的误差不超过 4.4%。

以上介绍的各种平均值,都是在不同场合想从一组测量值中找出最接近于真值的量值。平均值的选择主要取决于一组测量值的分布类型,在化工实验和科学研究中,数据的分布一般为正态分布,故常采用算术平均值。

1.3 误差的定义及分类

1.3.1 误差的定义

误差是实验测量值(包括直接和间接测量值)与真值(客观存在的准确值)之差。误差的大小,表示每一次测得值相对于真值不符合的程度。误差有以下含义。

(1)误差永远不等于零。不管人们主观愿望如何,也不管人们在测量过程中怎样精心细致地控制,误差还是要产生的,误差的存在是绝对的。

(2)误差具有随机性。在相同的实验条件下,对同一个研究对象反复进行多次的实验、测试或观察,所得到的竟不是一个确定的结果,即实验结果具有不确定性。

(3)误差是未知的,通常情况下,由于真值是未知的,研究误差时,一般都从偏差入手。

1.3.2 误差的分类

根据误差的性质及产生的原因,可将误差分为系统误差、随机误差和粗大误差三种。

(1)系统误差 由某些固定不变的因素引起的。在相同条件下进行多次测量,其误差数值的大小和正负保持恒定,或误差随条件改变按一定规律变化。即有的系统误差随时间呈线性、非线性或周期性变化,有的不随测量时间变化。

产生系统误差的原因有:①测量仪器方面的因素(仪器设计上的缺点,零件制造不标准,安装不正确,未经校准等)。②环境因素(外界温度,湿度及压力变化引起的误差)。③测量方法因素(近似的测量方法或近似的计算公式等引起的误差)。④测量人员的习惯偏向等。

总之,系统误差有固定的偏向和确定的规律,一般可按具体原因采取相应措施给以校正或用修正公式加以消除。

(2)随机误差 由某些不易控制的因素造成的。在相同条件下作多次测量,其误差数值和符号是不确定的,即时大时小,时正时负,无固定大小和偏向。随机误差服从统计规律,其误差与测量次数有关。随着测量次数的增加,平均值的随机误差可以减小,但不会消除。因此,多次测量值的算术平均值接近于真值。研究随机误差可采用概率统计方法。

(3)粗大误差 与实际明显不符的误差,主要是由于实验人员粗心大意,如读数错误,记录错误或操作失败所致。这类误差往往与正常值相差很大,应在整理数据时依据常用的准则加以剔除。

必须指出,上述三误差之间,在一定条件下可以相互转化。例如:尺子刻度划分有误差,对制造尺子者来说是随机误差;一旦用它进行测量时,这尺子的分度对测量结果形成系统误差。随机误差和系统误差间并不存在绝对的界限。同样,对于粗大误差,有时也难以和随机误差相区别,从而当作随机误差来处理。

1.4 误差的表示方法

1.4.1 绝对误差

测量(给出)值(x)与真值(A)之差的绝对值称为绝对误差[$D(x)$],即

$$D(x) = |x - A| \tag{2-6}$$

$$x - D(x) \leqslant A \leqslant x + D(x) \tag{2-7}$$

由于真值无法知道,一般实验中常常从计算偏差入手。

测量值 x 对某一数值 x_0 的偏差[$\delta(x, x_0)$]为

$$\delta(x, x_0) = x - x_0$$

若 $x > x_0$,$\delta(x, x_0) > 0$,则称 x 对 x_0 存在有正偏差;反之则称 x 对 x_0 存在有负偏差。

任何一次测量值 x 对 n 次重复测量的算术平均值 $\bar{x}$ 的偏差(数理统计上又称为残差)为

$$\delta(x, A) = x - \bar{x} \tag{2-8}$$

当 n 值足够大时,通常认为 $\overline{x}$ 是可信赖值计算中用它替代真值 A,则绝对误差为

$$D(x) = |x - \overline{x}| \tag{2-9}$$

此时,测量值 x 对真值 A 的偏差的绝对值,等于测量值 x 的绝对误差,即

$$\delta(x, A) = |x - A| = D(x) \tag{2-10}$$

另外,常借用于最大绝对误差 $D(x)_{max}$ 的提法。测量值的绝对误差必小于或等于最大绝对误差,即 $D(x) \leqslant D(x)_{max}$,且真值必满足下列不等式:

$$x_1 = x + D(x)_{max} > A > x - D(x)_{max} = x_2$$

如果某物理量的最大测量值 x_1 和最小测量值 x_2 已知,则可通过式(2-11)求出最大绝对误差 $D(x)_{max}$。

$$\overline{x} = \frac{x_1 + x_2}{2}, \quad D(x)_{max} = \frac{x_1 - x_2}{2} \tag{2-11}$$

例 2-1 已知炉中的温度不高于 1150℃,不低于 1140℃,试求出其最大绝对误差 $D(T)_{max}$ 与平均值。

解:由式(2-11)可得

平均温度 $\overline{T} = (1150 + 1140)/2 = 1145(℃)$

最大绝对误差 $D(T)_{max} = (1150 - 1140)/2 = 5(℃)$

顺便指出,任何量的绝对误差和最大绝对误差都是名数,其单位与实验数据的单位相同。

绝对误差虽很重要,但仅用它还不足以说明测量的准确程度。换句话说,它还不能给出测量准确与否的完整概念。此外,有时测量得到相同的绝对误差可能导致准确度完全不同的结果。例如,要判别称量的好坏,单单知道最大绝对误差等于 1g 是不够的。因为如果所称量物体本身的质量有几十 kg,那么,绝对误差 1g,表明此次称量的质量是高的;同样,如果所称量的物质本身仅有 2~3g,那么,这又表明此次称量的结果毫无用处。

显而易见,为了判断测量的准确度,必须将绝对误差与所测量值的真值相比较,即求出其相对误差,才能说明问题。

绝对误差 $D(x)$ 与真值的绝对值之比,称为相对误差,它的表达式为

$$E_r(x) = \frac{D(x)}{|A|} \tag{2-12}$$

相对误差和绝对误差一样,通常也是不可能求得的,实际上常用最大相对误差 $E_r(x)_{max}$,即

$$E_r(x)_{max} = \frac{D(x)_{max}}{|A|} \tag{2-13}$$

或用平均值替代真值($\overline{x} \approx A$),即相对误差表达式为

$$E_r(x) \approx \frac{D(x)}{|x|} = \frac{|x - \overline{x}|}{|x|} \tag{2-14}$$

测量值表达式为

$$x = \overline{x}[1 \pm Er(x)] \tag{2-15}$$

需要注意,相对误差不是名数,与所测量的量的因次无关。在化工实验中,相对误差通常以百分数(%)表示。

例 2-2 若已测得某恒温系统的温度 $T = (4.2 \pm 0.1)℃$,试求相对误差。

解:求温度的相对误差时,必须注意所用的温标,不同的温标将有不同的数值。因日常书写中常将[K]和[℃]混用,如果指的是 SI 制系统,则

$$E_r(x) = \frac{0.1}{277.35} = 0.04\%$$

1.4.2 算术平均误差与标准误差

(1)n 次测量值的算术平均误差为

$$\delta = \frac{\sum\limits_{i=1}^{n} |x_i - \overline{x}|}{n} \tag{2-16}$$

上式应取绝对值,否则,在一组测量值中,$(x_i - \overline{x})$值的代数和必为零。

(2)n 次测量值的标准误差(亦称均方根误差)为

$$\sigma = \sqrt{\frac{\sum\limits_{i=1}^{n}(x_i - \overline{x})^2}{n-1}} \tag{2-17}$$

(3)算术平均误差与标准误差的联系和差别 n 次测量值的重复性(亦称重现性)愈差,n 次测量值的离散程度和随机误差愈大,则 δ 值和 σ 值均愈大。因此,可以用 δ 值和 σ 值来衡量 n 次测量值的重复性、离散程度和随机误差。但算术平均误差的缺点是无法表示出各次测量值之间彼此符合的程度。因为偏差彼此相近的一组测量值的算术平均误差,可能与偏差有大中小三种情况的另一组测量值的相同。而标准误差对一组测量值中的较大偏差或较小偏差很敏感,能较好地表明数据的离散程度。

(4)标准误差和绝对误差的联系 n 次测量值的算术平均值 $\overline{x}$ 的绝对误差为

$$D(\overline{x}) = \frac{\sigma}{\sqrt{n}} \tag{2-18}$$

算术平均值 $\overline{x}$ 的相对误差为

$$E_r(\overline{x}) = \frac{D(\overline{x})}{|x|} \tag{2-19}$$

由上面的公式可见,n 次测量值的标准误差 σ 愈小,测量的次数 n 愈多,则其算术平均值的绝对误差 $D(\overline{x})$ 愈小。因此增加测量次数 n,以其算术平均值作为测量结果,是减小数据随机误差的有效方法之一。

1.5 精密度、正确度和准确度

测量的质量和水平,可用误差概念来描述,也可用准确度等概念来描述。为了指明误差的来源和性质,通常用以下三个概念。

精密度 可以衡量某物理量几次测量值之间的一致性,即重复性。它可以反映随机误差的影响程度,精密度高指随机误差小。如果实验数据的相对误差为 0.01%,且误差纯由随机误差引起,则可认为精密度为 1.0×10^{-4}。

正确度 是指在规定条件下,测量中所有系统误差的综合。正确度高,表示系统误差小。如果实验数据的相对误差为 0.01%,且误差纯由系统误差引起,则可认为正确度为 1.0×10^{-4}。

准确度（或称**精确度**）　表示测量中所有系统误差和随机误差的综合。因此，准确度表示测量结果与真值的逼近程度。如果实验数据的相对误差为 0.01％，且误差由系统误差和随机误差共同引起，则可认为准确度为 1.0×10^{-4}。

对于实验或测量来说，精密度高，正确度不一定高。正确度高，精密度也不一定高。但准确度高，必然是精密度与正确度都高。如图 2-1 所示，

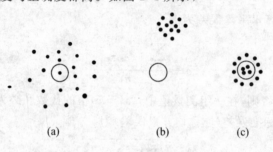

图 2-1　精密度、正确度、准确度含义示意图
○—待测值；·—实测值

（a）的系统误差小而随机误差大，即正确度高而精密度低；（b）的系统误差大而随机误差小，即正确度低而精密度高；（c）的系统误差与随机误差都小，表示正确度和精密度都高，即准确度高。

目前，国内外文献中所用的名词术语颇不统一，各文献中同一名词的含义不尽相同。例如不少书中使用的"精确度"一词，可能是指系统误差与随机误差两者的合成，也可能单指系统误差或随机误差。

在很多书刊中，还常常见到"精度"一词。因为精度一词无严格的明确定义，所以各处出现的精度含义不尽相同。少数地方精度一词指的是精密度。多数地方使用"精度"一词实际上是为了说明误差的大小。如说某数据的测量精度很高时，实指该数据测量的误差很小。此误差的大小是随机误差和系统误差共同作用的总结果。在这种场合，精度一词与准确度完全是一回事。

2　实验数据的有效数字和记数法

2.1　有效数字

在实验中无论是直接测量的数据或是计算结果，以几位有效数字来表示，这是一项很重要的事。数据中小数点的位置在前或在后仅与所用的测量单位有关。例如 762.5mm，76.25cm，0.7625m 这三个数据，其准确度相同，但小数点的位置不同。另外，在实验测量中所使用的仪器仪表只能达到一定的准确度，因此，测量或计算的结果不可能也不应该超越仪器仪表所允许的准确度范围。如上述的长度测量中，若标尺的最小分度为 1mm，其读数可以读到 0.1mm（估计值），故数据的有效数字是四位。

实验数据（包括计算结果）的准确度取决于有效数字的位数，而有效数字的位数又由仪器仪表的准确度来决定。换言之，实验数据的有效数字位数必须反映仪表的准确度和存在疑问的数字位置。

在判别一个已知数有几位有效数字时,应注意非零数字前面的零不是有效数字,例如长度为 0.00234m,前面的三个零不是有效数字,它与所用单位有关,若用 mm 为单位,则为 2.34mm,其有效数字为 3 位。非零数字后面用于定位的零也不一定是有效数字。如 1010 是四位还是三位有效数字,取决于最后面的零是否用于定位。为了明确地读出有效数字位数,应该用科学记数法,写成一个小数与相应的 10 的幂的乘积。若 1010 的有效数字为 4 位,则可写成 1.010×10^3。有效数字为三位的数 360000 可写成 3.60×10^5,0.000388 可写成 3.88×10^{-4}。这种记数法的特点是小数点前面永远是一位非零数字,乘号前面的数字都为有效数字。这种科学记数法表示的有效数字,位数就一目了然了。

2.2　数字舍入规则

对于位数很多的近似数,当有效位数确定后,应将多余的数字舍去。舍去多余数字常用四舍五入法。这种方法简单、方便,适用于操作不多且准确度要求不高的场合,因为这种方法见五就入,易使所得数据偏大。下面介绍新的舍入规则。

①若舍去部分的数值,大于保留部分的末位的半个单位,则末位加 1;

②若舍去部分的数值,小于保留部分的末位的半个单位,则末位不变;

③若舍去部分的数值,等于保留部分的末位的半个单位,则末位凑成偶数。换言之,当末位为偶数时,则末位不变;当末位为奇数时,则末位加 1。

例 2-3　将下面左侧的数据保留四位有效数字

3.14159→3.142　　　　5.6235→5.624

2.71729→2.717　　　　6.378501→6.379

2.51050→2.510　　　　7.691499→7.691

3.21567→3.216

在四舍五入法中,是舍是入只看舍去部分的第一位数字。在新的舍入方法中,是舍是入应看整个舍去部分数值的大小。新的舍入方法的科学性在于:将"舍去部分的数值恰好等于保留部分末位的半个单位"的这一特殊情况,进行特殊处理,根据保留部分末位是否为偶数来决定是舍还是入。因为偶数奇数出现的概率相等,所以舍、入概率也相等。在大量运算时,这种舍入方法引起的计算结果对真值的偏差趋于零。

2.3　直接测量值的有效数字

直接测量值的有效数字主要取决于读数时可读到哪一位。如一支 50mL 的滴定管,它的最小刻度是 0.1mL,因读数只能读到小数点后第 2 位,如 30.24min,有效数字是四位。若管内液面正好位于 30.2mL 刻度上,则数据应记为 30.20mL,仍然是四位有效数字(不能记为 30.2mL)。在此,所记录的有效数字中,必须有一位而且只能是最后一位是在一个最小刻度范围内估计读出的,而其余的几位数是从刻度上准确读出的。由此可知,在记录直接测量值时,所记录的数字应该是有效数字,其中应保留且只能保留一位是估计读出的数字。

2.4　非直接测量值的有效数字

(1)参加运算的常数 π,e 的数值以及某些因子如 $\sqrt{2}$,1/3 等的有效数字,取几位为宜,原则上取决于计算所用的原始数据的有效数字的位数。假设参与计算的原始数据中,位数最

多的有效数字是 n 位,则引用上述常数时宜取以 $n+2$ 位,目的是避免常数的引入造成更大的误差。工程上,在大多数情况下,对于上述常数可取 5~6 位有效数字。

(2)在数据运算过程中,为兼顾结果的精度和运算的方便,所有的中间运算结果,工程上,一般宜取 5~6 位有效数字。

(3)表示误差大小的数据一般宜取 1(或 2)位有效数字,必要时还可多取几位。由于误差是用来为数据提供准确程度的信息,为避免过于乐观,并提供必要的保险,故在确定误差的有效数字时,也用截断的办法,然后将保留数字末位加 1,以使给出的误差值大一些,而无须考虑前面所说的数字舍入规则。如误差为 0.2412,可写成 0.3 或 0.25。

(4)作为最后实验结果的数据是间接测量值时,其有效数字位数的确定方法如下:先对其绝对误差的数值按上述先截断后保留数字末位加 1 的原则进行处理,保留 1~2 位有效数字,然后令待定位的数据与绝对误差值以小数点为基准相互对齐。待定位数据中,与绝对误差首位有效数字对齐的数字,即所得有效数字仅末位估计值。最后按前面讲的数字舍入规则,将末位有效数字右边的数字舍去。

3 随机误差的正态分布

3.1 误差的正态分布

实验与理论均证明,正态分布能描述大多数实验中的随机测量值和随机误差的分布。服从此分布的随机误差如图 2-2 所示。

图中横坐标为随机误差 x,纵坐标为概率密度函数 y。

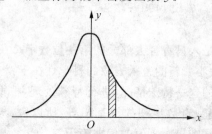

2-2 误差正态分布的概率密度曲线

$$y = \frac{\Delta P}{\Delta x} \approx \frac{\mathrm{d}P}{\mathrm{d}x} \tag{2-20}$$

$$\Delta P = \frac{m}{n} \tag{2-21}$$

式中:ΔP——在 $x \sim (x+\Delta x)$ 范围内误差的相对出现次数,称为相对频率或概率;

m——在 $x \sim (x+\Delta x)$ 范围内误差值出现的次数;

n——总测量次数。

3.2 随机误差的基本特性

(1)绝对值相等的正负误差出现的概率相等,纵轴左右对称,称为误差的对称性。

(2)绝对值小的误差比绝对值大的误差出现的概率大,曲线的形状是中间高两边低,称为误差的单峰性。

（3）在一定的测量条件下，随机误差的绝对值不会超过一定界限，称为误差的有界性。

（4）随着测量次数的增加，随机误差的算术平均值趋于零，称为误差的抵偿性。抵偿性是随机误差最本质的统计特性，换言之，凡具有抵偿性的误差，原则上均按随机误差处理。

3.3 正态分布数值表和图

高斯(Gauss)于 1795 年提出了误差正态分布的概率密度函数

$$y(\sigma=\sigma)=\frac{1}{\sqrt{2\pi}\sigma}e^{-\frac{x^2}{2\sigma^2}} \tag{2-22}$$

式中：σ——标准误差，$\sigma>0$；

x——随机误差（测量值减平均值）；

y——概率密度函数，$(\sigma=\sigma)$表示标准误差 σ 可以是某范围内的任意值。

以上称为高斯误差分布定律。根据式(2-22)画出如图
2-3 所示的曲线，称为随机误差的概率密度分布曲线。

$\sigma=1$ 时，式(2-22)变为

$$y(\sigma=1)=\frac{1}{\sqrt{2\pi}}e^{-\frac{x^2}{2}} \tag{2-23}$$

由式(2-20)得到随机误差出现在任意微分区间 $x\sim(x+dx)$ 范围内的概率为

$$dP=y(\sigma=\sigma)dx \tag{2-24}$$

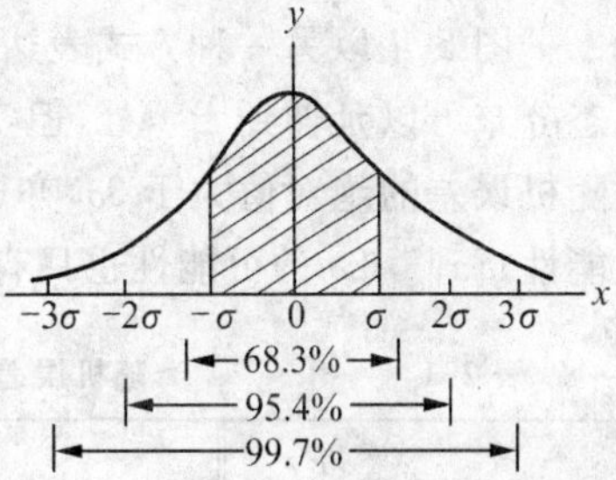

图 2-3 正态分布概率分布情况

随机误差 x 落在 $a\sim b$ 区间内的概率为

$$P(\sigma=\sigma,x=a\sim b)=\int_a^b y(\sigma=\sigma)dx=\frac{1}{\sqrt{2\pi}\sigma}\int_a^b e^{-\frac{x^2}{2\sigma^2}}dx \tag{2-25}$$

随机误差 x 落在 $-\infty\sim+\infty$ 区间内的概率为

$$P(\sigma=\sigma,x=-\infty\sim+\infty)=\int_{-\infty}^{+\infty}y(\sigma=\sigma)dx=1$$

即曲线下方的总面积等于 1。y 轴的左右部分相互对称，面积各为 1/2。

数学手册中列出的正态分布数值表，都是 $\sigma=1$ 时的标准正态分布数值表，但因积分限不同，故有以下几种：

①$P(\sigma=1,x=-\infty\sim c)$，$c\geqslant0$；

②$P(\sigma=1,x=c\sim\infty)$，$c\geqslant0$；

③$P(\sigma=1,x=0\sim c)$，$c\geqslant0$；

④$P(\sigma=1,x=-c\sim c)$，$c\geqslant0$，见表 2-1。

其中，第④种数值表，用于随机误差问题的分析最为方便。在数据处理中，经常需要计算正态变量在各种区间内的概率含量。这种计算可以利用曲线下面所限定的几何面积相加或相减的办法来进行。例如当数值 $c\geqslant0$ 时，结合图 2-2 可求得：

$P(\sigma=1,x\leqslant-c$ 和 $\geqslant c)=1-P(\sigma=1,x=-c\sim c)$

$P(\sigma=1,x=0\sim c)=0.5[P(\sigma=1,x=-c\sim c)]$

$P(\sigma=1,x=-c\sim0)=0.5[P(\sigma=1,x=-c\sim c)]$

$P(\sigma=1,x=-\infty\sim c)=0.5[1+P(\sigma=1,x=-c\sim c)]$

$P(\sigma=1,x=c\sim\infty)=0.5[1-P(\sigma=1,x=-c\sim c)]$

$$P(\sigma=1, x=c_1 \sim c_2)=0.5[1+P(\sigma=1, x=-c_2 \sim c_2)-P(\sigma=1, x=-c_1 \sim c_1)]$$

$\sigma \neq 1$ 时的概率,通常可用 $\sigma=1$ 时的概率数据和下述的变换方法计算,例如:

求 $P(\sigma=\sigma, x=-b \sim b)$ 的值可用下面方法:

假设 $c=b/\sigma$

则 $P(\sigma=\sigma, x=-b \sim b)=P(\sigma=\sigma, x=-c\sigma \sim c\sigma)=P(\sigma=1, x=-c \sim c)$

令概率

$$P(\sigma=\sigma, x=-c\sigma \sim c\sigma)=P(\sigma=1, x=-c \sim c)=1-\alpha \qquad (2\text{-}26)$$

式中:$(1-\alpha)$——统计假设正确的概率;

α——统计假设不正确的概率;显著性水平,或检验水平,它表示检验所做结论不正确的可能性;

c——正态分布置信系数;

$c\sigma$——置信限,$(-c\sigma \sim c\sigma)$ 称为置信区间,统计假设正确的接受区间。

图 2-4 以另一种方式表达了表 2-1 所示的数量关系。因此,虽然理论上随机误差的正态分布可以延伸到 $\pm\infty$ 处,但实际上有 99.7% 的数据点落在 $\pm 3\sigma$ 之间,只有 0.3% 实验点随机误差的绝对值大于 3σ,亦即随机误差绝对值 $|x|$ 大于 3σ 的可能性很小,只有 0.3% 的可能性;$|x|>2\sigma$ 的可能性也只有 4.5%(参见表 2-1,$c=3.00$ 和 $c=2.00$ 对应的 P 值)。

表 2-1　　　　　　随机误差正态分布表 $P(\sigma=1, x=-c \sim c)$ 与 c 的关系

c	P	c	P	c	P	c	P	c	P
0.00	0.000	0.30	0.236	0.60	0.451	0.90	0.632	1.20	0.770
0.01	0.008	0.31	0.243	0.61	0.458	0.91	0.637	1.21	0.774
0.02	0.016	0.32	0.251	0.62	0.465	0.92	0.642	1.22	0.778
0.03	0.024	0.33	0.259	0.63	0.471	0.93	0.648	1.23	0.781
0.04	0.032	0.34	0.266	0.64	0.478	0.94	0.653	1.24	0.785
0.05	0.040	0.35	0.274	0.65	0.484	0.95	0.658	1.25	0.789
0.06	0.048	0.36	0.281	0.66	0.491	0.96	0.663	1.26	0.792
0.07	0.056	0.37	0.289	0.67	0.497	0.97	0.668	1.27	0.796
0.08	0.064	0.38	0.296	0.68	0.504	0.98	0.673	1.28	0.800
0.09	0.072	0.39	0.303	0.69	0.510	0.99	0.678	1.29	0.803
0.10	0.080	0.40	0.311	0.70	0.516	1.00	0.683	1.30	0.806
0.11	0.088	0.41	0.318	0.71	0.522	1.01	0.688	1.31	0.810
0.12	0.096	0.42	0.326	0.72	0.528	1.02	0.692	1.32	0.813
0.13	0.103	0.43	0.333	0.73	0.535	1.03	0.697	1.33	0.816
0.14	0.111	0.44	0.340	0.74	0.541	1.04	0.702	1.34	0.820
0.15	0.119	0.45	0.347	0.75	0.547	1.05	0.706	1.35	0.823
0.16	0.127	0.46	0.354	0.76	0.553	1.06	0.711	1.36	0.826

续表

0.17	0.135	0.47	0.362	0.77	0.559	1.07	0.715	1.37	0.829
0.18	0.143	0.48	0.369	0.78	0.565	1.08	0.720	1.38	0.832
0.19	0.151	0.49	0.376	0.79	0.570	1.09	0.724	1.39	0.835
0.20	0.159	0.50	0.383	0.80	0.576	1.10	0.729	1.40	0.838
0.21	0.166	0.51	0.390	0.81	0.582	1.11	0.733	1.41	0.841
0.22	0.174	0.52	0.397	0.82	0.588	1.12	0.737	1.42	0.844
0.23	0.182	0.53	0.404	0.83	0.593	1.13	0.742	1.43	0.847
0.24	0.190	0.54	0.411	0.84	0.599	1.14	0.746	1.44	0.850
0.25	0.197	0.55	0.418	0.85	0.605	1.15	0.750	1.45	0.853
0.26	0.205	0.56	0.425	0.86	0.610	1.16	0.754	1.46	0.856
0.27	0.213	0.57	0.431	0.87	0.616	1.17	0.758	1.47	0.858
0.28	0.221	0.58	0.438	0.88	0.621	1.18	0.762	1.48	0.861
0.29	0.228	0.59	0.445	0.89	0.627	1.19	0.765	1.49	0.864
1.50	0.866	1.80	0.928	2.10	0.964	2.40	0.984	2.70	0.993
1.51	0.867	1.81	0.930	2.11	0.965	2.41	0.984	2.72	0.993
1.52	0.871	1.82	0.931	2.12	0.966	2.42	0.984	2.74	0.994
1.53	0.874	1.83	0.933	2.13	0.967	2.43	0.985	2.76	0.994
1.54	0.876	1.84	0.934	2.14	0.968	2.44	0.985	2.78	0.995
1.55	0.879	1.85	0.936	2.15	0.968	2.45	0.986	2.80	0.995
1.56	0.881	1.86	0.937	2.16	0.969	2.46	0.986	2.82	0.995
1.57	0.884	1.87	0.939	2.17	0.970	2.47	0.986	2.84	0.995
1.58	0.886	1.88	0.940	2.18	0.971	2.48	0.987	2.86	0.996
1.59	0.888	1.89	0.941	2.19	0.971	2.49	0.987	2.88	0.996
1.60	0.890	1.90	0.943	2.20	0.972	2.50	0.988	2.90	0.996
1.61	0.893	1.91	0.944	2.21	0.973	2.51	0.988	2.92	0.996
1.62	0.895	1.92	0.945	2.22	0.974	2.52	0.988	2.94	0.997
1.63	0.897	1.93	0.946	2.23	0.974	2.53	0.989	2.96	0.997
1.64	0.899	1.94	0.948	2.24	0.975	2.54	0.989	2.98	0.997
1.65	0.901	1.95	0.949	2.25	0.976	2.55	0.989	3.00	0.997
1.66	0.903	1.96	0.950	2.26	0.976	2.56	0.990	3.10	0.998
1.67	0.905	1.97	0.951	2.27	0.977	2.57	0.990	3.20	0.999
1.68	0.907	1.98	0.952	2.28	0.977	2.58	0.990	3.30	0.999

续表

1.69	0.909	1.99	0.953	2.29	0.978	2.59	0.990	3.40	0.999
1.70	0.911	2.00	0.955	2.30	0.979	2.60	0.991	3.50	0.9995
1.71	0.913	2.01	0.956	2.31	0.979	2.61	0.991	3.60	0.9997
1.72	0.915	2.02	0.957	2.32	0.980	2.62	0.991	3.70	0.9998
1.73	0.916	2.03	0.958	2.33	0.980	2.63	0.991	3.80	0.99986
1.74	0.918	2.04	0.959	2.34	0.981	2.64	0.992	3.90	0.99990
1.75	0.920	2.05	0.960	2.35	0.981	5.65	0.992	4.00	0.99994
1.76	0.922	2.06	0.961	2.36	0.982	2.66	0.992	5.00	0.99999994
1.77	0.923	2.07	0.962	2.37	0.982	2.67	0.992		
1.78	0.925	2.08	0.962	2.38	0.983	2.68	0.993		
1.79	0.927	2.09	0.963	2.39	0.983	2.69	0.993		

对于概率很小的所谓小概率事件,在事件的总个数不是很多的情况下,实际上可认为是不可能出现的。若万一出现,例如一旦一实验点的随机误差的绝对值大于 3σ,应该有99.7%的把握说,该实验点有严重异常情况,应该单独对其进行认真的分析和处理。

前面已经说过,标准误差 σ 可表明离散程度。当 σ 较小时,实验数据分布较密,即密集在狭窄的误差范围的某个区域内,说明测量的质量很高。从式(2-22)也可看出,σ 愈小,e 指数的绝对值愈大,减小愈快,分布曲线斜率愈陡,数据愈集中,小的随机误差出现的概率愈大,测量的准确度愈高。如图 2-4 所示,σ 愈大,曲线变得愈平坦,意味着实验准确度低,因而大小误差出现的概率相差不明显。因此 σ 是决定误差曲线幅度大小的因子,是重要的数量指标。再次说明标准误差 σ 值是评定实验质量的一种有效的指标。

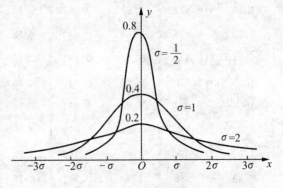

图 2-4 不同 σ 值的正态分布曲线

4 系统误差的检验和消除

4.1 消除系统误差的必要性和重要性

在测量中,任一误差通常是随机误差和系统误差的组合,而随机误差的数学处理和估计是以测量得到的数据不含系统误差为前提的,例如前面提到的以平均值接近真值的概念也是如此。所以不研究系统误差的规律性,不消除系统误差对数据处理的影响,随机误差的估计就会丧失准确度,甚至变得毫无意义。

系统误差是一种恒定的或按一定规律(如线性、周期性、多项式等)变化的误差。它的出现虽然有其确定的规律性,但它常常隐藏在测量数据之中,纵然是多次重复测量,也不可能降低它对测量准确度的影响,这种潜在的危险,更要人们用一定的方法和判据,及时发现系统误差的存在,并设法加以消除,确保测量精度。因此发现和消除系统误差在科研和实验工作中是异常重要的。

4.2 系统误差的简易判别准则

4.2.1 观察法

若对某物理量进行多次测量,得数据列

$$x_1, x_2, \cdots, x_n$$

算出算术平均值 $\overline{x}$ 及偏差 δ_i

$$\overline{x} = \frac{\sum x_i}{n} \qquad \delta_i = x_i - \overline{x}$$

于是可用以下准则发现系统误差。

准则 1 将测得的数据按 x_i 递增的顺序依次排列,如偏差的符号在连续几个测量中均为负号,而在另几个连续测量中均为正号(或反之),则测量中含有线性系统误差。如果中间有微小波动,则说明有随机误差的影响,见例 2-4。

例 2-4 在温度测量技术实验中,测量壁温时读得的毫伏值 x_i 如表 2-2 所示。

表 2-2

序号	x_i	d_i	序号	x_i	d_i
1	4.06	−0.06	6	4.12	0
2	4.06	−0.06	7	4.14	+0.02
3	4.07	−0.05	8	4.18	+0.06
4	4.08	−0.04	9	4.18	+0.06
5	4.10	−0.02	10	4.21	+0.09

由上表得:

$$\overline{x} = 4.12 \qquad \sum_{i=1}^{5} \delta_i = -0.23 \qquad \sum_{i=6}^{10} \delta_i = +0.23$$

准则 2 将测得的数据 x_i 按递增的顺序依次排列,如发现偏差值的符号有规律地交替变化(如图 2-5),则测量中有周期系统误差。若中间有微小波动,说明是随机误差的影响。

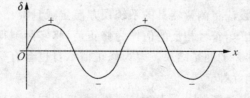

图 2-5 周期系统误差

准则 3 如存在某一条件时,测量数据偏差基本上保持相同符号,当不存在这一条件时(或出现新条件时),偏差均变号(如图 2-6),则该测量数列中含有随测量条件而变化的固定系统误差。

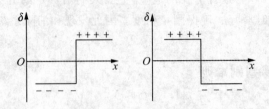

图 2-6   固定系统误差

准则 4   按测定次序,测得数据列的前一半偏差之和与后一半偏差之和的差值不为零(如例 2-4,两者差值为 -0.46 mV),则该测量结果含有线性系统误差。同样,如果所测得数据列改变条件前偏差之和与改变条件后偏差之和的差值不为零,则该数据列含随条件改变的固定系统误差。

4.2.2   比较法

(1)实验对比法   实验中进行不同条件的测量,借以发现系统误差。这种方法适用于发现固定系统误差。

(2)数据比较法   若对某一物理量进行多组独立测量,将得到的结果算出各组的算术平均值 x_i 标准误差 σ_i,即有

$$\overline{x}_i \pm \sigma_1$$
$$\overline{x}_2 \pm \sigma_2$$
$$\vdots$$
$$\overline{x}_n \pm \sigma_n$$

则任二组间满足下列不等式

$$|\overline{x}_i - \overline{x}_j| < 3\sqrt{\sigma_i^2 + \sigma_j^2} \tag{2-27}$$

可认为该测量不存在系统误差。式(2-27)常作为判别测量中有无系统误差的标准。

应当指出,前面列举的方法是判别测量中有无系统误差可行的、简便的方法,如果要求判据准确和量化,可采用各类分布检验。

4.3   消除或减小系统误差的方法

(1)根源消除法   从事实验或研究的人员在试验前对测量过程中可能产生系统误差的各个环节作仔细分析,从产生系统误差的根源上加以消除,这是最根本的方法。比如努力确定最佳的测试方法,合理选用仪器仪表,并正确调整好仪器的工作状态或参数等。

(2)修正消除法   先设法将测量器具的系统误差鉴定或计算出来,做出误差表或曲线,然后取与误差数值大小相等、符号相反的值作为修正值,将实际测得值加上相应的修正值,就可以得到不包含系统误差的测量结果。因为修正值本身也含有一定误差,因此这种方法不可能将全部系统误差消除掉。

(3)代替消除法   在测量装置上对未知量测量后,立即用一个标准量代替未知量,再次进行测量,从而求出未知量与标准量的差值,即有

未知量＝标准量±差值

这样可以消除测量装置带入的固定系统误差。

（4）异号消除法　对被测目标采用正反两个方向进行测量，如果读出的系统误差大小相等，符号相反时，取两次测量值的平均值作为测量结果，就可消除系统误差。这种方法适用于某些定值系统对测量结果影响带有方向性的测量中。

（5）交换消除法　根据误差产生的原因，将某些条件交换，可消除固定系统误差。一个典型例子是在等臂天平上称样重，若天平两臂长为 l_1 和 l_2，先将被测样重 x 放在 l_1 臂处，标准砝码 W_1 放在 l_2 臂处，两者调平衡后，即有

$$x = W_1 \frac{l_2}{l_1}$$

而后，样品和砝码互换位置，再称重，若 $l_1 \neq l_2$，则需要更换砝码，即

$$W_2 = x \times \frac{l_2}{l_1}$$

两式相除得　$x = \sqrt{W_1 W_2} \approx \dfrac{W_1 + W_2}{2} = W$

选用一种新砝码便可消除不等臂带入的固定系统误差。

（6）对称消除法　在测量时，若选定某点为中心测量值，并对该点以外的测量点作对称安排，如图 2-7 所示。图中 y 为系统误差，x 为被测的量。若以某一时刻 y_4 为中点，则对称于此点的各对系统误差 y 的算术平均值必相等，即

$$\frac{y_1 + y_7}{2} = \frac{y_2 + y_6}{2} = \frac{y_3 + y_5}{2} = y_4$$

根据这一性质，用对称测量可以很有效地消除线性系统误差。因此，对称测量具有广泛的应用范围，但须注意，相邻两次测量之间的时间间隔应相等，否则会失去对称性。

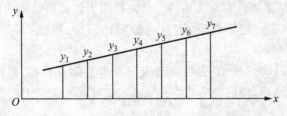

图 2-7　对称消去法

（7）半周期消除法　对于周期性误差，可以相隔半个周期进行一次测量，然后以两次读数的算术平均值作为测量值，即可以有效地消除周期性系统误差。例如，指针式仪表，由刻度盘偏心所引起的误差，可采用相隔 $180°$ 的一对或几对的指针标出的读数取平均值加以消除。

（8）回归消除法　在实验或科研中，估计某一因数是产生系统误差的根源，但又制作不出简单的修正表，也找不到被测值（因变量）与影响因素（自变量）的函数关系，此时也可借助回归分析法（详见下一章）对该因素所造成的系统误差进行修正。

4.4　系统误差消除程度的判别准则

实际上，在实验和科研试验中，不管采用哪一种消除系统误差的方法，只能做到将系统误差减弱到某种程度，使它对测量结果的影响小到可以忽略不计。那么残余影响小到什么程度才可以忽略不计呢？应该有一个判别的准则。

为此,对测量尚有影响的系统误差称为微小系统误差。

若某一项微小系统误差或某几项的微小系统误差的代数和的绝对误差 $D(z)$,不超过测量总绝对误差 $D(z)$ 的最后一位有效数字的 1/2,按有效数字位舍入原则,就可以把它舍弃。

若绝对误差取两位有效数字,则 $D(z)$ 可忽略的准则为

$$D(z) \leqslant \frac{1}{2} \times \frac{D(x)}{10} = 0.005D(x)$$

若误差仅由一位有效数字表示,则 $D(z)$ 可忽略的准则为

$$D(z) \leqslant \frac{1}{2} \times \frac{D(x)}{10} = 0.05D(x)$$

5 粗大误差的判别与剔除

5.1 粗大误差的判别准则

当着手整理实验数据时,还必须解决一个重要问题,那就是数据的取舍问题。在整理实验研究结果时,往往会遇到这种情况,即在一组很好的实验数据里,发现少数几个偏差特别大的数据。若保留它,会降低实验的准确度;但要舍去它必须慎重,尤其是在进行科学研究中,有时出现的异常点,往往是新发现的源头。但在一般实验中出现大的偏差,常常是由于粗心大意所致。对于此类数据的保留与舍弃,其逻辑根据在于随机误差理论的应用,也需用比较客观的可靠判据作为依据。判别粗大误差常用的准则有以下几个。

(1)3σ 准则

该准则又称拉依达准则。它是常用的也是判别粗大误差最简单的准则。但它是以测量次数充分多为前提的,在一般情况下,测量次数都比较少,因此,3σ 准则只能是一个近似准则。

对于某个测量列 $x_i(i=1\sim n)$,若各测量值 x_i 只含有随机误差,根据随机误差正态分布规律,其偏差 d_i 落在 $\pm 3\sigma$ 以外的概率约为 0.3%。如果在测量列中发现某测量值的偏差大于 3σ,亦即

$$|d_i| > 3\sigma$$

则可认为它含有粗大误差,应该剔除。

当使用拉依达的 3σ 准则时,允许一次将偏差大于 3σ 的所有数据剔除,然后,再将剩余各个数据重新计算 σ,并再次用 3σ 判据继续剔除超差数据。

拉依达的 3σ 准则偏于保守。在测量次数 n 较少时,粗大误差出现的次数极少。由于测量次数 n 不大,粗大误差在求方差平均值过程中将会是举足轻重的,会使标准差估值显著增大。也就是说,在此情况下,有个别粗大误差也不一定能判断出来。

(2)$2t$ 检验准则

由数学统计理论已证明,在测量次数较少时,随机变量服从 t 分布,即 $t=(\bar{x}-\alpha)\times\sqrt{n}/\sigma$。$t$ 分布不仅与测量值有关,还与测量次数 n 有关。当 $n>10$ 时,t 分布就很接近正态分布了。所以当测量次数较少时,依据 t 分布原理的 t 检验准则来判别粗大误差较为合理。t 检验准则的特点是先剔除一个可疑的测量值,而后再按 t 分布检验准则确定该测量值是否应该被剔除。

设对某物理量作多次测量,得测量列 $x_i(i=1\sim n)$,若认为其中测量值 x_j 为可疑数据, 将它剔除后计算平均值为(计算时不包括 x_j)

$$\overline{x}=\frac{1}{n-1}\sum_{\substack{i=1\\i\neq j}}^{n}x_i \tag{2-28}$$

并求得测量列的标准误差 σ(不包括 $d_j=x_j-\overline{x}$)

$$\sigma=\sqrt{\frac{1}{n-2}\sum_{\substack{i=1\\i\neq j}}^{n}d_i^2} \tag{2-29}$$

根据测量次数 n 和选取的显著性水平 α,即可由表 2-3 中查得 t 检验系数 $K(n,\alpha)$,若

$$|x_j-\overline{x}|>K(n,\alpha)\times\sigma$$

则认为测量值 x_j 含有粗大误差,剔除 x_j 是正确的。否则,就认为 x_j 不含有粗大误差,应当保留。

表 2-3　　　　　　　　　　　　　　t 检验系数 $K(n,\alpha)$

n	显著性水平 α		n	显著性水平 α	
	0.05	0.01		0.05	0.01
	$K(n,\alpha)$			$K(n,\alpha)$	
4	4.97	11.46	18	2.18	3.01
5	3.56	6.53	19	2.17	3.00
6	3.04	5.04	20	2.16	2.95
7	2.78	4.36	21	2.15	2.93
8	2.62	3.96	22	2.14	2.91
9	2.51	3.71	23	2.13	2.90
10	2.43	3.54	24	2.12	2.88
11	2.37	2.41	25	2.11	2.86
12	2.33	3.31	26	2.10	2.85
13	2.29	3.23	27	2.10	2.84
14	2.26	3.1717	28	2.09	2.83
15	2.24	3.12	29	2.09	2.82
16	2.22	3.08	30	2.08	2.81
17	2.20	3.04			

（3）格拉布斯(Grubbs)准则

设对某量作多次独立测量,得一组测量列 $x_i(i=1\sim n)$,当 x_i 服从正态分布时,计算可得

$$\overline{x}=\frac{1}{n}\sum_{i=1}^{n}x_i$$

$$\sigma = \sqrt{\frac{1}{n-1}\sum_{i=1}^{n}(x_i-\overline{x})^2}$$

为了检验数列 $x_i(i=1\sim n)$ 中是否存在粗大误差,将 x_i 按大小顺序排列成顺序统计量,即

$$x_{(1)} \leqslant x_{(2)} \leqslant \cdots \leqslant x_{(n)}$$

若认为 $x_{(n)}$ 可疑,则有

$$g_{(n)} = \frac{x_{(n)} - \overline{x}}{\sigma} \tag{2-30}$$

若认为 $x_{(1)}$ 可疑,则有

$$g_{(1)} = \frac{\overline{x} - x_{(1)}}{\sigma} \tag{2-31}$$

取显著性水平 $\alpha = 0.05, 0.025, 0.01$,可得表 2-4 所列的格拉布斯判据的临界值 $g_0(n,\alpha)$。

表 2-4　　　　　　　　　　　格拉布斯判据表

| n | 显著性水平 α | | | n | 显著性水平 α | | |
| | 0.05 | 0.025 | 0.01 | | 0.05 | 0.025 | 0.01 |
	$g_0(n,\alpha)$				$g_0(n,\alpha)$		
3	1.15	1.15	1.15	20	2.56	2.71	2.88
4	1.46	1.48	1.49	21	2.58	2.73	2.91
5	1.67	1.71	1.75	22	2.60	2.76	2.94
6	1.82	1.89	1.94	23	2.62	2.78	2.96
7	1.94	2.02	2.10	24	2.64	2.80	2.99
8	2.03	2.13	2.22	25	2.66	2.82	3.01
9	2.11	2.21	2.32	30	2.75	2.91	3.10
10	2.18	2.29	2.41	35	2.82	2.98	3.18
11	2.23	2.36	2.48	40	2.87	3.04	3.24
12	2.29	2.41	2.55	45	2.92	3.09	3.29
13	2.33	2.46	2.61	50	2.96	3.13	3.34
14	2.37	2.51	2.66	60	3.03	3.20	3.39
15	2.41	2.55	2.71	70	3.09	3.26	3.44
16	2.44	2.59	2.75	80	3.14	3.31	3.49
17	2.47	2.62	2.79	90	3.18	3.35	3.54
18	2.50	2.65	2.82	100	3.21	3.38	3.59
19	2.53	2.68	2.85				

在取定显著水平 α 后,若随机变量 $g_{(n)}$,和 $g_{(1)}$ 大于或者等于该随机变量临界值 $g_0(n,\alpha)$ 时,即

$$g_{(i)} \geqslant g_0(n,\alpha) \qquad (2\text{-}32)$$

即判别该测量值含粗大误差,应当剔除。

5.2 判别粗大误差注意事项

(1)合理选用判别准则

在前面介绍的准则中,3σ 准则适用于测量次数较多的数列。一般情况下,测量次数都比较少,因此用此方法判别,其可靠性不高。但由于它使用简便,又不需要查表,故在要求不高时,还是经常使用。对测量次数较少、而要求又较高的数列,应采用 t 检验准则或格拉布斯准则。当测量次数很少时,可采用 t 检验准则。

(2)采用逐步剔除方法

按前面介绍的判别准则,若判别出测量数列中有两个以上测量值含有粗大误差时,只能首先剔除含有最大误差的测量值,然后重新计算测量数列的算术平均值及其标准差,再对剩余的测量值进行判别,依此程序逐步剔除,直至所有测量值都不再含有粗大误差为止。

(3)显著水平 α 值不宜选得过小

上面介绍的判别粗大误差的三个准则,除 3σ 准则外,都涉及选显著水平 α 值。如果 α 值选小了,把不是粗大误差判为粗大误差的错误概率 α 固然是小了,但反过来把确实混入的粗大误差判为不是粗大误差的错误概率却增大了,这显然也是不允许的。

6 直接测量值的误差估算

6.1 一次测量值的误差估算

在实验中,由于条件不许可,或要求不高等原因,对一个物理量的直接测量只进行一次,这时可以根据具体的实际情况,对测量值的误差进行合理的估计。

下面介绍如何根据所使用的仪表估算一次测量值的误差。

(1)给出准确度等级类的仪表(如电工仪表、转子流量计等)

Ⅰ.准确度的表示方法

这些仪表的准确度常采用仪表的最大引用误差和准确度等级来表示。

仪表的最大引用误差的定义为:

$$最大引用误差 = \frac{仪表示值的绝对误差值}{该仪表相当档次量程的绝对值} \times 100\% \qquad (2\text{-}33)$$

式中仪表示值的绝对误差值是指在规定的正常情况下,被测参数的测量值与被测参数的标准值之差的绝对值的最大值。对于多档仪表,不同档次示值的绝对误差和量程范围均不相同。

式(2-33)表明,若仪表示值的绝对误差相同,则量程范围愈大,最大引用误差愈小。

我国电工仪表的准确度等级(p 级)有 7 种:$0.1,0.2,0.5,1.0,1.5,2.5,5.0$。一般来说,如果仪表的准确度等级为 P 级,则说明该仪表最大引用误差不会超过 $P\%$,而不能认为它在各刻度点上的示值误差都具有 $P\%$ 的准确度。

Ⅱ. 测量误差的估算

设仪表的准确度等级为 P 级，则最大引用误差为 $P\%$。设仪表的量程范围为 x_n，仪表的示值为 x，则由式(2-33)得出该示值的误差为：

绝对误差

$$D(x) \leqslant x_n \times P\% \tag{2-34}$$

相对误差

$$E_r(x) = \frac{D(x)}{x} \leqslant \frac{x_n}{x} \times P\% \tag{2-35}$$

式(2-34)和式(2-35)表明：

①若仪表的准确度等级 P 和量程范围 x_n 已固定，则测量的示值 x 愈大，测量的相对误差愈小。

②选用仪表时，不能盲目地追求仪表的准确度等级。因为测量的相对误差还与 x_n/x 有关。应兼顾仪表的准确度等级和 x_n/x 两者。

例 2-5 欲测量大约 90V 的电压，实验室有 0.5 级、0～300V 和 1.0 级、0～100V 的电压表，选用哪一种电压表测量较好？

解：用 0.5 级、0～300V 的电压表测量时的最大相对误差为

$$E_r(x) = \frac{x_n}{x} \times P\% = \frac{300}{90} \times 0.5\% = 1.7\%$$

而用 1.0 级、0～100V 的电压表测量时的最大相对误差为

$$E_r(x) = \frac{100}{90} \times 1.0\% = 1.1\%$$

此例说明，如果选择恰当，用量程范围适当的 1.0 级仪表进行测量，能得到比用量程范围大的 0.5 级仪表更准确的结果。因此，在选用仪表时，要纠正单纯追求准确度等级"越高越好"的倾向，而应根据被测量的大小，兼顾仪表的级别和测量上限，合理地选择仪表。

(2)不给出准确度等级类的仪表(如天平类等)

Ⅰ. 准确度的表示方法

这些仪表的准确度用下式表示：

$$仪表的准确度 = \frac{0.5 \times 名义分度值}{量程的范围} \tag{2-36}$$

名义分度值是指测量仪表最小分度所代表的数值。如 TG-328A 型天平，其名义分度值(感量)为 0.1mg，测量范围为 0～200g，则其准确度为：

$$准确度 = \frac{0.5 \times 0.1}{(200-0) \times 10^3} = 2.5 \times 10^{-7}$$

若仪器的准确度已知，也可用式(2-36)求得其名义分度值。

Ⅱ. 测量误差的估算

使用这类仪表时，测量值的误差可用下式来确定：

绝对误差

$$D(x) \leqslant 0.5 \times 名义分度值 \tag{2-37}$$

相对误差

$$E_r(x) = \frac{0.5 \times 名义分度值}{测量值} \tag{2-38}$$

从以上两类仪表看,当测量值越接近于量程上限时,其测量准确度越高;测量值越远离量程上限时,其测量准确度越低。这就是为什么使用仪表时,尽可能在仪表满刻度值 2/3 以上量程内进行测量的缘由所在。

6.2　多次测量值的误差估算

如果一个物理量的值是通过多次测量得出的,那么该测量值的误差可通过标准误差来估算。

设某一量重复测量了 n 次,各次测量值为 $x_1, x_2, \cdots, x_n$,该组数据的平均值 $\overline{x} = (x_1 + x_2 + \cdots + x_n)/n$,标准误差 $\sigma = \sqrt{\sum (x_i - \overline{x})^2/(n-1)}$,则 $\overline{x}$ 值的绝对误差和相对误差按式(2-18)和式(2-19)估算。

7　间接测量值的误差估算

间接测量值是由一些直接测量值按一定的函数关系计算而得,如雷诺准数 $Re = (du\rho)/\mu$ 就是间接测量值。由于直接测量值有误差,因而使间接测量值也必然有误差。怎样由直接测量值的误差估算间接测量值的误差? 这就涉及误差的传递问题。

7.1　误差传递的一般公式

设有一间接测量值 y,y 是直接测量值 $x_1, x_2, \cdots, x_n$ 的函数,即 $y = f(x_1, x_2, \cdots, x_n)$,$\Delta x_1, \Delta x_2, \cdots, \Delta x_n$ 分别代表直接测量值 $x_1, x_2, \cdots, x_n$ 的由绝对误差引起的增量,Δy 代表由 $\Delta x_1, \Delta x_2, \cdots, \Delta x_n$ 引起的 y 的增量。

则

$$\Delta y = f(x_1 + \Delta x_1, x_2 + \Delta x_2, \cdots, x_n + \Delta x_n) - f(x_1, x_2, \cdots, x_n) \tag{2-39}$$

由泰勒(Talor)级数展开,并略去二阶以上的量,得到

$$\Delta y = \frac{\partial y}{\partial x_1} \Delta x_1 + \frac{\partial y}{\partial x_2} \Delta x_2 + \cdots + \frac{\partial y}{\partial x_n} \Delta x_n \tag{2-40}$$

$$\Delta y = \sum_{i=1}^{n} \frac{\partial y}{\partial x_i} \Delta x_i \tag{2-41}$$

在数学上,式中 Δx_i 和 $\frac{\partial y}{\partial x_i} \Delta x_i$ 均可正可负,但在误差估算中常常又无法确定它们是正是负,因此上式无法直接用于误差的估算。

(1)绝对值相加合成法的一般公式

从最坏的情况出发,不考虑各个直接测量值的绝对误差对 y 的绝对误差的影响实际上有抵消的可能,则可取间接测量值 y 的最大绝对误差为

$$D(y) = \sum_{i=1}^{n} \left| \frac{\partial y}{\partial x_i} D(x_i) \right| \tag{2-42}$$

式中:$\frac{\partial y}{\partial x_i}$——误差传递系数;

$D(x_i)$——直接测量值的绝对误差;

$D(y)$——间接测量值的最大绝对误差。

最大相对误差的计算式为

$$E_r(y) = \frac{D(y)}{|y|} = \sum_{i=1}^{n} \left| \frac{\partial y}{\partial x_i} \frac{D(x_i)}{y} \right| \tag{2-43}$$

(2)几何合成法的一般公式

绝对值相加合成法求得的是误差的最大值,它近似等于误差实际值的概率是极小的。根据概率论,采用几何合成法则较符合事物固有的规律。

$$y = f(x_1, x_2, \cdots, x_n) \tag{2-44}$$

间接测量值 y 值的绝对误差为

$$D(y) = \sqrt{\left[\frac{\partial y}{\partial x_1} D(x_1)\right]^2 + \left[\frac{\partial y}{\partial x_2} D(x_2)\right]^2 + \cdots + \left[\frac{\partial y}{\partial x_n} D(x_n)\right]^2}$$
$$= \sqrt{\sum_{i=1}^{n} \left[\frac{\partial y}{\partial x_i} D(x_i)\right]^2} \tag{2-45}$$

间接测量误差 y 值的相对误差为

$$E_r(y) = \frac{D(y)}{|y|} = \sqrt{\left(\frac{\partial y}{\partial x_1} \frac{D(x_1)}{y}\right)^2 + \left(\frac{\partial y}{\partial x_2} \frac{D(x_2)}{y}\right)^2 + \cdots + \left(\frac{\partial y}{\partial x_n} \frac{D(x_n)}{y}\right)^2} \tag{2-46}$$

从式(2-42)~式(2-46)可以看出,间接测量值的误差不仅取决于直接测量值的误差,还取决于误差传递系数。

7.2 几何合成法一般公式的应用——几何合成法简化式的推导

7.2.1 加、减函数式

例 2-6 $y = \pm 5x$

解:由公式(2-45)得
$$D(y) = \sqrt{[\pm 5D(x)]^2} = 5D(x)$$
$$E_r(y) = \frac{D(y)}{|y|}$$

例 2-7 $y = -4x_1 + 5x_2 - 6x_3$

解:由式(2-45)可得绝对误差为
$$D(y) = \sqrt{[D(4x_1)]^2 + [D(5x_2)]^2 + [D(6x_3)]^2}$$
$$= \sqrt{[4D(x_1)]^2 + [5D(x_2)]^2 + [6D(x_3)]^2}$$

相对误差为
$$E_r(y) = \frac{D(y)}{|y|}$$

由此可见,和、差的绝对误差的平方等于参与加、减运算的各项的绝对误差的平方之和。而常数与变量乘积的绝对误差等于常数的绝对值乘以变量的绝对误差。

例 2-8 $y = x_1 - x_2$

解:绝对误差为 $D(y) = \sqrt{[D(x_1)]^2 + [D(x_2)]^2}$

相对误差为 $E_r(y) = \frac{D(y)}{|y|} = \frac{\sqrt{[D(x_1)]^2 + [D(x_2)]^2}}{|x_1 - x_2|}$

由上式知,$x_1 - x_2$ 差值愈小,相对误差愈大,有时可能在差值计算中将原始数据所固有的准确度全部损失掉。如 $539.5 - 538.5 = 1.0$,若原始数据的绝对误差等于 0.5,其相对误差小于 0.093%;但差值的绝对误差为 $0.5 + 0.5 = 1.0$,而相对误差等于 $1.0/1.0 = 100\%$,是原始数据相对误差的 1075 倍。故在实际工作中应尽力避免出现此类情况。一旦遇上难于避免时,一般采用两种措施:一是改变函数形式,如设法转换为三角函数;另一方法是,若 x_1 和 x_2 不是直接测量值而是中间计算结果,则可人为多取几位有效数字,以尽可能减小差的相对误差。

7.2.2 乘、除函数式

例 2-9 $y = x^3$

传递系数 $\dfrac{\partial y}{\partial x} = 3x^2$

由式(2-46)可得相对误差

$$E_r(y) + \frac{D(y)}{|y|} = \frac{\sqrt{\left[\dfrac{\partial y}{\partial x} D(x)\right]^2}}{|x^3|} = 3E_r(x)$$

绝对误差 $\qquad D(y) = E_r(y) \times |y|$

例 2-10 $y = \dfrac{x_1 x_2^2 x_3^3}{x_4^4 x_5^5}$

由式(2-46)可得相对误差

$$E_r(y) = \sqrt{\left[\frac{\partial y}{\partial x_1} \times \frac{D(x_i)}{y}\right]^2 + \left[\frac{\partial y}{\partial x_2} \times \frac{D(x_i)}{y}\right]^2 + \left[\frac{\partial y}{\partial x_3} \times \frac{D(x_i)}{y}\right]^2 + \left[\frac{\partial y}{\partial x_4} \times \frac{D(x_i)}{y}\right]^2 + \left[\frac{\partial y}{\partial x_5} \times \frac{D(x_i)}{y}\right]^2}$$

$$= \sqrt{\left[\frac{D(x_i)}{x_1}\right]^2 + \left[\frac{2D(x_i)}{x_2}\right]^2 + \left[\frac{3D(x_i)}{x_3}\right]^2 + \left[\frac{4D(x_i)}{x_4}\right]^2 + \left[\frac{5D(x_i)}{x_5}\right]^2}$$

$$= \sqrt{\left[E_r(x_1)\right]^2 + \left[2E_r(x_2)\right]^2 + \left[3E_r(x_3)\right]^2 + \left[4E_r(x_4)\right]^2 + \left[5E_r(x_5)\right]^2}$$

绝对误差为 $\qquad D(y) = E_r(y) \times |y|$

由上可知,积和商的相对误差的平方,等于参与运算的各项的相对误差的平方之和。而幂运算结果的相对误差,等于其底数的相对误差乘其方次的绝对值。因此,乘除法运算进行得愈多,计算结果的相对误差也就愈大。

对于乘除运算式,先计算相对误差,再计算绝对误差较方便。对于加减运算式,则正好相反。

现将计算函数误差的各种关系式列于表 2-5。

表 2-5 　　　　　　　　　　函数误差几何合成法的简便公式

函数式	误差几何合成法的简便公式	
	绝对误差 $D(y)$	相对误差 $E_r(y)$
$y = c$	$D(y) = 0$	$E_r(y) = 0$
$y = x_1 + x_2 + x_3$	$D(y) = \sqrt{\left[D(x_1)\right]^2 + \left[D(x_2)\right]^2 + \left[D(x_3)\right]^2}$	$E_r(y) = D(y)/|y|$
$y = cx_1 - x_2$	$D(y) = \sqrt{\left[D(cx_1)\right]^2 + \left[D(x_2)\right]^2}$	$E_r(y) = D(y)/|y|$
$y = cx$	$D(y) = |c| \times D(x)$	$E_r(y) = D(y)/|y| = E_r(x)$
$y = x_1 x_2$	$D(y) = E_r(y) \times |y|$	$E_r(y) = \sqrt{\left[E_r(x_1)\right]^2 + \left[E_r(x_2)\right]^2}$
$y = cx_1/x_2$	$D(y) = E_r(y) \times |y|$	$E_r(y) = \sqrt{\left[E_r(x_1)\right]^2 + \left[E_r(x_2)\right]^2}$

续表

$y=(x_1 x_2)/x_3$	$D(y)=E_r(y)\times	y	$	$E_r(y)=\sqrt{[E_r(x_1)]^2+[E_r(x_2)]^2+[E_r(x_3)]^2}$
$y=x^n$	$D(y)=E_r(y)\times|y|$	$E_r(y)=|n|\times E_r(x)$
$y=\sqrt[n]{x}$	$D(y)=E_r(y)\times	y	$	$E_r(y)=\dfrac{1}{n}E_r(x)$
$y=lgx$	$D(y)=0.4343E_r(x)$	$E_r(y)=D(y)	y	$

以上误差的估算,是根据几何合成法计算的。但为保险起见,最大误差法也常被采用。

本章符号表

英文字母:

A——真值

c——正态分布置信系数(常数)

D——绝对误差

d——偏差;管道内径(m)

E_r——相对误差

n——测量次数

m——误差值出现的次数

$\mathrm{d}P$——误差值出现在 $x\sim(x+\mathrm{d}x)$ 范围内的概率

P——误差值出现在 $x_1\sim x_2$ 范围内的概率

P——仪表等级

q_v——体积流量($\mathrm{m^3/h}$ 或 $\mathrm{m^3/s}$)

x——测量值,测量的随机误差

$\bar{x}$——算术平均值

$\bar{x}_{均}$——均方根平均值

$\bar{x}_{对}$——对数平均值

$\bar{x}_{几}$——几何平均值

Δx——测量值 x 的增量

y——概率密度;测量值的函数

Δy——函数值 y 的增量

$\dfrac{\partial y}{\partial x_i}$——误差传递系数

希腊字母:

δ——算术平均误差

σ——标准误差

α——显著性水平

第三章 实验数据的处理

实验数据处理的目的是将实验中获得的大量数据,整理成各变量之间的量关系,以便进一步分析实验现象,得出规律,指导生产与设计。

数据处理方法有三种:

(1)列表法

将实验数据列成表格以表示各变量间的关系。这通常是整理数据的第一步,为标绘曲线图或整理成方程式打下基础。

(2)图示法

将实验数据在坐标纸上绘成曲线,直观而清晰地表达出各变量之间的相关性,分析极值点、转折点、变化率及其他特性,便于比较,还可以根据曲线得出相应的方程式;某些精确的图形还可用于在不知数学表达式的情况下进行图解分析和微分。

(3)回归分析法

利用最小二乘法对实验数据进行统计处理得出最大限度符合实验数据的拟合方程式,并判定拟合方程式的有效性,这种拟合方程式有利于用计算机进行计算。

1 实验数据的列表法

实验数据表可分为原始记录表、中间运算表和最终结果表。

原始记录表必须在实验前设计好,可以清楚地记录所有待测数据,如流体流动阻力实验原始记录表格式如下:

序号	流量计读数	流量（m³/s）	光滑管阻力（mm）		粗糙管阻力（mm）		局部阻力（mm）	
			左	右	左	右	左	右
1								
2								
⋮								

光滑管管径:　　　　mm;粗糙管管径　　　　　　mm;　　　　　　长度　　　m;

水温:　　　　℃;其他固定参数:……

运算表格有助于进行运算,不易混淆,如流体流动阻力的运算表格如下:

序号	流量 （m³/s）	流速 （m/s）	$Re\times 10^{-4}$	沿程阻力 （m）	摩擦系数 $\lambda\times 10^2$	局部阻力 （m）	阻力系数 ζ
1							
2							
⋮							

实验最终结果表只表达主要变量之间的关系和实验的结论，如流体流动阻力

流体流动阻力实验结果表

序号	粗糙管		光滑管		局部阻力	
	$Re\times 10^{-4}$	$\lambda\times 10^2$	$Re\times 10^{-4}$	$\lambda\times 10^2$	$Re\times 10^{-4}$	ζ
1						
2						
⋮						

列表注意事项：

（1）表格的表头要列出变量名称、单位。

（2）数字要注意有效数位数，要与测量仪表的精确度相适应。

（3）数字较大或较小时要用科学记数法表示，将 $10^{\pm n}$ 记入表头。注意：参数 $\times 10^{\pm n}=$ 表中数字。

（4）科学实验中，记录表格要正规，原始数据要书写清楚整齐，不得潦草，要记录各种实验条件，并妥为保管。

2　实验数据的图示（解）法

表示实验中各变量关系最通常的办法是将离散的实验数据标于坐标纸上，然后联成光滑曲线或直线。

当只有两个变量 x,y 时，通常将自变量 x 标于坐标纸的横轴，因变量 y 在纵轴，得到一条曲线；如有三个变量 x,y,z，通常在某一 z 下标出一条 $y-x$ 曲线，改变 z 得到一组不同 z 的 $y-x$ 曲线。四个以上变量的关系难以用图形表示。

作图时注意：

（1）选择合适的坐标，使图形直线化，以便求得经验方程式；

（2）坐标分度要适当，使变量的函数关系表达清楚。

2.1　坐标纸的选择

化工中常用的坐标有直角坐标、对数坐标和半对数坐标，市场上有相应的坐标纸出售。

化工实验中常遇到的函数关系有：

直线关系：$y=a+bx$，选用普通坐标纸；

幂函数关系：$y=ax^b$，选用对数坐标纸，因 $\lg y=\lg a+b\lg x$，在对数坐标纸上为一直线。

指数函数关系：$y=a^{bx}$，选用半对数坐标纸，因 $\lg y$ 与 x 呈直线关系。

此外，某变量最大值与最小值数量级相差很大时，或自变量 x 从零开始逐渐增加的初始阶段，或 x 少量增加会引起因变量极大变化时，均可用对数坐标。

2.2　坐标的分度

坐标的分度指每条坐标轴所代表的物理量大小，即选择适当的坐标比例尺。对同一套数据，比例尺不同，所得曲线的形状也不同，有时比例选择不当会导致图形失真。

为了得到良好的图形，在变量 x 和 y 的误差 $\Delta x,\Delta y$ 已知的情况下，比例尺的取法应使实验"点"的边长为 $2\Delta x,2\Delta y$，而且使 $2\Delta x=2\Delta y=2\text{mm}$，则 y 轴的比例尺 M_y 应为

$$M_y=\frac{2\text{mm}}{2\Delta y}=\frac{1}{\Delta y}\text{mm}$$

如已知温度误差 $\Delta T=0.05\text{℃}$，则

$$M_T=\frac{1\text{mm}}{0.05\text{℃}}=20\text{mm/℃}$$

则 1℃温度的坐标为 20mm 长，若感到太大可取 $2\Delta x=2\Delta y=1\text{mm}$，此时 1℃的坐标为 10mm 长。

2.3　对数坐标的特点

（1）对数坐标的原点是 $(1,1)$，而不是零；

（2）对数坐标上 1,10,100,1000 等数对应的常用对数数值分别为 0,1,2,3，所以在对数坐标上，每一数量级的距离是相等的；

（3）标在对数坐标上的值是真数，因而在对数坐标上的距离表示的是数值的对数差，所以求取直线的斜率时，应该用对数：

$$\tan\alpha=\frac{\lg y_2-\lg y_1}{\lg x_2-\lg x_1}$$

2.4　用图解法求经验公式

把实验数据归纳为经验公式，即一定的函数关系式，可以清楚地表示变量之间的关系，而且便于用计算机处理。

2.4.1　直线化方法

如何由实验数据 $(y_i,x_i,i=1,\cdots,n)$ 得出一定的经验方程式？通常将实验数据标绘在普通坐标纸上，得一曲线或直线，如果是一直线，则有

$$y=a+bx$$

其中 a,b 值由直线的截距和斜率求定。

如果不是直线，也就是说，y 与 x 不是线性关系，则可将实验曲线和典型的函数曲线（见表 3-1）相对照，选择与实验曲线相似的典型曲线函数形式，然后用直线化方法，对所选函数与实验数据的符合程度加以检验。

直线化方法就是将函数 $y=f(x)$ 转化成线性函数 $Y=A+BX$，其中 $X=\phi(x,y)$，$Y=\psi(x,y)$（ϕ,ψ 为已知函数）。由已知的 x_i 和 y_i，按 $Y_i=\psi(x,y)$，$X_i=\phi(x,y)$ 求得 Y_i 和 X_i，然后

将 Y_i, X_i 在普通直角坐标上标绘,如得一直线,即可定系数 A 和 B,并求得 $y = f(x)$。

如 $Y_i = f'(X_i)$ 偏离直线,则应重新选定 $Y = \psi'(x,y)$ $X = \phi'(x,y)$,直至 $Y_i - X_i$ 为直线关系为止。

例 3-1 实验数据 y_i, x_i 如下表,求经验式 $y = f(x)$。

x_i	1	2	3	4	5
y_i	0.5	2	4.5	8	12.5

解:将 y_i, x_i 标绘在直角坐标纸上得图 3-1(a)。由 $y-x$ 曲线可见形如幂函数曲线,令 $Y_i = \lg y_i$, $X_i = \lg x_i$

计算得:

X_i	0.000	0.301	0.477	0.602	0.699
Y_i	-0.3015	0.301	0.653	0.903	1.097

将 X_i, Y_i 标绘于图 3-1(b),得一直线:

截距 $$A = -0.301$$

令 $$B = \frac{1.097 - (-0.301)}{0.699 - 0} = 2$$

可得 $$\lg y = -0.301 + 2\lg x$$

即 $$y = 10^{-0.301} x^2 = 0.5 x^2$$

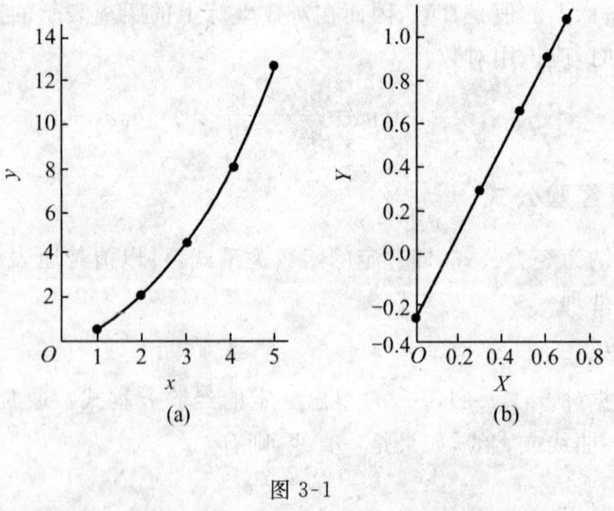

图 3-1

2.4.2 常见函数的典型图形

化工中常见的曲线与函数式之间的关系见表 3-1。

表 3-1　　　　　　　化工中常见的曲线与函数式之间的关系

序号	图形	函数及线性化方法
1		双曲线函数 $y=\dfrac{x}{ax+b}$ 令 $Y=\dfrac{1}{y}$，$X=\dfrac{1}{x}$，则得直线方程 $Y=a+bX$
2		S 形曲线 $y=\dfrac{1}{a+be^{-x}}$ 令 $Y=\dfrac{1}{y}$，$X=e^{-x}$，则得直线方程 $Y=a+bX$
3		指数函数 $y=ae^{bx}$ 令 $Y=\lg y$，$X=x$，$k=b\lg e$，则得直线方程 $Y=\lg a+kX$
4		指数函数 $y=ae^{\frac{b}{x}}$ 令 $Y=\lg y$，$X=\dfrac{1}{x}$，$k=b\lg e$，则得直线方程 $Y=\lg a+kX$
5		幂函数 $y=ax^{b}$ 令 $Y=\lg y$，$X=\lg x$，则得直线方程 $Y=\lg a+bX$
6		对数函数 $y=a+b\lg x$ 令 $Y=y$，$X=\lg x$，则得直线方程 $Y=a+bX$

3　实验数据的回归分析法

　　化工实验中,由于存在实验误差与某种不确定因素的干扰,所得数据不能用一根光滑曲线或直线来表达,即实验点随机地分布在一直线或曲线附近,要找出这些实验数据中所包含的规律即变量之间的定量关系式,而使之尽可能符合实验数据,可用回归分析这一数理统计的方法。最常用的方法是最小二乘法。

3.1 回归分析法的含义和内容

3.1.1 回归方程

回归分析是处理变量之间相互关系的一种数理统计方法。用这种数学方法可以从大量观测的散点数据中寻找到一些能反映事物内部的统计规律，并可以按数学模型形式表达出来，故称它为回归方程（回归模型）。

3.1.2 线性和非线性回归（拟合）

回归也称拟合。对具有相关关系的两个变量，若用一条直线描述，则称一元线性回归；若用一条曲线描述，则称一元非线性回归。对具有相关关系的三个变量，其中一个因变量、两个自变量，若用平面描述，则称二元线性回归；若用曲面描述，则称二元非线性回归。依次类推，可以延伸到 n 维空间进行回归，则称多元线性或非线性回归。处理实际问题时，往往将非线性问题转化为线性来处理。建立线性回归方程的最有效方法为线性最小二乘法。

以下主要讨论用最小二乘法拟合实验数据。

3.1.3 回归分析法的内容

回归分析法所包括的内容或可以解决的问题，概括起来有如下四个：

(1)根据一组实测数据，按最小二乘原理建立正规方程，解正规方程得到变量之间的数学关系式，即回归方程式。

(2)判明所得到的回归方程式的有效性。回归方程式是通过数理统计方法得到的，是一种近似结果，必须对它的有效性作出定量检验。

(3)根据一个或几个变量的取值，预测或控制另一个变量的取值，并确定其准确度（精度）。

(4)进行因素分析。对于一个因变量受多个自变量（因素）的影响，则可以分清各自变量的主次和分析各个自变量（因素）之间的相互关系。

下面先讨论线性回归，进而介绍非线性回归。

3.2 线性回归分析法

3.2.1 一元线性回归

(1)回归直线的求法

在取得两个变量的实验数据之后，若在普通直角坐标纸上标出各个数据点，如果各点的分布近似于一条直线，则可考虑采用线性回归法求其表达式。

设给定 n 个实验点 (x_1, y_1)，(x_2, y_2)，…，(x_n, y_n)，其离散点图如图 3-2 所示。于是可以利用一条直线来代表它们之间的关系

$$\hat{y} = a + bx \tag{3-1}$$

式中：$\hat{y}$——由回归式算出的值，称回归值；

a 和 b——回归系数。

对每一测量值 x_i 均可由式(3-1)求出一回归值 $\hat{y}_i$。回归值 $\hat{y}_i$ 与实测值 y_i 之差的绝对值 $d_i = |y_i - \hat{y}_i| = |y_i - (a + bx_i)|$ 表明 y_i 与回归直线的偏离程度。两者偏离程度愈小，说明

直线与实验数据点拟合愈好。$|y_i - \hat{y}_i|$ 值代表点 (x_i, y_i) 沿平行于 y 轴方向到回归直线的距离,如图 3-3 上各竖直线 d_i 所示。

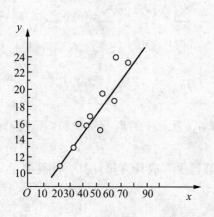

图 3-2　一元线性回归示意图　　　　图 3-3　实验曲线示意图

设
$$Q = \sum_{i=1}^{n} d_i^2 = \sum_{i=1}^{n} [y_i - (a + bx_i)]^2 \tag{3-2}$$

其中 y_i, x_i 是已知值,故 Q 为 a 和 b 的函数,为使 Q 值达到最小,根据数学上极值原理,只要将式(3-2)分别对 a, b 求偏导数 $\dfrac{\partial Q}{\partial a}$, $\dfrac{\partial Q}{\partial b}$,并令其等于零即可求 a, b 之值,这就是最小二乘法原理。即

$$\begin{cases} \dfrac{\partial Q}{\partial a} = -2 \sum\limits_{i=1}^{n} n(y_i - a - bx_i) = 0 \\[3mm] \dfrac{\partial Q}{\partial b} = -2 \sum\limits_{i=1}^{n} n(y_i - a - bx_i)x_i = 0 \end{cases} \tag{3-3}$$

由式(3-3)可得正规方程:

$$\begin{cases} a + \overline{x}b = \overline{y} \\[3mm] n\,\overline{x}a + \left(\sum\limits_{i=1}^{n} x_i^2 \right)b = \sum\limits_{i=1}^{n} x_i y_i \end{cases} \tag{3-4}$$

式中
$$\overline{x} = \frac{1}{n} \sum_{i=1}^{n} x_i \qquad \overline{y} = \frac{1}{n} \sum_{i=1}^{n} y_i \tag{3-5}$$

解正规方程(3-4),可得到回归式中的 a 和 b:

$$b = \frac{\sum\limits_{i=1}^{n} x_i y_i - n\,\overline{x}\,\overline{y}}{\sum\limits_{i=1}^{n} x_i^2 - n(\overline{x})^2} \tag{3-6}$$

$$a = \overline{y} - b\,\overline{x} \tag{3-7}$$

可见,回归直线正好通过离散点的平均值 $(\overline{x}, \overline{y})$,为计算方便,令:

$$l_{xx} = \sum_{i=1}^{n} (x_i - \overline{x})^2 = \sum_{i=1}^{n} x_i^2 - n\,\overline{x}^2 = \sum_{i=1}^{n} x_i^2 - \left(\sum_{i=1}^{n} x_i \right)^2 / n \tag{3-8}$$

$$l_{yy} = \sum_{i=1}^{n} (y_i - \overline{y})^2 = \sum_{i=1}^{n} y_i^2 - n\overline{x}^2 = \sum_{i=1}^{n} y_i^2 - \left(\sum_{i=1}^{n} y_i\right)^2 / n \qquad (3-9)$$

$$l_{xy} = \sum_{i=1}^{n} (x_i - \overline{x})(y_i - \overline{y}) = \sum_{i=1}^{n} x_i y_i - n\overline{x}\,\overline{y} = \sum_{i=1}^{n} x_i y_i - \left[\left(\sum_{i=1}^{n} x_i\right)\left(\sum_{i=1}^{n} y_i\right)\right] / n \qquad (3-10)$$

可得

$$b = \frac{l_{xy}}{l_{xx}} \qquad (3-11)$$

以上各式中的 l_{xx}，l_{yy} 称为 x、y 的离差平方和，l_{xy} 为 x、y 的离差乘积和，若改换 x、y 各自的单位，回归系数值会有所不同。

根据最小二乘法原理，一元线性回归可用计算器手算或计算机计算。计算器手算一般用列表计算。

（以下省略求和运算的上、下限，简写为 $\sum$）

例 2-2 已知表 3-2(a)中的实验数据 y_i 和 x_i 成直线关系，试求其回归方程。

解：根据表中的数据可列表计算，其结果见表 3-2(b)。

表 3-2(a)　　　　　　　　　　　　　　实验测得 y 与 x 的数据

序号	1	2	3	4	5	6	7	8	9	10
x_i	22	34	39	43	46	54	58	64	67	72
y_i	11	13	16	16	17	15	20	19	24	23

表 3-2(b)　　　　　　　　　　　　　　实验数据及计算值

序号	x_i	y_i	x_i^2	$x_i y_i$	y_i^2
1	22	11	484	242	121
2	34	13	1156	442	169
3	39	16	1521	624	256
4	43	16	1849	688	256
5	46	17	2116	782	289
6	54	15	2916	810	225
7	58	20	3364	1160	400
8	64	19	4096	1216	361
9	67	24	4489	1608	576
10	72	23	5484	1656	529
$\sum$	499	174	27176	9228	3182

$$\overline{x} = \sum x_i / 10 = 499/10 = 49.9$$

$$\overline{y} = \sum y_i/10 = 174/10 = 17.4$$

$$b = \frac{l_{xy}}{l_{xx}} = \frac{\sum x_i y_i - n\,\overline{x}\,\overline{y}}{\sum x_i^2 - n\,\overline{x}^2} = \frac{9228 - 10 \times 49.9 \times 17.4}{27176 - 10 \times 49.9^2} = 0.24$$

$$a = \overline{y} - b\,\overline{x} = 17.4 - 0.24 \times 49.9 = 5.424$$

故回归方程为

$$\hat{y} = 5.424 + 0.24x$$

（2）回归效果的检验

在以上求回归方程的计算过程中，并不需要事先假定两个变量之间一定有某种相关关系。就方法本身而论，即使平面图上是一群完全杂乱无章的离散点，也能用最小二乘法给其配一条直线来表示 x 和 y 之间的关系。但显然，这是毫无意义的。实际上只有在两变量是线性关系时进行线性回归才有意义。因此，必须对回归效果进行检验。

先介绍平方和、自由度及方差概念，以便于对回归效果检验的理解。

离差．实验值 y_i 与平均值 $\overline{y}$ 的差 $(y_i - \overline{y})$ 称为离差，n 次实验值 y_i 的离差平方和 $l_{yy} = \sum (y_i - y)^2$ 越大，说明 y_i 的数值变动越大。

$$l_{yy} = \sum (y_i - \overline{y})^2 = \sum [(y_i - \hat{y}_i) + (\hat{y}_i - \overline{y})]^2$$

$$= \sum (y_i - \hat{y}_i)^2 + \sum (\hat{y}_i - \overline{y})^2 + 2\sum (y_i - \hat{y}_i)(\hat{y}_i - \overline{y})$$

可以证明
$$2\sum (y_i - \hat{y}_i)(\hat{y}_i - \overline{y}) = 0$$

所以
$$l_{yy} = \sum (y_i - \hat{y}_i)^2 + \sum (\hat{y}_i - \overline{y})^2 \tag{3-12}$$

由前可知
$$Q = \sum (y_i - \hat{y}_i)^2 \tag{3-13}$$

令
$$U = \sum (\hat{y}_i - \overline{y})^2 \tag{3-14}$$

式（3-12）可写成
$$l_{yy} = Q + U \tag{3-15}$$

式（3-15）称平方和分解公式，理解它并记住它对于掌握回归分析方法很有帮助。为便于理解，用图形说明之（见图 3-4）。

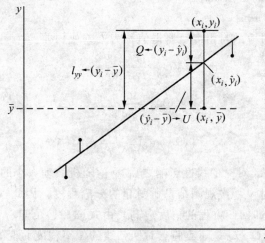

图 3-4　l_{yy}、U、Q 含义示意图

回归平方和 U $U = \sum(\hat{y}_i - \overline{y})^2$，它是回归线上 $\hat{y}_1, \hat{y}_2, \cdots, \hat{y}_n$ 的值与平均值 $\overline{y}$ 之差的平方和。它描述了 $\hat{y}_1, \hat{y}_2, \cdots, \hat{y}_n$ 偏离 $\overline{y}$ 的分散程度，其分散性来源于 $x_1, x_2, \cdots, x_n$。亦即由于 x、y 的线性关系所引起 y 变化的部分，称为回归平方和。

$$U = \sum(\hat{y}_i - \overline{y})^2 = \sum(a + bx_i - \overline{y})^2 = \sum[b(x_i - \overline{x})]^2$$
$$= b^2 \sum(x_i - \overline{x})^2 = b^2 l_{xx} = bl_{xy} \tag{3-16}$$

剩余平方和 Q $\qquad Q = \sum(y_i - \hat{y}_i)^2 = \sum[y_i - (a + bx_i)]^2 \tag{3-17}$

式(3-17)代表实验值 y_i 与回归直线上纵坐标 $\hat{y}_i$ 值之差的平方和。它包括了 x 对 y 线性关系影响以外的其他一切因素对 y 值变化的作用，所以常称为剩余平方和或残差平方和。

因此，平方和分解公式(3-15)表明了实验值 y 偏离平均值 $\overline{y}$ 的大小，可以分解为两部分（即 Q 和 U）。在总的离差平方和 l_{yy} 中，U 所占的比重越大，Q 的比重越小，则回归效果越好，误差越小。

各平方和的自由度 f 讨论平方和分解公式时，尚未考虑实验数据点的个数对它的影响。为了消除数据点多少对回归效果的影响，就需引入自由度的概念。所谓自由度 f，简单地说，是指计算偏差平方和时，涉及独立平方和的数据个数。每一个平方和都有一个自由度与其对应，若是变量对平均值的偏差平方和，其自由度 f 是数据的个数（n）减 1（例如离差平方和）。原因是，数学上有 n 个偏差相加之和等于零的一个关系式存在，即 $\sum(x_i - \overline{x}) = 0$，故自由度 $f = n - 1$。当然，若是对某一个目标值（比如对由公式计算出来的值或某一标准值，等等），则自由度就是独立变量数的个数（例如回归平方和）。如果一个平方和是由几部分的平方和组成，则总自由度 $f_{总}$ 等于各部分平方和的自由度之和。因为总离差平方和在数值上可以分解为回归平方和 U 和剩余平方和 Q 两部分，故

$$f_{总} = f_U + f_Q \tag{3-18}$$

式中：$f_{总}$——总离差平方和 l_{yy} 的自由度，$f_{总} = n - 1$，n 等于总的实验点数；

$\qquad f_U$——回归平方和的自由度，f_U 等于自变量的个数 m；

$\qquad f_Q$——剩余平方和的自由度，$f_Q = f_{总} - f_U = (n - 1) - m$。

对于一元线性回归，$f_{总} = n - 1$，$f_U = 1$，$f_Q = n - 2$。

方差 平方和除以对应的自由度后所得值称为方差或均差。

回归方差 $\qquad\qquad\qquad VU = \dfrac{U}{f_U} = \dfrac{U}{m} \tag{3-19}$

剩余方差 $\qquad\qquad\qquad V_Q = \dfrac{Q}{f_Q} \tag{3-20}$

剩余标准差 $\qquad\qquad\qquad s = \sqrt{V_Q} = \sqrt{\dfrac{Q}{f_Q}} \tag{3-21}$

s 可以看作是排除了 x 对 y 的线性影响之后，y 值随机波动大小的一个估量值。它可以用来衡量所有随机因数对 y 一次观测结果所引起的分散程度。因此，s 愈小，回归方程对实验点的拟合程度愈高，亦即回归方程的精度愈高。由式(3-21)可知，s 的大小取决于自由度 f_Q，也取决于剩余平方和 Q。Q 是随实验点对回归线的偏离程度而变的，Q 值的大小与实验数据点规律性的好坏有关，也与被选用的回归式是否合适有关。

①实验数据的相关性

a. 相关系数 r。相关系数 r 是说明两个变量线性关系密切程度的一个数量性指标。其定义为

$$r = \frac{l_{xy}}{\sqrt{l_{xx}l_{yy}}} \tag{3-22}$$

$$r^2 = \frac{l_{xy}^2}{l_{xx}l_{yy}} = \left(\frac{l_{xy}}{l_{xx}}\right)^2 \frac{l_{xx}}{l_{yy}} = \frac{b^2 l_{xx}}{l_{yy}} = \frac{U}{l_{yy}} = 1 - \frac{Q}{l_{yy}} \tag{3-23}$$

由式(2-23)可看出，r^2 正好代表了回归平方和 U 与离差平方和 l_{yy} 的比值。r 的几何意义可用图 3-5 说明。

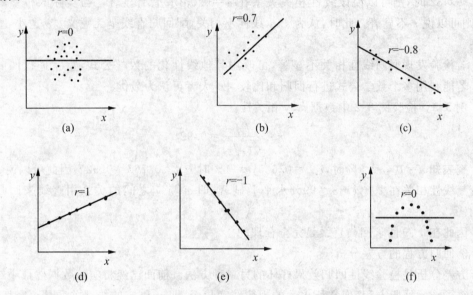

图 3-5　相关系数的几何意义

当 $|r|=0$，此时 $l_{xy}=0$，回归直线的斜率 $b=0$，$U=0$，$Q=l_{yy}$，$\hat{y}_i$ 不随 x_i 而变化。此时离散点的分布情况有两种，或是完全不规则，x、y 间完全没有关系，如图 3-5(a)；或是 x、y 间有某种特殊的非线性关系，如图 3-5(f)所示。当 $0<|x|<1$，代表绝大多数情况，此时 x 与 y 存在一定线性关系。若 $l_{xy}>0$，则 $b>0$，且 $r>0$，离散点图的分布特点是 y 随 x 增大而增大，如图 3-5(b)所示，称为 x 与 y 正相关。若 $l_{xy}<0$，则 $b<0$，且 $r<0$，y 随 x 增大而减小，如图 3-5(c)所示，称 x 与 y 负相关。r 的绝对值愈小，(U/l_{yy}) 愈小，离散点距回归线愈远，愈分散；r 的绝对值愈接近于 1，离散点就愈靠近回归直线。

当 $|r|=1$，此时 $Q=0$，$U=l_{yy}$，即所有的点都落在回归直线上，此时称 x 与 y 完全线性相关；当 $r=1$ 时，称完全正相关；$r=-1$ 时，称完全负相关。如图 3-5(d)、(e)所示。

对 x、y 的任何数值，相关系数 r 的取值范围为 $0 \leqslant r \leqslant 1$，$0 \leqslant |r| \leqslant 1$，$-1 \leqslant r \leqslant 1$。

从以上讨论可知，相关系数 r 表示 x 与 y 两变量之间线性相关的密切程度。r 愈接近于零，说明 x、y 之间的线性相关程度愈小，可能存在着非线性的其他关系。

b. 显著性检验。如上所述，相关系数 r 的绝对值愈接近于 1，x、y 间愈线性相关。但究竟 $|r|$ 与 1 接近到什么程度才能说明 x 与 y 之间存在线性相关关系呢？这就有必要对相关系数进行显著性检验。只有当 $|r|$ 达到一定程度才可用回归直线来近似表示 x 与 y 之间的

关系。此时,可以说线性相关显著。一般来说,相关系数 r 达到使线性相关显著的值与实验数据点的个数 n 有关。因此,只有 $|r| > r_{min}$ 时,才能采用线性回归方程来描述其变量之间的关系。r_{min} 值可见附表5(相关系数检验表)。利用该表可根据实验数据点个数 n 及显著水平 α 查出相应的 r_{min}。一般可取显著性水平 $\alpha = 1\%$ 或 5%。

如 $n = 17$,则 $n - 2 = 15$. 查相关系数检验表(见附录4)得

$$\alpha = 0.05 \text{ 时},r_{min} = 0.482$$
$$\alpha = 0.01 \text{ 时},r_{min} = 0.606$$

若实际的 $|r| \geqslant 0.606$,则可以说该线性相关关系在 $\alpha = 0.01$ 水平上显著。当 $0.606 > |r| \geqslant 0.482$ 时,则可以说该线性相关关系在 $\alpha = 0.05$ 水平上显著。当实际的 $|r| < 0.482$ 时,则可以说 r 不显著。此时,认为 x、y 线性不相关,配回归直线毫无意义。α 愈小,显著性愈高。

若检验发现回归线性相关不显著,可改用其他线性化的数学公式,重新进行回归和检验。若能利用多个数学公式进行回归和比较,$|r|$ 大者可认为最优。

例 3-3 检验例 3-2 中数据 x、y 相关性。

$$r = \frac{l_{xy}}{\sqrt{l_{xx} l_{yy}}} = 0.92$$

查表知 $n = 10$,$\alpha = 5\%$ 时,$r_{min} = 0.635$;$\alpha = 1\%$ 时 $r_{min} = 0.765 < 0.92$。因此可以说 x 与 y 两变量线性相关在 $100\% - \alpha = 99\%$ 水平上显著,即 x 与 y 之间的关系用直线来回归是合适的。

因此在 x、y 间求回归直线是完全合理的。

②回归方程的方差分析

方差分析是检验线性回归效果好坏的另一种方法。前面已经将实验数据按最小二乘原理求得了一元回归方程,但它所揭示的规律准确与否,即 y 和 x 的线性关系是否密切,尚须进一步检验与分析。通常采用 F 检验法,因此要计算统计量

$$F = \frac{回归方差}{剩余方差} = \frac{U/f_U}{Q/f_Q} = \frac{V_U}{V_Q} \tag{3-24}$$

对一元线性回归的方差分析过程见表3-3。由于 $f_U = 1$,$f_Q = n - 2$,则

$$F = \frac{U/1}{Q/(n-2)} \tag{3-25}$$

然后将计算所得的 F 值与 F 分布数值表(见附录5)所列的值相比较。

F 分布表中有两个自由度 f_1 和 f_2,分别对应于 F 计算公式(3-24)中分子的自由度 f_U 与分母的自由度 f_Q。对于一元回归中,$f_1 = f_U = 1$,$f_2 = f_Q = n - 2$。有时将分子自由度称为第一自由度,分母自由度称为第二自由度。

表 3-3   一元线性回归的方差分析

名称	平方和	自由度	方差	方差比	显著性
回归	$U = \sum (\hat{y}_i - \overline{y})_2$	$f_U = m = 1$	$V_U = U/f_U$	$F = V_U/V_Q$	
剩余	$Q = \sum (y_i - \hat{y}_i)^2$	$f_Q = n - 2$			
总计	$l_{yy} = \sum (y_i - \overline{y})^2$	$f_总 = n - 1$	$V_Q = Q/(n-2)$		

F 分布表中显著性水平 α 有 $0.25,0.10,0.05,0.01$ 四种,一般宜先查找 $\alpha=0.01$ 时的最小值 $F_{0.01}(f_1,f_2)$,与由式(3-25)计算而得的方差比 F 进行比较,若 $F \geqslant F_{0.01}(f_1,f_2)$ 时,则可认为回归高度显著(称在 0.01 水平上显著),于是可结束显著性检验;否则再查较大 α 值相应的 F 最小值,如 $F_{0.05}(f_1,f_2)$ 与实验的方差比 F 相比较,若 $F_{0.01}(f_1,f_2)>F \geqslant F_{0.05}(f_1,f_2)$,则可认为回归在 0.05 水平上显著,于是显著性检验可告结束。依次类推。

若 $F<F_{0.25}(f_1,f_2)$,则可认为回归在 0.25 的水平上仍不显著,亦即 y 与 m 个自变量的线性关系很不密切。

对于任何一元线性回归问题,如果进行了方差分析中的 F 检验,就无须再作相关系数的显著性检验。因为两种检验是完全等价的,实质上说明同样的问题。

$$F=(n-2)\frac{U}{Q}=(n-2)\frac{U/l_{yy}}{Q/l_{yy}}=(n-2)\frac{r^2}{1-r^2} \tag{3-26}$$

根据上式,可由 F 值解出对应的相关系数 r 值,或由 r 值求出相应的 F 值。

③回归方程预报 y 值的准确度

通过反求的一元线性回归方程,就可以用一个变量的取值来预报另一个变量的取值;又通过对一元线性回归方程的方差分析(显著性检验),可以掌握该预测值将会达到怎样的程度。一般实测数据的因变量和自变量之间并不存在确定的函数关系,因此将自变量固定于某一值 x_0,不能指望因变量也固定于某一特定的值,它必然受某些随机因数的影响。但无论如何,这种变化还是会遵循一定规律的。

一般来说,对于服从正态分布的变量,若 $x=x_0$ 为某一确定值,则因变量 y 的取值也服从正态分布,它的平均值即是当 $x=x_0$ 时回归方程 $y_0=a+bx_0$,y 的值是以 y_0 为中心而对称分布的。靠 y_0 愈近,y 值出现的概率愈大;距离 y_0 值愈远,y 值出现的概率愈小。在第一章中曾讲过,一批测量值对于平均值的分散程度最好用标准误差 σ 来表示。一元线性回归中的剩余标准差[见式(3-21)]

$$s=\sqrt{\frac{Q}{n-2}}=\sqrt{\frac{\sum (y_i-\hat{y}_i)^2}{n-2}} \tag{3-27}$$

与第 3 章的标准误差 σ 的数学意义是完全相同的。差别仅在于求 σ 时自由度为 $n=1$,而求 s 时自由度为 $n-2$。即因变量 y 的标准误差 σ 可用剩余标准差 s 来估计:

$$s=\sqrt{\frac{Q}{n-2}}=\sqrt{\frac{l_{yy}-bl_{xy}}{n-2}} \tag{3-27a}$$

y 值出现的概率与剩余标准差之间存在以下关系,即被预测的 y 值落在 $y_0 \pm 2s$ 区间内的概率约为 95.4%,落在 $y_0 \pm 3s$ 区间内的概率约为 99.7%。由此可见,剩余标准差 s 愈小,则利用回归方程预报的 y 值愈准确。故 s 值的大小是预报准确度的标志。

以上分析 $x=x_0$ 的结论,对实验数据范围内的任何 x 值都成立。如果在平面图上作两条与回归直线平行的直线

$$\begin{cases} y'=a+bx+2s \\ y''=a+bx-2s \end{cases} \tag{3-28}$$

则可以预料,对于所选取的 x 值,在全部可能出现的 y 值中,大约有 95.4% 的点落在这两条直线之间的范围内。

由此可见,剩余标准差 s 是个非常重要的量。由于它的单位和 y 的一致,所以在实际中,便于比较和检验。因此一个回归能不能更切实地解决实际问题,只要将 s 与允许的偏差相比较即可。它是检验一个回归能否满足要求的重要标志。

3.2.2 多元线性回归

(1)多元线性回归的原理和一般求法

在大多数实际问题中,自变量的个数往往不止一个,这类问题称为多元回归问题。多元线性回归分析在原理上与一元线性回归分析完全相同,仍用最小二乘法建立正规方程,确定回归方程的常数项和回归系数。所以下面讨论多元线性回归问题时,省略了具体的推导过程。

设影响因变量 y 的自变量有 m 个:$x_1,x_2,\cdots,x_m$,通过实验,得到下列 n 组观测数据

$$(x_{1i},x_{2i},\cdots,x_{mi},y_i)\qquad i=1,2,\cdots,n \tag{3-29}$$

由此得正规方程:

$$\begin{cases} nb_0+b_1\sum x_{1i}+b_2\sum x_{2i}+\cdots b_m\sum x_{mi}=\sum y_i x_{1i} \\ b_0\sum x_{1i}+b_1\sum x_{1i}^2+b_2\sum x_{2i}x_{1i}+\cdots+b_m\sum x_{mi}x_{1i}=\sum y_i x_{1i} \\ b_0\sum x_{2i}+b_1\sum x_{1i}x_{2i}+b_2\sum x_{2i}^2+\cdots+b_m\sum x_{mi}x_{2i}=\sum y_i x_{2i} \\ \qquad\qquad\vdots \\ b_0\sum x_{mi}+b_1\sum x_{1i}x_{mi}+b_2\sum x_{2i}x_{mi}+\cdots+b_m\sum x_{mi}^2=\sum y_i x_{mi} \end{cases} \tag{3-30}$$

该方程组是一个有 $m+1$ 个未知数的线性方程组,经整理可得如下形式的正规方程:

$$\begin{cases} l_{11}b_1+l_{12}b_2+\cdots+l_{1m}b_m=l_{1y} \\ l_{21}b_1+l_{22}b_2+\cdots+l_{2m}b_m=l_{2y} \\ \qquad\qquad\vdots \\ l_{m1}b_1+l_{m2}b_2+\cdots+l_{mm}b_m=l_{my} \end{cases} \tag{3-31}$$

这样,将有 $m+1$ 个未知数的线性方程组式(3-30)化成了有 m 个未知数的线性方程组式(3-31),从而简化了计算。解此方程组即可求得待求的回归系数 $b_1,b_2,\cdots,b_m$。回归系数 b_0 值由下式来求:

$$b_0=y-b_1\bar{x}_1-b_2\bar{x}_2-\cdots-b_m\bar{x}_m \tag{3-32}$$

正规方程(3-31)的系数的计算式如下:

$$l_{11}=\sum(x_{1i}-\bar{x}_1)(\bar{x}_{1i}-\bar{x}_1)=\sum x_{1i}^2-\frac{1}{n}(\sum x_{1i})(\sum x_{1i})=\sum x_{1i}^2-\frac{1}{n}(\sum X_{1i})^2$$

$$l_{12}=\sum(x_{1i}-\bar{x}_1)(\bar{x}_{2i}-\bar{x}_2)=\sum x_{1i}x_{2i}-\frac{1}{n}(\sum x_{1i})(\sum x_{2i})$$

$$\vdots$$

$$l_{1m}=\sum(x_{1i}-\bar{x}_1)(\bar{x}_{2i}-\bar{x}_2)=\sum x_{1i}x_{mi}-\frac{1}{n}(\sum x_{1i})(\sum x_{mi})$$

$$l_{21}=l_{12}$$

$$\vdots$$

$$l_{32}=l_{23}$$

$$\vdots$$

$$l_{1y} = \sum(y_i - \overline{y})(x_{1i} - \overline{x}_1) = \sum x_{1i}y_i - \frac{1}{n}(\sum x_{1i})(\sum y_i)$$

$$l_{yy} = \sum(y_i - \overline{y})^2 = \sum y_i^2 - \frac{1}{n}(y_i)^2$$

以下通式表示系数的计算式：

$$l_{kj} = \sum(x_{ji} - \overline{x}_j)(x_{ki} - \overline{x}_k) = \sum x_{ji}x_{ki} - \frac{1}{n}(\sum x_{ji})(\sum x_{ki})$$

$$l_{ji} = \sum(y_i - \overline{y})(x_{ji} - \overline{x}_j) = \sum x_{ji}y_i - \frac{1}{n}(\sum x_{ji})(\sum y_i)$$

式中：下标 $i=1,2,\cdots,n; k=1,2,\cdots,m; j=1,2,\cdots,m;$

n——数据的组数；

m——m 元线性回归；回归模型中自变量 x 的个数；正规方程组(3-31)的行数和列数。

线性方程组(3-31)的求解，可采用目前应用较多的高斯消去法。高斯消去法的本质是通过矩阵的行变换来消元，将方程组的系数矩阵变换为三角阵，从而达到求解的目的。

例 3-4 某化工厂在甲醛生产流程中，为了降低甲醛溶液温度，装置了溴化锂制冷机，通过实验找出了溴化钾制冷机的制冷量 y 与冷却水温度 x_1、蒸气压力 x_2 之间的关系数据见表 3-4(a)。

表 3-4(a)　　　　　　　　　　　　实测数据表

序号	1	2	3	4	5	6	7	8	9
$x_1(\text{℃})$	6.5	6.5	6.7	16	16	17	19	19	20
$x_2(\text{Pa})$	146.7	231.7	308.9	154.4	231.7	308.9	146.7	231.7	247.5
$y(\text{kJ/h})$	45.2	54.0	60.3	66.3	74.3	60.4	96.3	105.5	120.6

设 y 与 x_1，x_2 之间存在线性关系，求 y 对 x_1，x_2 的线性回归方程。

解：本例的自变量比较少，可采用计算器进行列表计算。见表 3-4(b)。

$$l_{11} = \sum x_{1i}^2 - \frac{1}{n}(\sum x_{1i})^2 = 2052.39 - \frac{1}{9} \times 126.7^2 = 268.75$$

$$l_{12} = l_{21} = \sum x_{1i}x_{2i} - \frac{1}{n}(\sum x_{1i})(\sum x_{2i}) = 30097.7 - \frac{1}{9} \times 126.7 \times 2108.2 = 419.13$$

$$l_{1y} = \sum x_{1i}y_i - \frac{1}{n}(\sum x_{1i})(\sum y_i) = 11081.4 - \frac{1}{9} \times 126.7 \times 712.9 = 1045.35$$

$$l_{2y} = \sum x_{2i}y_i - \frac{1}{n}(\sum x_{2i})(\sum y_i) = 173626 - \frac{1}{9} \times 2108.2 \times 712.9 = 6633.14$$

表 3-4(b)

序号	x_1	x_2	y	x_1x_2	x_1y	x_2y
1	6.5	146.7	45.2	953.6	293.8	6630.8
2	6.5	231.7	54.0	1506.0	351.0	12511.8
3	6.7	308.9	60.3	2069.6	404.0	18626.7
4	16	154.4	66.3	2470.4	1060.8	10236.7
5	16	231.7	74.3	3707.2	1188.8	17215.3
6	17	308.9	90.4	5251.3	1536.8	27924.6
7	19	146.7	96.3	2787.3	1829.7	14127.2
8	19	231.7	105.5	4402.3	2004.5	24444.4
9	20	247.5	120.6	6950.0	2412.0	41908.5
$\sum_{i=1}^{9}$	126.7	2108.2	712.9	6097.7	11081.4	173626
平方之和	2052.9	539530.3	61631.7			

则可以写出正规方程组:

$$\begin{cases} 268.75b_1 + 419.13b_2 = 1045.35 \\ 419.13b_1 + 45696.16b_2 = 6633.14 \end{cases}$$

解方程组得到

$$\begin{cases} b_1 = 3.717 \\ b_2 = 0.111 \end{cases}$$

$$\overline{x}_1 = 126.7/9 = 14.0778$$

$$\overline{x}_2 = 2108.2/9 = 234.244$$

$$\overline{y} = 712.9/9 = 79.2111$$

$$b_0 = \overline{y} - b_1\overline{x}_1 - b_2\overline{x}_2 = 0.883$$

得回归方程 $\qquad y = 0.883 + 3.717x_1 + 0.111x_2$

(2)回归方程的显著性检验

a. 多元线性回归的方差分析 在多元线性回归中,常先假设 y 与 $x_1, x_2, \cdots, x_m$ 之间有线性关系,因此对回归方程也必须进行方差分析。

同一元线性回归的方差分析一样,可将其相应计算结果,列入多元线性回归的方差分析表中。如表 3-5 所示。

表 3-5 多元线性回归方差分析表

名称	平方和	自由度	方差	方差比 F
回归	$U = \sum (\hat{y}_i - \bar{y})2 = \sum_{i=1}^{m} b_j l_{jy}$	$f_U = m$	$V_U = U/f_U$	$F = V_U/V_Q$
剩余	$Q = \sum (y_i - \hat{y}_i) = l_{yy} - U$	$f_Q = f_总 - f_U = n - 1 - m$	$V_Q = Q/f_Q$	
总计	$l_{yy} = \sum (y_i - \bar{y})^2$	$f_总 = n - 1$		

同样,可以利用 F 值对回归式进行显著性检验,即通过 F 值对 y 与 $x_1, x_2, \cdots, x_m$ 之间的线性关系的显著性进行判断。

在查附录 5 的 F 分布表时,把 F 计算式中分子的自由度 $f_U = m$ 作为第一自由度 f_1,分母的自由度 $f_Q = n - 1 - m$ 作为第二自由度 f_2。检验时,先查出 F 分布表中的几种显著性的数值,分别记为

$$F_{0.01}(m, n-m-1)$$
$$F_{0.05}(m, n-m-1)$$
$$F_{0.10}(m, n-m-1)$$
$$F_{0.25}(m, n-m-1)$$

然后将计算的 F 值,同以上 4 个表记载的 F 值比较,判断因变量 y 与 m 个自变量 x_i 的线性关系密切程度。

$F \geqslant F_{0.01}(m, n-m-1)$,在 0.01 水平上显著,记为"4*";

$F_{0.05}(m, n-m-1) \leqslant F < F_{0.01}(m, n-m-1)$,在 0.05 水平上显著,记为"3*";

$F_{0.10}(m, n-m-1) \leqslant F < F_{0.05}(m, n-m-1)$,在 0.10 水平上显著,记为"2*";

$F_{0.25}(m, n-m-1) \leqslant F < F_{0.10}(m, n-m-1)$,在 0.25 水平上显著,记为"1*"。

$F < F_{0.25}(m, n-m-1)$,在 0.25 水平也不显著,记为"0*"。

3.3 非线性回归

实际问题中变量间的关系很多是非线性的,$y = ax^b$,$y = ae^{bx}$,$y = ax_1 x_2 \cdots x_n$ 等,处理这些非线性函数的主要方法是将其转化成线性函数。

3.3.1 一元非线性回归

对于有关非线性函数

$$y = f(x)$$

可以通过函数变换,令 $Y = \phi(y)$,$X = \psi(x)$,转化成线性关系:

$$Y = a + bX$$

3.3.2 一元多项式回归

由数学分析可知,任何复杂的连续函数均可用高阶多项式近似表达,因此对于那些较难直线化的函数,可以用下式逼近:

$$y = b_0 + b_1 x + b_2 x^2 + \cdots + b_n x^n$$

如令 $Y = y$,$X_1 = x$,$X_2 = x^2$,$\cdots$,$X_n = x^n$,则上式转化为多元线性方程:

$$Y = b_0 + b_1 X_1 + b_2 X_2 + \cdots\cdots + b_n X_n$$

这样，就可用多元线性回归求出系数 $b_0, b_1, \cdots, b_n$。

注意，虽然多项式的阶数 n 越高，回归方程的精度与实际数据的逼近程度越高，但阶数越高，回归计算的舍入误差也越大，所以当阶数 n 过高时，回归方程的精度反而越低，甚至得不出合理结果，故一般 $n = 3 \sim 4$ 即可。

3.3.3 多元非线性回归

一般也是将多元非线性函数化为多元线性函数，其方法同一元非线性函数。

如圆形直管内强制湍流时的对流传热关联式：

$$Nu = aRe^b Pr^c$$

方程两端取对数得：

$$\lg Nu = \lg a + b \lg Re + c \lg Pr$$

令
$$Y = \lg Nu, b_0 = \lg a, X_1 = \lg Re$$
$$X_2 = \lg pr, b_1 = b, b_2 = c$$

则可转化为多元线性方程：

$$Y = b_0 + b_1 X_1 + b_2 X_2$$

由此可按多元线性回归方法处理。

第四章　化工实验参数测量方法

化工生产和科学实验中,物料的压力、流量、温度等都是操作、控制的重要参数。要保证测量值达到所要求的精度,必须合理地选用、正确地使用和操作各种测量仪表。测量仪表的种类很多,本章重点介绍化工原理实验常用的压力测量、流量测量和温度测量仪表及使用技术,另外对液体密度、转速、功率的测量仪表及使用技术也作一些介绍。

1　测量技术基础知识

1.1　测量仪表的基本技术性能

1.1.1　测量仪表的静态特性

静态特性表示测量仪表在被测输入量的各个值处于稳定状态下的输出与输入之间的关系。研究静态特性主要考虑其非线性与随机变化等因素。

(1)精度　仪表的精度,即所得测量值接近真实值的准确程度。

在任何测量过程中都必然地存在着测量误差,因而在用测量仪表对实验参数进行测量时,不仅需要知道仪表的测量范围(即量程),而且还应知道测量仪表的精度,以便估计测量值的误差的大小。测量仪表的精度通常用规定的正常条件下最大的或允许的相对误差 $\delta_{允}\%$ 表示,即

$$\delta_{允}=\frac{|x_{测}-x_{标}|_{\max}}{量程上限值-量程下限值}\times100\%\tag{4-1}$$

式中:$x_{测}$——被测参数的测量值;

　　$x_{标}$——被测参数的标准值(即标准表所测的数值或比被校表高一级精度的仪表所测
　　　　　数值);

　　$|x_{测}-x_{标}|$——测量值的绝对误差。

由(4-1)式可以看出,测量仪表的精度不仅与绝对误差有关,还与该仪表的测量范围有关。

仪表精度等级(p级)具体划分如第二章6.1所述,它所表示的是在规定的正常工作条件下的相对误差,称为仪表的基本误差。如果仪表不在规定的正常工作条件下工作,由于外界条件变动而引起的额外误差,称为仪表的附加误差。

所谓规定的正常工作条件是:环境温度为(25±10)℃;大气压力为(100±3)kPa;周围大气相对湿度为(65±15)%;无振动;除万有引力场以外无其他物理场。

(2)线性度　对于理论上具有线性刻度特性的测量仪表,往往会由于各种原因的影响,

使得仪表的实际特性偏离理论上的线性特性。非线性误差是指被校验仪表的实际测量曲线与理论直线之间的最大差值。如图 4-1 所示。

线性度又称非线性,是表征测量仪表输出与输入校准曲线与所选用的拟合直线(作为工作直线)之间吻合(或隔离)程度的指标。通常用相对误差来表示线性度,即

$$\delta_L = \pm \frac{\Delta L_{max}}{y_{F \cdot s}} \times 100\% \tag{4-2}$$

式中:ΔL_{max} 表示输出值与拟合直线间的最大差值;$y_{F \cdot s}$ 表示理论满量程输出值。

一般要求测量仪表线性度要好,这样有利于后续电路的设计及选择。

(3)回差(又称变差)　是反映测量仪表在正(输入量增大)反(输入量减小)行程过程中输出-输入曲线的不重合程度的指标。通常用正、反程输出的最大差值 ΔH_{max} 计算(如图 4-2 所示),并以相对值表示。

$$\delta_H = \frac{\Delta H_{max}}{y_{F \cdot s}} H \tag{4-3}$$

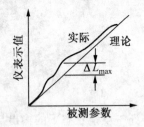

图 4-1　非线性误差特性示意图　　图 4-2　仪表的回差特性示意图

(4)灵敏度(又称静态灵敏度)　是测量仪表输出量增量与被测输入量增量之比。线性测量仪表的灵敏度就是拟合直线的斜率,非线性测量仪表的灵敏度不是常数,为输入的导数。在静态条件下仪表的输出变化对输入变化的比值,即

$$s = \frac{\Delta a}{\Delta x} \tag{4-4}$$

式中:s——仪表的灵敏度;

　　Δa——仪表的输出变化值;

　　Δx——被测参数变化值。

(5)灵敏限　是指引起仪表输出变化时被测参数的最小(极限)变化量。仪表灵敏限的数值一般不大于仪表的最大绝对误差的 1/2。即

$$灵敏限 \leqslant \frac{1}{2} (|x_{测} - x_{标}|)_{max} \tag{4-5}$$

结合式(4-1)可知

$$(|x_{测} - x_{标}|)_{max} = \delta_允 \times (量程上限 - 量程下限)$$

$$灵敏限 \leqslant \frac{精度等级}{2 \times 100} (量程上限 - 量程下限) \tag{4-6}$$

只要灵敏限满足式(4-6)即可,过小的灵敏限不但没有必要,反而使仪表造价高,不经济。

(6)重复性　是衡量测量仪表在同一条件下,输入量按同一方向作全量程连续多次变化时,所得特性曲线间一致程度的指标。各条特性曲线越靠近,重复性越好。

(7)阈值　是能使测量仪表输出端产生可测变化量的最小被测输入量值,即零位附近的分辨力。

(8)稳定性　又称长期稳定性,即测量仪表在相当长时间内仍保持其性能的能力。稳定性一般以室温下经过某一规定的时间间隔后,传感器的输出与起始标定时的输出之间的差异来表示。

(9)漂移　是指在一定时间间隔内,测量仪表输出与输入量无关的变化。漂移包括零点漂移和灵敏度漂移。

零点漂移或灵敏度漂移又可分时间漂移(时漂)和温度漂移(温漂)。时漂是指在规定条件下,零点或灵敏度随时间的变化;温漂为周围温度变化引起的零点或灵敏度的漂移。

1.1.2　测量仪表的动态特性

动态特性是反映测量仪表对于随时间变化的输入量的响应特性。它包括频率响应和阶跃响应两方面。

将各种频率不同而幅值相等的正弦信号输入测量仪表,其输出正弦信号的幅值、相位与频率之间的关系称为频率响应特性,它包括相频特性和幅频特性。由于相频特性和幅频特性之间有一定的内在联系,因此一般用幅频特性表示测量仪表的频响特性及频域性能指标。

当给测量仪表输入一个单位阶跃信号时,如式(4-7),其输出信号为阶跃响应。

$$y(\tau)=\begin{cases}0 & (\tau\leqslant0)\\ y_c & (\tau>0)\end{cases} \tag{4-7}$$

衡量阶跃响应的指标参见图 4-3。

(1)时间常数 τ_0　测量仪表输出值上升到稳态值 y_c 的 63.2% 所需的时间。

(2)上升时间 τ_r　测量仪表输出值由稳态值的 10% 上升到 90% 所需的时间。

(3)响应时间 τ_s　输出值达到允许误差范围所经历的时间。

(4)超调量 a_1　响应曲线第一次超过稳态值之峰高,即 $a_1=y_{max}-y_c$,或用相对值 $a=[(y_{max}-y_c)/y_c]\times100\%$ 表示。

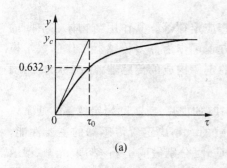
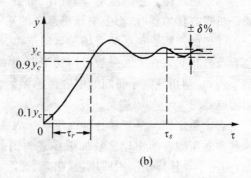

图 4-3　一阶系统(a)与二阶系统(b)的阶跃响应曲线

(5)衰减率 ψ　指相邻两个波峰(波谷)高度下降的百分数:$\psi=[(a_n-a_{n-2})/a_n]\times100\%$

(6)稳态误差(余差)δ'_{ss}　系指无限长时间后测量仪表的输出值与目标值之间偏差 Δ'_{ss} 的相对值:

$$\delta'_{ss}=(\Delta'_{ss}/y_c)\times100\%$$

1.2 非电量测量方法和传感器

长期以来在工农业生产、科学研究、国防工业等国民经济各个领域及人们的日常生活中,常遇到各种各样(如温度,压力,流量,湿度等等)的物理量,以往常采用非电测量的方法进行测量。进入 20 世纪 80 年代以后,各发达国家都把信息技术、计量技术和自动化技术的科学研究及技术开发工作做为重要的战略重点。而由微电子技术,计算机网络技术和人工智能控制技术交织而成的所谓控制论技术,称为上述战略重点之中心。发展这些技术的关键是非电量的电量化技术,能够把上千万种形形色色的物理、化学、生物、气象等非电量的信息准确、迅速地变换成便于识别、传输、接收和处理的信息的关键,便是下面要讨论的各种功能的传感器。

1.2.1 传感器

(1)传感器及其作用

传感器是一种能把特定的被测量信息(包括物理量、化学量、生物量等)按一定规律转换成某种可用信号输出的器件或装置。例如人的眼、耳、鼻、舌就是天然的传感器,分别具有视,听,嗅,味的能力。

应当指出,这里的可用信号是指便于处理、易于传输的信号。当今电信号最易于处理和便于传输,因此也有人把传感器定义为把外界非电信息转换为电信号输出的器件。

一般而言,传感器是系统对外界测取信息的"窗口",是系统之间实现信息交流的"接口",它为系统提供着赖以进行处理和决策所必须的对象信息,它是高度自动化系统及现代尖端技术必不可少的关键组成部分。

(2)传感器的物理定律

传感器之所以具有信息转换的机能,在于它的工作机理是基于各种物理的,化学的和生物的效应,并受相应的定律和法则所支配,了解这些定律和法则,有助于对传感器本质的理解和对新传感器的开发。下面简述常用的四个基本定律。

①守恒定律 包括能量、动量、电荷量等守恒定律。这些定律是探索、研制新型传感器或分析现有传感器时,都必须严格遵守的基本法则。

②场的定律 包括动力场的运动定律,电磁场的感应定律等。其作用与物体在空间的位置及分布状态有关。一般可由物理方程给出,这些方程可作为许多传感器工作的数学模型。例如,利用静电场研制的电容传感器等。利用场的定律构成的传感器,可统称为"结构型传感器"。

③物质定律 是表示各种物质本身内在性质的定律(如虎克定律、欧姆定律等),通常以这种物质所固有的物理常数加以描述。因此,这些常数的大小决定着传感器的主要性能。如:利用半导体物质法则即压阻、热阻、光阻、湿阻等效应,可分别做成压敏、热敏、光敏、湿敏等传感器件。按基本物质定律制成的传感器,可统称为"物性型传感器"。这是当代传感器技术中具有广阔发展前景的传感器。

④统计法则 是把微观系统与宏观系统联系起来的物理法则。这些法则,常常与传感器的工作状态有关,它是分析某些传感器的理论基础。这些方面的研究尚待开展。

(3)传感器的构成

传感器是一种能把非电输入信息转换成电信号输出的器件或装置,而其中能把非电信息转换成电信号的转换元件,是构成传感器的核心。但必须指出,转换元件的上述转换功能,对物性型传感器而言,一般都可一次完成,即可实现被测非电量到有用电量的直接转换;而对于结构型传感器而言,通常必须通过前置敏感元件预转换后才能完成,亦即实现被测非电量先转换为有用非电量再进一步转换为有用电量的间接转换。

传感器的具体构成方法,视被测对象、转换原理、使用环境及性能要求等具体情况的不同而有很大差异。图 4-4 给出了典型的传感器构成方法。

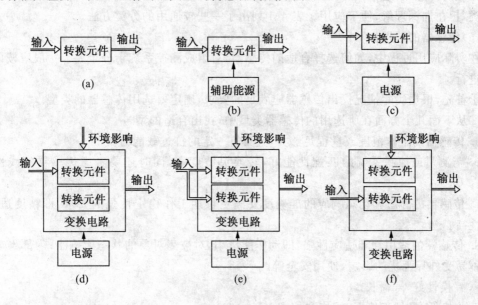

图 4-4　传感器的构成型式

(a)自源型:仅由转换元件构成的最简单、最基本的传感器构成形式。此类型的优点是不需外加能源;转换元件自己能从被测对象吸收能量,转换成电量,但输出能量一般较弱。此类型传感器如测温用的热电偶等。

(b)带激励源型:它是转换元件外加辅助能源构成的传感器类型。辅助能源供给转换元件能量,可以是电源,也可以是磁源。例如测量位移的磁电式传感器即属此类。(a)、(b)两种类型传感器由于转换元件起着能量转换的作用,因此称为"能量转换型传感器"。

(c)外源型:由利用被测量实现阻抗变换的转换元件构成,它必须通过带外电源的变换测量电路,才能获得电量输出。变换测量电路是指能把转换元件输出的电信号,调理成便于显示、记录、处理和控制的可用信号的电路。

在实际应用中,传感器的特性要受到使用环境变化的影响,图 4-4 中(d)、(e)、(f)是目前消除环境干扰影响而广泛采用的线路补偿法构成型式。

(d)相同传感器的补偿型:采用两个原理和特性完全相同的转换元件,并置于同一环境中,其中一个接受输入信号和环境影响,另一个只接受环境影响,通过线路,使后者消除前者的环境影响。这种构成形式在应变式,固态压阻式等传感器中常被采用。

(e)差动结构补偿型:它采用了两个原理和特性完全相同的转换元件,并在同一环境中工作,其中两个转换元件对被测输入量作反向转换,对环境干扰作同向转换,二者相减,通过变换电路,使有用的输出量增加,干扰量取消。

61

(f)不同传感器的补偿型：采用两个原理和特性不同的转换元件，其中一个接受输入信号，并已知其受环境影响的特性；另一个接受环境的影响，并通过电路向前者提供等效的抵消环境影响的补偿信号。采用这种方式构成的传感器如温度补偿的压力传感器。

（4）传感器的分类

用于测量与控制的传感器种类繁多。一种被测物理量，可以用不同的传感器来测量；而同一原理的传感器，通常又可测量多种非电量。因此，分类的方法也五花八门。了解传感器的分类，旨在加深理解，便于应用。表 4-1 列出了一些较通用的分类方法。

（5）传感器的选用

在实际应用过程中，如何选择合适的传感器，对组成测控系统十分重要。一般应按以下步骤进行。

①首先，根据实际情况提出传感器应满足的要求，确定要选用传感器的类型。

②从下面几个方面在所选用的传感器类型中，找出合适的型号。

a. 传感器的工作范围或量程足够大，且具有一定的抗过载能力。

b. 与测量或控制系统的匹配性能好，转换灵敏度高，同时还要考虑传感器的线性度要好。

c. 传感器的静态和动态响应的准确度要满足长期工作稳定性强的要求，即精度适当，稳定性高。

d. 传感器的适用性和适应性强，即动作能量小，对被测对象的状态影响小；内部噪声小而又不易受外界干扰的影响，使用安全等。

e. 互换性好，寿命长。

f. 价格低，且易于使用、维修和校准。

在实际选用过程中，很少能找到同时满足上述要求的传感器，要求具体问题具体分析，抓住主要矛盾，选择合适的传感器。

表 4-1　　　　　　　　　　传感器的分类

分类法	型式	说明
按基本效应	物理型、化学型、生物型等	分别以转换中的物理效应、化学效应等命名
按构成原理	结构型	以其转换元件结构参数变化实现信号转换
	物性型	以其转换元件物理特性变化实现信号转换
按能量关系	能量转换型（自源型）	传感器输出量直接由被测量能量转换而得
	能量控制型（外源型）	传感器输出量能量由外源供给，但受被测输入量控制
按作用原理	应变式、电容式、压电式、热电式等	以传感器对信号转换的作用原理命名
按输入量	位移、压力、温度、流量、气体等	以被测量命名（即按用途分类法）
按输出量	模拟式	输出量为模拟信号
	数字式	输出量为数字信号

1.2.2 模拟信号调理电路

使用传感器可以将非电量转化成电量,但是由于传感器的转换原理不同,输出信号的性质也不同,例如热电偶输出的是毫伏级的电压信号,而热电阻输出的是电阻信号。对于信号的传输和采集,都需要标准的电压信号 $1\sim5V$ 或电流信号 $3\sim20mA$,因此,必须要对传感器输出的电信号进行放大与调理。常用的集成运算放大器的结构简图和特性以及相应的调理电路见表 4-2 和表 4-3。

1.3 仪表电路的抗干扰措施

在工业生产或试验现场使用仪表时,条件通常是很复杂的。被测量的参数往往被转换成电信号,然后长距离(有时长达数百米甚至更远)传输至显示仪表。由于各种原因,电路中除了被测参数的信号外,经常还存在与被测参数无关的电压或电流信号,这些信号统称为干扰,又称"噪声"。在测量过程中如果不能排除这些干扰的影响,测量误差将大大增加,甚至仪表完全不能工作。

根据干扰对仪表电路输入端的作用方式,可分为串模干扰和共模干扰。如图 4-5 所示,其中 e_i 为信号源电压,R_i 为信号源内阻。串模干扰(又称常态干扰,差模干扰,横向干扰,线间干扰)是叠加在被测信号上的干扰,串模干扰电压 e_n 数值在几毫伏到几十毫伏的范围内。共模干扰(又称共态干扰,纵向干扰,对地干扰)是加在仪表电路任一输入端(正端或负端)与地之间的干扰,其干扰电压 e_c 的数值为几伏至几十伏,甚至可达几百伏。

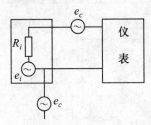

图 4-5

表 4-2	集成运算放大器的结构及其特点
结构组成	差动输入放大器、中间电压放大级、输出级及偏置电路
运算放大器符号	①该放大器为三端器件(两个输入端 A、B,一个输出端 C) ②有两种电源供电(一正,一负)必须了解额定电压及允许变化的范围
基本特点	①具有双端输入,单端输出功能 ②开环电压增益极高,通常为 $60\sim120dB$,且有较宽的放大频带 ③输入阻抗极高,一般为 $10^5\sim10^6\Omega$,有的可达 $10^{13}\Omega$ ④有极低的输出阻抗,一般在 $0\sim10^3\Omega$ ⑤有良好的共模抑制比,通常情况为 $80\sim110dB$,此数字越大,集成运算放大器的性能越好

表 4-3　　　　　　　　　　　　模拟信号调理电路的分类

	名称	电路示图	输出与输入关系
线性放大电路	反相放大器	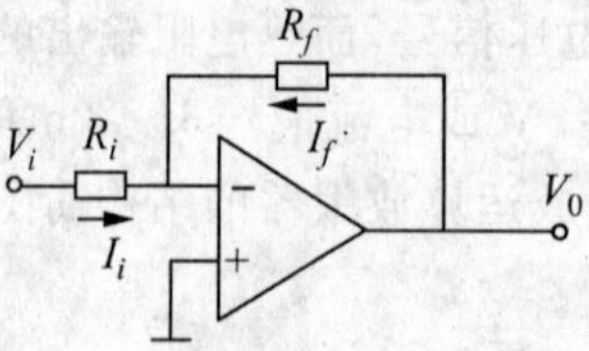	$V_0 = \dfrac{R_f}{R_i} \times V_i$ 相位改变 180°
	同相放大器	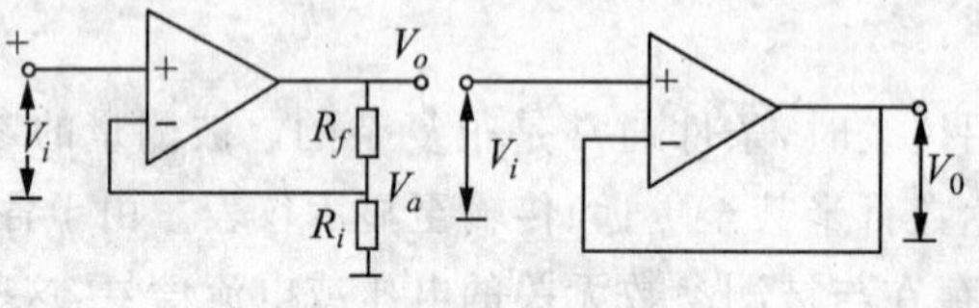	$V_0 = (1 + R_f/R_i) \times V_i$ 当 $R_i \to \infty$，则 $V_0 \approx V_i$ 为电压跟随器，用于阻抗变换
	差动放大器	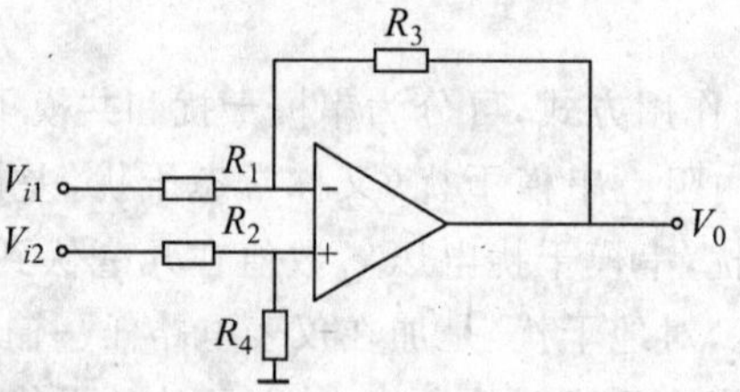	$V_0 = \dfrac{R_1 + R_3}{R_1} \times$ $\left(\dfrac{R_3}{R_1 + R_3} V_{i1} - \dfrac{R_4}{R_2 + R_4} V_{i2} \right)$ 常用作前置放大，以消除共模干扰，此时选用 $R_1 = R_2, R_3 = R_4$ 即 $V_0 = \dfrac{R_3}{R_1}(V_{i2} - V_{i1})$
	分压式可调反相放大器	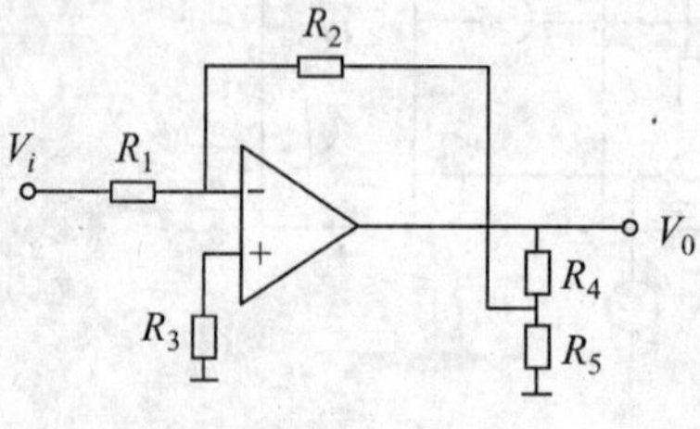	$V_0 = \dfrac{R_2}{R_1}\left(1 + \dfrac{R_4}{R_5}\right) V_i$（上式适用于左图所示情况）
模拟运算电路	加法器	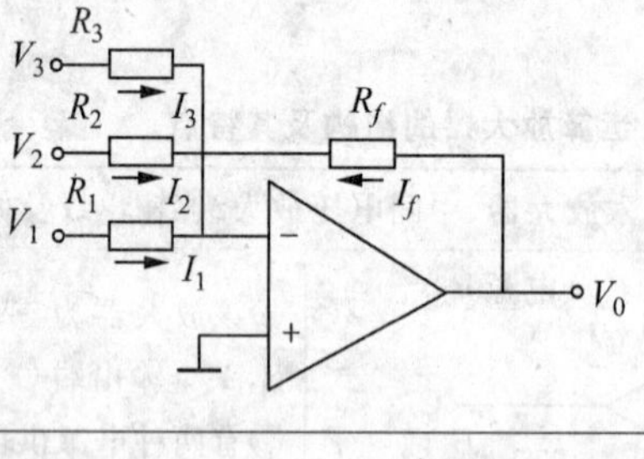	$V_0 = \left[\dfrac{V_1}{R_1} + \dfrac{V_2}{R_2} + \dfrac{V_3}{R_3} \right] \times R_f$ 若 $R_1 = R_2 = R_3 = R_f$，则 $V_0 = -(V_1 + V_2 + V_3)$ 可用于多个输入信号求和
	减法器	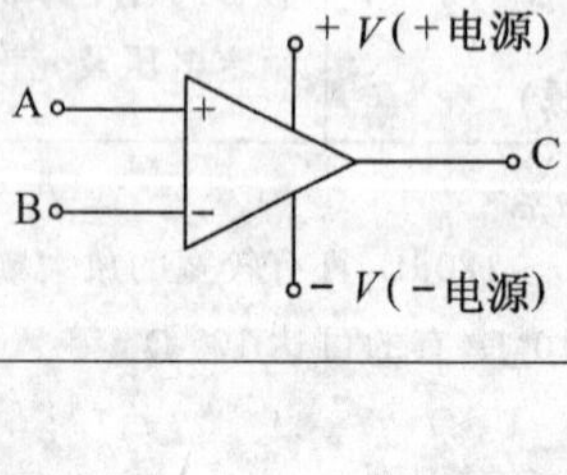	若 $R_1 = R_2 = R_3 = R_4$ 则 $V_0 = V_{i2} - V_{i1}$。改变两个输入端信号的输入个数，可做成几个数相加减

续表

积分放大器		$V_0 = \dfrac{1}{RC}\displaystyle\int_{r1}^{r2} V_i \mathrm{d}r$ 用于 A/D 转换装置或制作波形变换电路
微分电路		$V_0 = -RC\dfrac{\mathrm{d}V_i}{\mathrm{d}\tau}$

1.3.1　干扰进入仪表电路的途径

干扰产生于干扰源。干扰源在仪表内、外都可能存在。在仪表外部，一些大功率的用电设备、大功率变压器、动力电网等都可能成为干扰源。而仪表内部的电源变压器、继电器、开关以及电源线等也可成为干扰源。干扰源通过下面一些途径使干扰进入仪表电路。

（1）电磁感应　指磁的耦合。信号源与仪表之间的连接导线、仪表内部的配线通过磁耦合在电路中形成干扰。例如在大功率变压器、交流电机、强电流电网等的周围空间都存在很强的交变磁场，而闭合回路在这种变化的磁场中将感应出电势。这种电磁感应电势与被测信号相串联，属串模干扰。当信号源与仪表相距较远时，影响较突出。

（2）静电感应　指电的耦合。在相对的两物体中，如其中之一电位发生变化，则物体间电容性的耦合将使另一物体的电位也发生变化。它是两电场相互作用的结果。通过电磁感应、静电感应所形成的干扰大部分是 50 周的工频干扰电压。

（3）热电偶焊接在带电体上引起干扰　例如在一些特殊要求的测温场合，需将热电偶丝直接焊于通电加热的金属试件上。如试件长度 $L_{AB}=100\text{mm}$，试件两端电压 $U_{AB}=5\text{V}$，当两热电偶丝焊接点在带电体上的焊接沿 AB 方向相距 1mm 时［如图 4-6(a)所示］，由于金属试件在平行于电流方向的各点存在电位差，这时引入的串模干扰电压 e_n 为

$$e_n = \frac{5000\text{mV}}{100\text{mm}} \times 1\text{mm} = 50\text{mV} \tag{4-8}$$

显然此值是相当大的。若将两热电偶丝焊接在试件等电位线上，如图 4-6(b)所示，能防止这种干扰。

（4）电位差干扰　在大地中，不同地点之间往往存在电位差，尤其在大功率用电设备附近。这些设备的绝缘性能愈差，两地间的电位差也愈大。而在使用仪表时往往又有意或无意使输入回路存在两个以上的接地点。

大地两点间电位差的存在和干扰，是低电平仪表系统经常遇到的棘手问题。

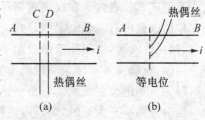

图 4-6　热电偶丝在带电体上的焊接图

1.3.2　抑制干扰的措施

为避免和减小干扰对仪器的影响，设计仪表线路时就应考虑对干扰的抑制问题，尽量提

高仪表抗干扰能力。找出和消除干扰源,也很重要,因为干扰源发出的噪声是通过一定的耦合通道对仪表产生影响,所以在使用仪表时往往采取切断耦合通道的措施以抑制干扰。

抑制干扰常用的措施有信号导线的扭绞、屏蔽、接地、滤波、隔离等。易消除的干扰可以用简单的方法解决,一般难以消除的干扰,最好是几种抗干扰的措施组合作用。

串模干扰可能产生于信号源内,也可能是从信号引线上感应或接收到的。因为它与被测信号所处的地位相同,一旦产生后就不大容易消除,所以首先应该防止它的产生。

消除干扰常采用的措施如下:

(1)信号导线的扭绞 由于信号导线扭绞在一起能使信号回路所包围的面积减小,使两信号导线到干扰源的距离大致相等,分布电容也大致相同,所以电磁感应和静电感应进入回路的串模干扰大为减小。通常导线扭绞节距等于导线直径的 20 倍。

(2)屏蔽 为了防止电场的干扰,一般用屏蔽线作信号线,并将屏蔽线的金属网接地。为了防止磁场的干扰必要时可将信号线穿入铁管中。由于铁管的磁阻很小,使进入铁管内的磁场强度大大降低,故能使导线达到磁屏蔽的效果。

(3)滤波 对于变化速度很慢的直流信号,在仪表输入端可加入滤波电路,使混杂于信号中的干扰衰减至最小。常用的 R-C 滤波电路的内阻较大,最好采用图 4-7(a)所示的内阻较小的双 T 型滤波器,其特性近似于谐振特性,如图 4-7(b)所示,f_0 为谐振频率。由于对仪表的干扰主要是 50Hz 的工频干扰,所以这种滤波器的谐振

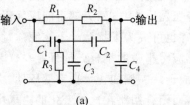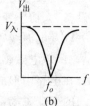

图 4-7 双 T 型滤波器

频率通常定为 50Hz。此时若固定图 4-7(a)中的 $R_1 = R_2 = 56\Omega$,$C_1 = C_2 = 100\mu F$,$C_3 = 20\mu F$,$C_4 = 10\mu F$,滤波器的输入为 50Hz。先按以下方法确定 R_3 的数值:令滤波器输入端的电压为 1V,R_3 为可调电阻箱,从 $R_3 = 2\Omega$ 开始,不断改善 R_3 值,并测量滤波器的输出电压。当滤波器输出电压小于 $10\mu V$ 时,记下 R_3 值,按此阻值绕制电阻作为图 4-7 中的电阻 R_3。依此法确定参数的双 T 型滤波器能对工频干扰电压衰减 40dB。必要时可同时用可调电阻箱代替 R_1、R_2,然后调整 R_1、R_2、R_3 之值,以便寻找它们的适宜值。

(4)信号导线远离动力线,特别不允许与动力线平行布设 信号线与电源线亦不应由同一孔道进入仪表内。在仪表内部尽量减少杂散磁场的产生。应合理布线,对变压器等电器元件加以磁屏蔽。低电平信号线应尽量短。高电平和低电平线不要用同一接插件。不得已时,接插件两旁,中间隔以地线端子或备用端子。

(5)正确接地 接地问题既重要也复杂,地电压的干扰引入仪表电路中。接地的作用是可得到一等电位点或面。它是电路或系统的基准电位,但不一定为大地电位。当接地点经一低阻通路接至大地时,则该等电位点的电位即为大地电位。接地应注意的若干问题:

①为安全起见,仪表外壳一般都应与大地相接。

②若信号源电路和仪表电路同时分别与大地相接,则会将地电位差同时加到仪表的两个输入端上,造成共模干扰。因此,应尽量避免这种接地方法。

③在很多情况下,无法将信号源与大地绝缘,为了提高仪表的抗干扰能力,通常在低电平测量仪表中将放大器"浮地",即将放大器与仪表外壳(大地)绝缘,以切断共模干扰电压的

泄漏途径,使干扰无法进入。

④信号线的屏蔽层也必须接地,但不宜单独直接与大地相接,应接至信号源和放大器中的接地者的公共端。即当一个不接地的信号源与一个接地放大器相接时,信号线屏蔽层应接至放大器的公共端(电位等于大地电位加通路的电压降),如图 4-8(a)所示;当一接地信号源与不接地放大器连接时,信号线屏蔽层应接至信号源的公共端,如图 4-8(b)所示。由于低电平仪表放大器通常是"浮地",所以经常将信号线屏蔽层接至信号源公共端。

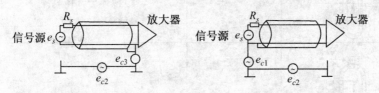

(a)信号源不接地,放大器接地　　　　(b)信号源接地,放大器不接地

图 4-8　屏蔽层的连接方法

较大系统中常采用系统接地点法(SGP)。此法是在系统中选定一个点作为系统接地点(SGP),然后将系统中各个传输信号和各个组成部分的参考接地点全部与 SGP 连接起来,并用铜排接到深埋在地下的铜网上,实现与大地良好的统一连接。此法优点是可以防止形成大地回路。

2　压力差测量

在化学工业和科学实验中,操作压力是非常重要的参数。例如对于精馏、吸收等化工单元操作所用的塔器,经常需要测量塔顶、塔釜的压力,以便监测塔器的操作是否正常。

化工生产和科学研究中测量的压力范围很广,要求的精度各不相同,而且还常常需要测量高温、低温、强腐蚀及易燃易爆介质的压力,因此要针对不同要求采取不同的测量方法。

测量压力的方法就其原理来说分为两种:一是根据压力的定义直接测量单位面积上受力的大小,如用液柱本身的重力去平衡被测压力,通过液柱的高低给出压力值,或者靠重物去平衡被测压力并通过砝码的数值给出压力值;二是应用压力作用于物体后所产生的各种物理效应来实现压力测量,这方面以应用各种弹性测量元件的机械形变实现压力测量最为广泛,并且多是转换为电信号作为输出信号便于应用和显示。

2.1　液柱压力计

应用液柱测量压力的方法是以流体静力学原理为基础的。液柱所用液体种类很多,单纯物质或液体混合物均可,但所用液体与被测介质接触处必须有一个清楚而稳定的分界面以便准确读数。常用的工作液体有水、水银、酒精、甲苯等。

液柱压力计包括 U 形管(倒 U 形管)压力计、单管压力计、斜管压力计、微差压力计等,具体结构及特性见表 4-4。它是最早用来测量压力的仪表,由于其结构简单,使用方便,价格便宜,在一定条件下精度较高,目前还有广泛的用途。但是由于它不能测量较高压力,也不能进行自动指示和记录,所以应用范围受到限制,一般作为实验室低压的精密测量和用于仪表的校验。

表 4-4 液柱压力计的结构及特性

名　称	示意图	测量范围	静力学方程	备　注
U 形管压力计		高度差 h 不超过 800mm	$\Delta p=(\rho_A-\rho_B)gh$ （液体—液体） $\Delta p=\rho gh$ （液体—气体） ρ—液体密度	零点在标尺中间，用前不需调零，常用于标准压力计校准
倒 U 形管压力计		高度差 h 不超过 800mm	$\Delta P=hg(\rho_A-\rho_B)$ （液体—气体）	以待测液体为指示液，适用于较小压差的测量
单管压力计		高度差 h 不超过 1500mm	$\Delta p=\rho gh_1(1+S_1/S_2)$ 当 $S_1\ll S_2$ 时，$\Delta p=\rho gh_1$ S_1—垂直管截面积； S_2—扩大室截面积（下同）	零点在标尺下端，用前需调零，可用作标准器
斜管压力计		高度差 h 不超过 200mm	$\Delta p=\rho gl(\sin\alpha+S_1/S_2)$ 当 $S_1\ll S_2$ 时， $\Delta p=\rho gl\sin\alpha$	$\alpha<15°\sim20°$ 时，可改变口的大小来调整测量范围，用前需调零

因为液柱压力计存在耐压程度差、结构不牢固、容易破碎、测量范围小、示值与工作液体密度有关等缺点，所以在使用中必须注意以下几点：

（1）被测压力不能超过仪表测量范围。若被测对象突然增压或操作不当造成压力骤升，会将工作液冲走。如果是水银，还可能造成污染和中毒，要特别注意！

（2）被测介质不能与工作液混合或起化学反应，否则，应更换其他工作液或采取加隔离液的方法。常用的隔离液如表 4-5 所示。

表 4-5 某些介质的隔离液

测量介质	隔离液	测量介质	隔离液
氯气	98％浓硫酸或氟油	氨水、水煤气	变压器油
氯化氢	煤油	水煤气	变压器油
硝酸	五氯乙烷	氧气	甘油

（3）液柱压力计安装位置应避开过热、过冷和有震动的地方。因为工作液过热易蒸发，过冷易冻结，震动太大会把玻璃管震破，造成测量误差，甚至根本无法指示。

（4）由于液体的毛细现象及表面张力作用，会引起玻璃管内液面呈弯月状。读取压力值时，观察水（或其他对管壁浸润的工作液）时应看凹面最低处；观察水银（或其他对管壁不浸润的工作液）时应看凸面最高点。

（5）需要水平放置的仪表，测量前应将仪表放平，再校正零点。

（6）工作液为水（或其他透明液体）时，可在水中加入一点红墨水或其他颜色以便于观察读数。

（7）使用过程中要保持测量管和刻度标尺的清晰，定期更换工作液。

2.2 弹性压力计

当被测压力作用于弹性元件时，弹性元件便产生相应的弹性变形（即机械位移），根据变形量的大小，可以测得被测压力的数值。在同样的压力下，不同结构、不同材料的弹性元件会产生不同的弹性变形。常用的弹性元件有弹簧管、波纹管、薄膜等，其中波纹膜片和波纹管多用于微压和低压测量，弹簧管可用于高、中、低压或真空度的测量。

根据这种原理制成的仪表，其性能主要取决于弹性元件的弹性特性，而它又与弹性元件的材料、加工和热处理质量有关，同时还与环境温度有关。由于温度变化会影响弹性元件的特性，因此要选择温度系数小的材料制作压力检测元件。高压弹性元件用钢和不锈钢制成，低压弹性元件大多采用黄铜、磷青铜和铍青铜合金。这样的测压仪表结构简单，造价低廉，精度较高，便于携带和安装使用，测压范围宽（$10^{-2} \sim 10^{9}$ Pa），目前在工业测量中应用最广。

弹性压力计中使用最广泛的是弹簧管压力计，它主要由弹簧管、齿轮传动机构、示数装置（指针和分度盘）以及外壳等几部分组成，其结构如图 4-9 所示。

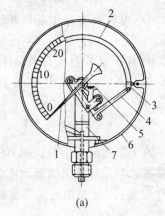
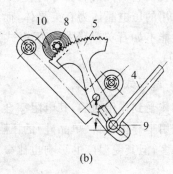

(a)　　　　　　　　　　　　(b)

图 4-9 弹簧管压力计(a)及其传动部分(b)

1. 指针；2. 弹簧管；3. 接头；4. 拉杆；5 扇形齿轮；
6. 壳体；7. 基座；8. 齿轮；9. 铰链；10. 游丝

为了保证弹簧管压力计正确指示和长期使用，仪表的安装与维护很重要。

使用时注意事项：

（1）仪表应工作在允许压力范围内，静压力下一般不应超过测量上限的 70%，压力波动时不应超过测量上限的 60%。

（2）工业用压力表的使用条件为环境温度 $-40^{\circ}\text{C} \sim +60^{\circ}\text{C}$，相对湿度小于 80%。

（3）仪表安装处与测定点之间的距离应尽量短，以免指示迟缓。

（4）在震动情况下使用仪表时要装减震装置。

（5）测量结晶或粘度较大的介质时，要加装隔离器。

（6）仪表必须垂直安装，无泄漏现象。

（7）仪表测定点与仪表安装处应处于同一水平位置，否则，会产生附加高度误差。必要时需加修正值。

（8）测量爆炸、腐蚀、有毒气体的压力时，应使用特殊的仪表。氧气压力表严禁接触油类，以免爆炸。

（9）仪表必须定期校正，合格的表才能使用。

2.3　压力的电测方法

随着工业自动化程度不断提高，仅仅采用就地指示仪表测定待测压力远远不能满足要求，往往需要转换成容易远传的电信号，以便于集中检测和控制。能够测量压力并将电信号远传的装置称为压力传感器。电测法就是通过压力传感器直接将被测压力变换成电阻、电流、电压、频率等形式的信号来进行压力测量。这种方法在自动化系统中具有广泛用途和重要作用，除用于一般压力测量外，尤其适用于快速变化和脉动压力的测量。其主要类别有压电式、压阻式、电容式、电感式、霍尔式等。

2.3.1　压电式压力传感器

这种传感器根据"压电效应"原理把被测压力变换为电信号。当某些晶体沿着某一个方向受压或受拉发生机械变形时，在其相对的两个表面上会产生异性电荷。当外力去掉后，它又会重新回到不带电状态，此现象称为"压电效应"。常用的压电材料有压电晶体和压电陶瓷两大类。它们都具有较好的特性，均是理想的压电材料。

常用的压电晶体为石英晶体，而压电陶瓷是人造多晶体，其压电常数比石英晶体高，但机械性能不如石英晶体好。压电式压力传感器可测量100MPa以内的压力，频率响应可达30kHz。

2.3.2　压阻式压力传感器

固体受到作用力后，其电阻率会发生变化，这种现象称为压阻效应。压阻式压力传感器就是利用半导体材料（单晶硅）的压阻效应原理制成的传感器。半导体的灵敏系数比金属导体大得多，但其受温度的影响也比金属材料大得多，且线性较差，因此使用时应考虑补偿和修正。

压阻式压力传感器主要由压阻芯片和外壳组成，图4-10所示为其典型的结构原理图。这种传感器的特点是易于小型化，国内可生产直径1.8～2mm的产品，灵敏度高，其灵敏系数比金属的高50～100倍；响应时间短，频率响应可达数十千赫；测量范围很宽，可以低至10Pa的微压，高至60MPa的高压；精度高、工作可靠，精度可达0.1％，高精度的产品甚至可达0.02％。

2.3.3　电容式压力传感器

利用平板电容测量压力的传感器如图3-11所示。当压力 p 作用于膜片时，膜片产生位移，改变两平行板间距 d，从而引起电容量的变化，经测量线路可求出作用压力 P 的大小。

忽略边缘效应时,平板电容器的电容 C 为

$$C = \frac{\varepsilon S}{d} \qquad (4-9)$$

式中:ε——介电常数;

S——极板间重叠面积;

d——极板间距。

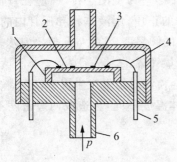 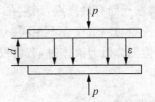

图 4-10　压阻式压力传感器　　　图 4-11　平板电容传感器

1. 硅杯;2. 膜片;3. 扩散电阻;

4. 内部引线;5. 引线端;6. 压力接管

由上式可知,电容量与 S,ε 和 d 有关。当被测压力控制 S,ε 和 d 三者中任一参数,就可以得到电容的增量 ΔC 随压力 p 变化的函数关系 $\Delta C = f(p)$。所以电容式压力传感器可分为三类:变面积式、变极间距式和变介电质式(可以用空气或固体介质,如云母等)。

由于电容压力传感器只完成被测压力 p 与电容 C 的函数转换,因此还必须进行二次转换 $U = f(C)$,这样测出电压 U 就可求出被测压力 p。

电容式压力传感器的主要特点是:灵敏度很高,特别适于低压和微压测试;内部几乎不存在摩擦,本身也不消耗能量,减少了测量误差;具有极小的可动质量,因而有较高的固有频率,保证了良好的动态响应能力;由于用气体或真空作绝缘介质,介质损失小,本身不引起温度变化;结构简单,多数采用玻璃、石英或陶瓷作绝缘支架,所以能在高温、辐射等恶劣条件下工作。

2.4　压差计的校验和标定

新的压力计在出厂之前要进行校验,以鉴定其技术指标是否符合规定的精度。当压力计在使用一段时间以后,也要进行校验,目的是确定是否符合原来的精度,如果确认误差超过规定值,就应对该压力计进行检修,经检修后的压力计仍需进行校验才能使用。

对压力计进行校验的方法很多,一般分为静态校验和动态校验两大类。静态校验主要是测定静态精度,确定仪表的等级,它有两种方法,一种为"标准表比较法",另一种为"砝码校验法"。动态校验主要是测定压力计(主要是电测压力计)的动态特性,如仪表的过渡过程,时间常数和静态精度等。常用的方法是"激波管法"。

2.5　压差计使用中的一些技术问题

2.5.1　被测流体为液体

(1)为防止气体和固体颗粒进入导压管,水平或侧斜管道中取压口应安装在管道下半平

面,且与垂线的夹角 $\alpha = 45°$。

（2）测量系统两点的压力差时,应尽量将压差计装在取压口下方,使取压口至压差计之间的导压管方向都向下,这样,气体就较难进入导压管。如测量压差的仪表不得不装在取压口上方,则从取压口引出的导压管应先向下敷设 1000mm 然后再转弯向上通往压差测量仪表,目的是形成 1000mm 的液封,阻止气体进入导压管。

（3）实验时,首先将导压管内原有的空气排除干净。为了便于排气,应在每根导压管与测量仪表的连接处安装一个放空阀,利用取压点处的正压,用液体将导压管内的气体排出。导压管的敷设宜垂直地面或与地面成不小于 1/10 的倾斜度,注意导压管不宜水平敷设。若导压管在两端点间有最高点,则应在最高点处装设集气罐。

（4）取压点与测量仪表不在同一水平面上,也会使测量结果产生误差,应予校正。

（5）当被测介质为液体时,若两根导压管的液体温度不同,会造成两边密度不同而引起压差测量误差。

2.5.2 被测流体为气体

为防止液体和粉尘进入导压管,宜将测量仪表装在取压口上方。若必须装在下方,应在导压管路最低点处装设沉降器和排污阀,以便排出液体或粉尘。在水平或倾斜管中,气体取压口应安装在管道上半平面,与垂线夹角应小于或等于 45°,好处是液体和固体不易进入导压管。

2.5.3 介质为蒸气

以靠近取压点处冷凝器内凝液液面为界,将导压系统分为两部分:取压点至凝液液面为第一部分,内含蒸气,要求保温良好;凝液液面至测量仪表为第二部分,内含冷凝液,要求两冷凝器内液面高度相等。第二部分起传递压力信号的作用,导压管的第二部分和压差测量仪表均应安装在取压点和冷凝器下方。冷凝器应具有足够大的容积和水平截面积。

2.5.4 弹性元件的温度过高会影响测量精度

金属材料的弹性模数随温度升高而降低。如弹性元件直接与较高温度的介质接触或受到高温设备（如炉子）热辐射影响,弹性压力计的指示值将偏高,使指示值产生误差。因此,弹性压力计一般应在低于 50℃ 的环境下工作,或在采取必要的防高温隔热措施情况下工作。测量水蒸气的弹性压力计与取压点之间常安装一圈式隔离件就是这个道理。

2.5.5 弹性式压力计的量程选择

弹性式压力计所测压力范围宜小于全量程的 3/4,被测压力的最小值应大于全量程的 1/3。前者是为了避免仪表因超负荷而破坏,后者是为了保证测量值的准确度。

2.5.6 隔离器和隔离液的使用

测量高黏度、有腐蚀性、易冻结、易析出固体物的被测流体时,应采用隔离器和隔离液,以免被测流体与压差测量仪表直接接触而破坏仪表的正常工作性能。测量压差时,正负两隔离器内两液体界面的高度应相等且保持不变。因此,隔离器应具有足够大的容积和水平截面积。隔离液除与被测介质不互溶之外,还应与被测介质不起化学反应,且冰点足够低,能满足具体问题的实际需要。

2.5.7　放空阀、切断阀和平衡阀的正确用法

图 4-12 是压差测量系统的安装示意图。切断阀 1、2 是为了检修仪表用。放空阀 5、6 的作用是排除对测量有害的气体或液体。平衡阀 3 打开时能平衡压差测量仪表两个输入口的压力，使仪表所承受的压差为零，可避免因过大的 $(p_1 - p_2)$ 信号冲击或操作不当而损坏压差测量仪表。所谓操作不当是指，在无平衡阀或平衡阀未打开的情况下，在两切断阀不能同时处于开、闭状态，假设阀 1 开阀 2 闭时，若放空阀 6 突然被打开或刚被打开过，则压差测量仪表将承受很大的非常态压差，使弹性式仪表的敏感元件性能发生变化，产生意外的误差，甚至仪表受损坏。解决的办法是：①设置平衡阀，且将平衡阀装在切断阀与测量仪表之间，如图 4-12 所示；②实验装置开始运转之前和停止运转之前，应先打开平衡阀；③关闭平衡阀之前

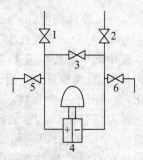

图 4-12　压差测量系统的安装示意图
1,2. 切断阀；3. 平衡阀；
4. 压差测量仪表；5. 放空阀

应认真检查两个切断阀，当两个切断阀均已打开或均已关闭时，才能关闭平衡阀；④打开放空阀 5 或 6 之前，务必先打开平衡阀。

2.5.8　导压管的密封和长度

全部导压管应密封良好，无渗漏现象。有时小小的渗漏会造成很大的测量误差，因此安装好导压管后应做一次耐压实验。实验压力为操作压力的 1.5 倍，气密性实验压力为 400mmHg。为了避免反应迟缓，导压管的最大长度不得超过 50 m。

2.5.9　测压孔的开取

在开设测压孔时，应不影响流体的流动，以免因流速的变化导致测取的压力失真。

3　流量测量技术

随着科学技术和化工生产的发展，生产环境日趋复杂，对于流量测量的要求也越来越高，因此必须针对不同情况采用不同的测量方法和仪表。近年来新的测量方法和仪表不断涌现，本节仅简要介绍常用流量测量方法及仪表，关于其他一些类型的流量计可参考相关文献。

3.1　节流式(差压式)流量计

节流式流量计是利用液体流经节流装置时产生压力差而实现流量测量的。它通常是由能将被测流量转换成压力差信号的节流件(如孔板、喷嘴、文丘里管等)和测量压力差的压差计组成。

3.1.1　节流式流量计基本原理

表示流量和压差之间关系的方程称为流量基本方程(4-10)，由连续性方程和伯努利方程导出：

$$V_S = C_0 A_0 \sqrt{\frac{2}{\rho}(p_1 - p_2)} \tag{4-10}$$

式中：V_S——流量，m^3/s；

C_0——流量系数；

A_0——节流孔开孔面积，m^2，$A_0 = \frac{\pi}{4}d_0^2$，d_0 为节流孔直径，m；

ρ——流体密度，kg/m^3；

$p_1 - p_2$——节流孔上下游两侧压力差，Pa。

式中流量系数 C_0 受很多因素影响。一般来说，当管道的雷诺数 Re_D 较小时，C_0 随 Re_D 的变化很大，且规律复杂。当 Re_D 大于某一界限值（称为界限雷诺数，Re_K）以后，C_0 不再随 Re 变化，而趋向于一个常数。

因为只有在 C_0 为常数的情况下，流量基本方程中的流量 V_s 与压差（$p_1 - p_2$）才具有比较简单、明确而且容易确定的数学关系，也就便于确定流量标尺的刻度，所以一般都需要让流量计在 C_0 为常数的范围内测量。这样，界限雷诺数的确定就成了一个十分重要的问题。各种节流式流量计的 Re_K 值见图 4-13。图中 m 为开孔面积/管道截面积。

3.1.2 节流装置

标准节流装置由标准节流元件、标准取压装置和节流件前后测量管三部分组成，目前国际标准已规定的标准节流装置有：

①角接取压标准孔板；

②法兰取压标准孔板；

③径距取压标准孔板；

④角接取压的标准喷嘴（ISA1932 喷嘴）；

⑤径距取压长径喷嘴；

⑥文丘里喷嘴；

⑦古典文丘里管。

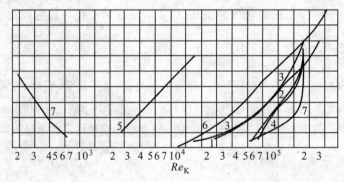

图 4-13 各种节流装置的界限雷诺数

1. 标准孔板；2. 标准喷嘴和文丘里管；3. 矩形孔板；4. 矩形文丘里管；5. 双重孔板；

6. 圆缺孔板；7. 1/4 圆喷嘴（计算流量的 Re 应在 $Re_{K,min}$ 和 $Re_{K,max}$ 两曲线之间）

中国在 1981 年出版了流量测量节流装置国家标准 GB2624-81 对上述第①、②、④项作了规定，1983 年又制定了第③、⑤项的检定规程，标准和规程中对标准节流装置的几个组成部分均做了详细规定。

按照上述标准规定设计、制造的节流式流量计，制成后可直接使用而无需标定。通过压差测量仪表测得压差后，根据流量公式和国家标准中的流量系数即可算出流量值，还能计算流量测量的误差，误差一般在 0.5%～3%。在实际工作中，如果偏离了标准中的规定条件就会引起误差,此时应对该节流装置进行实际标定。

另外,由于工业现场的流量测量情况十分复杂,有时不能满足标准规定的适用范围,例如高粘度、低流速、低压损、小管径以及脏污介质等情况,因此还研究出多种非标准节流装置,包括低雷诺数孔板(1/4 圆孔板和锥形入口孔板)、测量脏污介质用的圆缺孔板、偏心孔板和楔形节流件、低压损节流装置(道尔管、低压损管和双颈文丘里管)等,细节请查阅有关专著。

下面简单介绍几种常用节流元件。

1)孔板

标准孔板结构如图 4-14 所示。A_1,A_2 分别为上、下游端面,δ_1 为孔板厚度,δ_2 为孔板开孔厚度,d 为孔径,α 为斜面角,G,H 和 I 为上、下游开孔边缘。对各部分的要求可查阅国家标准 GB 2624-81。在任何情况下,节流孔径 d 均应等于或大于 12.5mm,直径比 β 应满足:$0.20 \leqslant \beta \leqslant 0.75$。孔板的特点是结构简单,易加工,造价低,但能量损失大于喷嘴和文丘里管。

孔板的安装应注意方向,不能装反。加工要求严格,特别是 G,H 和 I 处要尖锐,无毛刺,否则,影响测量精度。对于在测量过程中易使节流装置变脏、磨损和变形的脏污或腐蚀性介质就不宜使用孔板。

2)喷嘴

属于标准节流装置的喷嘴有 ISA1932 喷嘴和长径喷嘴两种,ISA1932 喷嘴的结构见图 4-15,是由入口平面 A、收缩部 BC、圆筒形喉部 E 及防止边缘损伤的保护槽 F 组成。

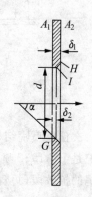

图 4-14 标准孔板

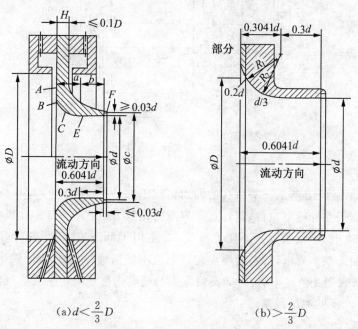

(a)$d < \dfrac{2}{3}D$ (b)$> \dfrac{2}{3}D$

图 4-15 ISA1932 喷嘴

入口圆筒段 A 圆锥收缩段 B 筒形喉部 C 圆锥形扩散段 E

喷嘴的能量损失介于孔板和文丘里管之间,测量精度较高,对腐蚀性大、易磨损喷嘴和脏污的被测介质不太敏感,喷嘴前后所需的直管段长度较短。

3)文丘里管

文丘里管列入标准的有两种类型:古典文丘里管(或简称为文丘里管)和文丘里喷嘴。文丘里管结构如图 4-16 所示,在 A,C 段上分别开有取压孔。其特点是能量损失为各种节流装置中最小的,流体流过文丘里管后压力基本能恢复,但制造工艺复杂,成本高。

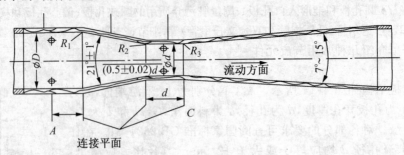

图 4-16　古典文丘里管

文丘里喷嘴结构如图 4-17 所示,由入口圆筒段、收缩段、圆筒形喉部及扩散段组成,基本上是 ISA1932 喷嘴加上扩散段。根据扩散段长度不同分为不截尾的扩散段(长管型)和截尾的扩散段(短管型)两种。

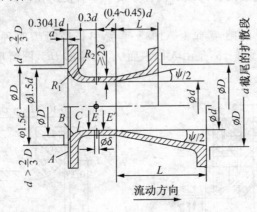

图 4-17　文丘里喷嘴

4)1/4 圆喷嘴

结构形式如图 4-18 所示。节流孔的曲面弧线正好是一个圆周的 1/4,故称为 1/4 圆喷嘴。这种喷嘴属于非标准节流件,其特点是界限雷诺数 Re_D 远小于标准孔板和标准喷嘴,Re 减小至 $200\sim500$ 时,流量系数仍不随之改变,故适用于低流速、高黏度、雷诺数小的场合。但此种喷嘴对制造技术要求较高,若喷嘴轮廓制造不够精确(一般要求圆弧半径 r 的偏差不超过 0.01mm)、表面光洁度不够,可能会使流束与喷嘴内壁之间产生脱流现象,导致流量系数不稳定,产生严重的测量误差。

5)圆缺孔板

用标准孔板测量含有固体颗粒、各种浆液等脏污介质的流量时,若在孔板前后积存沉淀物,则会改变管道的实际截面和流量系数,这时可用图 4-19 所示的圆缺孔板。其适用范围如下:

管径:50mm$\leqslant D\leqslant500$mm;

截面比:$0.1 \leqslant m \leqslant 0.5 \left(m = \dfrac{\text{圆缺开孔面积 } A_h}{\text{管道截面积 } A} \right)$;

雷诺数:$5 \times 10^3 \leqslant Re_D \leqslant 2 \times 10^6$;

圆缺开孔圆筒形长度 $S' = (0.005 \sim 0.02D)$

厚度 $\delta = (0.02 \sim 0.05D)$

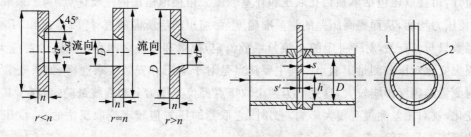

图 4-18　1/4 圆喷嘴

图 4-19　圆缺孔板

1. 管道;2. 圆缺孔板

3.1.3　取压方式

节流式流量计的输出信号是节流元件前后取出的压差信号,不同的取压方式所取出的压差值也不同。对于同一个节流件,它的流量系数也不同。目前国际上通常采用的取压方式有理论取压法、径距取压法、角接取压法和法兰取压法,图 4-20 表示了各种取压方式的取压位置和压力分布情况。

1)理论取压法

其上游取压管中心位于距孔板前端面 1D 处,下游取压管中心位于流束最小截面处,如图 4-20 中 4-4 截面。在推导节流装置流量方程时用的正是这两个截面取出的压力差,所以称为理论取压法。但是孔板后流束最小截面随着孔径比和流量不同始终在变化,而取压点只能选在一个固定位置,因此在整个流量测量范围内流量系数不能保持恒定。另外,由于取压点远离孔板端面,难以实现环室取压,对测压准确度有一定影响。理论取压法的优点是所测得的压差较大。

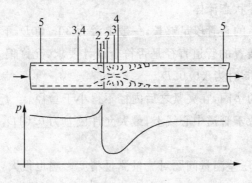

图 4-20　各种取压方式的取压位置和压力分布

2)径距取压法

上游取压管中心位于距孔板(或喷嘴)前端面 1D 处,下游取压管中心距孔板(或喷嘴)前端面 0.5D 处,如图 4-20 中 3-3 截面,故径距取压法也叫 1.0~0.5D 取压法。与理论取压法相比,径距取压法下游取压点固定,压差和理论取压法相近或稍小。

3)角接取压法

上、下游取压管中心位于孔板(或喷嘴)前后端面处,如图 4-20 中 1-1 截面。具体到孔板流量计,角接取压包括单独钻孔取压和环室取压。角接取压法的主要优点:易于采取环室取压,使压力均衡,从而提高压差的测量准确度,并缩短前后所需的直管段;当 $Re_D > Re_K$ 时,流量系数只与 β 有关,对于一定的 β,流量系数恒定,流量和压差之间存在确定的对应关系;沿程损失变化对压差测量影响小。其主要缺点是对于取压点安装要求严格,如果安装不准确则对测量准确度影响较大,这是因为两个取压点都位于压力分布曲线最陡峭部位,其位置稍有变化,就对压差测量有很大影响。另外,它取到的压差值较理论取压法的小,取压管的脏污和堵塞不易清除。

4)法兰取压法

这种方法不论管径 D 和孔径比 β 的大小,上、下游取压管中心均位于距离孔板两侧相应端面 2.54cm 处,如图 4-20 中 2-2 截面。法兰取压标准孔板适用范围:$D = 50 \sim 750mm$,$\beta = 0.1 \sim 0.75$,$Re_{D,\min} = (0.08 \sim 4.0) \times 10^5$(随 β 而变化)。

3.1.4 节流式流量计使用中应注意的问题

节流式流量计是基于如下工作原理:流体经过节流孔时产生速度变化和能量损失以至产生压力差,通过测量压差获得流量。影响速度分布、流动状态、速度变化和能量损失的所有因素都会对流量与压差关系产生影响。因此,节流式流量计在使用中要注意以下一些问题:

①流体必须为牛顿型,在物理上和热力学上是单相的,或者可认为是单相的,且流经节流件时不发生相变。

②流体在节流装置前后必须完全充满整个管道截面。

③被测流量应该是稳定的,即不随时间变化或即使变化也非常缓慢。节流式流量计不适用于测量脉动流或临界状态流体。

④要保证节流件前后的直管段足够长,一般上游为 $30 \sim 50D$,下游为 $10D$ 左右。

⑤应检查安装节流装置的管道直径是否符合设计要求,允许偏差范围:$\beta > 0.55$ 时允许偏差为 $\pm 0.005D$,$\beta < 0.55$ 时为 $\pm 0.02D$。

⑥安装节流装置用的垫圈,在夹紧之后内径不得小于管径。

⑦节流件的中心应位于管道中心线上,最大允许偏差为 $0.01D$,其入口端面应与管道中心线垂直。

⑧取压口、导压管和压差测量问题对流量测量精度影响也很大,安装时可参见第 2 节。

⑨对经长期使用的节流装置,必须考虑有无腐蚀、磨损、积垢问题,若观察到节流件的几何形状和尺寸已发生变化,应采取有效措施妥善处理。

⑩注意节流件的安装方向。使用孔板时圆柱形锐孔应朝向上游;使用喷嘴和 1/4 圆喷嘴时喇叭形曲面应向上游;使用文丘里管时,较短的渐缩段应装在上游。

3.2　变面积流量计

在一个上宽下窄的锥形管中(如图 4-21 所示),垂直放置一个阻力件——转子,当流体自下而上地流经锥形管时,由于受到流体的冲击及浮力,转子就要向上运动。随着转子的上升,它与锥形管间环形流通面积增大,流体流速降低,对转子的冲击力减小,直到转子的重力与流体作用在转子上的力相平衡时,转子停留在某个高度。流量变化时转子将改变流通面积移到新的位置,继续保持平衡。因此,将锥形管的高度按流量值刻度,就能从转子最大直径所处的位置知道流经锥形管的流量。

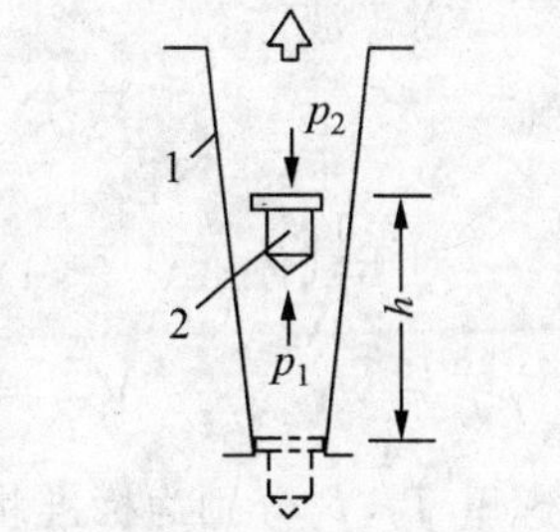

图 4-21　变面积式流量计
1. 锥形管;2. 转子

前面介绍的节流式流量计是在测量元件的流通面积不变时,通过节流件前后的压差变化来反映流量大小,而变面积式流量计无论转子处于哪个平衡位置,其前后压差是恒定的,是恒压降式流量计,其特点是结构简单,读数直观,使用维护方便,压损小。

属于这种测量方法的流量计有转子流量计、冲塞式流量计、活塞式流量计等。而转子流量计又有玻璃转子和金属转子、就地指示和远传式之分,这种流量计还有价格便宜、刻度均匀、量程比(仪器测量范围上限与下限之比)大等优点,特别适合小流量测量。若选择适当的锥形管和转子材料,还能测量腐蚀性流体的流量,所以在化工实验和生产中广泛使用。下面主要介绍转子流量计。

3.2.1　流量基本方程

转子流量计的基本方程可仿照孔板流量计的方程(4-10)得出体积流量 V_S:

$$V_S = C_R A_R \sqrt{\frac{2}{\rho}(p_1 - p_2)} \tag{4-11}$$

由于

$$(p_1 - p_2)A_f + V_f \rho g = V_f \rho_f g \tag{4-12}$$

代入式(4-11)得:

$$V_S = C_R A_R \sqrt{\frac{2g V_f(\rho_f - \rho)}{\rho A_f}} \tag{4-13}$$

式中: C_R——转子流量计的流量系数;

A_f, A_R——转子最大截面积和此处环形通道的截面积,m^2;

p_1, p_2——转子下方、上方的压力,Pa;

V_f——转子体积,m^3;

ρ, ρ_f——流体和转子的密度,kg/m^3。

上式表明,当锥形管、转子材料和尺寸(ρ_f, A_f, V_f)一定时,体积流量 V_S 只与流量系数 C_R 和环形面积 A_R 有关。一般这种流量计都设计成工作在 C_R 不随 Re 变化的范围内,又由于锥形管锥度很小(40′~3°),则 A_R 与高度蟲近似为线性关系,所以玻璃转子流量计就是在锥形管外壁上刻度流量值的,且刻度均匀。

3.2.2　转子流量计的读数修正及量程的改变

一般生产厂家是在标准状态下,用密度 $\rho_液 = 998.2 kg/m^3$ 的水或密度 $\rho_气 = 1.205 kg/m^3$

79

的空气来标定转子流量计的流量—刻度关系。若被测液体介质密度 $\rho_{液} \neq \rho_{液,0}$，被测气体介质密度 $\rho_{气} \neq \rho_{气,0}$，则必须对流量读数 $V_{S液,0}$，$V_{S气,0}$ 进行修正，才能得到测量条件下的实际流量值 $V_{S液}$，$V_{S气}$。

对于液体：

$$V_{S液} = V_{S液,0} \sqrt{\frac{(\rho_f - \rho_{液})}{(\rho_f - \rho_{液,0})} \frac{\rho_{液,0}}{\rho_{液}}} \qquad (4\text{-}14)$$

对于气体：

$$V_{S气} = V_{S气,0} \sqrt{\frac{(\rho_f - \rho_{气})}{(\rho_f - \rho_{气,0})} \frac{\rho_{气,0}}{\rho_{气}} \frac{p_0 T}{p T_0}} \approx V_{S气,0} \sqrt{\frac{\rho_{气,0}}{\rho_{气}} \frac{p_0 T}{p T_0}} \qquad (4\text{-}15)$$

这里 T_0，p_0 分别为标准状态下的热力学温度、绝对压力，T，p 分别为测量条件下的热力学温度、绝对压力。

当买来的流量计不能满足实验测量范围时，可以改变其量程。一般采用另一种材料制造转子，维持其形状、尺寸不变。设更换转子前后读出的流量分别为 V_{s0}，V_s，转子密度分别为 ρ_{f0}，ρ_f，则 V_s 可由下式求出：

$$V_s = V_{S0} \sqrt{\frac{\rho_f - \rho_{液}}{\rho_{f0} - \rho_{液}}} \qquad (4\text{-}16)$$

常用的转子材料密度可见表 4-6。

表 4-6 转子材料的密度 ρ

材料	胶木	玻璃	铝	铁
$\rho(\mathrm{kg/m^3})$	1450	2440	2861	7800

改变量程的方法还有将实心转子掏空或向空心转子内加填充物，改变转子直径（车削转子）等。这些方法都是在考虑流量系数不变时，即使用条件与原标定条件差别不大时，才有足够的准确度。如果所测流体的物性条件与标定时差别较大，或改变转子材料和面积影响较大时，需要进行实验标定以获得刻度与实际流量的对应关系。

3.2.3 转子流量计的安装、使用注意事项

①安装位置应宽敞、明亮、无震动，建议加装旁路，以便处理故障和清洗。

②安装必须垂直，否则，测量过程中会产生误差。

③转子对沾污比较敏感，如果粘附有污垢则其质量 m_f，环形通道截面积 A_R 会发生变化，有时还可能出现转子不能上下垂直浮动的情况，从而引起测量误差。因此必要时可在流量计上游安装过滤器。

④搬动时应将转子固定，特别是对于大口径转子流量计更应如此。因为在搬动中玻璃锥管很容易被金属转子撞破。

⑤调节或控制流量不宜采用电磁阀等速开阀门，手动阀门也必须缓慢开启，否则迅速开启阀门，转子会冲到顶部，因突然受阻失去平衡而撞破玻璃管或将玻璃转子撞碎。

⑥使用时应避免被测流体温度、压力急剧变化。

3.2.4 国产 LZB 系列的流量测量范围

液体：通径 3mm，从 $(2.5 \sim 25)$mL/min 到 $(10 \sim 100)$mL/min，

通径 4～100mm，从(1～10)L/h 到(8～40)m³/h；

气体：通径 3mm，从(40～400)mL/min 到(160～1600)mL/min，

通径 4～100mm，从(0.016～0.16)m³/h 到(200～1000)m³/h。

3.3　涡轮流量计

在流体流动的管道内安装一个能自由转动的叶轮，当流体通过时其动能使叶轮旋转，流体流速越高，动能越大，叶轮转速也就越高。因此测出叶轮的转数或者转速，就可确定流过管道的流量。日常生活中使用的某些自来水表、油量计等都是利用类似原理制成的，这种仪表称为速度式仪表。涡轮流量计正是利用相同原理，在结构上加以改进后制成的。

3.3.1　涡轮流量计结构和工作原理

如图 4-22 所示，涡轮流量计主要组成部分有：前、后导流器，涡轮和支承，磁电转换器（包括永久磁铁和感应线圈），前置放大器。

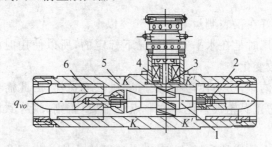

图 4-22　涡轮流量计结构
1. 涡轮；2. 支承；3. 永久磁铁；4. 感应线圈；5. 壳体；6. 导流器

流体在进入涡轮前先经导流器导流，以避免流体的自旋改变它与涡轮叶片的作用角，保证仪表的精度。导流器装有摩擦很小的轴承，用于支承涡轮。轴承的合理选用对延长仪表使用寿命至关重要。涡轮由高导磁不锈钢制成，装有数片螺旋形叶片。当流体流过时，推动导磁性叶片旋转，周期性地改变磁电系统的磁阻，使涡轮上方线圈中的磁通量发生周期变化，因而在线圈内感应出脉冲电信号。在一定的测量范围内，该信号的频率与滑轮转速成正比，也就与流量成正比；这个信号经前置放大器放大后输入电子计数器或电子频率计，以累积或指示流量。

3.3.2　涡轮流量计的特性

(1)量很小的流体通过时涡轮并不转动，只有当流量大于某一最小值，能克服启动摩擦力矩时才开始转动。

(2)流量较小时仪表特性不好，这主要是由于粘性摩擦力矩的影响。当流量大于某一数值后频率 f 与流量 V 才呈线性关系，应该认为这是其测量下限。由于轴承寿命和压损等条件限制，涡轮转速也不能太大，所以测量范围也有上限。

(3)介质黏度变化对涡轮流量计的特性影响很大，一般随介质黏度的增大，测量下限提高、上限降低。新涡轮流量计特性曲线和测量范围都是用常温水标定的，当被测介质运动黏度大于 5×10^{-6}m²/s 时，黏度影响不能忽略。若需得到确切数据，可用被测实际流体对仪表重新标定。

(4)流体密度大小对涡轮流量计影响也很大。一是影响仪表的灵敏限(能引起仪表指针发生动作时被测参数的最小变化量),通常是密度大,灵敏限小,所以这种流量计对大密度流体感度较好;二是影响仪表常数 ξ(每升流体通过时输出的电脉冲数,次/L);三是影响测量下限,通常密度大,测量下限低。

3.3.3 涡轮流量计的优点

(1)测量准确度高,可达 0.5 级以上,在狭小范围内甚至可达 0.1%,可作为校验 1.5~2.5 级普通流量计的标准计量仪表。

(2)反应迅速,被测介质为水时,其时间常数一般只有几毫秒到几十毫秒,故特别适用于对脉动流量的测量。

3.3.4 涡轮流量计的使用注意事项

(1)必须了解被测流体的物理性质、腐蚀性和清洁程度,以便选用合适的涡轮流量计的轴承材料和型式。

(2)一般工作点最好在仪表测量上限的 50% 以上。

(3)涡轮流量计出厂时是在水平安装情况下标定的,所以使用时必须水平安装,否则会引起变送器的仪表常数变化。

(4)被测流体必须洁净,切勿使污物、铁屑等进入变送器,因此需要在上游加装滤网,以减少对轴承的磨损和防止涡轮被卡住。这一点很重要,否则,将导致测量精度下降、数据重现性差、寿命缩短。

(5)因为流场变化会使流体旋转,改变流体和涡轮叶片的作用角,所以为了保证其性能稳定,除了在其内部设置导流器外,还必须在流量计前后分别留出长度为管内径 10~15 倍和 5 倍以上的直管段。测量前若在变送器前装设流束导直器或整流器,测量精度和重现性将会更高。

3.4 流量计的标定

为了得到准确的流量测量值,必须充分了解流量计的原理、结构和现场情况,正确地使用和维护。并且还必须对流量计定期进行标定或校验,以保证计量的准确度。当遇到下述几种情况,均应考虑需对流量计进行标定:

(1)使用长时间放置后的流量计;

(2)要进行高精度测量时;

(3)当被测流体特性不符合流量计标定用的流体特性时;

(4)对测量值产生怀疑时。

标定液体流量计的方法可按校验装置中的标准器的形式分为:容器式、称重式、标准体积管式和标准流量计式等。

标定气体流量计和标定液体流量计一样,按使用的标准形式来划分,校验方式有容器式、音速喷嘴式、肥皂膜实验器式、标准流量计式、湿式流量计式等几种方式。标定气体流量计应特别注意测量流过被标定流量计的实验气体的温度、压力、湿度,另外对实验气体的特性必须在实验之前了解清楚。例如,气体是否溶于水,在湿度、压力的作用下其性质是否会发生变化。

4　温度测量及仪表

4.1　概述

化工生产和科学实验中,温度是需要测量和控制的重要参数之一。通常通过不同的仪表实现对指定点温度的测量或控制,以确定流体的物性,推算物流的组成,确定相平衡数据及过程速率等。总之,温度测量和控制在化工生产和实验中占有重要地位。根据测温原理的不同,可对各种测温仪表进行分类,见表 4-7。

表 4-7　　　　　　　　　　　　各种测温仪表的分类

接触式:利用感温元件与待测物体或介质接触后,在足够长时间内达到热平衡、温度相等的特性,从而实现对物体或介质温度的测定	热膨胀式温度计	液体膨胀式
		固体膨胀式
	压力表式温度计	充液体型
		充气体型
		充蒸气型
	热电偶	铂铑—铂(LB)热电偶
		镍铬—考铜(EA)热电偶
		镍铬—镍硅(EU)热电偶
		铜—康铜(CK)热电偶
		特殊热电偶
	热电阻	铂热电阻
		铜热电阻
		镍热电阻
		半导体热敏电阻
非接触式:利用热辐射原理,测量仪表的感温元件不与被测物体或介质接触,常用于测量运动物体、热容量小或特高温度的场合		光学高温计
		光电高温计
		比色高温计
		全辐射测温仪

4.1.1　各种温度计的使用范围及比较(表 4-8)

4.1.2　温度计的选择和使用原则

在选择和使用温度计时,必须考虑以下几点:

(1)测量范围和精度要求;

(2)被测物体的温度是否需要指示、记录和自动控制;

(3)感温元件尺寸是否会破坏被测物体的温度场;

(4)被测温度不断变化时,感温元件的滞后性能是否符合测温要求;

（5）被测物体和环境条件对感温元件有无损害；

（6）使用接触式温度计时，感温元件必须与被测物体接触良好，且与周围环境无热交换，否则温度计报出的只是"感受"到的而非真实温度；

（7）感温元件需要插入被测物体一定深度，在气体介质中，金属保护管插入深度为保护管直径的 10～20 倍，非金属保护管插入深度为保护管直径的 10～15 倍。

表 4-8 　　　　　　　　　　　　　　常用温度计使用范围和比较

工作原理	名称	使用温度范围(℃)	优点	缺点
热膨胀	玻璃管温度计	−80～500	结构简单，使用方便，测量准确，价格低廉	测量上限和精度受玻璃质量限制，易碎，不能记录和远传
	双金属温度计	−80～600	结构简单，机械强度大，价格低	精度低，量程和使用范围均有限制
压力表	气体型	−100～500	结构简单，不怕振动，具有防爆性，价格低廉	精度低，测温距离较远时，滞后现象严重
	液体型	−50～500		
	蒸气型	−20～300		
热电偶	铜—康铜	−100～370	测温范围广，精度高，便于远距离、多点、集中测量和自动测量	需冷端补偿，在低温段测量时精度较低
	铂铑—铂	200～1400		
	镍铬—考铜	0～600		
	镍铬—镍硅	0～1260		
热电阻	铂热电阻	−260～630	测温精度高，便于远距离、多点、集中测量和自动测量	不能测量高温，由于体积大，点温度测量较困难
	铜热电阻	150 以下		
	半导体热敏	350 以下		
非接触式	光学高温计	700～2000	感温元件不破坏被测物体温度场，测温范围广	只能测高温，低温测量不准，环境条件影响测量准确度，测量值需修正
	辐射高温仪	100～2000		

4.1.3 温度计的标定

温度计标定要注意以下几点：

（1）应注意温度计所感受的温度与温度计读数之间的关系。由于仪表材料性能不同及仪表等级问题，每个温度计的精确度都不相同。另外，若随意选用一个热电偶，借用资料上同类热电偶的热电势—温度关系来确定温度的测量值，也会带来较大误差。

（2）确定温度计感受温度—仪表读数关系的唯一办法是进行实验标定。

（3）注意温度计标定所确定的是温度计感受温度和仪表读数之间的关系，这种关系与温度计实际要测量的待测温度和仪表读数之间的关系常常不同。原因是待测温度与温度计感受温度往往不相等。因此，为了提高温度测量的精确度，不仅要对温度计进行标定，而且要正确安装和使用温度计，两者缺一不可。

下面介绍几类常用的温度计。

4.2 热膨胀式温度计

4.2.1 玻璃管温度计

玻璃管温度计是最常用的一种测定温度的仪器,目前实验室用得最多的是水银温度计和有机液体(如乙醇)温度计。水银温度计测量范围广,刻度均匀,读数准确,但破损后会造成汞污染。有机液体(乙醇、苯等)温度计着色后读数明显,但由于膨胀系数随温度变化,故刻度不均匀,读数误差较大。玻璃管温度计又分为棒式、内标式、电接点式三种形式,见表4-9。

在玻璃管温度计安装和使用方面,要注意以下几方面:

(1)安装在没有大的振动、不易受到碰撞的设备上。特别是对有机液体玻璃温度计,如果振动很大,容易使液柱中断。

(2)玻璃温度计感温泡中心应处于温度变化最敏感处(如管道中流速最大处)。

(3)玻璃温度计应安装在便于读数的场合,不能倒装,也尽量不要倾斜安装。

(4)为了减少读数误差,应在玻璃温度计保护管中加入甘油、变压器油等,以排除空气等不良热导体。

(5)水银温度计按凸面最高点读数,有机液体温度计则按凹面最低点读数。

(6)为了准确测定温度,需要将玻璃管温度计的指示液柱全部没入待测物体中。

表 4-9   常用玻璃管温度计

	棒式	内标式	电接点式
用途 规格	实验室最常用,直径 $d = 6 \sim 8$mm,长度 $l = 250, 280, 300, 420, 480$mm	工业上常用,$d_1 = 18$mm,$d_2 = 9$mm ,$l_1 = 220$mm,$l_2 = 130$mm,$l_3 = 60 \sim 2000$mm	用于控制、报警等,实验室恒温槽上常用,分固定接点和可调接点两种
外形图			

玻璃管温度计在进行温度精确测量时需要校正,方法有两种:与标准温度计在同一状况下比较;利用纯物质相变点如冰—水—水蒸气系统校正。在实验室中将被校温度计与标准温度计一同插入恒温槽中,待恒温槽温度稳定后,比较被校温度计和标准温度计的示值。如

果没有标准温度计,也可使用冰—水—水蒸气的相变温度来校正温度计。

4.2.2 双金属温度计

双金属温度计是一种固体膨胀式温度计,结构简单、牢固,可部分取代水银温度计,用于气体、液体及蒸气的温度测量。它是由两种膨胀系数不同的金属薄片叠焊在一起制成的,将双金属片一端固定,如果温度变化,则因两种金属片的膨胀系数不同而产生弯曲变形,弯曲的程度与温度变化大小成正比。

双金属温度计的常用结构如图 4-23 所示,分为两种类型:一种是轴向型,其刻度盘平面与保护管成垂直方向连接;另一种是径向型,刻度盘平面与保护管成水平方向连接。可根据操作中安装条件及观察方便来选择轴向或径向结构。双金属温度计还可以做成带上、下限接点的电接点双金属温度计,当温度达到给定值时,电接点闭合,可以发出电信号,实现温度的控制或报警功能。

目前国产的双金属温度计测量范围是 $-80℃ \sim 600℃$,准确度等级为 $1,1.5,2.5$ 级,使用工作环境温度为 $-40℃ \sim 60℃$。

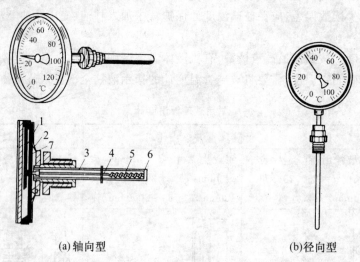

(a)轴向型　　　　　　　　　　　　　(b)径向型

图 4-23　双金属温度计

1. 指针;2. 表壳;3. 金属保护管;4. 指针轴;5. 双金属感温元件;6. 固定端;7. 刻度盘

4.3　压力表式温度计

压力表式温度计可用于测定 $-100℃ \sim 500℃$ 的温度,其作用原理如图 4-24 所示。它利用气体、液体或低沸点液体(蒸气)作为感温物质,填充于温包 7、毛细管 6 和弹簧管 3 的密闭温度测量系统中。当温包内的感温物质受到温度作用时,密闭系统内压力变化,同时引起弹簧管弯曲率的变化,使其自由端发生位移,然后通过连杆 4 和传动机构 5 带动指针 1,在刻度盘 2 上直接显示出温度的变化值。

关于压力表式温度计基本参数及其安装校验,可查阅相关手册或产品目录。

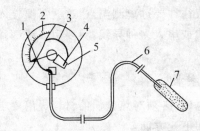

图 4-24　压力表式温度计的作用原理
1. 指针；2. 刻度盘；3. 弹簧管；4. 连杆；5. 传动机构；6. 毛细管；7. 温包

4.4　热电偶温度计

热电偶是最常用的一种测温元件，具有结构简单、使用方便、精度高、测量范围宽等优点，因而得到了广泛应用。

4.4.1　热电偶测温原理

将两种不同的导体或半导体 A 与 B 连接成图 4-25(a)所示的闭合回路，如果将它们的两个接点分别置于温度为 T 及 T_0（$T > T_0$）的热源中，则在回路内就会产生热电动势（简称热电势），这种现象称为热电效应。这两种不同导体的组合就称为热电偶，每根单独的导体称为热电极，两个接点中一端称工作端（测量端或热端），如 T 端，另一端称为自由端（参比端或冷端），如 T_0 端。

如果在此回路中串接一支直流毫伏计（将导体 B 断开接入毫伏计，或者在两导体的 T_0 接点处断开接入毫伏计均可），如图 4-25(b)所示，即可见到毫伏计中有电势指示，这种接触电势差仅与两导体的材料和接触点温度有关。温度越高，自由电子就越活跃，致使接触面产生的电场强度增加，电动势也相应增高。热电偶温度计就是根据这个原理制成的。

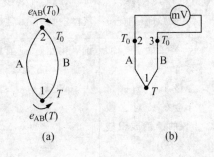

图 4-25　热电现象

对于上面的回路，由于两接点处温度不同（$T > T_0$），就产生了两个大小不等、方向相反的热电势 $e_{AB}(T)$ 和 $e_{AB}(T_0)$。在此闭合回路中，总热电势 $E_{AB}(T, T_0)$ 表示如下：

$$E_{AB}(T, T_0) = e_{AB}(T) - e_{AB}(T_0) \tag{4-17}$$

当 A 及 B 材料固定后，热电势是接点温度 T 和 T_0 的函数之差。如果一端温度 T_0 保持不变，即 $e_{AB}(T_0)$ 为常数，则热电势 $E_{AB}(T, T_0)$ 就成为温度 T 的单值函数了。这样只要测出热电势的大小，就能判断测温点温度的高低，这就是利用热电现象来测量温度的原理。利用这一原理，人们选择了符合一定要求的两种不同材料导体，将其一端焊起来，就构成了一支热电偶。焊点的一端插入测温对象，作为工作端，另一端作为自由端。

利用热电偶测量温度时，必须要用某些显示仪表，如毫伏计或智能测温仪来测量热电势，如图

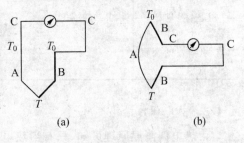

图 4-26　热电偶测温系统的连接

4-26(a)和(b)所示。测量仪表往往要远离测温点,这就需要接入连接导线 C。实验证明,在热电偶回路中接入第三种导线或串入多种导线,只要引入线两端温度相同,就不影响热电偶产生的热电势数值。

4.4.2　常用热电偶的种类及特性

为了便于选用和自制热电偶,必须对热电偶的材料提出要求和了解常用热电偶的特性。对热电偶材料的基本要求有如下几方面:

(1)物理化学性能稳定;

(2)测温范围广,在高低温范围内测量都准确;

(3)热电性能好,热电势与温度呈线性关系;

(4)价格便宜。

实验室和工业上常用的热电偶见表 4-10。

表 4-10　　　　　　　　　　　常用热电偶种类及特性

热电偶种类	适用环境	优点	缺点
T(国产 CK)类:铜(+)对康铜(-)	可在真空、氧化、还原或惰性气体中使用,测温范围−100℃～370℃	热电势大,价格便宜	重复性不太好
K 类(国产 EU 类):含铬 10% 的镍铬合金(+)对含镍 5% 的镍铝或镍硅合金(-)	抗氧化性好,适宜在氧化或惰性气体中连续使用,测温范围 0℃～1260℃(国产为 1000℃)	性能较一致,热电势大,线性好,测温范围宽,价格便宜,适用于酸性环境	长期使用影响测量精度
E 类:含铬 10% 的镍铬合金(+)对康铜(−)	在氧化或惰性气体中使用,测温范围−250℃～871℃	热电势大	
S 类(国产 LB 类):含铑 10% 的铂铑合金(+)对铂(−)	耐高温,适于在 1400℃(国产为 1300℃)以下的氧化或惰性气体中连续使用	复制精度和测量准确性较高,性能稳定	热电势较弱,热电性质非线性,成本较高
国产 EA 类:含铬 10% 的镍铬合金(+)对考铜(含镍 44% 的镍铜合金)(−)	在还原性和中性介质中使用,长期使用温度不宜超过 600℃	热电灵敏度高,热电势大,价格便宜	温度范围低且窄,考铜合金丝易氧化变质

4.4.3　热电偶冷端温度补偿

由热电偶测温原理可知,只有当热电偶冷端温度保持不变时,热电势才是热端温度的单值函数。因此必须设法维持冷端温度恒定,可在热电偶线路中接入适当的补偿导线,如图 4-27 所示。只要热电偶原冷端接点 4,5 两处温度在 0℃～100℃,将冷端移至位于恒温器内补偿导线的端点 2,3 处,就不会影响热电偶的热电势。

维持热电偶冷端恒温的方法有冰浴法、恒温槽法、补偿电桥法。

冰浴法是将冷端放在盛绝缘油的管中,再将其放入盛满冰水混合物的容器内,使冷端温度维持在 0℃。通常的热电势—温度关系曲线都是在冷端温度为 0℃ 下得到的。

恒温槽法是将冷端放在恒温槽内,而使其温度恒定。

补偿电桥法是利用不平衡电桥产生的电势来补偿热电偶因冷端温度变化而引起的热电势的变化。具体做法可参见有关文献,此处不再赘述。

4.4.4 实验室常用的铜—康铜热电偶

化工实验室测温范围较窄,且测温值多在 100℃ 左右,故用铜-康铜热电偶作为测量元件比较合适。这种热电偶市场上较难买到,一般需自制。

电弧焊接热电偶的简易装置如图 4-28 所示,主要设备为一台调压器 2 和一根 $\varnothing 6$、长 50mm 的碳棒 3(可用 1 号干电池内的碳棒)。碳棒一端磨成锥状,另一端与调压器输出端一极相连。输出端另一极与待焊的热电偶相连。实验室用的热电偶多用 0.2mm(其他规格亦可)的铜—康铜丝,将其一端拧在一起。焊接时,将调压器输出电压调到 36V,慢慢移动夹紧热电偶 4 的绝缘夹子,使热电偶顶端与碳棒尖端接近,产生电火花后迅速离开。要求焊点圆滑牢固,然后根据实验装置上的测温点位置需要将热电偶焊入或埋入。

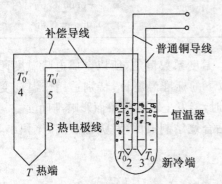

图 4-27 补偿导线的接法

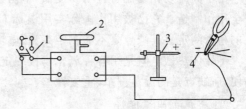

图 4-28 电弧焊接热电偶简易装置
1. 开关;2. 调压器;3. 碳棒;4. 热电偶

多点测温线路如图 4-29 所示,图中 T 是待测温度,T_0 是冰点温度,T_1 是接线盒温度。从 A,B 出发的并行实、虚线是测温线路的铜—康铜丝;从 C,D 出发的并行实、虚线是连接冰点的铜—康铜丝。A,B 与 C,D 都是通过接线盒与转换开关和二次仪表相连。

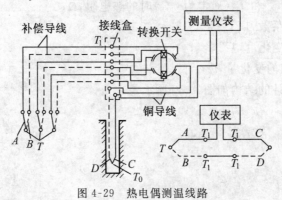

图 4-29 热电偶测温线路

89

4.5 热电阻温度计

4.5.1 概述

热电阻温度计是利用金属导体或半导体的电阻值随温度变化而改变的特性来进行温度测量的。它也是一种用途极广的测温仪器，在工业生产中－120℃～500℃范围内的温度测量常常使用热电阻温度计。其突出优点是：测量精度高，性能稳定；灵敏度高，低温时产生的信号比热电偶的大得多，容易测准；由于本身电阻大，导线的电阻影响可以忽略，因此信号可远传和记录。

热电阻温度计的热敏元件有金属丝和半导体两种。通常前者使用铂丝或者铜丝，后者使用半导体热敏物质。各种电阻温度计的性质概括在表 4-11 中。

表 4-11 　　　　　　　　　　　　　电阻温度计的使用温度

种　类	使用温度范围(℃)	温度系数(℃$^{-1}$)
铂电阻温度计	－260～630	＋0.00392
镍电阻温度计	150 以下	＋0.0068
铜电阻温度计	150 以下	＋0.0043
热敏电阻温度计	350 以下	－0.03～－0.06

由于高纯度铂易制备且不易变质，电阻系数大，温度系数恒定，所以金属电阻温度计几乎全用铂制造。它已被用作国际实用温标 630℃以下的标准温度计，特别适用于温度变化大的精密测定。其缺点是不能测定高温，电流过大时，能发生自热现象而影响准确度。

半导体热敏电阻是用各种氧化物按一定比例粘合烧结制成的，其灵敏度高，体积小，价格便宜；缺点是测温范围窄、重复性差。

4.5.2 金属电阻温度计

（1）工作原理

纯金属和多数合金的电阻率随温度升高而增加，即具有正温度系数。在一定温度范围内电阻与温度呈线性关系，如下式：

$$R_T = R_0[1 + \alpha(T - T_0)] \tag{4-18}$$

$$\Delta R_T = \alpha R_0(\Delta T) \tag{4-19}$$

式中：R_T，R_0——温度 T 和 T_0（通常为 0℃）时的热电阻，Ω；

α——电阻温度系数，1/℃；

ΔT——温度的变化量，℃；

ΔR_T——电阻值的变化量，Ω。

普通铂电阻温度计的结构如图 4-30 所示。

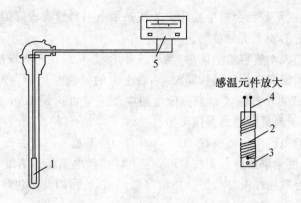

图 4-30　普通铂电阻温度计结构

1. 感温元件；2. 铂丝；3. 骨架；4. 引出线；5. 显示仪表

用直径 0.03～0.07mm 的纯铂丝 2 绕在有锯齿的云母骨架 3 上，构成感温元件 1，再用两根直径 0.5～1.4mm 的银导线作为引出线 4 引出，与显示仪表 5 连接。当感温元件上铂丝受到温度作用时，其电阻值随温度而变化，并呈一定的函数关系 $R_T = f(T)$。将变化的电阻值作为信号输入具有平衡或不平衡电桥回路的显示仪表以及调节器和其他仪表，就能测量或调节被测介质的温度。

由于感温元件占有一定的空间，所以不能像热电偶那样用来测量"点"温度；然而在有些情况下，当要求测量任何空间内或表面部分的平均温度时，热电阻用起来就特别方便。也就是说，热电阻所测量的温度是它所占空间的平均温度。

（2）常用金属热电阻温度计

常用金属热电阻温度计的基本参数见表 4-12。

最佳和最常用的金属电阻温度计材料是纯铂；铜丝电阻温度计也得到了一定的应用。铜丝的优点是线性度好，电阻温度系数大；缺点是易被氧化和电阻率低，测量滞后效应较严重。

表 4-12　　　　　　　　　　　常用金属热电阻温度计的基本参数

名　称	代号	分度号	温度测量范围（℃）	0℃时的电阻值 R_0 及其允差（Ω）	电阻比 $W_{100} = \dfrac{R_{100}}{R_0}$ 及其允差
铂热电阻	WZB	$\dfrac{B_{A1}}{B_{A2}}$	$-260 \sim +630$	$\dfrac{46 \pm 0.046}{100 \pm 0.1}$	1.3910 ± 0.0010
铜热电阻	WZG	$\dfrac{Cu50}{Cu100}$	$-50 \sim +150$	$\dfrac{50 \pm 0.05}{100 \pm 0.1}$	1.428 ± 0.002
镍热电阻	WZN	$\dfrac{Ni500}{Ni100}$	$-60 \sim +180$	$\dfrac{50 \pm 0.05}{100 \pm 0.1}$	1.617 ± 0.007

4.5.3　半导体（热敏）电阻温度计

热敏电阻是在锰、镍、钴、铁、铜、锌、钛、铝、镁等金属的氧化物中加入其他化合物，按适当比例混合烧结而成。当温度变化时，这种测温半导体元件电阻变化显著。多数热敏电阻具有负电阻温度系数，且明显呈非线性关系。由于半导体中即使有不到百万分之一的杂质存在,其导电率和温度系数也会发生变化。为使热敏电阻特性有较好的重复性,对热敏电阻材料选择和加工纯度的要求十分苛刻。

热敏电阻通常制成小热容量的珠形、盘形或片形,并且封在充气或抽真空的玻璃壳中或封在搪瓷壳体中。当温度变化间隔相同时,热敏电阻的阻值变化约为铂电阻的 10 倍,因此可用来测量 0.01℃ 或更小的温度差。热敏电阻尖端宽度可达到 1mm 左右,对温度变化的响应迅速,因此可用于高灵敏度的温度测量。

常用热敏电阻的阻值变化范围在 $1\Omega \sim 100k\Omega$。测温范围一般在 $-100℃ \sim +350℃$,如果要求特别稳定,温度上限最好控制在 150℃ 左右。热敏电阻虽然有非线性特点,但经过适当串、并联,也可以得到线性温度特征。热敏电阻阻值较大,因此可忽略引线、接线电阻和电源内阻,适于进行远距离温度测量。

4.6 非接触式温度计

物体在任何温度下都有热辐射,辐射能量的大小与温度成正比,温度越高,辐射出的能量越多。辐射测温计是利用物体光谱辐射特性,即辐射能量按波长分布的特性来测量温度的。目前在辐射测温领域应用最广的是隐丝式光学高温计,其他如光电高温计、比色高温计、全辐射高温计等新型辐射测温仪器也得到了越来越多的应用。

4.6.1 隐丝式光学高温计

光学高温计是利用物体单色辐射强度(在可见光范围内)随温度升高而增长的原理来进行高温测量的仪表。一般按黑体辐射强度来进行仪表的分度,用这样的仪表来测量灰体温度时,测出的结果将不是灰体的真正温度,而是其亮度温度(在波长 λ 的光线中,当物体在温度 T 时的亮度和黑体在温度 T_s 时的亮度相等时,则 T_s 就是该物体在波长 λ 的光线中的亮度温度)。要得到其真实温度还须修正,物体的亮度温度和真实温度可由下式求得:

$$\frac{1}{T} = \frac{1}{T_s} + \frac{\lambda}{C_2}\ln\varepsilon_\lambda \qquad (4-20)$$

式中:T_s——亮度温度,K;

λ——0.65μm(红光波长);

C_2——普朗克第二辐射常数;

ε_λ——黑度系数(物体在波长 λ 下的吸收率)。

所以,在知道了物体的黑度系数 ε_λ 和高温计测得的亮度温度 T_s 后,就能用式(4-20)求出物体的真实温度。因为 $0 < \varepsilon_\lambda < 1$,所以测得的物体亮度温度始终低于其真实温度,且 ε_λ 越小,二者之间的差别也越大。

隐丝式光学高温计由光学系统和电测系统组成,其原理如图 4-31 所示。光学系统由物镜 1 和目镜 4 构成望远系统,灯泡 3 的灯丝置于系统中物镜成像处调节目镜 4,使肉眼能清晰地看到灯丝;调整物镜 1 使被测物体(或辐射源)成像在灯泡 3 的灯丝平面上,以便比较二者的高度。目镜 4 和观察孔之间置有红色滤光片 5,测量时移入视场,使所利用的光谱有效波长 λ 约为 0.65μm,以保证单色辐射的测温条件。从观察孔可同时看到被测物体和灯丝的像及灯丝的隐灭过程。

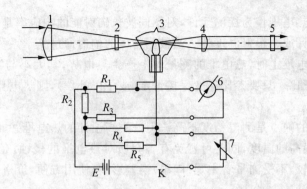

图 4-31　隐丝式光学高温计原理
1. 物镜；2. 吸收滤光片；3. 高温计灯泡；4. 目镜；
5. 红色滤光片；6. 测量电表；7. 滑线电阻

　　由于这种光学高温计是用人眼来探测亮度平衡的，所以亮度不宜太亮或太暗，于是测温范围就会受到限制。下限取决于光学系统的孔径，通常为 700℃ 左右，上限约为 1300℃。当被测物体温度高于 1400℃ 时，就需要降低其亮度。因此仪器的物镜 1 和灯泡 3 之间安装了灰色吸收滤光片 2，当使用仪器的第二量程时，转动相应旋钮使该滤光片移入视场，以减弱被测物体的亮度，从而使光学高温计的测温范围扩展到很高的温度。

4.6.2　光电高温计

　　目测高温计以人眼作为接收器，以红色滤光片作为单色器，从而使仪器的灵敏度和测量准确度受到极大的限制。其最大的误差源为灯丝的消隐，以及不同观测者有各不相同的视觉灵敏度。

　　近 30 年来，光电探测器、干涉滤光片及单色仪的发展，使目测光学高温计在国际温标重现和工业测温中的地位逐渐下降，而更灵敏、更准确的光电高温计已取而代之，并不断发展。

　　光电高温计的优点是：

　　(1)灵敏度高。目测光学高温计的灵敏度最佳值为 0.5℃，而采用光电探测器的高温计相应灵敏度可达到 0.005℃，比光学高温计高两个数量级。

　　(2)准确度高。采用干涉滤光片或单色仪后，仪器的单色性更好，所以延伸温度点的不确定度可大大降低，2000℃ 的不确定度可达 0.25℃ 以下。

　　(3)使用的波长范围不受限制。在可见范围和红外范围均可应用，这一优点为低温辐射法测温提供了有利的条件。

　　(4)光电探测器响应时间短。光电倍增管可在 10^{-6} s 内响应，为动态测温提供了条件。

4.6.3　比色高温计

　　比色高温计有时也称为双色(多色)高温计，是利用被测对象两个不同波长(或波段)的辐射能量之比与其温度之间的关系，实现辐射测温的仪表。

　　双色、多色高温计的主要缺点是测量精度不高，为了保证光谱发射率 ε_λ 与波长 λ 有比较简单的关系，要求所选波长比较接近，也就是光谱辐射亮度比值相差不大，但这又影响了测量精度。

4.6.4　全辐射温度计

　　热电堆全辐射温度计广泛应用于工业生产现场。它是利用物体辐射热效应测量物体表面温度的仪表。以热电堆作为探测元件，对不同波长辐射能的响应率是均匀的，因此这种仪表常称为辐射温度计或全辐射温度计。当被测物体的辐射通过光学系统聚焦于由若干对热电偶串联组成的热电堆上时，热电堆的测量端上产生热电势，其大小与测量端和参考端（环境温度）的温差成正比。只要参比温度保持恒定（或予以补偿），则热电势大小就与被测物体的辐射能量成正比。

全辐射温度计的缺点是测温精度不高。但这类高温计的热电堆并非直接与高温对象接触，所以能够测量很高的温度，同时可避免有害介质对热电堆的侵蚀，延长使用寿命。与目测光学高温计相比较，不受测量者主观（肉眼）误差影响，使用方便，价格低廉。

5　液位测量技术

液位是表征设备或容器内液体储量多少的度量。液位检测为保证生产过程的正常运行，如调节物料平衡、掌握物料消耗量、确定产品产量等提供决策依据。

液位测量方法因物系性质的变化而异，种类较多，其常见分类为：

(1)直读式液位计（玻璃管式液位计、玻璃板式液位计）；

(2)差压式液位计（压力式液位计、吹气法压力式液位计、差压式液位计）；

(3)浮力式液位计（浮球式液位计、浮标式液位计、浮筒式液位计、磁性翻板式液位计）；

(4)电气式液位计（电接点式液位计、磁致伸缩式液位计、电容式液位计）；

(5)超声波式液位计；

(6)雷达液位计；

(7)放射性液位计。

下面介绍实验室中常用的直读式液位计、差压式液位计、浮力式液位计、电容式液位计。

5.1　直读式液位计

5.1.1　测量的基本原理

利用仪表与被测容器气相、液相的直接连接来直接读取容器中的液位高低。直读式液位测量原理见图4-32。

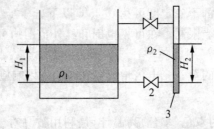

图4-32　直读式液位计测量原理图
1.气相切断阀；2.液相切断阀；3.玻璃管

利用液相压力平衡原理

$$H_1 \rho_1 g = H_2 \rho_2 g \tag{4-21}$$

当 $\rho_1 = \rho_2$ 时，$H_1 = H_2$。

这种液位计适宜于就地直读液位的测量。当介质温度高时，ρ_1 不等于 ρ_2，就出现误差。

但由于简单实用,因此应用广泛。有时也用于自动液位计的零位和最高液位的校准。

5.1.2　玻璃管式液位计

早期的玻璃管式液位计由于结构上的缺点,如玻璃管易碎,长度有限等,只用于开口常压容器。目前由于玻璃管材质改用石英玻璃,同时外加了保护金属管,克服了易碎的缺点。此外,石英具有适宜于高温高压下操作的特点,因此也拓宽了玻璃管式液位计的使用范围。为了液位读取方便,利用光线在液体与空气中折射率的不同,做成了双色玻璃管液位计,气相为红色,液相为绿色,液位看起来特别明显。

现在常用的 UGS 型玻璃管液位计(见图 4-33)的主要技术参数为:

(1)测量范围:300,500,800,1100,1400,1700,2000 mm

(2)工作压力:2.5 MPa,4.0 MPa,6.4 MPa

(3)工作温度:-50℃~520℃

(4)钢球封密压力:≥0.3 MPa

(5)介质密度:≥0.45 g/cm³(对ⅡA 和ⅢA)

(6)伴热蒸汽压力:≤0.6 MPa

5.1.3　玻璃板式液位计

直读式玻璃板液位计是为克服各玻璃板液位计每段测量盲区而设计的,液位计本身前后两侧玻璃板交错排列,前面玻璃板可看到后面玻璃板之间的盲区,反之亦然。

WB 型玻璃板式液位计(见图 4-34)的主要技术参数有以下几项。

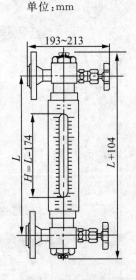

图 4-33　UGS 型玻璃管液位计外形尺寸图　　图 4-34　WB 型玻璃板式液位计外形尺寸图

(1)测量范围及可视高度见表 4-13

表 4-13

测量范围 L(mm)	500	800	1100	1 400	1 700
可视高度 H(mm)	550	850	1150	1450	1750

(2)工作压力:4.0 MPa,6.4 MPa
(3)工作温度:≤250℃
(4)钢球密封压力:≥0.3 MPa
(5)伴热蒸汽压力:≤1.0 MPa

5.2 差压式液位计

5.2.1 吹气法压力式液位测量

吹气法液位测量原理图见图 4-35。空气经过滤、减压后经针形阀节流,通过转子流量计到达吹气切断阀入口,同时经三通进入压力变送器,而稳压器稳住转子流量计两端的压力,使空气压力稍微高于被测液柱的压力,而缓缓均匀地冒出气泡,这时测得的压力几乎接近液位的压力,其测量公式如式(4-22)。

此方法适宜于开口容器中黏稠或腐蚀介质的液位测量,方法简便可靠,应用广泛。但测量范围较小,较适用于卧式贮罐。

5.2.2 差压法液位测量

(1)基本测量原理
差压法液位测量原理见图 4-36。
测得差压

$$\Delta p = p_2 - p_1 = H\rho g \text{ 或 } H = \frac{\Delta p}{\rho g} \tag{4-22}$$

式中:Δp——测得差压;

ρ——介质密度;

H——液位高度。

通常被测液体的密度是已知的,差压变送器测得的压差与液位高度成正比,应用式(4-22)就可以计算出液位的高度。

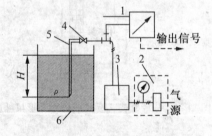

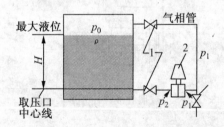

图 4-35 吹气法液位测量原理图   图 4-36 差压液位计测量原理图
1. 变送器;2. 过滤器减压阀;3. 稳压和流量调整组件   1. 切断阀;2. 差压仪表;3. 气相管排液阀
4. 切断阀;5. 吹气管;6. 被测对象

(2)带有正负迁移的差压法液位测量原理

这种方法适用于气相易于冷凝的场合,见图 4-37。图中 ρ_1 为气相冷凝液的密度,h_1 为冷凝液的高度。当气相不断冷凝时,冷凝液自动从气相口溢出,回流到被测容器而保持 h_1 高度不变。当液位在零位时,变送器负端已经受到 $h_1\rho_1 g$ 的压力,这个压力必须加以抵消。这称为负迁移。

负迁移量
$$SR_1 = h_1\rho g$$

当测量液位的起始点从 H_0 开始,变送器的正端有 $H_0\rho g$ 压力要加以抵消,这称为正迁移。

正迁移量
$$SR_0 = h_0\rho g$$

这时变送器的总迁移量为

$$SR = SR_1 - SR_0 = h_1\rho g - h_0\rho g$$

在有正负迁移的情况下仪表的量程为

$$\Delta p = H_1\rho g \tag{4-23}$$

当被测介质有腐蚀性、易结晶时,可选用带有腐蚀膜片的双法兰式差压变送器,迁移量及仪表的计算仍然可用上面的公式,只是 ρ_1 为毛细管中所充的硅液的密度,h_1 为两个法兰中心高度之差。

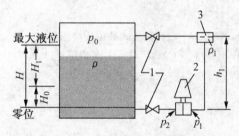

图 4-37　带有正负迁移的差压液位计测量原理图
1. 切断阀;2. 差压仪表;3. 平衡容器

5.3　浮力式液位计

这类仪表利用物体在液体中浮力的原理来实现液位测量。仪表分为浮子式液位计和浮筒式液位计。浮子式液位计运作时,浮子随着液面的上下而升降;而浮筒式液位计液位从零位到最高位液位后,浮筒全部浸没在液体之中,浮力使浮筒有一较小的向上位移。浮力式液位计主要有浮子式液位计、浮筒式液位计和磁性翻板式液位计,下面简要介绍翻板式液位计。

液位计的安装结构示意图见图 4-38,与容器相连的浮子室(用非导磁的不锈钢制成)内装带磁钢的浮子,翻板指示标尺贴着浮子室安装。当液位上升或下降时,浮子也随之升降,翻板标尺中的翻板,受到浮子内磁钢的吸引而翻转,翻转部分显示红色,未翻转部分显示绿色,红绿分界之处即表示液位所在。

该类液位计的主要技术指标为:

①测量范围:500~600mm;

②精度:±10mm(就地指示型)

③介质温度:-19.6℃~400℃

④工作压力:1.0～40.0MPa

⑤介质密度:$\geqslant 0.4\times10^3\,kg/m^3$

磁性翻板式液位计除了配上指示标尺作就地指示外,还可以配备报警开关和信号远传装置。前者作高低报警用,后者可将液位转换成 4～20mA 的直流信号送到接收仪表,并有防爆型和本质安全型两种结构供选择。

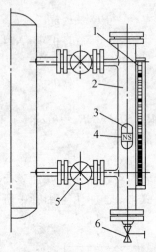

图 4-38　磁性翻板式液位计结构与安装图
1. 翻板标尺;2. 浮子室;3. 浮子;4. 磁钢;5. 切断阀;6. 排污阀

5.4　电容式液位计

5.4.1　基本原理

电容式液位计由测量电极、前置放大单元及指示仪表组成。

图 4-39 表示电极与被测容器之间所形成的等效电容,C_0 为电极安装后空罐时的电容值(式 4-24),$\Delta G_L + C_0$ 为某液位时的电容值(式 4-25)。只要测得由液位升高而增加的电容值 ΔG_L(式 4-26),就可测得罐中的液位。

$$C_0 = \frac{2\pi\varepsilon_0 L}{\ln(D/d)} \tag{4-24}$$

$$C_0 + \Delta C_L = \frac{2\pi\varepsilon_0(L-H)}{\ln(D/d)} + \frac{2\pi\varepsilon H}{\ln(D/d)} \tag{4-25}$$

$$\Delta C_L = \frac{2\pi(\varepsilon-\varepsilon_0)H}{\ln(D/d)} \tag{4-26}$$

另外报警回路可设定高低液位的报警值。调整电路调节仪表零位。

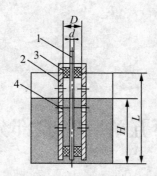

图 4-39　电容法液位测量图

1. 内电极；2. 外电极；3. 绝缘套；4. 流通小孔

5.4.2　主要技术参数

①测量范围：按电极长度划分为 0.5m,1.0m,1.5m,2.0m,3.0m,4.0m,6.0m,10m

②精度：普通型±1％,本安型±1.5％

③输出信号：0～10mA　DC,4～20mA　DC

④电极工作温度：－40℃～＋85℃

⑤电极工作压力：2.5MPa

⑥高低报警设定误差：±5％

⑦电极结构：根据介质的化学性质、导电性能、被测容器等来选用绝缘电极、裸露电极、套管式电极或绳式电极。

第五章　实验部分

1　演示实验

1.1　柏努利方程实验

1.1.1　实验目的

（1）了解流体以恒定流流经特定管路（柏努利方程实验管）时一些（四个）特定截面上的总压头 $\left(Z+\dfrac{p}{\rho}+\dfrac{u^2}{2g}\right)$、测压管压头 $\left(Z+\dfrac{p}{\rho}\right)$，并计量出相应截面的静压头 $\dfrac{p}{\rho}$ 和动压 $\left(\dfrac{u^2}{2g}\right)$，再绘制出近似的压头线，从而加深对柏努利方程的理解和认识。

（2）学会各种压头的测试和计量方法。

（3）了解一种测量流体流速方法——皮托管测速方法的原理。

1.1.2　实验装置及原理

实验装置的结构示意图如图 5-1 所示。柏努利方程实验装置主要由恒水位水箱 6、柏努利方程实验管 4、测压管 5、蓄水箱 7、离心泵供水系统（自循环）和电测流量装置等组成。恒水位水箱 6 靠溢流来维持其恒定水位，在水箱左下部装接水平放置的柏努利方程实验管 4，恒水位水箱中的水可经柏努利方程实验管以恒定流流出，并可通过出水阀门 2 调节其出流量。恒定流以一定流量流经实验管道时，通过布设在实验管 4 个截面上的测压孔及其测压管（8 根）5，可以观察到相应截面上的各各压头的高低，从而可以分析管道中稳定液流的各种能量形式、大小及其相互转化关系。

实验时，还需要测定液流的流量。在阀门 2 的下面，装有回水箱和计量水箱，计量水箱里装有电测流量装置 1（由浮子、光栅计量尺光电传感器组成），可以在电测流量仪 3 上直接数显出实验时的流体流量（数显出流体积 $W[\mathrm{L}]$ 和相应的出流时间 $\tau[\mathrm{s}]$ 从而可以计算出流量 V_s 来）。回水箱和计量水箱中的水可以通过集水槽 11，回流到储水箱 7 中。

柏努利方程实验管 4 上每个测量截面上的一组测压管都相当于一个皮托管，所以，通过实验，也可以了解一种测量流量的原理和方法。

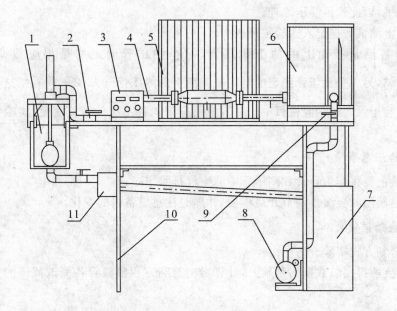

图 5-1 柏努利方程实验装置结构示意图

1.电测流量装置及其计量水箱;2.出水阀门;3.流量显示仪;4.柏努利方程实验管;
5.测压管;6.恒水位水箱;7.储水箱;8.水泵;9.进水阀门;10.实验台桌;11.集水槽

1.1.3 实验步骤

(1)实验前的准备

①关闭出水阀门 2。

②打开进水阀门 9 后,按下流量显示仪 3 上的水泵开关,启动水泵 8,向恒水位水箱 6 上水。

③在水箱接近放满时,调节阀门 9,使恒水位水箱达到溢流水平,并保持有一定的溢流。

④适度打开出水阀门 2,使柏努利方程实验管出流,此时,恒水位水箱应仍能保持恒水位,且还有一定的溢流。否则,应调节阀门 9 使其达到恒水位并有适量溢流。(注意:整个实验过程都应满足这个要求)。

⑤实验测试之前,在作上述准备工作过程中,应排尽管路和测压管中的空气。

⑥测试前,应仔细检查并调节电测流量装置,使其能够正常工作。

(2)进行测量

具体操作如下:

①调节出水阀门 2 至一定开度。

②待液流稳定,且检查恒水位水箱的恒定水位后,测读柏努利方程实验管四个截面四组测压管的液柱高度。可以重复测读三次,合理选择稳定的读数或取其三次的平均值,以提高测试的准确度。

③利用电测流量装置测定此工况下的液流流量。

④改变出水阀门 2 的开度,在新工况下重复上述测试。

⑤上述实验测试完成后,可以关闭出水阀门 2,观察到各测压管中的水面与恒水位水箱

的水面相齐平,以此验证静压原理。

⑥将以上测试数据记入实验记录表中。

[说明]各测量截面上的两个测压管,一个测压管测定的是相应截面的总压头 $\left(Z+\dfrac{p}{\rho}+\dfrac{u^2}{2g}\right)$,另一个测压管测定的是同一截面上的测压管压头 $\left(Z+\dfrac{p}{\rho}\right)$,把这些实验数据直接记入实验记录表的相应栏目中。在表中还应记入各工况的液流流量、实验管路各段的内径和压头。

1.1.4 实验注意事项

(1)实验前要将实验导管和测压管中的空气排除干净;

(2)开启阀门时要缓慢调节开启程度,并随时注意设备内的变化。

1.1.5 实验数据处理

(1)柏努利方程实验

①在测度所得实验数据的基础上,计算出柏努利方程实验管各测试截面的相应动压头和静压头:

动压头: $\dfrac{u^2}{2g}=$ 总压头-测压管压头

静压头: $\dfrac{p}{\rho}=$ 测压管压头-位压头 Z

②绘制一定工况下的四个测试截面的各种压头和近似的压头线(如图 5-2)。

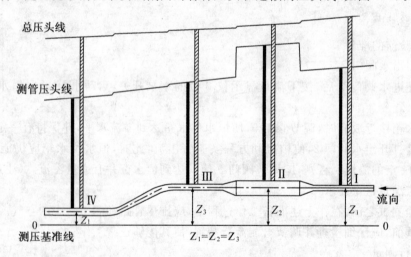

图 5-2 柏努利方程实验管的压头和压头线

③运用柏努利方程进行分析,解释各压头的变化规律。例如:

a. 可以看出能量损失沿着流体流动方向是增大的;

b. Ⅱ与Ⅰ比较,其位压头相同,但Ⅱ点比Ⅰ点的静压头大,这是由于管径变粗,流速变慢,动压头转变为静压头;

c. Ⅲ与Ⅱ比较,其位压头相同,而Ⅲ点的静压头小了,这是静压头转变为动压头了;

d. Ⅳ与Ⅲ比较,两管径相同,动压头基本相同,但Ⅳ点的静压头比Ⅲ点的增大了,这是由于位压头转化为静压头了。

e. 实验结果还清楚地说明了连续方程,对于不可压缩流体的稳定流动,当流量一定时,管径粗的地方流速小,细的地方流速大。

(2)测速实验

能量方程实验管上四组测压管的任一组都相当于一个皮托管,可测得管内的流体速度。由于本实验台将总压头测压管置于能量方程实验管的轴线,所以测得的动压头代表了轴心处的最大流速。

皮托管求点速度公式为:

$$u = \sqrt{2g\Delta h}$$

此处,Δh 为相应截面上两测压管的动压头差(即流速水头)。

而管内的平均流速可以通过流量来确定,平均流速公式为:

$$\bar{u} = \frac{Vs}{A}$$

在进行能量方程实验的同时,就可以测定出各点的轴心速度和平均速度。测试结果可记入附表二中。

1.1.6 原始数据记录

附表一

工况序号 \ 液柱高或差 \ 测点编号	Ⅰ	Ⅱ	Ⅲ	Ⅳ	流量 m³/s
1　总压头 $Z+\frac{p}{\rho}+\frac{u^2}{2g}$					
1　测压管压头 $Z+\frac{p}{\rho}$					
1　静压头					
1　压头损失 h_w					
2　总压头 $Z+\frac{p}{\rho}+\frac{u^2}{2g}$					
2　测压管压头 $Z+\frac{p}{\rho}$					
2　静压头					
2　压头损失 h_w					

续表

能量方程实验管中心线距基准线的高度 Z（即位压头）(mm)				
实验管测试截面的内径(mm)				
静压头(mm)				

附表二

测点编号 项目 流速	I 管径: mm	II 管径: mm	III 管径: mm	IV 管径: mm
轴心速度 u(m/s)				
平均速度 $\bar{u}$(m/s)				

1.1.7 思考题

(1)关闭 2 阀，旋转测压头，液位高度有无变化？这一高度(H_1)压孔正对水流方向时，各测压管的液位高度 H_2 的物理意义是什么？

(2)测压孔与水流垂直时，各测压管液位高度的物理意义是什么？

(3)对同一点而言，为什么 $H_1 > H_2$？为什么距水槽越远，($H_1 - H_2$)的值越大？这一差值的物理意义是什么？

(4)测压孔正对水流方向，开大阀 2，流速增大，动压头增大，为什么测压管的液位反而下降？

(5)将测压孔由正对水流方向转至与水流方向一致，测压管液位下降，下降的液位代表什么压头？1,3 点及 2,3 两点下降液位是否相等？这一现象说明什么？

(6)测压孔与水流方向垂直，在不改变阀 2 开度的条件下 2,3 两点液位计读数的差值表示什么？

(7)旋转测压头能否进行流速、流量的测量？简述方法。

(8)阀门 2 关小，流体在流动过程中，沿程各点的机械能如何变化？各测压点的静压头如何变化？

(9)对于未知流体，利用本实验装置能否判断流动型态？若可以，如何判断？

1.2 流体流动形态观察与测定

1.2.1 实验目的

(1)实际观察流体在管内作层流、湍流流动时的流动形态，并观察层流和湍流时的速度分布形式。

（2）确立雷诺准数与层流和湍流的联系,并测出临界雷诺准数的大小。

（3）初步掌握流动形态对化工过程的影响。

1.2.2 实验原理及装置

（1）实验原理

①液体作层流流动时,其质点作直线运动,且互相平行;湍流时质点紊乱地向各个方向作不规则运动,但流体的主体向一定的方向流动。

②利用少量的带色指示液加入透明的玻璃管中,即通过指示液的流动形态来确定管道中流体的流动形态。

③雷诺准数是确定流体流动类型的准数。若流体在圆形管子内流动,则雷诺准数用下式表示。

$$Re = \frac{ud\rho}{\mu} = \frac{V_s \rho d}{s\mu}$$

（2）实验装置

实验装置如图 5-3 所示,图中大槽为高位水槽,试验时水由此进入玻璃管。槽中水由自来水管供应,水量由阀门 A 控制,槽内设有进水稳流装置及溢流箱,用以维持平稳而又恒定的液面,多余水由溢流管排入下水道。

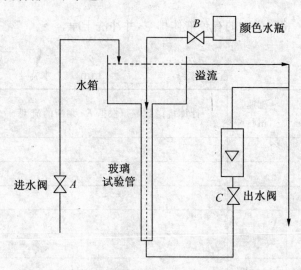

图 5-3 雷诺实验装置图

1.2.3 实验步骤

（1）检查水箱中是否有水,高位墨水瓶中是否有沉淀;转子流量计中转子是否在下部,针孔有无堵塞。在测试时,必须保证有溢流现象.

（2）观摩层流、湍流流动形态和层流、湍流时的速度分布。

①打开阀门 C,并打开墨水液阀门 B,此时从针头中即可流出红色的指示液。当指示液呈一条直线向下流出时,即表明流动状态是层流。逐渐开大阀门 C,当流量增大到一定值时,原来表现出直线状的指示液,会变成不稳定的曲线状或散乱现象。此时流动状态即为湍流。

②关闭阀门 B 和阀门 C,然后将阀门 B 突然打开一段时间,使玻璃管上端充满红色的指示液,然后关闭阀门 B,而打开阀门 C,则指示液向下流动,同时其前部呈抛物线状,或者较平的曲线状。抛物线即为层流时的速度分布,较平的曲线即为湍流时的速度分布。观察完毕后,关上阀门 B 和阀门 C。

(3)测定临界雷诺准数

①测定水箱液面较平静时的临界雷诺准数 Re_1。使水箱中充满水,然后关闭阀门 A。放置一段时间后(即水面无波动时),开启阀门 C 和 B(注意:B 阀门不可开得太大)。开始测试和记录指示液由直线到散乱状的流量值,并要注意记录指示液由直线转变成曲线状时的值。然后关闭阀门 B 和 C。

②测定在水箱中液位不变的情况下的临界雷诺准数 Re_1,开启阀门 A,使水箱中充满水。并保持溢流。此时,重新打开阀门 B 和阀门 C,重复上面的测试工作和数据记录。

1.2.4 操作注意事项

(1)当测定水面平静时的临界雷诺值 Re_1 时,由于水箱不进水,水箱中的液位逐渐下降,流量也会随时间的推移而逐渐减小。因此当需固定某一流量观察流形时,应逐渐开大阀门 C,以保证管内流量稳定在某一数值.

(2)开启进水阀时,要控制在保持少量溢流即可,不可过大,以免水箱液面剧烈波动而影响测试数据。

(3)实验完毕后,将管道中的有色液体排空,并冲洗干净。

1.2.5 数据整理

设备编号:＿＿＿＿＿＿＿　　管子内径:＿＿＿＿＿＿＿mm　　水温:＿＿＿＿＿＿℃

序　号		流量 (m^3/s)	流速 (m/s)	计算雷诺数	根据 Re 判断的流型	实际观察的流型
液面平静	1					
	2					
	3					
	4					
	5					
保持溢流	1					
	2					
	3					
	4					
	5					

1.2.6 思考题

(1)影响流动形态的因素有哪些?

(2)如果管子是不透明的,不能用直接观察来判断管中流动形态,你认为可以用什么方法来判断管中的流动形态？

（3）有人说可以只用流速来判断管中流动形态，流速低于某一具体数值时是层流，否则是湍流，你认为这种看法对否？

（4）在什么条件下，可以只由流速的数值来判断流动形态？

（5）层流和湍流流动的本质区别是什么？

（6）雷诺数的物理意义是什么？

（7）实验过程中，哪些因素对实验结果有影响？

1.3　板式塔塔板性能的测定

1.3.1　实验目的

（1）观察塔板上气、液体流动时的特性。

（2）测量气体通塔板的压力降与空塔气速的关系，测定雾沫夹带量、漏液量与气速的关系。

1.3.2　实验原理及装置

（1）原理

当气体通过塔板时，因阻力造成的压强降 Δp 应为气体通过塔板的压力降 Δp_d 与气体通过塔板上液层的压力降 Δp_1 之和，即：

$$\Delta p = \Delta p_d + \Delta p_1 \tag{1}$$

干板压力降又可表达为如下关系式：

$$\Delta p_d = \xi \frac{\rho_g u_a^2}{2} \tag{2}$$

或

$$\Delta h = \frac{\Delta p_d}{\rho_1 g} = \xi \frac{\rho_g}{\rho_1} \times \frac{u_a^2}{2g} \tag{3}$$

式中　u_a——气体通过筛孔的速度，m/s；

　　　ρ_g，ρ_1——分别为气体和液体的密度，kg/m³；

　　　ξ——干板阻力系数。

对于筛孔塔板，干板压降 Δp_d 与筛孔速度 u_a 的变化关系可由实验直接测定，并可在双对数坐标上给出一条直线。实验曲线如图 5-4 所示，并可由此曲线拟合得出干板阻力系数 ξ 值。

气体通过塔板上液层的压力降 Δp_1，主要是由克服液体表面张力的液层重力所造成。液层压力降 Δp_1，可简单地表示为

$$\Delta p_1 = \Delta p - \Delta p_d \tag{4}$$

或

$$\Delta h_f = \Delta h - \Delta h_d = \varepsilon h_f \tag{5}$$

式中　h_f——塔板上液层高度，m；相当于溢流堰的高度 h_w 与堰上液面高度 h_{ow} 之和。

气体通过湿塔板的总压力降 Δp 和塔板上液层的状况，将随着气流速度的变化而发生如下阶段性的变化，如图 5-5 所示。

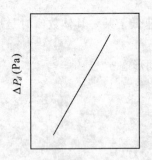
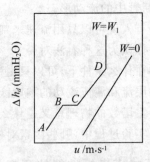

图 5-4 双对数坐标上绘出筛孔塔板
干板压头降 Δp_d 示意图

图 5-5 双对数坐标绘出的筛板塔的压头降
Δh 与空塔速度‰之间的关系曲线示意图

①当气流速度较小时,塔板上未能形成液层,液体全部由筛孔漏下。在这个阶段,塔板的压力降随气速增大而增大。

②当气流速度增大到某一数值时,气体开始拦截液体,使塔板上开始积存液体而形成液层。该转折点称为拦液点,如图 5-5 中 A 点所示。这时气体的空塔速度称为拦液速度。

③当气流速度略为增加时,塔板上积液层将很快上升到溢流堰的高度,塔板压力降也随之急剧增大。当液体开始由溢流堰溢出时,为另一个转折点,如图中 B 点。仍有部分液体从筛孔中泄漏下去。自该转折点之后,随着气流速度增大,液体的泄漏量不断减少,而塔板压力降却变化不大。

④当气流速度继续增大到某一数值时,液体基本上停止泄漏,则称该转折点为泄漏点,如图中 C 点。自 C 点以后,塔板的压力降随气流速度的增加而增大。

⑤当气流速度高达某一极限值时,塔板上方的雾沫挟带将会十分严重,或者发生液泛。自该转折点(如图中 D 点)之后,塔板压降会随气流速度迅速增大。

塔板上形成稳定液层后,塔板上气液两相的接触和混合状态,也将随着气流速度的改变而发生变化。当气流速度较小时,气体以鼓泡方式通过液层。随着气速增大,鼓泡层逐渐转化为泡沫层,在液面上形成的雾沫层也将随之增大。

对传质效率有着重要作用的因素是充气液层的高度以及其结构。充气液层的结构通常用其平均密度大小来表示。如果充气液层内的气体质量相对于液体质量可忽略不计,则:

$$h_f \rho_f = h_1 \rho_1 \tag{6}$$

式中 h_f,h_1——分别为充气液层和静液层的高度,m;

ρ_f,ρ_1——分别为充气液层的平均密度和静液层的密度,kg/m³。

若将充气液层的平均密度与静液层密度之比定义为充气液层的相对密度,即:

$$\varphi = \frac{\rho_f}{\rho_1} = \frac{h_1}{h_f}$$

则单位体积充气液层中滞留的气体量,即持气量可按下式计算:

$$V_g = \frac{h_f - h_1}{h_f} = 1 - \varphi \tag{7}$$

单位体积充气液层中滞留的液体量,即持液量又可按下式计算:

$$V_1 = \frac{h_1}{h_f} = \varphi \tag{8}$$

气体在塔板上液层内的平均停留时间为

$$t_g = \frac{h_f S(1-\varphi)}{V_s} = \frac{h_f(1-\varphi)}{u_0} \tag{9}$$

液体在塔板上的停留时间为：

$$t_1 = \frac{h_f S\varphi}{L_s} = \frac{h_f \varphi}{W} \tag{10}$$

式中　　S——空塔横截面积，m^2；

$\quad\quad V_s$——气体体积流率，m^3/s；

$\quad\quad L_s$——液体体积流率，m^3/s；

$\quad\quad W$——液体喷淋密度，$m^3/(m^2 \cdot s)$；

$\quad\quad u_o$——气体的空塔速度，m/s。

　　显然，气体和液体在塔板上的停留时间对塔板效率有着显著的影响。

　　塔板的压力降和气液两相的接触与混合状态不仅与气流的空塔速度有关，还与液体的喷淋密度、两相流体的物理化学性质和塔板的形式与结构(如开孔率和溢流堰高度)等因素有关。这些复杂关系只能通过实验进行测定，才能掌握其变化规律。对于确定形式和结构的塔板，则可通过实验测定来寻求其适宜操作区域。

　　(2)实验装置

　　本实验装置采用单层塔板和外溢流结构的筛板塔，如图5-6所示。

　　实验装置流程如图5-7所示，水自高位槽，通过转子流量计，由塔板上方一侧的进水口进入，并由塔板上另一侧溢流堰溢入溢流装置。通过塔板泄漏的液体，可由塔底排放口排出。来自空气源的空气，通过流量调节阀和孔板流量计进入塔底。通过塔板的尾气由塔顶排出。气体通过塔板的压力降由压差计显示。

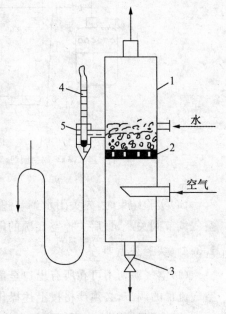

图 5-6　筛板塔

1.塔体；2.筛孔塔板；3.漏液排放口；

4.温度计；5.溢流装置

1.3.3　实验步骤

　　(1)实验前，先检查空气调节阀和进水阀是否关严，放空阀是否全部开启。然后将高位水槽充满水，并保持适当的溢流量。

　　(2)启动空气源。空气流量由空气调节阀和旁路放空阀联合调节。通过不断改变气体流量，测定干板压降与气速的变化关系。对于筛板塔，一般测取5～6组数据即可。

　　(3)当进行塔板流动物性试验时，应先缓慢打开水调节阀，调节水的喷淋密度(一般喷淋密度在5～$10m^3/(m^2 \cdot h)$范围内为宜，相当于流量为40～80(L/h)，然后再按上述方法调节空气流量。在一定喷淋密度下，测定塔板总压降、塔板上充气液层高度等数据。在全部量程范围内，一般需测取15组以上数据，尤其是在各转折点附近，空塔速度变化的间隔应小一些为宜。实验过程中要仔细观察并记录塔板上气液接触和混合状态的发展变化过程,特别要注意各阶段的转折点。

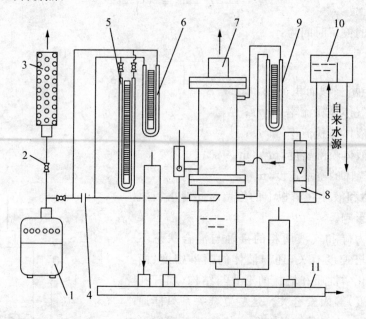

图 5-7 板式塔流动特性实验装置流程

1.气源;2.放空阀门;3.消声器;4.孔板流量计;5.U 形计;6.水银;
7.板式塔;8.转子流量计;9.塔压 U 形计;10.高位槽;11.排水管

(4)实验结束时,先关闭水调节阀和高位槽的进水阀门,然后完全打开旁路放空阀再将空气调节阀关严,最后关掉空气源的电源。

1.3.4 实验注意事项

(1)空气源切不可在所有出口全部关闭下启动和运行,以防烧坏设备。空气源的启动和空气流量的调节,必须严格按上述操作步骤,用旁路阀和调节阀联合调节。

(2)实验过程中,应密切注意高位水槽的液面和溢流水量,需要根据实验时水流量的变化,随时调节自来水的进水量。

1.3.5 计算参考数据及数据整理

测量并记录实验设备及操作的基本参数。

(1)设备结构参数

筛板塔规格:

塔的内径:$d=$ _____ mm;

筛孔直径:$d_a=$ _____ mm;

筛孔数目:$n=$ _____ 个;

筛孔开孔率:$\varepsilon=$ _____ %;

筛板厚板:$\delta=$ _____ mm;

溢流堰高度:$h_w=$ _____ mm。

(2)孔板流量计

锐孔直径：$d_0 =$ _____ mm；

管道直径：$d =$ _____ mm；

孔流系数：$C_0 =$ _____ 。

(3)操作参数

室温：$T_a =$ _____ ℃；

气压：$p_a =$ _____ Pa；

操作气压：$p =$ _____ Pa。

(1)将原始数据用表格列出。

(2)在双对数坐标纸上描出干板和各种喷淋密度下塔板阻力降与空塔速度的关系图。

(3)描绘漏液量、夹带量与空塔速度的关系图。

(4)描述气速从小到大塔板上的几种流动状态

1.3.6 思考题

(1)塔板上的流动状态主要取决于哪几个方面？

(2)定性分析液泛与哪些因素有关？

1.4 旋风分离器性能演示实验

1.4.1 实验目的

(1)演示含尘气体通过旋风分离器时,含尘气体、固体尘粒和除尘后气体的运动路线,以正确理解和描述旋风分离器的工作原理。

(2)测定旋风分离器内静压强分布,认清出灰口和理解集尘室良好密封的必要性。

(3)测定进口气速对旋风分离器分离性能的影响,理解适宜操作气速的计算方法。

(4)在较大的操作气速下,测定旋风分离器内静压强的分布。

(5)测定分离效果随进口气速的变化规律。

1.4.2 实验装置

实验装置与流程如图 5-8 所示。

旋风分离器除进气管外,形式和尺寸比例与标准型旋风分离器相同,圆筒部分的直径 $D = 80$nm。为同时兼顾便于加工、流动阻力小和分离效果好三方面的要求,本装置取旋风分离器进气管为圆管,其直径

$$d_i = \frac{1}{2} \times (D - D_1)$$

式中　D——圆筒部分的直径,m；

　　　D_1——排气管的直径,m。

当空气从进风口被抽风机抽进实验装置时,因为空气高速从进风口吸进分离器,加料漏斗中的粉尘等物就被气流带入实验系统与气流混合成为含尘气体。当含尘气体通过旋风分离器时就因离心力的作用甩向器壁,从而沿锥形部分落入下部的透明收尘杯中,我们可以在透明收尘杯中清楚地看见粉尘一圈一圈地沿螺旋形流线落入收尘布袋中。此时可以看见由分离器出风口排出的空气是不含粉尘的干净空气。

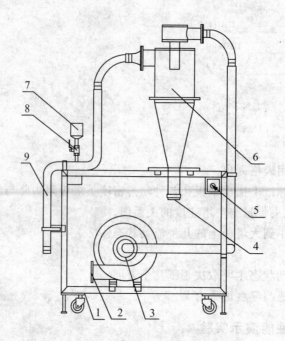

图 5-8　旋风分离演示实验装置流程图
1.可移动框架；2.出风口；3.抽风机；4.布袋；5.风机电源开关；
6.旋风分离器；7.加料漏斗；8.加料阀门；9.进风口

1.4.3　实验步骤

（1）让流量调节阀处于全开状态。接通鼓风机的电源开关，开动鼓风机。

（2）将实验用的固体物料（玉米面、洗衣粉等）倒入进料漏斗 4，逐渐关小流量调节阀 2，增大通过旋风分离器的风量，观察含尘气体、固体尘粒和除尘后气体的运动路线。

（3）在分离器圆筒部分的中部，用静压测量探头考察静压强在径向上的分布情况。

（4）在分离器的轴线上，从气体出口管的上端面至出灰管的上端面用静压测量探头，考察静压强的轴线上的分布情况。

（5）静压测量探头紧贴器壁，从圆筒部分的上部至圆锥部分的下面端面，考察沿器壁表面从上到下静压的分布情况。

（6）结束实验时，先将流量调节阀全开，后切断鼓风机的电源开关。

1.4.4　注意事项

（1）开车和停车时，均应先让流量调节阀处于全开状态，后接通或切断鼓风机的电源开关，以免 U 形管内的水被冲出。

（2）分离器的排灰管与集尘室的连接应比较严密，以免因内部负压漏入空气而将已分离下来的尘粒重新吹起并被带走。

（3）实验时，若气体流量足够小且固体粉粒比较潮湿，则固体粉粒会沿着向下螺旋运动的轨迹贴附在器壁上。若想去掉贴附在器壁上的粉粒，可在大流量下向文丘里管内加入固体粉粒，用从含尘气体中分离出来的高速旋转的新粉粒，将原来贴附在器壁上的粉粒冲刷掉。

（4）若今后较长时间不用,停止实验后应从集尘室内取出固体粉粒。

1.4.5　思考题

（1）颗粒在旋风分离器内沿径向沉降的过程中,其沉降速度是否为常数?

（2）离心沉降与重力沉降有何异同?

（3）评价旋风分离器的主要指标是什么?影响性能的因素有哪些?

1.5　流线演示

1.5.1　实验目的

观察流体在流动过程中流体微团的运动规律。

1.5.2　实验原理与装置

（1）原理

当流体经过固体壁面时,由于流体具有黏性,黏附在固体壁面上静止的流体层与其相邻的流体层间产生摩擦力,使其相邻流体层的流动速度减慢。因此在垂直于流体流动的方向上便产生速度梯度 du/dy,有速度梯度存在的流体层称之为边界层。

提出边界层概念的用意在于研究真实流体沿着固体壁面流动的问题时,要集中注意流动边界层内的变化。它的变化将影响到动量传递、能量传递和质量传递,在化学工程学科中非常重视对边界层的研究。

在流体流过曲面或流体的流道截面大小和流体流动方向发生变化时,若流体的压强梯度 dp/dx（沿着流动方向的流体压强变化率）改变比较大,那么流体边界层将会与壁面脱离,形成旋涡,加剧流体质点间的互相碰撞,损耗流体的能量,边界层自壁面脱离的现象被称为边界层的分离或脱体。由此,我们可寻找到流体在流动过程中能量消耗的原因。这旋涡（或称涡流）造成流体微团的杂乱运动并相互碰撞或混合也会使传递过程大大强化。

因此,流体流线的研究可对现有过程及设备分析和在开发新型高效设备,选择适宜的操作条件等方面作出指导。

（2）实验装置

流线仪主要由流体导流装置和演示板组成。

流线流经文氏管与吸入的气泡混合由导流装置将流体形成流线,当流线流过演示板上固定的物件时可观察流线在绕过固体物时流线发生的变化、旋涡的发生、发展、移动和消亡,以增加感性认识。

自行设计演示板（自已确定研究对象）插入流线仪内来加以探讨。

①观察流体流线经过孔板时,孔板前后的流线变化。

②观察流体流线突然扩大时发生的旋涡。

③观察流体流线突然缩小时发生旋涡。

④观察流体流经圆柱体时流线的变化。

1.5.3　实验步骤

（1）将水箱中水充满到3/4水位。注意:要保持水质良好,避免杂物进入循环系统和防止水结垢,以保证流线仪观察清晰及流道畅通。

（2）接通电源,启动磁力泵,控制流量,调节文氏管上考克,使吸入气泡量适宜为止。

（3）插入演示板，观察流体流过固体物件时流线的变化、旋涡的发生、发展、消失。

（4）插入演示板时要小心轻放，不可猛抽、硬插，以免卡死或损坏。

（5）根据自行设计的演示板加以研究。

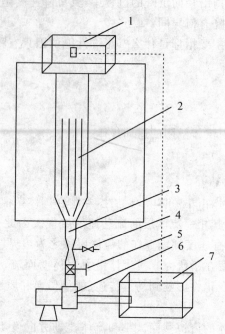

图 5-9　流程示意图

1.集液箱；2.流线仪；3.文氏管；4.空气吸入管；
5.调节阀；6.泵；7.水箱

1.5.4　注意事项

（1）保持水质良好，避免杂物进入循环系统。

（2）定期清理水箱，更换循环水、防止结垢。

1.5.5　思考题

（1）流线研究对工程问题的具体指导意义？

（2）怎样设计流线演示板才能使流线演示的效果更佳。

1.6　边界层演示实验

1.6.1　实验目的

观察流体经固体壁面所产生的边界层现象，以加强对边界层的感性认识。

1.6.2　实验原理与装置

本实验装置由点光源、热模型和屏三部分组成，如图 5-10 所示。

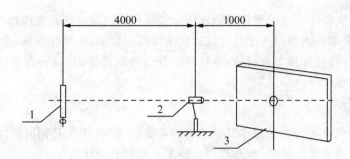

图 5-10　边界层演示装置

1.点光源；2.热模型圆柱；3.屏

当热模型通电加热后，在它四周就产生自下而上的空气对流运动。因热模型的固体壁面与空气接触处存在着边界层，而边界层内空气几乎是不流动的，故其传热情况极差，致使层内温度远高于周围空气的温度而接近于壁面温度，从而使边界层内的密度远小于周围空气的密度。

气体密度的大小影响着气体对光的折射，它对光的折射率遵循着下列关系：

$$(n-1)\frac{1}{\rho}=恒重$$

式中　　n——气体折射率；

　　　　ρ——气体密度。

由于边界层内气体的密度与边界层外的气体密度不同，因而层内、外气体对光的折射率也不同，利用折射率的差异，可观察到边界层存在的实际情况。

从图 5-10 中可见，点光源的光线从离模型较远的地方射向模型，它以很小的入射角射入边界层，此时，如果边界层的空气和周围空气的折射率相同，则光线不产生偏折而投到 b 点，如图 5-11 所示。实际上由于边界层内气体温度远高于四周空气的温度，也就是边界层内气体密度小于四周空气的密度，从而使层内外的气体存在着不同的折射率。光线在通过边界层内的高温气体时就产生偏折，使出射角大于入射角，引起射出光线在离开边界层时产生一些偏折后投射到 a 点，a 点上原来已有背景的投入光再加上偏折光重叠，就使得 a 点特别明亮。无数环状亮点所组成的图形，反映出边界层的形状，反之，原投射点 b 点因得不到足够的入射光线而显得较暗，形成一个较暗的环圈。这个暗的环圈是边界层内高温空气因密度变化而引起光线的偏折现象所造成的，因此它就代表了边界层的形状。

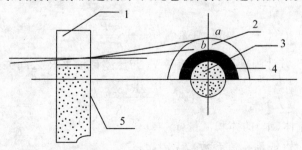

图 5-11　光线折射图

1.边界层；2.亮区；3.热模型投影；4.暗区；5.热模型

从这个演示实验中可以清楚地看到流体流经圆柱体壁面时所存在的边界层现象。从屏上可见，圆柱体底部的边界层由于气体流动时的动压的影响，边界层最薄，愈往上，边界层会逐渐加厚，在离开圆柱体顶上部时，产生边界层分离而形成旋涡，这种现象同人们平时见到的火焰形状相类似。

1.6.3 实验步骤

通过调节加热电流的大小或改变空气自然对流的方向（如从其侧面缓慢吹气或在圆柱任一部分破坏其边界层形状等）观察边界层厚度和形状的变化情况。

1.6.4 注意事项

(1)逐渐提高加热电流数值。

(2)尽量减小周围空气扰动。

1.6.5 思考题

(1)边界层内外的流体流动状况如何？

(2)在本实验中影响边界层的最主要因素是什么？

(3)要减薄边界层的厚度，可采取哪些有效措施？

2 验证实验

2.1 流量计校核实验

2.1.1 实验目的

(1)了解孔板流量计的构造、原理、性能及使用方法。

(2)掌握流量计的标定方法。

(3)测定节流式流量计的流量系数 C，掌握流量系数 C 随雷诺数 Re 的变化规律。

(4)学习合理选择坐标系的方法。

(5)学习对实验数据进行误差估算的具体方法。

2.1.2 实验原理与装置

(1)原理

流体通过节流式流量计时在流量计上、下游两取压口之间产生压强差，它与流量有如下关系：

$$V_s = CA_0 \sqrt{\frac{2(P_{上} - P_{下})}{\rho}}$$

采用正 U 形管压差计测量压差时，流量 V_s 与压差计读书 R 之间关系有：

$$V_s = CA_0 \sqrt{\frac{2gR(\rho_A - \rho)}{\rho}} \qquad (1)$$

式中　V_s——被测流体（水）的体积流量，m^3/s；

　　　C——流量系数（或称孔流系数），无因次；

　　　A_0——流量计最小开孔截面积，m^2，$A_0 = (\pi/4)d_{02}$；

　　　$P_{上} - P_{下}$——流量计上、下游两取压口之间的压差，Pa；

ρ——水的密度,kg/m³;

ρ_A——U 形管压差计内指示液(汞)的密度,kg/m³;

R——U 形管压差计读数,m;

式(1)也可以写成如下形式:

$$C=\frac{V_s}{A_0\sqrt{\dfrac{2gR(\rho_A-\rho)}{\rho}}}$$

若采用倒置 U 形管测量压差:

$$P_上-P_下=gR\rho$$

则流量系数 C 与流量的关系为:

$$C=\frac{V_s}{A_0\sqrt{2gR}} \tag{2}$$

用体积法测量流体的流量 V_s,可由下式计算:

$$V_s=\frac{V}{10^3\times\Delta t} \tag{3}$$

$$V=\Delta h\times A \tag{4}$$

式中:V_s——水的体积流量,m³/s;

Δt——计量桶接受水所用的时间,s;

A——计量桶计量系数;

Δh——计量桶液面计终了时刻与初始时刻的高度差,mm,$\Delta h=h_2-h_1$;

V——在 Δt 时间内计量桶接受的水量,L。

改变一个流量在压差计上有一对应的读数,将压差计读数 R 和流量 V_s 绘制成一条曲线即流量标定曲线。同时用式(1a)或式(2)整理数据可进一步得到流量系数 C—雷诺数 Re 的关系曲线。

$$Re=\frac{du\rho}{\mu} \tag{5}$$

式中:d——实验管直径,m;

u——水在管中的流速,m/s。

(2)实验装置

本实验装置为孔板流量计,用离心泵将贮水槽的水直接送到实验管路中,经流量计后倒回水桶,最后返回贮水槽。测量流量时把出口管移到计量桶,用秒表测定收集一定体积水所用的时间,用离心泵出口的流量调节阀来调节水的流量,流量计上、下游压强差的测量采用汞—水 U 形管。

设备主要技术数据

①设备参数

离心泵:型号 CHL4-20,转速 $n=2900$ 转/分,额定流量 $Q=4$m³/h,扬程 $H=15$m,实验管路内径 $d=27.0$mm,孔板开孔 $d_0=18.18$mm。

②流量测量

转子流量计:600～6600L/h

2.1.3 实验步骤

(1)打开汞—水 U 形管压差计的平衡阀②,关闭泵流量调节阀 1,启动离心泵。

(2)实验前,首先检查流程中导压管内是否有气泡存在,检查办法是:关闭流量调节阀 1,可先将 U 形管压差计的平衡阀②关闭,再看 U 形管压差的读数是否为零,若为零,说明其导压管无气泡。

(3)若导压管内有气泡存在,可按下述方法进行排气操作:关闭流量调节阀 1 及阀①、阀②、阀③、阀④、阀⑤,然后打开阀③及阀⑤,排尽右侧导压管内的气泡,排尽后关闭阀③及阀⑤,打开阀①、阀④,排导压管左侧的气泡,排尽后关闭阀①、阀④,缓慢打开阀①及阀③,看倒置 U 形管的读数是否为零,若为零说明气泡已赶尽了。

(4)关闭平衡阀②,按流量从小到大的顺序进行实验,即测流量计两侧压差计读数 R,同时用转子流量计测量水的流量。记录数据。

(5)实验结束后关闭泵出口流量调节阀,停泵。

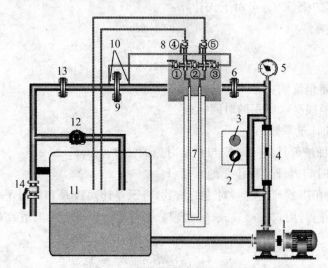

图 5-12　流量计校核实验装置流程图

1.离心泵;2.水泵电源开关;3.水泵电源指示灯;4.管式流量计;5.温度计;6、13.孔板流量计装卸法兰;

7.U 形压差计;8.排气阀门组(阀①、阀②、阀③、阀④、阀⑤);9.孔板流量计;

10.取压口;11.储水箱;12.流量调节阀 1;14.阀 2

2.1.4 实验注意事项

(1)在启动离心泵之前,务必打开汞-水 U 形管压差计的平衡阀②,以避免发生跑汞现象。

(2)在排气时,开关各阀门要注意缓开慢关。

2.1.5 数据记录、过程运算表

$d_管 =$ _____　　　$d_孔 =$ _____　　　$T_水 =$ _____ ℃

数据记录表

序 号	流 量	孔板压降(cmHg)		阻力损失(cmHg)	
1	次/升	左读数	右读数	左读数	右读数
2					
3					
4					
5					
6					
7					
8					
9					
10					

过程运算表

序 号	流速 u_1(m/s)	雷诺准数 Re	流量系数 C_0	永久损失 ξ
1				
2				
3				
4				
5				
6				
7				

2.1.6 思考题

(1)为什么实验前应排除管路及导压管中积存的空气？如何排除？怎样检查空气已排尽了？

(2)什么情况下的流量计需要标定？本实验是用哪一种方法进行标定的？

(3)U形管压差计装设的平衡阀有何作用？在什么情况下应开着？在什么情况下应关闭？

2.2 管路流体阻力的测定

2.2.1 实验目的

测定摩擦系数 λ 和局部阻力系数 ζ。

2.2.2 实验原理及装置

(1)原理

当不可压缩流体在圆形导管中流动时,在管路系统内任意二个截面之间列出机械能衡算方程为

$$gZ_1+\frac{P_1}{\rho}+\frac{u_1^2}{2}=gZ_2+\frac{P_2}{\rho}+\frac{u_2^2}{2}+h_f \quad (J \cdot kg^{-1}) \tag{1}$$

或

$$Z_1+\frac{P_1}{\rho g}+\frac{u_1^2}{2g}=Z_2+\frac{P_2}{\rho g}+\frac{u_2^2}{2g}+H_f \quad (m\ 液柱) \tag{2}$$

式中:Z——流体的位压头,m 液柱;

P——流体的压强,Pa;

u——流体的平均流速,m·s^{-1};

h_f——单位质量流体因流体阻力所造成的能量损失,J·kg^{-1};

H_f——单位重量流体因流体阻力所造成的能量损失,即所谓压头损失,m 液柱。

符号下标 1 和 2 分别表示上游和下游截面上的数值。

假若:

(1)水作为试验物系,则水可视为不可压缩流体;

(2)试验导管是按水平装置的,则 $Z_1=Z_2$;

(3)试验导管的上下游截面上的横截面积相同,则 $u_1=u_2$。

因此(1)和(2)两式分别可简化为

$$h_f=\frac{P_1-P_2}{\rho} \quad (J \cdot kg^{-1}) \tag{3}$$

$$H_f=\frac{P_1-P_2}{\rho g} \quad (m\ 水柱) \tag{4}$$

由此可见,因阻力造成的能量损失(压头损失),可由管路系统的两截面之间的压力差(压头差)来测定。

当流体在圆形直管内流动时,流体因摩擦阻力所造成的能量损失(压头损失),有如下一般关系式:

$$h_f=\frac{P_1-P_2}{\rho}=\lambda \cdot \frac{l}{d} \cdot \frac{u^2}{2} \quad (J \cdot kg^{-1}) \tag{5}$$

或

$$H_f=\frac{P_1-P_2}{\rho g}=\lambda \cdot \frac{l}{d} \cdot \frac{u^2}{2g} \quad (m\ 水柱) \tag{6}$$

式中:d——圆形直管的管径,m;

l——圆形直管的长度,m;

λ——摩擦系数,无因次。

大量实验研究表明:摩擦系数又与流体的密度 ρ 和粘度 μ,管径 d、流速 u 和管壁粗糙度 ε 有关。应用因次分析的方法,可以得出摩擦系数与雷诺数和管壁相对粗糙度 ε/d 存在函数关系,即

$$\lambda=f\left(Re,\frac{\varepsilon}{d}\right) \tag{7}$$

通过实验测得 λ 和 Re 数据,可以在双对数坐标上标绘出实验曲线。当 $Re<2000$ 时,摩擦系数 λ 与管壁粗糙度 ε 无关。当流体在直管中呈湍流时,λ 不仅与雷诺数有关,而且与管壁相对粗糙度有关。

当流体流过管路系统时,因遇各种管件、阀门和测量仪表等而产生局部阻力,所造成的能量损失(压头损失),有如下一般关系式:

$$h'_f = \xi \frac{u^2}{2} \quad (\text{J} \cdot \text{kg}^{-1})$$

或

$$H'_f = \xi \frac{u^2}{2g} \quad (\text{m 液柱})$$

式中:u——连接管件等的直管中流体的平均流速,$\text{m} \cdot \text{s}^{-1}$;

　　ζ——局部阻力系数,无因次。

由于造成局部阻力的原因和条件极为复杂,各种局部阻力系数的具体数值,都需要通过实验直接测定。

(2)实验装置

本实验装置主要是由循环水系统(或高位稳压水槽)、实验管路系统和高位排气水槽串联组合而成,每条测试管的测压口通过转换阀组与压差计连通。

压差由一倒置 U 形水柱压差计显示。孔板流量计的读数由另一倒置 U 形水柱压差计显示。该装置的流程如图 5-13 所示。

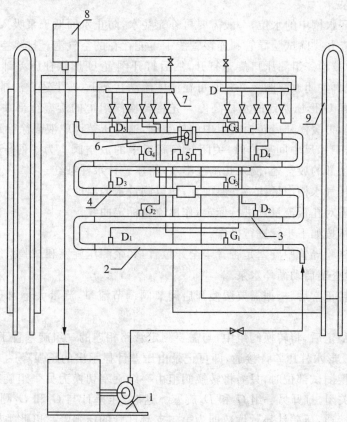

图 5-13　管路流体阻力实验装置流程

1.循环水泵;2.光滑试验管;3.粗糙试验管;4.扩大与缩小试验管

5.孔板流量计;6.阀门;7.转换阀组;8.高位排气水槽;9.倒置 U 形压差计

实验管路系统是由五条玻璃直管平行排列,经 U 形弯管串联连接而成。每条直管上分别配置光滑管、粗糙管、骤然扩大与缩小管、阀门和孔板流量计。每根实验管测试段长度与两测压口距离均为 0.6m。流程图中标出符号 G 和 D 分别表示上游测压口(高压侧)和下游测压口(低压侧)。测压口位置的配置,以保证上游测压口距 U 形弯管接口的距离,以及下游测压口距造成局部阻力处的距离,均大于 50 倍管径。

作为试验用水,用循环水泵或直接用自来水由循环水槽送入试验管路系统,由下而上依次流经各种流体阻力试验管,最后流入高位排气水槽。由高位排气水槽溢流出来的水,返回循环水槽。

水在试验管路中的流速,通过调节阀加以调节。流量由试验管路中的孔板流量计测量,并由压差计显示该数。

2.2.3 实验步骤

实验前准备工作须按如下步骤顺序进行操作:

(1)先将水灌满循环水槽,然后关闭试验导管入口的调节阀,再启动循环水泵。待泵运转正常后,先将试验导管中的旋塞阀全部打开,并关闭转换阀组中的全部旋塞,然后缓慢开启试验导管的入口调节阀。当水流满整个试验导管,并在高位排气水槽中有溢流水排出时,关闭调节阀,停泵。

(2)检查循环水槽中的水位,一般需要再补充些水,防止水面低于泵吸入口。

(3)逐一检查并排除试验导管和连接管线中可能存在的空气泡。排除空气泡的方法是,先将转换阀组中被检一组测压口旋塞打开,然后打开倒置 U 形水柱压差计顶部的放空阀,直至排尽空气泡再关闭放空阀。必要时可在流体流动状态下,按上述方法排除空气泡。

(4)调节倒置 U 形压差计的水柱高度。先将转换阀组上的旋塞全部关闭,然后打开压差计顶部放空阀,再缓慢开启转换阀组中的放空阀,这时压差计中液面徐徐下降。当压差计中的水柱高度居于标尺中间部位时,关闭转换阀组中的放空阀。为了便于观察,在临实验前,可由压差计顶部的放空处,滴入几滴红墨水,将压差计水柱染红。

(5)在高位排气水槽中悬挂一支温度计,用以测量水的温度。

(6)实验前需对孔板流量计进行标定,作出流量标定曲线。

实验测定时,按如下步骤进行操作:

(1)先检查试验导管中旋塞是否置于全开位置,其余测压旋塞和试验系统入口调节阀是否全部关闭。检查毕启动循环水泵。

(2)待泵运转正常后,根据需要缓慢开启调节阀调节流量,流量大小由孔板流量计的压差计显示。

(3)待流量稳定后,将转换阀组中,与需要测定管路相连的一组旋塞置于全开位置,这时测压口与倒置 U 形水柱压差计接通,即可记录由压差计显示出的压强降。

(4)当需改换测试部位时,只需将转换阀组由一组旋塞切换为另一组旋塞。例如,将 G_1 和 D_1 一组旋塞关闭,打开另一组 G_2 和 D_2 旋塞。这时,压差计与 G_1 和 D_1 测压口断开,而与 G_2 和 D_2 测压口接通,压差计显示读数即为第二支测试管的压强降。以此类推。

(5)改变流量,重复上述操作,测得各试验导管中不同流速下的压强降。

(6)当测定旋塞在同一流量不同开度的流体阻力时,由于旋塞开度变小,流量必然会随之下降,为了保持流量不变,需将入口调节阀作相应调节。

(7)每测定一组流量与压强降数据,同时记录水的温度。

2.2.4 实验注意事项

(1)实验前务必将系统内存留的气泡排除干净,否则实验不能达到预期效果。

(2)若实验装置放置不用时,尤其是冬季,应将管路系统和水槽内水排放干净。

2.2.5 原始数据记录及整理

(1)实验基本参数

试验导管的内径 $d=$＿＿＿ mm   试验导管的测试段长度 $l=$＿＿＿ mm

粗糙管的粗糙度 $\varepsilon=$＿＿＿ mm   粗糙管的相对粗糙度 $\varepsilon/d=$＿＿＿

孔板流量计的孔径 $d_0=$＿＿＿ mm   旋塞的孔径 $d_v=$＿＿＿ mm

(2)流量标定曲线

(3)实验数据

实验序号	
孔板流量计的压差计读数,R(mmHg)	
水的流量,V_s(m³·s⁻¹)	
水的温度,T(℃)	
水的密度,ρ(kg·m⁻³)	
水的粘度,μ(Pa·s)	
光滑管压头损失,H_{f1}(mmH₂O)	
粗糙管压头损失,H_{f2}(mmH₂O)	
旋塞压头损失(全开)H'_{f1}(mmH₂O)	
孔板流量计压头损失,H'_{f2}(mmH₂O)	

(4)数据整理

实验序号		
水的流速,u(ms⁻¹)	[1]	
雷诺准数,Re(—)	[2]	
光滑管摩擦系数,λ_1(—)	[3]	
粗糙管摩擦系数,λ_2(—)	[4]	
孔板流量计局部阻力系数,ζ_1''(—)	[5]	
旋塞的局部阻力系数(全开),ζ_1'(—)	[6]	

对出表中各项计算公式.

(5)标绘 Re—λ 实验曲线

2.2.6 思考题

(1)测压孔大小和位置、测压管的粗细和长短对实验有无影响?为什么?

(2)在测量前为什么要将设备中的空气排净？

2.3 离心泵特性曲线的测定

2.3.1 实验目的

(1)了解离心泵的构造与特性,掌握离心泵的操作方法。

(2)测定并绘制离心泵在恒定转速下的特性曲线。

2.3.2 实验原理及装置

(1)原理

离心泵主要特性参数有流量、扬程、功率和效率。这些参数不仅表征泵的性能,也是选择和正确使用泵的主要依据。

①泵的流量

泵的流量即泵的送液能力,是指单位时间内泵所排出的液体体积。泵的流量可直接由一定时间 t 内排出液体的体积 V 或质量 m 来测定。

则
$$V_s = \frac{V}{t} \quad (m^3 \cdot s^{-1}) \tag{1}$$

或
$$V_s = \frac{m}{\rho t} \quad (m^3 \cdot s^{-1}) \tag{2}$$

若泵的输送系统中安装有经过标定的流量计时,泵的流量也可由流量计测定。当系统中装有孔板流量计时,流量大小由压差计显示,流量 V_s 与倒置 U 形管压差计读数 R 之间存在如下关系:

$$V_s = C_0 S_0 \sqrt{2gR} \quad (m^3 \cdot s^{-1}) \tag{3}$$

式中:C_0——孔板流量系数;

S_0——孔板的锐孔面积,m^2;

②泵的扬程

泵的扬程即总压头,表示单位重量液体从泵中所获得的机械能。

若以泵的压出管路中装有压力表处为 B 截面,以吸入管路中装有真空表处为 A 截面,并在此两截面之间列机械能衡算式,则可得出泵扬程 He 的计算公式:

$$H = H_0 \frac{p_B - p_A}{\rho g} + \frac{u_B^2 - u_A^2}{2g} \tag{4}$$

式中:p_B——由压力表测得的表压强,Pa;

p_A——由真空表测得的真空度,Pa;

H_0——A、B 两个截面之间的垂直距离,m;

u_A——A 截面处的液体流速,$m \cdot s^{-1}$;

u_B——B 截面处的液体流速,$m \cdot s^{-1}$。

③泵的功率

在单位时间内,液体从泵中实际所获得的功,即为泵的有效功率。若测得泵的流量为 $V_s(m^3 \cdot s^{-1})$,扬程为 $H_e(m)$,被输送液体的密度为 $\rho(kg \cdot m^{-3})$,则泵的有效功率可按下式计算:

$$Ne = V_s H_e \rho g \quad (W) \tag{5}$$

　　泵轴所作的实际功率不可能全部为被输送液体所获得,其中部分消耗于泵内的各种能量损失。电动机所消耗的功率又大于泵轴所作出的实际功率。电机所消耗的功率可直接由输入电压 U 和电流 I 测得,即

$$N=UI \quad \text{(W)} \tag{6}$$

　　④泵的总效率

　　泵的总效率可由测得的泵有效功率和电机实际消耗功率计算得出,即

$$\eta=\frac{Ne}{N} \tag{7}$$

这时得到的泵的总效率除了泵的效率外,还包括传动效率和电机的效率。

　　⑤泵的特性曲线

　　上述各项泵的特性参数并不是孤立的,而是相互制约的。因此,为了准确全面地表征离心泵的性能,需在一定转速下,将实验测得的各项参数即: H_e 、 N 、与 V_s 之间的变化关系标绘成一组曲线。这组关系曲线称为离心泵特性曲线,如图 5-14 所示。离心泵特性曲线对离心泵的操作性能得到完整的概念,并由此可确定泵的最适宜操作状况。

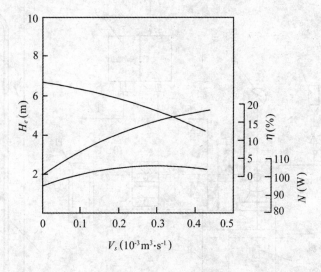

图 5-14　离心泵特性曲线

　　通常,离心泵在恒定转速下运转,因此泵的特性曲线是在一定转速下测得的。若改变了转速,泵的特性曲线也将随之而异。泵的流量 V_s 、扬程 H_e 和有效功率 N_e 与转速 n 之间,大致存在如下比例关系:

$$\frac{V_s}{V_s'}=\frac{n}{n'}; \frac{H_e}{H_e'}=\left(\frac{n}{n'}\right)^2; \frac{N_e}{N_e'}=\left(\frac{n}{n'}\right)^3 \tag{8}$$

　　(2)实验装置

　　本实验装置主体设备为一台单级单吸离心水泵。为了便于观察,泵亮端盖用透明材料制成。电动机直接连接半敞式叶轮。离心泵与循环水槽、分水槽和各种测量仪表构成一个测试系统。实验装置及其流程如图 5-15 所示。

　　泵将循环水槽中的水,通过汲入导管汲入泵体。在汲入导管上端装有真空表,下端装有底阀(单向阀)。底阀的作用是当注水槽向泵体内注水时,防止水的漏出。

水由泵的出口进入压出导管。压出导管沿程装有压力表、调节阀和孔板流量计。由压出导管流出的水,用转向弯管送入分流槽。分流槽分为二格,其中一格的水可流出用以计量,另一格的水可流回循环水槽。根据实验内容不同可用转向弯管进行切换。

2.3.3 实验方法

在离心泵性能测定前,按下列步骤进行启动操作:

(1)充水 打开注水槽下的阀门,将水灌入水泵内。在灌水过程中,需打开调节阀,将泵内空气排除。当从透明端盖中观察到泵内已灌满水后,将注水阀门关闭。

(2)启动 启动前,先确认泵出口调节阀关闭,变压器调回零点,然后合闸接通电源。缓慢调节变压器至额定电压(220V),泵即随之启动。

(3)运行 泵启动后,叶轮旋转无振动和噪声,电压表、电流表、压力表和真空表指示稳定,则表明运行已经正常,即可投入实验。

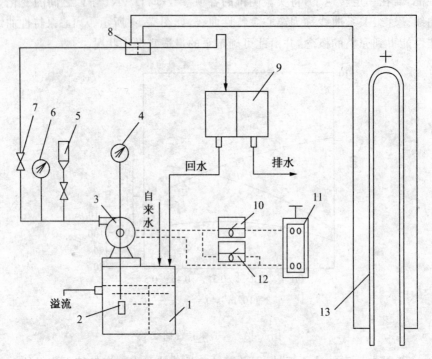

图 5-15　离心泵实验仪流程图

1.循环水槽;2.底阀;3.离心泵;4.真空表;5.注水槽;6.压力表;
7.调节阀;8.孔板流量计;9.分流槽;10.电流表;11.调压变压器;
12.电压表;13.倒置 U 形管压差计

实验时,逐渐分步调节泵出口调节阀。每调定一次阀的开启度,待状况稳定后,即可进行以下测量:

①将出水转向弯头由分水槽的回流格拨向排水格,同时用秒表计取时间,用容器接取一定水量。用称量或量取体积的方法测定水的体积流率。(这时要接好循环水槽的自来水源)

②从压强表和真空表上读取压强和真空度的数值。

③记取孔板流量计的压差计读数。

④从电压表和电流表上读取电压和电流值。

在泵的全部流量范围内,可分成 8~10 组数据进行测量。

实验完毕,应先将泵出口调节阀关闭,再将调压变压器调回零点,最后再切断电源。

2.3.4　注意事项

(1)开启离心泵前,关闭出口流量调节阀。

(2)实验前应首先灌泵。

(3)读取测量数据时,应保证系统进入稳定状态。

2.3.5　实验数据记录及整理

基本参数

(1)离心泵

流量:$V_s =$ _____

扬程:$H_e =$ _____

功率:$N =$ _____

转速:$n =$ _____

(2)管道

吸入导管内径:$d_1 =$ _____ mm

压出导管内径:$d_2 =$ _____ mm

A、B 两截面间垂直距离:$H_0 =$ _____ mm

(3)孔板流量计

锐孔直径 $d_0 =$ _____ mm

导管内径:$d_1 =$ _____ mm

实验数据

将实测得的数据,可参考下表进行记录。

实验序号	
水的温度,$T(℃)$	
水的密度,$\rho(kg \cdot m^{-3})$	
水柱压差计读数,$R(mm)$	
水的质量,$m(kg)$	
接水时间,$t(s)$	
表压强,$p_B(Pa)$	
真空度,$p_A(Pa)$	
电压,$U(V)$	
电流,$I(A)$	

实验结果整理

(1)参考下表将实验数据进行整理:

实验序号		
流量,V_s(m³·s⁻¹)	[1]	
扬程,H_e(m)	[2]	
有效功率 N_e(W)	[3]	
实际消耗功率 N(W)	[4]	
总的效率 η(一)	[5]	

列出上表中各项计算公式。

(2)将实验数据标绘成孔板流量计的流量标定曲线,并求取孔板流量计的孔流系数。

(3)将实验数据整理结果标绘成离心泵的特性曲线。

2.3.6 思考题

(1)离心泵在启动前为什么要引水灌泵?如果已经引水灌泵了,但离心泵还是启动不起来,你认为可能是什么原因?

(2)为什么离心泵启动时要关闭出口阀和拉下功率表的开关?

(3)为什么调节离心泵的出口阀可调节其流量?这种方法有什么优缺点?是否还有其它方法调节泵的流量?

(4)正常工作的离心泵,在其进口管上设阀门是否合理?为什么?

(5)为什么在离心泵的进口管下安装底阀?从节能观点上看,底阀的设置是否有利?你认为应如何改进?

2.4 套管换热器液—液热交换系数及膜系数的测定

2.4.1 实验目的

(1)测定在套管换热器中进行的液—液交换过程的传热系数。

(2)测定热流体在水平圆管内作强制湍流时的传热膜系数。

(3)根据实验数据估计传热膜系数准数关联中的参数。

2.4.2 实验原理及装置

(1)原理

冷热流体通过固体壁所进行的热交换过程,先由热流体把热量传递给固体壁面,然后由固体壁面的一侧传向另一侧,最后再由壁面把热量传给冷流体。换言之,热交换过程即为给热—导热—给热三个串联过程组成。

若热流体在套管热交换器的管内流过,而冷流体在管外流过,设备两端测试点上的温度如图 5-16 所示。则在单位时间内热流体向冷流体传递的热量,可由热流体的热量衡算方程来表示:

$$Q = m_s \overline{C_p}(T_1 - T_2) \quad (J \cdot s^{-1}) \tag{1}$$

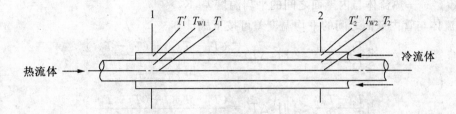

图 5-16 套管热交换器两端测试点的温度

就整个热交换而言,由传热速率基本方程经过数学处理,可得计算式为

$$Q=KA\Delta T_m \quad (\text{J}\cdot\text{s}^{-1}) \tag{2}$$

式中:Q——传热速率,$\text{J}\cdot\text{s}^{-1}$或 W;

m_s——热流体的质量流率,$\text{kg}\cdot\text{s}^{-1}$;

$\overline{C_p}$——热流体的平均比热容,$\text{J}\cdot\text{kg}^{-1}\cdot\text{K}^{-1}$;

T——热流体的温度,K;

T'——冷流体的温度,K;

T_w——固体壁面温度,K;

K——传热总系数,$\text{W}\cdot\text{m}^{-2}\cdot\text{K}^{-1}$;

A——热交换面积,m^2;

ΔT_m——两流体间的平均温度差,K。

(符号下标 1 和 2 分别表示热交换器两端的数值)

若 ΔT_1 和 ΔT_2 分别为热交换器两端冷热流体之间的温度差,即

$$\Delta T_1=(T_1-T_1') \tag{3}$$

$$\Delta T_2=(T_2-T_2') \tag{4}$$

则平均温度差可按下式计算:

$$当\frac{\Delta T_1}{\Delta T_2}>2 \text{ 时},\Delta T_m=\frac{\Delta T_1-\Delta T_2}{\ln\dfrac{\Delta T_1}{\Delta T_2}} \tag{5}$$

$$当\frac{\Delta T_1}{\Delta T_2}<2 \text{ 时},\Delta T_m=\frac{\Delta T_1+\Delta T_2}{2} \tag{6}$$

由(1)和(2)两式联立求解,可得传热总系数的计算式:

$$K=\frac{m_s\overline{c_p}(T_1-T_2)}{A\Delta T_m} \tag{7}$$

就固体壁面两侧的给热过程来说,给热速率基本方程为

$$Q=\alpha_1 A_W(T-T_W)$$

$$Q=\alpha_2 A_W(T_W'-T') \tag{8}$$

根据热交换两端的边界条件,经数学推导,同理可得管内给热过程的给热速率计算式

$$Q=\alpha_1 A_W\Delta T_m' \tag{9}$$

式中:α_1 与 α_2——分别表示固体壁两侧的传热膜系数,$\text{W}\cdot\text{m}^{-2}\cdot\text{K}^{-1}$;

A_W 与 A_W'——分别表示固体壁两侧的内壁表面积和外壁表面积,m^2;

T_W 与 T_W'——分别表示固体壁两侧的内壁面温度和外壁面温度,K;

$\Delta T_m{'}$——热流体与内壁面之间的平均温度差，K。

热流体与管内壁面之间的平均温度差可按下式计算

$$当\frac{T_1-T_{w1}}{T_2-T_{w2}}>2\ 时,\Delta T'_m=\frac{(T_1-T_{w1})-(T_2-T_{w2})}{\ln\dfrac{(T_1-T_{w1})}{(T_2-T_{w2})}} \tag{10}$$

$$当\frac{T_1-T_{w1}}{T_2-T_{w2}}<2\ 时,\Delta T'_m=\frac{(T_1-T_{w1})+(T_2-T_{w2})}{2} \tag{11}$$

由(1)和(9)式联立求解可得管内传热膜系数的计算式为

$$\alpha_1=\frac{m_s\overline{c_p}(T_1-T_2)}{A_{w1}\Delta T'_m}\quad(\text{W}\cdot\text{m}^{-2}\cdot\text{K}^{-1}) \tag{12}$$

同理也可得到管外给热过程的传热膜系数的类同公式。

流体在圆形直管内作强制对流时,传热膜系数 α 与各项影响因素(如:管内径 d,m;管内流速 u,m·s^{-1};流体密度 ρ,kg·m^{-3};流体黏度 μ,Pa·s;定压比热容 c_p(J·kg^{-1}·K^{-1})和流体导热系数 λ(W·m^{-1}·K^{-1})之间的关系可关联成如下准数关联式:

$$Nu=\alpha Re^m Pr^n \tag{13}$$

式中:$Nu=\dfrac{ad}{\lambda}$ 努塞尔准数(Nusselt number)

$Re=\dfrac{d\rho u}{\mu}$ 雷诺准数(Reynolds number)

$Pr=\dfrac{c_p\mu}{\lambda}$ 普兰特准数(Prandtl number)

上列关联式中系数 a 和指数 m,n 的具体数值,需要通过实验来测定。实验测得 a,m,n 数值后,则传热膜系数即可由该式计算。例如:

当流体在圆形直管内作强制湍流时,

$$Re>10000$$
$$Pr=0.7\sim160$$
$$l/d>50$$

则流体被冷却时,α 值可按下列公式求算:

$$Nu=0.023Re^{0.8}Pr^{0.3} \tag{13a}$$

或

$$\alpha=0.023\ \frac{\lambda}{d}\left(\frac{d\rho u}{\mu}\right)^{0.8}\left(\frac{c_p\mu}{\lambda}\right)^{0.3} \tag{13b}$$

流体被加热时

$$Nu=0.023Re^{0.8}Pr^{0.4} \tag{14a}$$

或

$$\alpha=0.023\ \frac{\lambda}{d}\left(\frac{d\rho u}{\mu}\right)^{0.8}\left(\frac{c_p\mu}{\lambda}\right)^{0.4} \tag{14b}$$

当流体在套管环隙内作强制湍流时,上列各式中 d 用当量直径 de 替代即可。各项物性常数均取流体进出口平均温度下的数值。

(2)实验装置及其流程

本实验装置主要由套管热交换器、恒温循环水槽、高位稳压水槽以及一系列测量和控制仪表所组成,装置流程如图 5-17 所示。

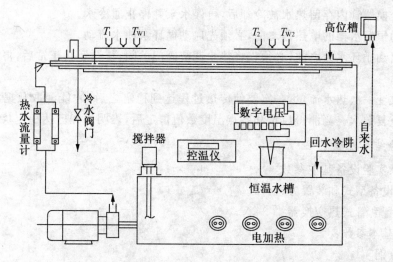

图 5-17 套管换热器液—液热交换实验装置流程

套管热交换器由一根 $\varnothing 12 \times 1.5$mm 的黄铜管作为内管，$\varnothing 20 \times 2.0$mm 的有机玻璃管作为套管所构成。套管热交换器外面再套一根 $\varnothing 32 \times 2.5$mm 有机玻璃管作为保温管。套管热交换器两端测温点之间（测试段距离）为 1000mm。每一个检测端面上在管内、管外和管壁内设置三支铜—康铜热电偶，并通过转换开关与数字电压表相连接，用以测量管内、管外的流体温度和管内壁的温度。

热水由循环水泵从恒温水槽送入管内，然后经转子流量计再返回槽内。恒温循环水槽中用电热器补充热水在热交换器中移去的热量，并控制恒温。

冷水由自来水管直接送入高位稳压水槽，再由稳压水槽流经转子流量计和套管的环隙空间。高位稳压水槽排出的溢流水和由换热管排出被加热后的水，均排入下水道。

2.4.3 实验步骤

（1）实验前准备工作

①向恒温循环水槽灌入蒸馏水或软水，直至溢流管有水溢出为止。

②开启并调节通往高位稳压水槽的自来水阀门，使槽内充满水，并且溢流管有水流出。

③将冰碎成细粒，放入冷阱中并掺入少许蒸馏水，使之呈粥状。将热电偶冷接点插入冰水中，盖严盖子。

④将恒温循环水槽的温度自控装置的温度定为 55℃。启动恒温水槽的电加热器。等恒温水槽的水达到预定温度后即可开始实验。

⑤实验前需要准备好热水转子流量计的流量标定曲线和热电偶分度表。

（2）实验操作步骤：

①开启冷水截止球阀，测定冷水流量，实验过程中保持恒定。

②启动循环水泵，开启并调节热水调节阀。热水流量在 $60 \sim 250$L·h^{-1} 范围内选取若干流量值（一般要求不少于 5~6 组测试数据），进行实验测定。

③每调节一次热水流量，待流量和温度都恒定后，再通过琴键开关，依次测定各点温度。

2.4.4 实验注意事项

（1）开始实验时，必须先向换热器通冷水，然后再启动热水泵。停止实验时，必须先停热电器,待热交换器管内存留热水被冷却后,再停水泵并停止通冷水。

(2)启动恒温水槽的电热器之前,必须先启动循环泵使水流动。

(3)在启动循环水泵之前,必须先将热水调节阀门关闭,待泵运行正常后,再徐徐开启调节阀。

(4)每改变一次热水流量,一定要使传热过程达到稳定之后,才能测取数据。每测一组数据,最好重复数次。当测得流量和各点温度数值恒定后,表明过程已达稳定状态。

2.4.5 实验结果整理

(1)记录实验设备基本参数。

①实验设备型式和装置方式:

水平装置套管式热交换器

②内管基本参数:

材质:黄铜

外径:$d=$ _____ mm

壁厚:$\delta=$ _____ mm

测试段长度:$L=$ _____ mm

③套管基本参数:

材质:有机玻璃

外径:$d'=$ _____ mm

壁厚:$\delta'=$ _____ mm

④流体流通的横截面积:

内管横截面积:$S=$ _____ m^2

环隙横截面积:$S'=$ _____ m^2

⑤热交换面积:

内管内壁表面积:$A_w=$

内管外壁表面积:$A_w'=$

平均热交换面积:$A=$

(2)实验数据记录

实验测得数据可参考如下表格进行记录:

实验序号	冷水流量	热水流量	温度						备注
			测试截面 I			测试截面 II			
	m_s'	m_s	T_1	T_{W1}	T_1'	T_2	T_{W2}	T_2'	
	kg·s^{-1}	kg·s^{-1}	℃	℃	℃	℃	℃	℃	

（3）实验数据整理

①由实验数据求取不同流速下的总传热系数，实验数据可参考下表整理：

实验序号	管内流速	流体间温度差			传热速率	总传热系数	备注
	u	ΔT_1	ΔT_2	ΔT_m	Q	K	
	$m \cdot s^{-1}$	K	K	K	W	$W \cdot m^{-2} \cdot K^{-1}$	
	[1]	[2]	[3]	[4]	[5]	[6]	

列出上表中各项计算公式。

由实验数据求取流体在圆直管内作强制湍流时的传热膜系数 α。实验数据可参考下表整理：

实验序号	管内流速	流体与壁面温度差			传热速率	管内传热膜系数	备注
	u	$T_1 - T_{W1}$	$T_2 - T_{W2}$	$\Delta T_m'$	Q	α	
	$m \cdot s^{-1}$	K	K	K	W	$W \cdot m^{-2} \cdot K^{-1}$	
	[1]	[2]	[3]	[4]	[5]	[6]	

列出上表中各项计算公式。

由实验原始数据和测得的 α 值，对水平管内传热膜系数的准数关联式进行参数估计。

首先，参考下表整理数据：

实验序号	管内流体平均温度	流体密度	流体黏度	流体导热系数	管内流速	传热膜系数	雷诺准数	努塞尔准数	普兰特准数
	$(T_1+T_2)/2$	ρ	μ	λ	u	α	Re	Nu	Pr
	K	$kg \cdot m^{-3}$	$Pa \cdot s$	$W \cdot m^{-1} \cdot K^{-1}$	$m \cdot s^{-1}$	$W \cdot m^{-2} \cdot K^{-1}$	—	—	—
	[1]	[2]	[3]	[4]	[5]	[6]	[7]	[8]	[9]

列出上表中各项计算公式。

然后,按如下方法和步骤估计参数:

水平管内传热膜系数的准数关联式:

$$Nu=aRe^mPr^n$$

在实验测定温度范围内,Pr 数值变化不大,可取其平均值并将 Pr^n 视为定值与 a 项合并。因此,上式可写为

$$Nu=ARe^m$$

上式两边可取对数,使之线性化,即

$$\lg Nu=m\lg Re+\lg A$$

因此,可将 Nu 和 Re 实验数据,直接在双对数坐标纸上进行标绘,由实验曲线的斜率和截距估计参数 A 和 m,或者用最小二乘法进行线性回归,估计参数 A 和 m。

取 Pr 平均值为定值,且 $n=0.3$,由 A 计算得到 a 值。

最后,列出参数估计值:

$A=$

$m=$

$a=$

2.4.6 思考题

(1)影响传热系数 K 的因素有哪些?

(2)强化换热的措施有哪些?

(3)哪些因素影响传热的稳定性?

2.5 过滤及过滤常数的测定

2.5.1 实验目的

(1)掌握过滤问题的简化工程处理方法,及过滤常数的测定;

(2)了解板式过滤器的构造,并学会板式过滤器的操作方法。

2.5.2　实验原理

过滤是一种能将流体通过多孔介质,而将固体物截留,使从液体或气体中分离出来的单元操作。因此过滤在本质上是流体通过固体颗粒层的流动,所不同的是这个固体颗粒层的厚度随着过滤过程的进行而不断增加。因此在势能差不变的情况下,单位时间通过过滤介质的液体量也在不断下降,即过滤速度不断降低。过滤速度 u 的定义是单位时间、单位过滤面积内通过过滤介质的滤液量,即:

$$u=\frac{\mathrm{d}V}{A\mathrm{d}\tau}=\frac{\mathrm{d}q}{\mathrm{d}\tau} \tag{1}$$

式中:A——过滤面积,m^2;

$\quad\ \tau$——过滤时间,s;

$\quad\ V$——通过过滤介质的滤液量,m^3。

可以预测,在恒定压差下,过滤速度 $\mathrm{d}q/\mathrm{d}\tau$ 与过滤时间 τ 之间有如图 5-18 所示的关系,单位面积的累计滤量 q 和 τ 的关系,如图 5-19 所示。

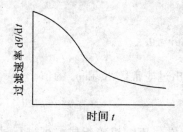

图 5-18　过滤速率与时间的关系　　　　图 5-19　累计滤液量与时间的关系

影响过滤速度的主要因素除势能差(Δp)、滤饼厚度外,还有滤饼、悬浮液(含有固体粒子的流体)性质、悬浮液温度、过滤介质的阻力等,故难以用严格的流体力学方法处理。

比较过滤过程与流体经过固体床的流动可知:过滤速度即为流体经过固定床的表观速度 u。同时,液体在由细小颗粒构成的滤饼空隙中的流动属于低雷诺范围。

因此,可利用流体通过固体床压降的简化模型,寻求滤液量 q 与时间 τ 的关系。在低雷诺数下,可用康采尼(Kozeny)计算式,即:

$$u=\frac{\mathrm{d}q}{\mathrm{d}\tau}=\frac{\varepsilon^2}{(1-\varepsilon)^2a^2}\times\frac{1}{K'\mu}\times\frac{\Delta p}{L} \tag{2}$$

对于不可压缩的滤饼,由上式可以导出过滤速率的计算式:

$$\frac{\mathrm{d}q}{\mathrm{d}z}=\frac{\Delta p}{r\phi\mu(q+q_e)}=\frac{K}{2(q+q_e)} \tag{3}$$

式中:$q_e=\dfrac{V_e}{A}$

$\quad\ V_e$——形成与过滤介质阻力相等的滤饼层所得的滤液量,m^3;

$\quad\ r$——滤饼的比阻,m^3/kg;

$\quad\ \phi$——悬浮液中单位体积净液体中所带有的固体颗粒量,$\mathrm{kg/m}^3$ 清液;

$\quad\ \mu$——液体黏度,$\mathrm{Pa\cdot s}$;

$\quad\ K$——过滤常数,m^2/s。

在恒压差过滤时,上述微分方程积分后可得:

$$q^2 + 2qq_e = k\tau \qquad (4)$$

由上述方程可计算在过滤设备、过滤条件一定时,过滤一定滤液量所需要的时间;或者在过滤时间、过滤条件一定时,为了完成一定生产任务,所需要的过滤设备大小。

利用上述方程计算时,需要知道 K、q_e 等常数,而 K、q_e 常数只有通过实验才能测定。

在用实验方法测定过滤常数时,需将上述方程变换成如下形式:

$$\frac{\tau}{q} = \frac{1}{K}q + \frac{2}{K}q_e \qquad (5)$$

因此在实验时,只要维持操作压强恒定,计取过滤时间和相应的滤液量。以 $\frac{\tau}{q}$—q 作图得一直线,读取直线斜率 $\frac{1}{K}$ 和截距 $\frac{2q_e}{K}$,求取常数 K 和 q_e,或者将 $\frac{\tau}{q}$ 和 q 的数据用最小二乘法求取 $\frac{1}{K}$ 和 $\frac{2q_e}{K}$ 值,进而计算 K 和 q_e 的值。

若在恒压过滤之前的 τ_1 时间内,已通过单位过滤面的滤液量为 q_1,则在 τ_1 至 τ 及 q_1 至 q 范围内将式(3)积分,整理后得:

$$\frac{\tau - \tau_1}{q - q_1} = \frac{1}{K}(q - q_1) + \frac{2}{K}(q_1 + q_e) \qquad (6)$$

上述表明 $q - q_1$ 和 $\frac{\tau - \tau_1}{q - q_1}$ 为线性关系,从而能方便地求出过滤常数 K 和 q_e 的值。

2.5.3 实验装置与流程

实验装置由配料桶、供料泵过滤器、滤液计量筒及空气压缩机等组成。可进行过滤、洗涤和吹干三项操作过程。

碳酸钙($CaCO_3$)或碳酸镁($MgCO_3$)的悬浮液在配料桶内配成一定浓度后,由供料泵输入系统。为阻止沉淀,料液在供料泵管路中循环。配料桶中用压缩空气搅拌,浆液经过滤机过滤后,滤液流入计量筒。过滤完毕后,亦可用洗涤水洗涤和压缩空气吹干。

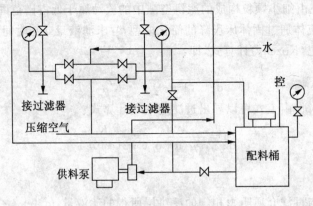

图 5-20　实验流程图

2.5.4 实验内容

测定恒压操作下过滤常数 K 和 q_e,以及洗涤速率。

2.5.5　注意事项

(1)实验选用 $CaCO_3$ 粉末配制成滤浆,其量约占料桶的 2/3 左右,配制浓度在 8% 左右;

(2)料桶内滤浆可用压缩空气和循环泵进行搅拌,桶内压力控制在 0.1~0.2MPa;

(3)滤布在安装之前要先用水浸湿;

(4)实验操作前,应先由供料泵将料液通过循环管路,循环操作一段时间。过滤结束后,应关闭料桶上的出料阀,打开旁路上清水管路清洗供料泵,以防止 $CaCO_3$ 在泵体内沉积;

(5)由于实验初始阶段不是恒压操作,因此需采用两只秒表交替计时,记下时间和滤液量,并确定恒压开始时间 τ_0 和相应的滤液量 q_1;

(6)当滤液量很少,滤渣已充满滤框后,过滤阶段可结束。

2.5.6　实验数据处理

(1)以累计滤液量 q 对 τ 作图;

(2)以 $\dfrac{\tau-\tau_1}{q-q_1}$ 对 $q-q_1$ 作图。求出过滤常数 K 和 q_e,并写出完整的过滤方程式;

(3)求出洗涤速率,并与最终过滤速率进行比较;

(4)数据记录:

计量筒直径:_____mm　　　园板过滤器直径:_____mm

操作压力:_____　　　浓度:_____　　　温度:_____℃

序　号	时间 $S(s)$	计量 $H(cm)$
0		
1		

2.5.7　思考题

(1)过滤刚开始时,为什么滤液总是浑浊的?

(2)在过滤中,初始阶段为什么不能采取恒压操作?

(3)如果滤液的黏度比较大,你考虑用什么方法改善过滤速率?

(4)当操作压强增加一倍,其 K 值是否也增加一倍? 要得到同样的过滤量,其过滤时间是否可缩短到一半?

2.6　对流传热实验

2.6.1　气—汽对流传热实验

2.6.1.1　实验目的

(1)了解间壁式传热装置的研究和给热系数测定的实验组织方法。

(2)掌握借助于热电偶测量壁温的方法。

(3)学会给热系数测定的试验数据处理方法。

(4)了解影响给热系数的因素和强化传热的途径。

(5)测定 5~6 组不同流速下,套管换热器的总传热系数 K 和对流传热系数 α_c 和 α_h。

(6)对 α_c 的实验数据进行多元线性回归,求准数关联式 $Nu=ARe^mPr^n$ 中常数 A,m。

2.6.1.2　实验原理及装置

（1）原理

①系数 K 的理论研究

在工业生产和科学研究中经常采用间壁式换热装置来达到物料的冷却和加热。这种传热过程系冷、热流体通过固体壁面进行热量交换。它是由热流体对固体壁面的对流给热，固体壁面的热传导和固体对冷流体的对流给热三个传热过程所组成。如图 5-21 所示。

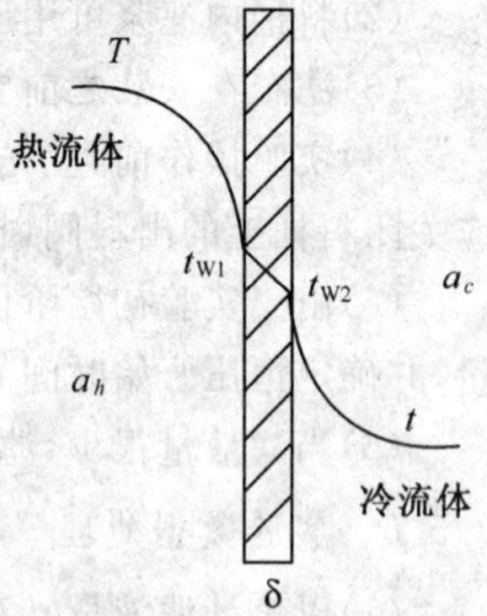

由传热速率方程知，单位时间所传递的热量

$$Q = KA(T-t) \tag{1}$$

而对流给热所传递的热量，对于冷、热流体均可表示为

$$Q_1 = \alpha_h A_h (T - t_{W1}) \tag{2}$$

或

$$Q_2 = \alpha_c A_c (t_{W2} - t) \tag{3}$$

图 5-21　传热过程示意图

对固体壁面由热传导所传递的热量，则由傅立叶定律表示为：

$$Q_3 = \frac{\lambda A_m}{\delta} \cdot (t_{W1} - t_{W2}) \tag{4}$$

由热量平衡及忽略热损失后（即 $Q = Q_1 = Q_2 = Q_3$），可将（2）（3）（4）式写成如下等式：

$$Q = \frac{T - t_{W1}}{\dfrac{1}{\alpha_h A_h}} = \frac{t_{W1} - t_{W2}}{\dfrac{\delta}{\lambda A_m}} = \frac{t_{W2} - t}{\dfrac{1}{\alpha_c A_c}} = \frac{T - t}{\dfrac{1}{KA}} \tag{5}$$

所以

$$K = \frac{1}{\dfrac{1}{\alpha_h A_h} + \dfrac{\delta}{\lambda A_m} + \dfrac{1}{\alpha_c A_c}} \tag{6}$$

$$K = f(d_1, \rho_1, \mu_1, c_{p1}, \lambda_1, u_1, \lambda, \delta, \rho_2, \mu_2, c_{p2}, \lambda_2, u_2) = f(6,2,5) \tag{7}$$

从上式可知，除固体的导热系数和壁厚对传热过程的传热性能有影响外，影响传热过程的参数还有 12 个，这不利于对传热过程作整体研究。根据因次分析方法和 π 定理，热量传递范畴基本因次有四个：$[L]$，$[M]$，$[T]$，$[t]$，壁面的导热热阻与对流给热热阻相比可以忽略。

$$K \approx f(\alpha_1, \alpha_2) \tag{8}$$

要研究上式的因果关系，尚有 $\pi = 13 - 4 = 9$ 个无因次数群，即由正交网络法每个水平变化 10 次，实验工作量将有 10^8 次实验，为了解决如此无法想象的实验工作量，过程分解和过程合成法由此诞生。该方法的基本处理过程是将（7）式研究的对象分解成两个子过程如（8）式所示，分别对 α_1，α_2 进行研究，之后再将 α_1，α_2 合并，总体分析对 K 的影响，这有利于了解影响传热系数的因素和强化传热的途径。

当 $\alpha_1 \gg \alpha_2$ 时，$K \approx \alpha_2$，反之当 $\alpha_1 \ll \alpha_2$ 时，$K \approx \alpha_1$。欲提高 K，设法强化给热系数小的一侧 α，由于设备结构和流体已定，从（9）式可知，只要温度变化不大，α_1 只随 u_1 而变：

$$\alpha_1 = f(d_1, u_1, \rho_1, \mu_1, c_{p1}, \lambda_1) \tag{9}$$

改变 u_1 的简单方法是改变阀门的开度，这就是实验研究的操作变量。同时它提示了欲提高 K，只要强化 α 小的那侧流体的 u。而流体 u 的提高有两种方法：

增加流体的流量；在流体通道中设置绕流内构件，导致强化给热系数。

由（9）式，π 定理告诉我们，$\pi = 7 - 4 = 3$ 个无因次数群，即：

$$\alpha_1 = f(d_1, u_1, \rho_1, \mu_1, c_{p1}, \lambda_1) \Rightarrow \frac{ad}{\lambda} = f\left(\frac{du\rho}{\mu}, \frac{c_p\mu}{\lambda}\right) \tag{10}$$

经无因次处理,得

$$Nu = ARe^m Pr^n \tag{11}$$

②传热系数 K 和 α 的实验测定

实验装置的建立(参见图 5-22)依据如下热量恒算式和传热速率方程式,它是将(5)和(6)式联立,则:

$$KA\Delta t_m = W_c \rho_c C_{pc}(t_2 - t_1) \tag{12}$$

其中:

$$\Delta t_m = \frac{(T_1 - t_2) - (T_2 - t_1)}{\ln \dfrac{T_1 - t_2}{T_2 - t_1}} \tag{13}$$

$$K = \frac{W_c \rho_c C_{pc}(t_2 - t_1)}{A\Delta t_m} \tag{14}$$

$$\alpha_c A_c \Delta t_{mc} = W_c \rho_c c_{pc}(t_2 - t_1)$$

$$\alpha_h A_h \Delta t_{mh} = W_c \rho_c c_{pc}(t_2 - t_1)$$

其中:

$$\Delta t_{mc} = \frac{(t_{W上} - t_2) - (t_{W下} - t_1)}{\ln \dfrac{t_{W上} - t_2}{t_{W下} - t_1}} \tag{15}$$

$$\Delta t_{mh} = \frac{(T_1 - t_{W上}) - (T_2 - t_{W下})}{\ln \dfrac{T_1 - t_{W上}}{T_2 - t_{W下}}} \tag{16}$$

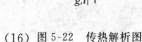

图 5-22　传热解析图

若实验物系选定水蒸气(G)与冷空气(g),由(8)、(9)式告诉我们,实验装置中需要确定的参数和安装的仪表有:

A——由换热器的结构参数而定(传热面积);

W_c——测冷流体的流量计;

t_1、t_2——测冷流体的进、出口温度计;

T——测热流体的进、出口温度计;

C_{pc}——由冷流体的进、出口平均温度决定;

$t_{W上}$、$t_{W下}$——由热电偶温度计测定。

将以上仪表、换热器、气源、及管件阀门等部件组建成如下实验装置,见图 5-23。

③对流传热系数准数关联式的实验确定

$$Nu = ARe^m Pr^n$$

式中:努塞尔准数:$Nu = \dfrac{a_1 d_1}{\lambda}$

雷诺准数:$Re = \dfrac{d_1 u\rho}{\mu}$

普朔特准数:$Pr = \dfrac{C_p\mu}{\lambda}$

对上式(11)两边取对数得

$$\lg Nu = \lg A + m\lg Re + n\lg Pr$$

或

$$\lg \frac{Nu}{Pr^n} = m\lg Re + \lg A \tag{17}$$

在强制湍流时,当温度变化范围不太大,温度对流体的特性影响较小,在气流温度升高时,$n=0.4$。Pr 为常数,其表达式中的常数 C_{p_c},μ,λ,ρ 均指在平均温度下 $\bar{t}=\dfrac{t_1+t_2}{2}$ 的值

设 $Y=\lg\dfrac{Nu}{Pr^n}$,$b_0=\lg A$,$X=\lg Re$,则(17)变为

$$Y=mX+b_0 \tag{18}$$

以 X 为自变量,Y 为因变量,进行二元线性回归,求得 m,b_0,即可求得 A,m,或在双对数坐标纸上,以 $\dfrac{Nu}{Pr^n}$ 为纵坐标,Re 为横坐标,做出一条直线,求出其斜率,即 m。

(2)实验装置

①实验流程图

实验流程见图 5-23 所示。

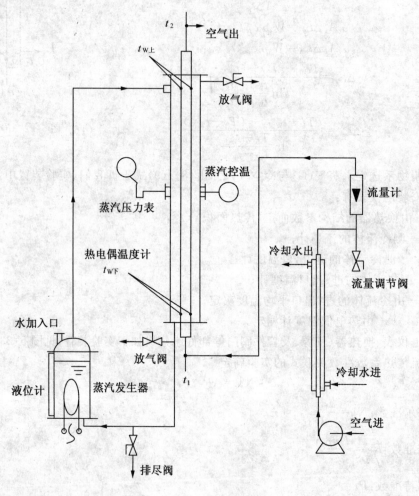

图 5-23　实验流程图

②主要设备及仪表

换热器;蒸汽发生器;热电温度计;控温仪;流量计;气泵;压力表;阀门。

③主要设备参数

紫铜管管壁厚:1.5mm;管内径:16mm;管外径:19mm;管长:1.3m。

2.6.1.3　实验步骤

在蒸汽发生器里放入去离子水至液位管上段处,使水浸没加热电棒,以防烧坏。打开加热电源开关,水蒸汽发生器开始工作,约 20min 水沸腾,此时打开气源开关,调节空气流量为 20m³/h。待套管表面发热,打开套管上下法兰处的排气考克 2～3 次,排出不凝性气体。

因为是气泵原因,随着冷流体流量增加,冷流体进口温度会增加,所以在冷流体进入系统前,先经过一个小换热器。用水冷却,注意下进上出。

整个实验操作热流体的进口温度是恒定的,改变唯一操作变量即冷空气转子流量计阀门开度,达到改变流速的目的。

待冷流体出口温度显示值保持 5min 以上不变时方可同时采集实验数据。

实验结束时,先关加热电源,保持冷空气继续流动 10min,以足够冷却套管换热器及壁温,保护热电偶接触正常。

通过放尽阀将蒸汽发生器内的水放尽仪表屏中间的大表是温控表,请不要乱揿按钮。

2.6.1.4　注意事项

(1)上机数据处理的直线相关系数要求 $R \geqslant 0.95$,否则,实验重做。

(2)蒸汽温度升上来时,打开套管上下端的排气考克,排气 2～3 次,排出不凝气体。

(3)仪表均已设定好,切勿乱调。

(4)在实验过程中蒸汽压力不宜过高,操作压力视装置的条件而定。

(5)每次参数调整后,会使原来的定态操作被破坏,只有当重新达到定态时,才能测量新的数据。

2.6.1.5　实验报告内容及数据记录

(1)实验报告内容

①将实验数据输入计算机进行数据处理,并打印出结果;

②列出实验结果数据表并计算举例;

③在双对数坐标纸上绘制图(以 $\dfrac{Nu}{Pr^n}$ 为纵坐标,Re 为横坐标,画出一条直线),并计算出常数 A,m,列出准数关系式。

④对实验中出现的问题进行分析讨论。

(2)数据记录表

紫铜管长:_____ m　　　　内径:_____ mm　　　　壁厚:_____ mm

No	蒸汽压力 (MPa)	蒸汽温度 (℃)	空气流量 (m³/h)	空气进口温度 (℃)	空气出口温度 (℃)	下壁温度 (℃)	上壁温度 (℃)
1							
2							
...							
6							

2.6.1.6 思考题

(1)如何判断实验过程已经稳定,影响实验的主要因素是什么?

(2)影响 α 的主要参数是什么? 空气温度不同是否有不同的关联式?

(3)强化传热过程有哪些途径?

(4)在蒸汽冷凝时,若存在不凝性气体,你认为将会有什么变化? 应该采取什么措施?

(5)影响传热系数 K 的因素有那些?

2.6.2 气—水对流传热实验

2.6.2.1 实验目的

(1)了解间壁式传热装置的研究和给热系数测定的实验组织方法。

(2)掌握借助于热电偶测量壁温的方法。

(3)学会给热系数测定的试验数据处理方法。

(4)了解影响给热系数的因素和强化传热的途径。

(5)测定 5~6 组不同流速下,套管换热器的总传热系数 K 和对流传热系数 α_c 和 α_h。

(6)对 α_c 的实验数据进行多元线性回归,求准数关联式 $Nu=ARe^mPr^n$ 中的常数 A,m。

2.6.2.2 实验原理及装置

(1)原理

①传热系数 K 的理论研究

在工业生产和科学研究中经常采用间壁式换热装置来达到物料的冷却和加热。这种传热过程系冷、热流体通过固体壁面进行热量交换。它是由热流体对固体壁面的对流给热,固体壁面的热传导和固体对冷流体的对流给热三个传热过程所组成。如图 5-24 所示。

由传热速率方程知,单位时间所传递的热量

$$Q=KA(T-t) \tag{1}$$

而对流给热所传递的热量,对于冷、热流体均可表示为

$$Q_1=\alpha_h A_h(T-t_{w1}) \tag{2}$$

或

$$Q_2=\alpha_c A_c(t_{w2}-t) \tag{3}$$

对固体壁面由热传导所传递的热量,则由傅立叶定律表示为:

$$Q_3=\frac{\lambda A_m}{\delta}\cdot(T_w-t_w) \tag{4}$$

由热量平衡及忽略热损失后(即 $Q=Q_1=Q_2=Q_3$),可将(2)(3)(4)式写成如下等式:

$$Q=\frac{T-t_{w1}}{\frac{1}{\alpha_h A_h}}=\frac{T_w-t_w}{\frac{\delta}{\lambda A_m}}=\frac{t_{w2}-t}{\frac{1}{\alpha_c A_c}}=\frac{T-t}{\frac{1}{KA}} \tag{5}$$

所以

$$K=\frac{1}{\frac{1}{\alpha_h A_h}+\frac{\delta}{\lambda A_m}+\frac{1}{\alpha_c A_c}} \tag{6}$$

②传热系数 K 和 α 的实验测定

实验装置的建立(参见图 5-25)依据如下热量恒算式和传热速率方程式,即将(5)和(6)式联立

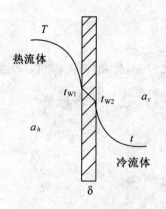

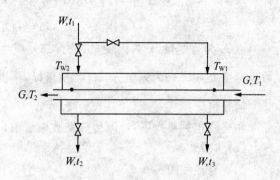

图 5-24 传热过程示意图

图 5-25 传热解析图

$$KA\Delta t_m = W_c\rho_c C_{pc}(T_1-T_2) \tag{7}$$

其中

$$\Delta t_m = \frac{(T_1-t_3)-(T_2-t_1)}{\ln\dfrac{T_1-t_3}{T_2-t_1}} \tag{8}$$

$$K = \frac{W_c\rho_c C_{pc}(T_1-T_2)}{A\Delta t_m} \tag{9}$$

$$\alpha_c A_c \Delta t_{mc} = W_c\rho_c c_{pc}(T_1-T_2)$$

$$\alpha_h A_h \Delta t_{mh} = W_c\rho_c c_{pc}(T_1-T_2)$$

其中：

$$\Delta t_{mc} = \frac{(T_{W1}-t_3)-(T_{W2}-t_1)}{\ln\dfrac{T_{W1}-t_3}{T_{W2}-t_1}} \tag{10}$$

$$\Delta t_{mh} = \frac{(T_1-T_{W1})-(T_2-T_{W2})}{\ln\dfrac{T_1-T_{W1}}{T_2-T_{W2}}} \tag{11}$$

③对流传热系数准数关联式的实验确定

$$Nu = ARe^m Pr^n \tag{12}$$

式中：努塞尔准数：$Nu = \dfrac{a_1 d_1}{\lambda}$

雷诺准数：$Re = \dfrac{d_1 u\rho}{\mu}$

普朗特准数：$Pr = \dfrac{C_p\mu}{\lambda}$

对(11)式两边取对数得

$$\lg Nu = \lg A + m\lg Re + n\lg Pr$$

或

$$\lg\frac{Nu}{Pr^n} = m\lg Re + \lg A \tag{13}$$

在强制湍流时，当温度变化范围不太大，温度对流体的特性影响较小，在气流温度升高时，$n=0.3$。Pr 为常数，其表达式中的常数 C_{pc}，μ，λ，ρ 均指在平均温度下 $\overline{T}=\dfrac{T_1+T_2}{2}$ 的值。

设 $Y=\lg\dfrac{Nu}{Pr^n}$，$b_0=\lg A$，$X=\lg Re$，则(13)变为

$$Y=mX+b_0 \tag{14}$$

以 X 为自变量，Y 为因变量，进行二元线性回归，求得 m,b_0，即可求得 A,m，或在双对数坐标纸上，以 $\dfrac{Nu}{Pr^n}$ 为纵坐标，Re 为横坐标，作出一条直线，求出其斜率，即 m。

问题引导：

在努塞尔关系式里，对流传热系数应该用 α_c，还是 α_h？

(2)实验装置

①实验流程图

实验流程见图 5-26。

②主要设备及仪表

换热器；热空气发生器；热电温度计；控温仪；流量计；气泵；压力表；阀门。

③主要设备参数

紫铜管管壁厚:1.5mm;管内径:15mm;管外径:18mm;管长:2.0m。

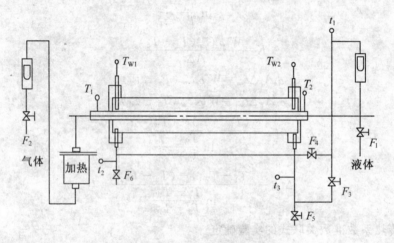

图 5-26　实验流程图

2.6.2.3　实验步骤

(1)打开冷水流量计阀门，维持一定的冷水流量(参考流量:200L/h)。

(2)启动风机，通过气体流量计上的阀门和风机出口处的旁路，调节一定的气体流量。

(3)接通电源，加热空气，仪表 AI-708 设定为 120℃～150℃，维持空气的进口温度。

(4)待冷流体出口温度及各仪表显示值保持 5min 以上不变时方可同时采集实验数据。

(5)实验结束时，先关加热电源，保持冷空气继续流动 10min，以足够冷却加热器及套管壁温，保护热电偶接触正常。

2.6.2.4　注意事项

(1)调冷水流量时，需尽量排尽夹层内的空气，可通过调大冷水流量的方法来排出夹层内的空气，反复 2～3 次。

(2)实验中保持冷水流量不变，通过调节空气流量测 5～6 组数据。

(3)仪表均已设定好,切勿乱调。

(4)每次参数调整后,会使原来的定态操作被破坏,只有当重新达到定态时,才能测量新的数据。

(5)实验结束时,必须先关加热电源,10 分钟后,将水电全部关闭。

2.6.2.5　实验报告内容及数据记录

(1)报告内容

①将实验数据输入计算机进行数据处理,并打印出结果;

②列出实验结果数据表并计算举例;

③在双对数坐标纸上绘制图(以 $\dfrac{Nu}{Pr^n}$ 为纵坐标,Re 为横坐标,画出一条直线),并计算出常数 A,m,列出准数关系式。

④对实验中出现的问题进行分析讨论。

(2)数据记录表

紫铜管长:＿＿＿＿＿ m　　　内径:＿＿＿＿＿ mm　　　壁厚:＿＿＿＿＿ mm

No	空气流量 (m³/h)	冷水进口温度(℃)	冷水出口温度(℃)	空气进口温度(℃)	空气出口温度(℃)	壁温 T_{W1}(℃)	壁温 T_{W2}(℃)
1							
2							
...							
6							

2.6.2.6　思考题

(1)如何判断实验过程已经稳定,影响实验的主要因素是什么?

(2)影响 α 的主要参数是什么? 空气温度不同是否有不同的关联式?

(3)强化传热过程有哪些途径?

(4)本实验中冷水和热气的流向对传热效果有什么影响?

(5)影响传热系数 K 的因素有哪些?

2.6.3　水—水对流传热实验

2.6.3.1　实验目的

(1)掌握对流传热系数 a 的测定方法。

(2)加深对对流传热系数 a 的概念及其影响因素的理解。

(3)学会应用多元线性回归分析方法,确定 $Nu=ARe^mPr^n$ 中的常数 A,m,n。

(4)测定 5~6 个不同流速下本套管换热器的对流传热系数 a_1。

(5)对 a_1 的实验数据进行多元线性回归,求准数关联式 $Nu=ARe^mPr^n$ 中的常数 A,m,n。

2.6.3.2　实验原理及装置

(1)原理

总传热系数 K 是设计换热器和评估换热器的重要参数。获得 K 值的途径有二:一是实验测定;二是用传热管内外的对流传热系数 a_i,a_0 和(1)式来计算。

$$\frac{1}{K}=\frac{1}{a_0}+R_{s0}+\frac{bd_0}{\lambda d_m}+R_{si}\frac{d_0}{d_i}+\frac{ld_0}{a_id_i} \tag{1}$$

本实验将实践一下 K 值的实验测定方法。

对流传热是流体和壁面之间的传热过程。用对流传热系数计算 K 值是确定 K 值的重要途径,对流传热系数是评估对流传热过程的不可缺少的数据。

由于流体和壁面之间的传热比较复杂,影响对流传热系数 a 的因素很多,计有:流体的流动状态,引起流动的原因,流体的性质,传热面的形状,大小和位置。用因次分析方法,对无相变时的强制对流传热系数的影响因素进行归纳可得:

$$Nu=f(Re \cdot Pr) \tag{2}$$

若流体是在圆形直管内作强制湍流传热,则式(2)可表示成:

$$Nu=ARe^mPr^n \tag{3}$$

式中:努塞尔准数 $Nu=\dfrac{a_id_i}{\lambda}$ (4)

雷诺准数 $Re=\dfrac{d_iu\rho}{\mu}$ (5)

普朗特准数 $Pr=\dfrac{C_p\mu}{\lambda}$ (6)

A,m,n 为常数,其数值由实验测定。

①总传热系数 K_0 的测定

则总传热速率方程式

$$Q=K_0S_0\Delta t_m \tag{7}$$

$$K_0=\frac{Q}{S_0\Delta t_m} \tag{8}$$

式中:S_0——换热管的外表面积,m^2;

$\quad Q$——传热速率,W;

$\quad \Delta t_m$——对数平均温度差,$℃$;

$\quad K_0$——基于管外面积的总传热系数,$W/(m^2 \cdot ℃)$。

由热量衡算式:

$$Q=W_CC_{PC}(t_2-t_1) \tag{9}$$

式中:W_c——冷流体的质量流量,kg/s;

$\quad C_{PC}$——冷流体的定压比热,$kJ/kg \cdot ℃$;

$\quad t_1$,t_2——分别为冷流体进出口温度,$℃$;

其中,C_{PC},ρ 是在 t_1 的平均温度 $\overline{t_1}$ 下的常数。

$$s_0=\pi d_0L \tag{10}$$

式中:d_0——传热管的外径,m;

$\quad L$——传热管的有效长度,m。

$$\Delta t_m=\frac{\Delta t_2-\Delta t_1}{\ln\dfrac{\Delta t_2}{\Delta t_1}}=\frac{(T_1-t_2)-(T_2-t_1)}{\ln\dfrac{T_1-t_2}{T_2-t_1}} \tag{11}$$

②对流传热系数 a_1，a_0 的测定

对流传热系数 a 可根据牛顿冷却定律来实验测定：

$$Q = a_i S_i (t_w - \bar{t}) \tag{12}$$

$$a_i = \frac{Q}{S_i (t_w - \bar{t})} \tag{13}$$

式中：S_i——传热管的内表面积，$S_i = \pi d_i L$，m^2（d_i 为传热管内径，m）；

$\bar{t}$——冷流体平均温度，$\bar{t} = \dfrac{t_1 + t_2}{2}$，℃；

t_w——传热管内外壁表面的平均温度，℃。

同时

$$a_0 = \frac{Q}{S_0 (\bar{T} - t_w)} \tag{14}$$

式中：$\bar{T}$——传热体平均温度，$\bar{T} = \dfrac{T_1 + T_2}{2}$。

因传热管为紫铜管，其导热系数很大，加上传热管壁很薄，故 t_w 可做内外壁表面的平均温度。

③对流传热系数准数关联式的实验确定

$$Nu = ARe^m Pr^n \tag{15}$$

对式（6-3）两边取对数得

$$\lg Nu = \lg A + m \lg Re + n \lg Pr$$

或

$$\lg \frac{Nu}{Pr^n} = m \lg Re + \lg A \tag{16}$$

在强制湍流时，当温度变化范围不太大，温度对流体的特性影响较小，在温度上升时 $n = 0.4$，Pr 为常数，其表达式中的常数 C_{p_c}，μ，λ，ρ 均指在平均温度下的平均值 $\bar{t}$ 下的平均值

设 $y = \lg \dfrac{Nu}{Pr^n}$，$b_0 = \lg A$，$X = \lg Re$，

则（16）式变为

$$y = mx + b_0 \tag{17}$$

以 X 为自变量，Y 为因变量，进行二元线性回归，求得 m，b_0，即可求得 A，m，或在对数坐标纸上，以 $\dfrac{Nu}{Pr^n}$ 为纵坐标，Re 为横坐标，作出一条直线，求其斜率，即为 m。

（2）实验装置

①实验流程示意图

实验流程见图 5-27 所示。

②主要技术参数

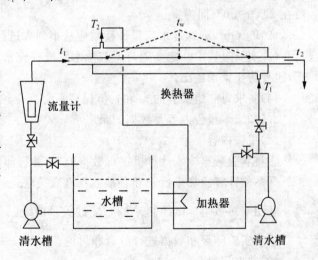

图 5-27 实验流程图

套管式换热器，紫铜管外径为 20mm，内径 d_1 为 15.6mm，有效长度 L 为 1.00m。

③主要设备和仪表

L7B-40 型转子流量计,量程为 0.25～2.5(m^3/h);数显测温表;DBZ370 型航空牌单向自吸水泵 2 台;套管式换热器;热水加热釜;冷水贮槽;调压器。

2.6.3.3　实验步骤

(1)实验开始前的准备和检查

①往加热釜内加水,使釜内液位接近液位计上端红线处。

②往冷水贮槽中加水,当槽中水达到溢流时,减少进水量,保持水的溢流状态。

③检查两个调压电位器是否逆旋至极端。

④检查冷水流量调节阀以及热水流量调节阀是否处于半开或全开状态。

(2)实验开始

①合电源总闸,此时加热釜左侧两个加热器开始全压加热。(此时是否需要开通二个可调加热器视实际情况为定)

②开动冷水输送泵并调整冷水流量调节阀的大小,使转子流量计的读数 V_{20}(m^3/h)为所需的最小值(一般为 0.20～0.25m^3/h)并及时改变冷水贮槽的冷水补给量保持溢流状态。

③待热水加热釜有明显的热感时,开动热水循环泵,关闭热水流量调节阀。

④观察 t_w 值是否已达到了 35℃～40℃ 的范围内,并固定一个温度值。

⑤若已在此范围内,再认真检查一次 V_{20} 是否为所需的最小值。

⑥保持 3～5 分钟的相对稳定时间,即可测读 V_{20},t_w,t_1,t_2 值。

⑦改变 V_{20} 值(例如 0.25,0.30,0.35,0.40,0.45,0.50)保持新 V_{20} 值下的溢流状态。

⑧参照④在维持 t_w 不变的情况下,测另一组数据,直至测完 V_{20} 为最大值的一组数据。

⑨实验结束时,先切断电加热釜电源,后停泵。停冷水将所用的仪器复原。

2.6.3.4　实验注意事项

(1)热水加热器内的水位不能低于液位计下端的红线。热水预热的温度不宜过高。一般在 40℃～50℃ 间为宜。

(2)V_{20}(m^3/h)即冷水流量计读数应从小到大进行实验比较好。

(3)实验过程中一定要随时调节冷水贮槽补充水的流量,保持水溢流,一方面要防止抽干,也要防止冒顶溢出。

(4)要求每一组实验的 t_w 和 t_1 值保持不变。

2.6.3.5　报告内容及数据记录

(1)报告内容

①将实验数据输入计算机进行数据处理,并打印出结果。

②举例计算给热系数 a_c 和各准数及准数关联式的常数 A,m,并列出准数关联式。

③用双对数坐标纸绘制 $\dfrac{Nu}{Pr^n}$ 和 Re 的关系曲线。

④对实验结果和数据进行分析和讨论。

(2)数据记录

水—水传热原始数据记录表格

序号测算内容	1	2	3	4	5	6
V_{20}(m/h)						
E_W(mV)						
t_W(℃)						
E_1(mV)						
t_1(℃)						
E_2(mV)						
t_2(℃)						
$\Delta t = t_2 - t_1$(℃)						
$\bar{t} = (t_1 + t_2)/2$(℃)						
$\Delta t_m = t_m - \bar{t}$(℃)						
Q(kW)						
a_1(kW/m² · ℃)						
Nu						
$Nu/Pr^{0.4}$						
u(m/s)						
Re						
用图解法得关联式						

2.6.3.6　思考题

(1)在实验中有哪些因素影响实验的稳定性?

(2)若水—水换热器内已结垢,由本实验测得的 a_i 与经验公式 $Nu = 0.023Re^{0.8}Pr^{0.4}$ 中的 a_i 是否有不同之处?

(3)实验开始时,是否需要确定冷流体的最小流量?怎样确定?(提示:$Re \geqslant 1 \times 10^4$)

2.7　裸管与绝热管热交换膜系数的测定

2.7.1　实验目的

(1)测定三种蒸汽管的热损失速度。

(2)裸蒸汽管向周围无限空间的给热系数。

(3)固体保温材料的导热系数。

(4)空气(或真空)夹层保温管的等效导热系数。

2.7.2　实验原理及装置

(1)原理

①裸蒸汽管

如图 5-28 所示,当蒸汽管外壁温度 T_W 高于周围空间温度 T_a 时,管外壁将以对流和辐射两种方式向周围空间传递热量。在周围空间无强制对流的状况下,当传热过程达到定常

状态时,管外壁以对流方式给出热量的速度为

$$Q_c = \alpha_c A_W (T_W - T_a) \tag{1}$$

式中:A_W——裸蒸汽管外壁总给热面积,m^2;

α_c——管外壁向周围无限空间自然对流时的给热系数,

$W/m^2 \cdot K$。

管外壁以辐射方式给出热量的速率为

$$Q_R = C\varphi A_W \left[\left(\frac{T_W}{100} \right)^4 - \left(\frac{T_a}{100} \right)^4 \right] \tag{2}$$

式中:C——总辐射系数;

φ——角系数。

若将式(2)表达为与式(1)类同的形式,则式(2)可改写为

$$Q_R = \alpha_R A_W (T_W - T_a) \tag{3}$$

联立式(2)和式(3)可得:

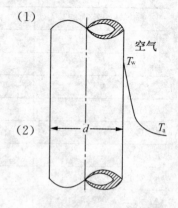

图 5-28　裸蒸汽管外壁
向空间给热时的温度分布

$$\alpha_R = \frac{C\varphi \left[\left(\frac{T_W}{100} \right)^4 - \left(\frac{T_a}{100} \right)^4 \right]}{T_W - T_a} \tag{4}$$

式中:α_R——管外壁向周围无限空间辐射的给热系数,$W/m^2 \cdot K$。

因此,管外壁向周围空间因自然对流和辐射两种方式传递的总给热速率为

$$Q = Q_c + Q_R \tag{5}$$

$$Q = (\alpha_c + \alpha_R) A_W (T_W - T_a) \tag{6}$$

令 $\alpha = \alpha_c + \alpha_R$ 则裸蒸汽管向周围无限空间散热时的总给热速率方程可简化表达为

$$Q = \alpha A_W (T_W - T_a) \tag{7}$$

式中:α——壁面向周围无限空间散热时的总给热系数,$W/m^2 \cdot K$。

它表征在定常给热过程中,当推动力$(T_W - T_a) = 1K$时,单位壁面积上给热速率的大小。α值可根据(7)式直接由实验测定。

由自然对流给热实验数据整理得出各种准数关联式,文献中已有不少记载。常用的关联式为

$$Nu = c(PrGr)^n \tag{8}$$

式中:Nu——努塞尔准数,$Nu = \frac{\alpha d}{\lambda}$;

Pr——普兰特准数,$Pr = \frac{c_p \mu}{\lambda}$;

Gr——格拉斯霍夫准数 $Gr = \frac{d^3 \rho^2 \beta g (T_W - T_a)}{\mu^2}$。

该式采用 $T_m = \frac{1}{2}(T_W - T_a)$ 为定性温度,管外径 d 为定性尺寸。

上列各准数 λ, ρ, μ, c_p 和 β 分别为在定性温度下的空气导热系数、密度、黏度、定压比热容和体积膨胀系数。

对于竖直圆管,式(7.8)中的 c 和 n 值:

当 $PrGr = (1 \times 10^{-3}) \sim (5 \times 10^2)$ 时,$c = 1.18$,$n = \frac{1}{8}$;

当 $PrGr=(5\times10^2)\sim(2\times10^7)$ 时,$c=0.54$,$n=\dfrac{1}{4}$;

当 $PrGr=(2\times10^7)\sim(1\times10^{13})$ 时,$c=0.135$,$n=\dfrac{1}{3}$。

②固体材料保温管

如图 5-29 所示,固体绝热材料圆壁的内径为 d,外径为 d',测试段长度为 L,内壁温度为 T_w,外壁温度 T'_w。则根据导热基本定律得出:在定常状态下,单位时间内通过该绝热材料层的热量,即蒸汽管加以固体材料保温后的热损失速率为

$$Q=2\pi L\lambda\frac{T_w-T'_w}{\ln\dfrac{d'}{d}} \tag{9}$$

式中,d,d' 和 L 均为实验设备的基本参数,只要实验测得 T_w,T'_w 和 Q 值,即可按上式得出固体绝热材料导热系数的实验测定值,即:

$$\lambda=\frac{Q}{2\pi L(T_w-T'_w)}\ln\frac{d'}{d} \tag{10}$$

③空气夹层保温管

在工业和实验设备上,除了采用绝热材料进行保温外,也常采用空气夹层或真空夹层进行保温。如图 5-30 所示,在空气夹层保温管中,由于两壁面靠得很近,空气在密闭的夹层内自然对流时,冷热壁面的热边界层相互干扰,因而空气对流流动受两壁面相对位置和空间形状及其大小的影响,情况比较复杂。并且它又是一种同时存在导热、对流和辐射三种方式的复杂的传热过程。对这种传热过程的研究,一方面对其传热机理进行探讨,另一方面从工程实用意义上考虑,更重要的是设法确定这种复杂传热过程的总效果。因此,工程上采用等效导热系数的概念,将这种复杂传热过程虚拟为一种单纯的导热过程。用一个与夹层厚度相同的固体层的导热作用等效于空气夹层的传热总效果。由此,通过空气夹层的传热速率则可按导热速率方程来表达,即:

$$Q=\frac{\lambda_f}{\delta}A_w(T_w-T'_w) \tag{11}$$

式中:λ_f——等效导热系数,W/m·K;

δ——夹层的厚度,m;

T_w、T'_w——空气夹层两边的壁面温度,K。

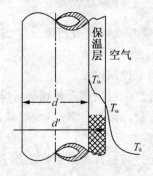

图 5-29 固体材料保温管的温度分布

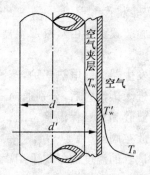

图 5-30 空气夹层保温管的温度分布

对于已知 d,d' 和 L 的空气夹层管,只要在定常状态下实验测得 Q,T_w 和 T'_w,即可按下式计算得到空气夹层保温管的等效导热系数:

$$\lambda_f = \frac{Q}{2\pi L(T_w - T'_w)} \ln \frac{d'}{d} \tag{12}$$

真空夹层保温管也可采用上述类同的概念和方法,测得等效导热系数的实验值。

对于通过空气夹层的热量传递曾有不少学者进行过大量的实验研究,并将实验结果整理成各种准数关联式。下列为其中一种形式:

$$\lambda_f / \lambda = c(PrGr)^n \tag{13}$$

当 $10^3 < (PrGr) < 10^6$ 时,$c=0.105$,$n=0.3$;

当 $10^6 < (PrGr) < 10^{10}$ 时,$c=0.40$,$n=0.3$。

该关联式以 $T_m = \frac{1}{2}(T_w - T'_w)$ 为定性温度,夹层厚度 δ 为定性尺寸。式中 λ_f / λ 为等效导热系数与空气的真实导热系数之比值。

④热损失速率

不论裸蒸汽管还是有保温层的蒸汽管,均可由实验测得冷凝液流量 m,单位是 kg/s 求得总的热损失速率:

$$Q_t = m_s r \tag{14}$$

式中:r——蒸汽的冷凝热,J/kg。

对于裸蒸汽管,由实测冷凝液流量按上式计算得到的总热损失速率 Q_t,即为裸管全部外壁面(包括测试管壁面、分液瓶和连接管的表面积之和)散热的给热速率 Q,即:

$$Q = Q_t$$

对于保温蒸汽管,由实测冷凝液流量按上式计算得到的总热损失速率 Q_t,应由保温测试段和裸露的连接管与分液瓶两部分组成的。因此,保温测试段的实际给热速率 Q 按下式计算:

$$Q = Q_t - Q_0 \tag{15}$$

式中:Q_0——测试管下端裸露部分所造成的热损失速率,其值为

$$Q_0 = \alpha A_{W0}(T_w - T_a) \tag{16}$$

其中:A_{W0}——测试管下端裸露部分(连接管和分液瓶)的外表面积,m²;

α,T_w 和 T_a——分别由裸蒸汽管实验测得。

(2)实验装置

本实验装置主要由蒸汽发生器、蒸汽包、测试管和测量与控制仪表四部分组成,如图5-31所示。

蒸汽发生器为一电热锅炉,蒸汽压力和温度由控压调节控制仪控制。

蒸汽进入蒸汽包后,分别通向三根垂直安装的测试管。三根测试管依次为裸蒸汽管、固体材料保温管和夹层保温管。测试管内的蒸汽冷凝后,冷凝液流入分液瓶,少量蒸汽和不凝性气体由放空阀排出。

各测试管的温度测量均采用铜—康铜感温元件,并通过转换开关由数字电压表显示。

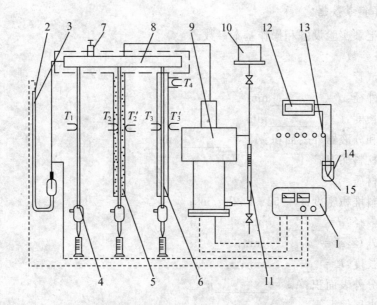

图 5-31　实验流程图

1.控压仪;2.控压探头;3.单管水柱压力计;4.裸管;5.固体材料保温管;6.空气夹层保温管;

7.放空阀门;8.蒸汽包;9.蒸汽发生器;10.注水槽;11.液位计;12.数字电压表;

13.转换开关;14.冷阱;15.热电偶

2.7.3　实验步骤

(1)实验测定前,向蒸汽发生器中注入适量软水,加入量约为发生器上部汽化室总高度的 $50\% \sim 60\%$,器内液面切勿低于下部加热室上沿。

(2)将单管压力计上控压元件放置在适当部位(一般将蒸汽压力控制在标尺的 $300 \sim$ 500mm 处)

(3)略微开启蒸汽包上的放空阀(用以排除不凝性气体),然后打开电源开关,将电压调至 200V 左右,开始加热蒸汽发生器。

(4)当蒸汽压力接近控制点时关闭蒸汽包放空阀,仔细调节电压和电流,使蒸汽压力控制恒定[一般压力波动不大于 $49Pa(5mmH_2O)$]。一般情况下,上限电压可调到 $60 \sim 80V$,上下限相差 20V 左右为宜。

(5)待蒸汽压和各点温度维持不变,即达到稳定状态后,再开始各项测试操作。在一定时间间隔内,用量筒量取蒸汽冷凝量,并重复 $3 \sim 4$ 次取其平均值。同时分别测量室温、蒸汽压强和测试管上的各点温度等有关数据。

2.7.4　实验注意事项

(1)在实验过程中,应特别注意保持状态的稳定。尽量避免测试管周围空气的扰动,例如随意开关门和人员走动都会对实验数据的稳定性产生影响。

(2)实验过程中,随时监视蒸汽发生器的液位计,以防液位过低而烧毁加热器。

(3)实验结束时,应将全部放空阀打开,再停止加热。

2.7.5 计算参考数据

测量并记录实验设备和操作基本参数。

(1)设备参数

①裸蒸汽管

蒸汽管外径:$d=$_____ mm

蒸汽管长度:$L=$_____ mm

连接管和分液器外表面积:$A_{w0}=$_____ m^2。

②固体材料保温管

保温层材质:

保温材料堆积密度:$\rho_b=54\sim252$kg/m^3;

保温层内径:$d=$_____ mm;

保温层外径:$d'=$_____ mm;

保温层长度:$L=$_____ mm;

裸管部分外表面积:$A_{w0}=$_____ m^2

③空气夹层保温管

蒸汽管外径:$d=$_____ mm;

外套管外径:$d'=$_____ mm;

保温层长度:$L=$_____ mm;

裸管部分外表面积:$A_{w0}=$_____ m^2

(2)操作参数

蒸汽压力计读数:$R=$_____ Pa;

蒸汽压强:$P=$_____ Pa;

蒸汽温度:$T=$_____ ℃;

蒸汽冷凝热:$r=$_____ J/kg。

2.7.6 思考题

(1)分析影响三种蒸汽管的热损失速度的因素。

(2)为什么实验结束时,要将全部放空阀打开,再停止加热?

2.8 透明膜精馏塔的操作与塔效率的测定

2.8.1 实验目的

(1)了解精馏塔系统的结构和操作方法。

(2)学会识别精馏塔内出现的几种操作状态,并分析这些操作状态对塔性能的影响。

(3)学习精馏塔性能参数的测量方法。

(4)观察冷模塔内各种正常和不正常的操作状况。

(5)在全回流的实验条件下,测定塔的总板效率。

(6)在一定回流比的实验条件下,测定塔的总板效率。

2.8.2 实验原理及装置

(1)原理

对于二元物系,如已知其气液平衡数据,则根据精馏塔的原料液组成,进料热状态,操作回流比及塔顶馏出液的组成,塔底釜液组成可以求得该塔的理论板层数 N_T,板式塔的总板效率 E_T(又称全塔效率)是指达到指定分离效果所需理论板层数 N_T 与实际板层数 N_P 的比值。

$$E_T = \frac{N_T}{N_P} \times 100\% \tag{1}$$

精馏塔理论板数的确定在本实验中采用图解法中的直角梯级法。该法是在直角坐标纸上给出待分离的双组分混合物的 $Y-X$ 平衡曲线,并作出对角法,然后再作出精馏段的操作线和提馏段的操作线,最后在操作线和平衡线之间作直角梯级,每一个直角梯级代表一个理论板。

精馏塔精馏段的操作线方程为

$$y = \frac{R}{R+1} X + \frac{X_D}{R+1} \tag{2}$$

式中:R——回流比;

X_D——塔顶馏出液组成。

在全回流条件下,$R=\infty$,则操作线方程变为

$$Y = X \tag{3}$$

精馏塔提馏段的操作线由精馏塔 q 线方程(或称进料方程)来确定。其 q 线方程为:

$$Y = \frac{q}{q-1} X - \frac{X_F}{q-1} \tag{4}$$

式中:X_F——进料液组成;

q——进料热状况参数。

当进料为冷液体时,q 的计算式可写成:

$$q = \frac{C_{pm}(t_{BP}-t_F)+r_m}{r_m} \tag{5}$$

式中:t_F——进料温度,℃;

t——进料的泡点温度,℃;

C_{pm}——进料液体在平均温度$(t_F+t_{BP})/2$下的比热,kJ/(kmol・℃);

R_m——进料液体在其组成和泡点温度下的汽化潜热,kJ/kmol。

$$C_{pm} = C_{p1} M_1 X_1 + C_{p2} M_2 X_2 \tag{6}$$

$$r_m = r_1 M_1 X_1 + r_2 M_2 X_2 \tag{7}$$

式中:C_{P1},C_{P2}——分别为纯组分 1 和纯组分 2 在平均温度$(t_F+t_{BP})/2$下的比热,kJ/(kg・℃);

r_1,r_2——分别为纯组分 1 和纯组分 2 在泡点温度下的汽化潜热,kJ/kg;

M_1,M_2——分别为纯组分 1 和纯组分 2 的千摩尔质量,kg/kmol;

X_1,X_2——分别为组分 1 和组分 2 在进料中的摩尔分率。

(2)实验装置

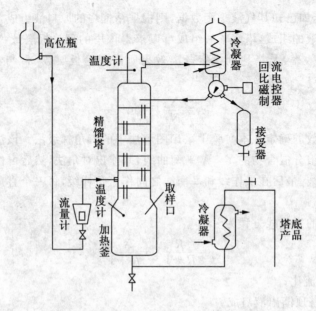

图 5-32　透明膜精馏实验流程示意图

设备结构及尺寸

①主体设备:再沸器和塔体是由透明膜加热管制成,塔体直径中 $\varnothing 50 \times 2mm$,高度 800mm,板间距 64mm,板数 7 块,筛板型孔径 1.6mm,降液管 $\varnothing 8 \times 1.5mm$ 圆形管,塔釜直径 $\varnothing 100 \times 2mm$,高度 300mm,不锈钢制,塔顶冷凝器直径 $\varnothing 70 \times 2mm$,高度 300mm,玻璃制。

②设备操作参数(仅供参考)

序号	名　称		数据范围	说　　明
1	塔釜加热	电压(V)	90~110	用调压器调压,指示的功率约为实际功率的 1/2~2/3
		电流(A)	3.0~3.5	
2	塔身保温	电压(V)	40 左右	
		电流(A)	0.2~0.4	
3	回流比 R	全回流	∞	R 值可以任意调节
		部分回流	4	
4	塔顶温度(℃)		78~82	
5	操作稳定时间(min)		25~30	正常操作稳定时间各操作参数值维持不变

③物系是乙醇—正丙醇(要求化学或分析纯)

乙醇—正丙醇与温度的 $t—X—Y$ 关系

$t(℃)$	97.60	93.85	92.66	91.60	88.32	86.25	84.98	84.13	86.06	80.59	78.38
X	0	0.126	0.188	0.210	0.358	0.461	0.546	0.600	0.663	0.844	1.0
Y	0	0.240	0.318	0.349	0.550	0.650	0.711	0.760	0.799	0.914	1.0

注:均以乙醇摩尔分率表示,X—液相,Y—气相。

料液浓度:15％～25％(乙醇质量百分数)其浓度分析用阿贝折光仪,其折光指数与溶液浓度的关系见下表。

对30℃下质量分率与折光计读数之间关系也可按下列回归式计算:

$$W=58.844116-42.61325n_D$$

其中 W 为乙醇的质量分率,n_D 为折光计读数(折光指数)由质量分率求摩尔分率(X_A):

$$X_A=\frac{W_A/M_A}{\frac{W_A}{M_A}+\frac{(1-W_A)}{M_B}}$$

其中,乙醇分子量 $M_A=46$,正丙醇分子量 $M_B=60$。

15％～25％(乙醇质量百分数)其浓度分析用阿贝折光仪,其折光指数与溶液浓度的关系表

乙醇质量浓度	0	0.05052	0.09985	0.1974	0.2950	0.3977	0.4970	0.5990
25℃	1.3827	1.3815	1.3797	1.3770	1.3750	1.3730	1.3705	1.3680
30℃	1.3809	1.3796	1.3784	1.3759	1.3755	1.3712	1.3690	1.3668
35℃	1.3790	1.3775	1.3762	1.3740	1.3719	1.3692	1.3670	1.3650
浓度	0.6445	0.7101	0.7983	0.8442	0.9064	0.9509	1.000	
25℃	1.3667	1.3658	1.3640	1.3628	1.3618	1.3606	1.3589	
30℃	1.3657	1.3640	1.3620	1.3607	1.3593	1.3584	1.3574	
35℃	1.3634	1.3620	1.3600	1.3590	1.3573	1.3653	1.3551	

2.8.3 实验步骤

(1)实验前准备工作

①将阿贝折光仪配套的超级恒温水浴调整。运行到所需要的温度(30℃),并记录。

②配制一定浓度的乙醇—正丙醇混合液,倒入高位瓶。

③打开进料转子流量计阀门,向再沸器加料到汽液分离器的 $\frac{1}{3}$～$\frac{1}{2}$ 高度(或向精馏釜加料到指定的高度)为止。

(2)全回流操作

向塔顶冷凝器通入冷却水,接通加热电源对再沸器进行缓慢加热(每15分钟开压30～40V),等再沸器内液体开始沸腾时塔体保温电路接通(保温电压以壁面刚好不出现凝液为宜,整个过程中保温电压保持不变),再缓慢地提高再沸器的加热电压,注意观察塔内气液接触状况,当塔内出现液泛现象时,适当地降低再沸器的加热电压使塔内维持正常操作状态。当操作稳定时(塔顶温度保持恒定),记录加热电压,塔顶温度等数据,并用注射器分别在塔顶、塔底同时取样,并用阿贝折光仪测量样品浓度,测定全回流下 X_D,X_w。

(3)部分回流操作

向塔底冷却器通入冷却水、调节进料转子流量计阀,以 2~3L/h 的流量向塔内加料,控制调节回流比为 4,用塔顶产品接收器收集馏出液。塔釜产品由溢流管到中间贮液罐,然后经过冷却器,自动出料管出料,实验中利用自由溢流装置维持再沸器液面高度稳定,以达到物料平衡,待操作达到稳定后,记录加热电压,塔顶温度等有关数据,并分别在塔顶、塔底、进料同时取样测定,测定部分回流下 X_D,X_w,X_F,记录原料温度。

(4)实验结束后停止加热进料,关闭冷却水,一切复原。

2.8.4　注意事项

(1)本实验过程中,要特别注意安全,严禁直接接触透明膜加热管,以免发生触电事故。

(2)小型玻璃塔实验设备全部由玻璃制成,在加热时应注意加热不要过快,以免玻璃发生炸裂。

(3)开车时应先供冷凝器的冷却水,再向塔釜加热,停车时则反之。

2.8.5　报告内容

(1)计算全回流条件下的总板效率。

(2)计算回流比等于 4 的实验条件下的总板效率。

(3)利用本实验的数据,讨论回流比对精馏塔顶产品的质量的影响。

2.8.6　思考题

(1)总板效率和单板效率会不会超过 100%？为什么？

(2)阿贝折光仪的读数是否只随样品的浓度而变？使用阿贝折光仪要注意什么问题？

(3)在小型透明膜精馏塔以一定回流比作部分回流操作时,若进料的流量过大或过小,会产生什么问题？

(4)在板式塔中,气体、液体在塔内流动中,可能会出现哪几种操作现象？

(5)怎样判断精馏塔内的操作是否正常合理？怎样判断塔内的操作是否处于稳定状态？

2.9　筛板精馏塔实验

2.9.1　实验目的

(1)了解连续精馏塔的基本结构及流程。

(2)掌握连续精馏塔的操作方法。

(3)学会板式精馏塔全塔效率、单板效率和填料精馏塔等板高度的测定方法。

(4)确定部分回流时不同回流比对精馏塔效率的影响。

(5)观察精馏过程中汽液两相在塔板上的接触情况。

(6)掌握灵敏板的工作原理及其作用。

2.9.2　实验原理及装置

(1)原理

①全塔效率 E_T

全塔效率 $E_T = N_T/N_P$，其中 N_T 为塔内所需理论板数，N_P 为塔内实际板数。板式塔内各层塔板上的气液相接触效率并不相同，全塔效率简单反映了塔内塔板的平均效率，它反映了塔板结构、物系性质、操作状况对塔分离能力的影响，一般由实验测定。

式中 N_T 由已知的双组分物系平衡关系，通过实验测得塔顶产品组成 X_D、料液组成 X_F、热状态 q、残液组成 X_W、回流比 R 等，即能用图解法求得。

②单板效率 E_M

是指气相或液相经过一层实际塔板前后的组成变化与经过一层理论塔板前后的组成变化的比值。

③等板高度（H_{ETP}）

等板高度（H_{ETP}）是指与一层理论塔板的传质作用相当的填料层高度。它的大小取决于填料的类型、材质与尺寸，受系统物性、操作条件及塔设备尺寸的影响，一般由实验测定。对于双组分物系，根据平衡关系，通过实验测得塔顶产品组成 X_D、料液组成 X_F、热状态 q、残液组成 X_W、回流比 R 和填料层高度 Z 等有关参数，用图解法求得理论板数后，即可确定：$H_{ETP} = Z/N_T$。

（2）实验装置

本实验装置为筛板塔，其特征数据如下：

①不锈钢筛板塔

塔内径 $D_内 = 68\text{mm}$，塔板数 $N_P = 10$ 块。塔釜液体加热采用电加热，塔顶冷凝器为盘管换热器。供料采用磁力驱动泵进料。

筛板精馏塔实验装置如图 5-33 所示。

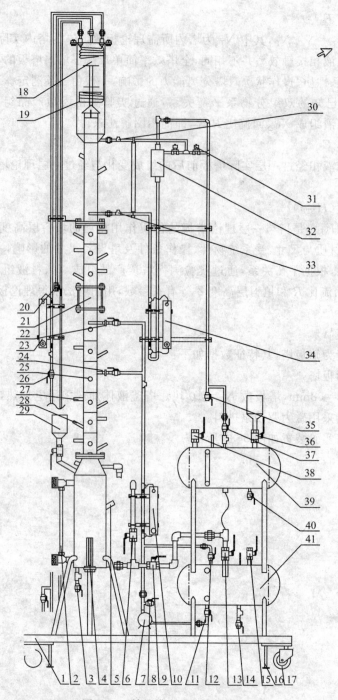

图 5-33 精馏塔实验装置流程图

1.可移动框架;2.塔釜液位指示器;3.塔釜排污阀;4.电加热管;5.塔釜温度传感器;6.阀 1;7.进料泵;8.进料取样口;9.阀 2;10.进料转子流量计;11.阀 3;12.阀 4;13.阀 5;14.原料罐排污阀;15.原料罐排空阀;16.禁锢脚;17.移动轮子;18.冷凝器;19.冷凝盘管;20.塔顶排气管;21.玻璃视盅;22.进料阀门 1;23.冷却水阀门;24.进料口阀门 2;25.塔板温度传感器(共 9 层);26.冷却水调节阀门;27.液相取样口;28.气相取样口;29.塔釜加料漏斗;30.塔顶出料温度传感器;31.回流分配器电磁阀;32.回流缓冲罐;33.回流温度传感器;34.回流转子流量计;35.成品取样口;36.成品罐排空阀;37.阀 6;38.阀 7;39.成品罐;40.成品罐排污阀;41.原料罐

②仪表控制板

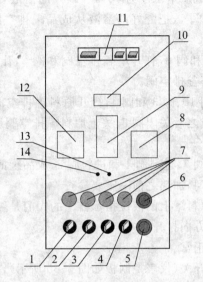

图 5-35　仪表控制板

1.仪表电源开关;2.回流比电源开关;3.进料泵电源开关;4.循环泵电源开关;5.加热管停止按钮;

6.加热管启动按钮;7.指示灯;8.回流比控制仪表;9.温度巡检仪;10.加热管电压表;11.空气开关组;

12.塔釜温度控制仪;13.塔釜温度手动调节旋钮;14.温度手自动切换开关

2.9.3　实验步骤

(1)配料(配料管路如图 5-34 所示)

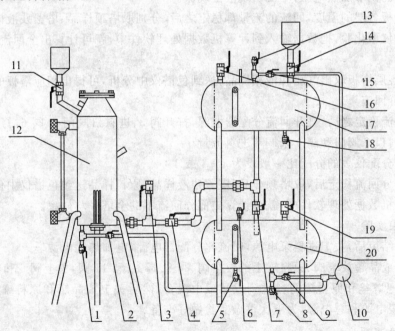

图 5-34　配料管路图

1.塔釜排污阀;2.阀 8;3.阀 9;4.阀 2;5.阀 3;6.阀 4;7.阀 5;8.原料罐排污阀;9.阀 10;

10.循环泵;11.塔釜排空阀;12.塔釜;13.阀 6;14.成品罐排空阀;15.阀 11;

16.阀 7;17.成品罐;18.成品罐排污阀;19.原料罐排空阀;20.原料罐

①把纯净水和酒精配置成质量浓度为 $16\% \sim 19\%$ 的溶液,关闭成品罐排污阀、阀5、阀2、阀1,打开成品罐排空阀和阀7,把配好的溶液从成品罐排空阀上的漏斗加至成品罐 2/3 以上。

②关闭阀9、塔釜排污阀和阀8,打开塔釜排空阀和阀2,让溶液从成品罐流入塔釜中,至塔釜 2/3 处,关闭阀2和塔釜排空阀。

③关闭原料罐排空阀、阀10、阀3和阀4,打开原料罐排空阀和阀5让成品罐中剩下的溶液全部流到原料罐中,完成之后关闭阀5,关上原料罐排空阀剩很小一个缝。

（2）加热

①打开阀6,关上阀11、阀7、进料阀1和进料阀2,成品罐的排空阀开一个很小的缝。

②打开塔顶排气管的阀门,加热之前一定要检查。

③检查塔釜、成品罐和原料罐上的液位指示器上的阀门是否打开,没有打开的一定要打开,顺时针方向关闭,逆时针方向打开。

④检查冷却水流通是否正常。

⑤打开控制柜上的电源开关（仪表控制板如图 5-35 所示）,把加热管手自动转换开关转到手动,把电加热罐手动调节旋钮轻轻按逆时针方向旋到底。打开仪表电源,仪表电源指示灯亮,轻轻按一下电加热管启动按钮。启动指示灯亮。按顺时针方向轻轻旋转电加热管调节按钮,电压表的电压缓缓升起,把电压调到 $100 \sim 150\text{V}$ 之后开始加热。

（3）全回流

①当加热到玻璃视盅中的塔板有蒸汽上升时,适当打开冷却水调节阀门。

②适当的调节加热电压,不要出现液泛现象。

③待塔板各层的温度,回流的流量都稳定之后,分别取塔顶样品、塔釜残液样品、原料样品送到色谱仪中化验,把数据输入到计算机数据处理软件中,就可计算出全回流下的全塔平均效率。

（4）从各层塔板取出气相和液相样品,送到色谱仪中分析,可得出相应塔板的单板效率。

（5）部分回流

①全回流稳定之后,打开回流分配器电源,打开阀3、进料口阀门2、阀6,打开进料泵电源,调节进料口2阀门和阀4来调节进料流量。

②回流分配仪表的分配比一般设为 1:4 或 1:3。

③待部分回流稳定后,取塔顶样品、塔釜残液样品、原料样品送到色谱仪中化验,把数据输入到计算机数据处理软件中,就可计算出部分回流下的全塔平均效率。

（6）结束实验

①实验结束后,关上进料泵电源,回流比分配器电源,电加热罐电源。

②打开成品罐放空阀、原料罐上的放空阀、阀8、阀10和11阀,关上阀6和阀3,打开循环泵电源,把塔釜和原料罐的料送到成品罐中混合,然后关上成品罐和原料罐上的所有阀门,关上仪表电源和总电源,为下次重做实验做好准备。

2.9.4　注意事项

（1）实验前,必须手动（电压为 100V）给釜中缓缓升温,30min 后再进行塔釜温度手动控制,否则会因受热不均而导致玻璃视盅炸裂。

（2）塔顶放空阀一定要打开。

（3）料液一定要加到设定液位 2/3 处方可打开加热管电源，否则塔釜液位过低会使电加热丝露出干烧致坏。

（4）部分回流时，进料泵电源开启前务必打开进料阀，否则会损害进料泵。

2.9.5　思考题

（1）测定全回流和部分回流总板效率（或等板高度）与单板效率时各需测几个参数？取样位置在何处？

（2）在全回流时，测得板式塔上第 n、$n-1$ 层液相组成后，能否求出第 n 层塔板上的以气相组成变化表示的单板效率？

（3）查取进料液的汽化潜热时定性温度取何值？

（4）若测得单板效率超过 100%，作何解释？

（5）试分析实验结果成功或失败的原因，提出改进意见。

2.10　填料塔间歇精馏实验

2.10.1　实验目的

（1）观察填料精馏塔精馏过程中气、液流动现象。

（2）掌握实验测定填料等板高度的方法。

（3）研究回流比对精馏操作的影响。

2.10.2　实验原理及装置

（1）原理

填料精馏塔分离能力的影响因素众多，大致可归纳为三个方面：物性因素（如物系及其组成，气液两相的物理性质等），设备结构因素（如塔径与塔高，填料的型式规格、材质和填充方法等）和操作因素（如蒸气速度和回流比等）。在既定的设备和物系中，填料的分离性能通常采用在全回流下测定填料的等板高度（H_{ETP}）。因为在全回流下，对于一定填料高度的精馏柱，所得的理论塔板数最多，也即填料的等板高度达最小值。此时测定填料的分离能力，可免去回流比的影响，便于达到准确一致的标准。

在全回流下，理论塔板数的计算可采用由逐板计算法导出的芬斯克（Fenske）公式，即：

$$N_{t0} = \frac{\ln\left[\left(\dfrac{x_d}{1-x_d}\right)\left(\dfrac{1-x_w}{x_w}\right)\right]}{\ln\alpha} - 1 \tag{1}$$

式中：N_{t0}——全回流下的理论塔板数；

x_d——塔顶回流液的组成，摩尔分数；

x_w——塔釜残液的组成，摩尔分数；

α——塔顶和塔底状态下相对挥发度的几何平均值，即 $\alpha = \sqrt{\alpha_d \alpha_w}$。

上式中 N_{t0} 已扣除了相当于一块理论塔板的塔釜。在实验中，若不采用塔釜液相采样，而采用塔釜气相采样，则式中 x_w 用 y_w 代替，式（1）不必减 1。

被测填料的等板高度可按下式计算：

$$h_e = \frac{h}{N_{t0}} \tag{2}$$

式中：h_e——等板高度，即表示分离效果相当于一块理论塔板的填料高度；

h——填料层实际填充高度。

在全回流下，填料的等板高度值，还受蒸气上升速度的影响，改变蒸气上升速度，可测得等板高度与蒸气上升速度的关系。

蒸气上升速度通常采用空塔速度。在全回流下，空塔速度 u_0 可按下式计算：

$$u_0 = \frac{L_1 \rho_1}{S \rho_V} \tag{3}$$

式中：u_0——回流液的流率，$\mathrm{m^3/s}$；

S——空塔横截面积，$\mathrm{m^2}$；

ρ_1, ρ_V——回流液和蒸气的密度，$\mathrm{kg/m^3}$，其值为

$$\rho_1 = \frac{1}{\dfrac{\omega_A}{\rho_A} + \dfrac{\omega_B}{\rho_B}} = \frac{M_A x_A + M_B(1 - X_A)}{\dfrac{M_A x_A}{\rho_A} + \dfrac{M_B(1 - x_A)}{\rho_A}} \tag{4}$$

$$\rho A = \frac{p \overline{M}}{RT} = \frac{p[M_A x_A + M_B(1 - x_A)]}{RT} \tag{5}$$

其中：ω_a, ω_B——回流液中 A 和 B 组分的质量分数；

ρ_A, ρ_B——在回流温度下，纯组分 A 和 B 的密度，$\mathrm{kg/m^3}$；

p——塔内操作压强，Pa；

T——塔内蒸气相的平均温度，K；

R——气体常数，$\mathrm{J/(mol \cdot K)}$；

$\overline{M}$——上升蒸气的平均摩尔质量，$\mathrm{kg/mol}$；

M_A, M_B——A 和 B 组分的摩尔质量，$\mathrm{kg/mol}$；

x_A——回流液中 A 组分的摩尔分数。

（2）实验装置

本实验装置由填料精馏塔和精馏塔控制仪两部分组成。实验装置的流程及其控制线路如图 5-36 所示。

填料精馏塔由直径为 25mm，填充高度为 300mm 的精馏柱，分馏头和容积为 1500～2000mL 的蒸馏釜三部分组成。蒸馏釜用电加热。分馏头中的冷凝器用水冷却。适当调节冷却水量，控制回流液的温度。回流液量由小量筒测量。

精馏塔控制仪中的光电釜压控制器，用调节釜压的方法控制蒸馏的加热强度，即控制蒸发量上升蒸气的流速。用温度计测量柱顶蒸气温度、回流液温度和釜残液温度。

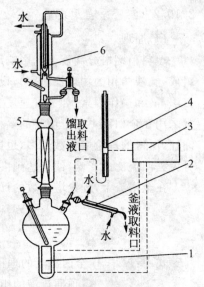

图 5-36 间歇精馏测定填料性能的实验装置流程

1.蒸馏釜；2.冷凝器；3.控压仪；
4.单管压力计；5.精馏柱；6.分馏头

2.10.3 实验步骤

本实验采用正庚烷和甲基环己烷物系，并配制成体积 1：1 二元混合液作为标准试验液，或者采用乙醇和正丙醇物系，并配制成体积 1：12 作为试验液（乙醇摩尔浓度为 5%～10%）。

（1）实验准备和预实验步骤

①将配制好的试验液加入蒸馏釜内，装入量大约 1500mL。

②向冷凝器通入少量冷却水，然后打开电源开关，逐步调大塔釜加热电压，将料液缓慢加热至沸。

③料液沸腾后，先使预液泛一次，以保证填料完全被润湿。并记下液泛时的釜压，将其作为选择实验操作条件的依据。

④预液泛后，将加热电压调回至零。待填料层挂液全部流回釜内后，才能重新开始实验。

（2）实验操作步骤

①在液泛釜压以下选取 5～6 个数据点，按序将光电管定位在预定的压强上，打开电源开关，开始加热。

②在每一预定釜压下，全回流 40min 以上，待操作状态完全稳定后，测量各点温度并从柱顶和釜内取出样品，用阿贝折射仪进行测定，取得塔顶和塔底样品的组成数据。

③每次采样完毕，同时测定回流液流量。回流液流量的测定方法：先关闭回流液旋塞，接着打开馏出液采取口旋塞，然后用秒表记录量筒中积累一定冷凝液量所需时间。

2.10.4　注意事项

（1）在采集分析试样前一定要有足够的稳定时间，只有当观察到各点温度和压差恒定后，才能采样分析，并以分析数据恒定为准。

（2）回流液的温度一定要控制恒定，尽量接近柱顶温度。关键在于冷却水的流量要控制适当，并保持恒定。

（3）预液泛不要过猛，以免影响填料层的填充密度，更切忌将填料冲出塔柱。

（4）实验毕，应先切断电源，待物料冷却后再停冷却水。

2.10.5　计算参考数据

测定并记录实验设备和试验料液的基本参数：

（1）填料塔的基本参数

填料塔的内径：$d=$ _____ mm；

填料塔层的高度：$h=$ _____ mm；

填料比表面积：$\alpha=$ _____ m^2/m^3；

填料层的空隙率：$\varepsilon=$ _____ ；

填料层的堆积密度：$\rho_b=$ _____ kg/m^3；

单位容积内填料个数：$n=$ _____ 个$/m^3$。

（2）试验液及其物性数据

1）试验混合液的物系：A _____ ，B _____ 。

2）试验混合液的配比：

各纯组分的摩尔质量：$M_A=$ _____ ，$M_B=$ _____ ；

各纯组分的沸点：$T_A=$ _____ ，$T_B=$ _____ ；

各组分的折射率（25℃）：$D_A=$ _____ ，$D_B=$ _____ 。

2.10.6 思考题

(1)为什么回流液的温度一定要恒定？

(2)影响填料精馏塔分离能力的因素有哪些？

2.11 吸收实验

2.11.1 丙酮填料吸收塔的操作及吸收传质系数的测定

2.11.1.1 实验目的与内容

(1)了解填料吸收塔的结构和流程；

(2)了解吸收剂进口条件的变化对吸收操作结果的影响；

(3)掌握吸收总传质系数 $K_{y,a}$ 的测定方法；

(4)测定吸收剂用量与气体进出口浓度 y_1，y_2 的关系；

(5)测定气体流量与气体进出口浓度 y_1，y_2 的关系；

(6)测定吸收剂及气体温度与气体进出口浓度 y_1，y_2 的关系。

2.11.1.2 实验原理及装置

(1)原理

吸收是分离混合气体时利用混合气体中某组分在吸收剂中的溶解度不同而达到分离的一种方法。不同的组分在不同的吸收剂、吸收温度、液气比及吸收剂进口浓度下,其吸收速率是不同的。所选用的吸收剂对某组分具有选择性吸收。

①吸收总传质系数 $K_{y,a}$ 的测定

传质速率式：
$$N_A = K_{y,a} V_填 \Delta Ym \tag{1}$$

物料衡算式：
$$G_空(Y_1 - Y_2) = L(X_1 - X_2) \tag{2}$$

相平衡式：
$$Y = mX \tag{3}$$

式(1)和式(2)联立得：
$$K_{y,a} = \frac{G_空}{V_填} \frac{(Y_1 - Y_2)}{\Delta Y_m} \tag{4}$$

由于实验物系是清水吸收丙酮,惰性气体为空气,气体进口中丙酮浓度 $y_1 > 10\%$,属于高浓度气体吸收,所以：

$$Y_1 = \frac{y_1}{1-y_1}; Y_2 = \frac{y_2}{1-y_2}$$

式中：$G_空$——空气的流量(由装有测空气的流量计测定),kmol/m² · h；

$V_填$——与塔结构和填料层高度有关。

其中：
$$\Delta Y_m = \frac{(Y_1 - mX_1) - (Y_2 - mX_2)}{\ln \frac{Y_1 - mX_1}{Y_2 - mX_2}} \tag{5}$$

$$X_2 = 0; X_1 = \frac{G_空}{L}(Y_1 - Y_2)$$

式中：L——吸收剂的流量(由装有测吸收剂的流量计测定),kmol/m² · h；

m——相平衡常数(由吸收剂进塔与出塔处装的温度计所测温度确定),吸收温度：

$$t = \frac{t_进 + t_出}{2}$$

附:流量计校正公式为：

$$G = G_N \sqrt{\frac{P_N T}{P T_N}} (\text{L/h}) \quad (G_N \text{ 为空气转子流量计读数})$$

单位变换：$G_空 = \dfrac{n}{A} [\text{kmol/(m}^2 \cdot \text{h)}]$（其中 A 为塔横截面积，$n = \dfrac{PG}{RT}$）

$L = \dfrac{L_0}{M_0 A} [\text{kmol/(m}^2 \cdot \text{h)}]$（其中 L_0 是水流量 l/h，M_0 是水的摩尔质量）

②吸收塔的操作

吸收操作的目标函数：y_2 或 $\eta = \dfrac{y_1 - y_2}{y_1}$

影响 y_2 的因素有设备因素和操作因素。

Ⅰ. 设备因素

a. 填料塔的结构

典型的填料塔结构为塔体是一圆形筒体，筒体内分层安放一定高度的填料层，填料层底端由搁栅支撑，液体分布器和液体再分布器将吸收剂均匀地分散至整个塔截面的填料上。液体靠重力自上而下流动，气体靠压差自下而上流动。填料的表面覆盖着一层液膜，气液传质发生在气液接触面上。

最早的填料由拉西发明，它是一段外径和高度相等的短管，时隔多年，又有了鲍尔环，阶梯环，弹簧填料，θ 环填料不锈钢金属丝网波纹填料，以及种类繁多的规整填料。评价填料特性的三个数字：

比表面积 $a(\text{m}^2/\text{m}^3)$ 越大越好；空隙率 ε 气体阻力尽可能小，ε 越大越好；单位堆积体积内的填料数目 n。

填料的作用：增加气液接触面积，应满足 80% 以上的填料润湿。

液体为分散相，气体为连续相（反之为鼓泡塔，失去填料的作用）。

增加气液接触面的湍动应满足：保证气液逆流；要有适宜的液气比，若气速过大，液体下降速度为零，即发生液泛。填料塔的操作满足了上述要求，填料才会起作用。

液体分布器的作用：较高的填料层，需分段安装液体再分布器；克服液体向壁偏流现象，为此，每隔一定高度的填料层，要装有液体再分布器；使填料均匀润湿，从而增加气液接触面积。

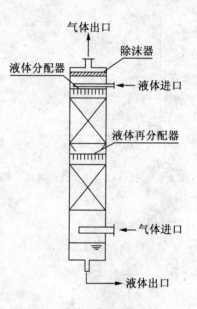

图 5-37　填料塔结构示意图

Ⅱ. 操作因素

本文所强调对于特定的吸收过程，改变 L, t, x_2 三要素对改善 y_2 所起的作用是不同的，即回答特定的吸收过程，三要素中哪一个是控制因素。

①当 $L/G > m$ 时，推动力 Δy_m 由操作线某一端靠近平衡线的那一头所决定，如图 5-38 所示。若增加吸收剂 L 的流量导致解吸超负荷，解吸不彻底，所引起的后果是吸收剂进口浓度 x_2 增加，从而使吸收后尾气浓度 y_2 也增加。针对这种情况，控制操作要素是降低 x_2。

其方法有两种：改善解吸塔的操作，采用一切能使解吸彻底的方法；增加新鲜吸收剂的用量。

②当 $L/G < m$ 时，若适当增加吸收剂流量，其一改善了操作线的斜率，如图 5-39 所示，

Δy_m 将增加；其二对液膜传质分系数的提高也有一定的贡献。如果物系属于液膜控制，此时的控制操作要素是适当增加吸收剂的流量 L。但是，L 的增加有适度的要求，一般为 $L/G=(1.1\sim2)(L/G)_{min}$，还应同时考虑再生设备的处理能力。

③当吸收系强放热过程时，意味着自塔顶而下，吸收液温度增加很大，甚至达到了解吸温度。此时的平衡线斜率变陡，传质推动力 Δy_m 下降，如图 5-40 所示。如用水来吸收 SO_3 制 H_2SO_4，第一步只能先制得 93％的硫酸，再用 93％硫酸冷却后吸收 SO_3，经脱去少量水，才制得 98％浓硫酸。因此，针对这种情况，控制操作要素是吸收剂温度 t，即吸收液需经中间冷却后再吸收。

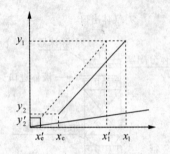
图 5-38　操作线与平衡线的关系

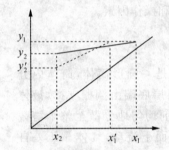
图 5-39　操作线与平衡线的关系

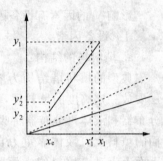
图 5-40　操作线与平衡线的关系

（2）实验装置
①设备流程图（图 5-41）

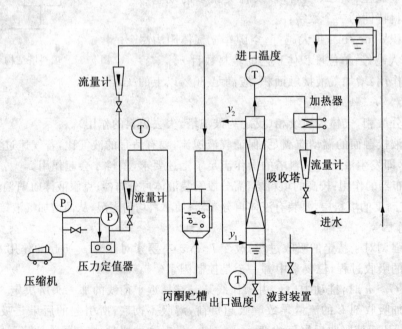

图 5-41　实验流程图

②主要设备仪表

管道加热器;吸收塔;丙酮鼓泡器;压力定值器;空气压缩机;流量计;测温仪表。

③主要设备参数

玻璃弹簧填料塔参数:塔径:35mm;填料高度:240mm;定值器参考设定压力:0.02～0.08MPa。

瓷拉西环填料塔参数:塔径:35mm;填料高度:400mm;定值器参考设定压力:0.02～0.08MPa。

用气相色谱测丙酮的操作条件(气相色谱仪 GC961T)

进样器温度:150℃　　　　　　　热导池温度:150℃

柱箱初始温度:150℃　　　　　　载气流量 A:刻度 5 左右

载气流量 B:刻度 5 左右　　　　电流:80MA

进样量(六通阀进样):25ML

2.11.1.3　实验步骤

(1)打开吸收剂计量流量计至刻度为 2L/h。

(2)打开空气压缩机,调节压力定值器至刻度为 0.02MPa,此压力足够提供气体流动的推动力,因为尾气排放直接放空。

(3)调节液封装置中的调节阀使吸收塔塔底液位处于气体进口处以下的某一固定高度。

(4)调节空气计量流量计至刻度为 400L/h。

(5)待稳定 10min 后,分别对气体进、出口 y_1、y_2 取样分析,为使实验数据准确起见,先取 y_2,后取 y_1;取样针筒应在取样分析前用待测气体洗二次,取样量近 30ml。

(6)当常温吸收实验数据测定完后,将吸收剂进口温度调节器打开,旋至电流刻度为 1.2A,待进、出口温度显示均不变时,取样分析。

2.11.1.4　注意事项

(1)室温大于 15℃时,空气不需加热,即可达到配料要求。若室温偏低,可预热空气使 y_1 达到要求。

(2)各仪表读数恒定 5min 以后,即可记录或取样分析有关数据,再按预先设计的实验方案调节有关参数。

(3)用微量针管取样时,应特别仔细,按老师要求操作。

2.11.1.5　实验报告的内容和要求

(1)数据采集完后用计算机进行处理。

(2)取一组数据进行示例计算,计算出 ΔY_m、η、$K_{y,a}$。

(3)对实验结果进行讨论和分析。

2.11.1.6　思考题

(1)从传质推动力和传质阻力两方面分析吸收剂流量和吸收剂温度对吸收过程的影响。

(2)从实验数据分析水吸收丙酮是气膜控制还是液膜控制,还是两者兼有之?

(3)填料吸收塔塔底为什么必须有液封装置,液封装置是如何设计的?

(4)将液体丙酮混入空气中,除实验装置中用到的方法外,还可有哪几种?

No	液相流量 (L/h)	气相流量 (L/h)	液相进口 温度(℃)	液相出口 温度(℃)	气相进口 浓度(mol%)	气相出口 浓度(mol%)
附表			原始数据记录表格			
1						
2						
3						
4						
5						

2.11.2 氨填料吸收塔的操作及吸收传质系数的测定

2.11.2.1 实验目的与内容

(1)了解填料吸收塔的结构和流程;

(2)了解吸收剂进口条件的变化对吸收操作结果的影响;

(3)掌握吸收总传质系数 $K_{y,a}$ 的测定方法。

(4)测量某喷淋量下填料层$(\Delta P/z)$—U 关系曲线;

(5)在一定喷淋量下,计算混合气体中氨组分为 0.02 摩尔比时的传质系数 $K_{y,a}$。

2.11.2.2 实验原理及装置

(1)原理

①总传质系数 $K_{y,a}$ 的测定

$$H_{OG} = \frac{V}{K_{y,a}\Omega} \tag{1}$$

式中:v——空气的摩尔流量,mol/h;

$K_{y,a}$——传质系数,mol/m³·h;

Ω——塔的横截面积,m²;

H_{OG}——气相总传质单元高度,m。

由(1)可知:

$$K_{y,a} = \frac{V}{H_{OG} \cdot \Omega} \tag{2}$$

②气相总传质单元高度的 H_{OG} 的测定

$$H_{OG} = \frac{Z}{N_{OG}} \tag{3}$$

式中:Z——填料层总高度,m;

N_{OG}——气相总传质单元数。

③气相总传质单元数 N_{OG} 的测定

$$N_{OG} = \frac{y_1 - y_2}{\Delta Y_m} \tag{4}$$

式中:y_1——塔底气相浓度;

y_2——塔顶气相依度;

ΔY_m——平均浓度差。

④气相平均推动力 ΔY_m 的测定

$$\Delta Y_m = \frac{\Delta y_1 - \Delta y_2}{\ln(\Delta y_1 - \Delta y_2)} \tag{5}$$

$$\Delta y_1 = y_1 - y_2^* = y_1 - mx_1$$

$$\Delta y_2 = y_2 - y_2^* = y_2 - mx_2$$

⑤吸收塔的操作和调节

吸收操作的结果最终表现在出口气体的组成 y_2 上，或组分的回收率 η 上。在低浓度气体吸收时，回收率可近似用下式计算：

$$\eta = \frac{y_1 - y_2}{y_1} = 1 - \frac{y_2}{y_1} \tag{6}$$

吸收塔的气体进口条件是由前一工序决定的，控制和调节吸收操作结果的是吸收剂的进口条件：流率 L、温度 t、浓度 X 三个要素。

由吸收分析可知，改变吸收剂用量是对吸收过程进行调节的最常用的方法，当气体流率 G 不变时，增加吸收剂流率，吸收速率 N_A 增加，溶质吸收量增加，那么出口气体的组成 y_2 减小，回收度 η 增大。当液相阻力较小时，增加液体的流量，传质总系数变化较小或基本不变，溶质吸收量的增加主要是由于传质平均推动力 Δy_m 的增加而引起的，即此时吸收过程的调节主要靠传质系数大幅度增加，而平均推动力可能减小，但总的结果使传质速度增大，溶质吸收量增大。

吸收剂入口温度对吸收过程影响也甚大，也是控制和调节吸收操作的一个重要因素。降低吸收剂的温度，使气体的溶解度增大，相平衡常数减小。

对于液膜控制的吸收过程，降低操作温度，吸收过程的阻力 $\frac{1}{K_{ya}} = \frac{m}{K_{xa}}$ 将随之减小，结果使吸收效果变好，y_2 降低，而平均推动力 ΔYm 或许会减小。对于气相控制的吸收过程，降低操作温度，过程阻力 $\frac{1}{K_{ya}} = \frac{1}{k_{ya}}$ 不变，但平均推动力增大，吸收效果同样将变好。总之，吸收剂温度的降低，改变了相平衡常数，对过程阻力及过程推动力都产生影响，其总的结果使吸收效果变好，吸收过程的回收度增加。

吸收剂进口浓度 x_2 是控制和调节吸收效果的又一重要因素。吸收剂进口浓度 x_2 降低，液相进口处的推动力增大，全塔平均推动力也将随之增大而有利于吸收过程回收率的提高。

应当注意，当气液两相在塔底接近平衡（$\frac{L}{G} < m$），欲降低 y_2，提高回收率，用增大吸收剂用量的方法更有效，见图 5-42。但是，当气液两相在塔顶接近平衡时（$\frac{L}{G} > m$）提高吸收剂用量，即增大 $\frac{L}{G}$ 并不能使 y_2 明显的降低，只有用降低吸收剂入塔浓度 x_2 才是有效的，见图 5-43。

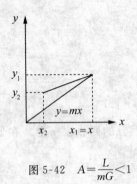

图 5-42 $A=\dfrac{L}{mG}<1$

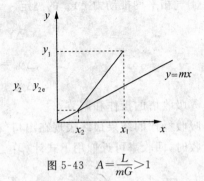

图 5-43 $A=\dfrac{L}{mG}>1$

(2)实验装置

①设备参数

鼓风机:XGE 型旋涡气泵,型号 2,最大压力 1176kPa,最大流量:75m³/h

填料塔:材质为硼酸玻璃管,内装 10mm×10mm×1.5mm 瓷拉西环,填料层高度 $Z=0.4$m

填料塔内径 $d=0.075$m

液氨瓶一个

②流量测量

空气转子流量计:型号:LZB-25;流量范围:2.5～25m³/h;精度:2.5%

水转子流量计:型号:LZB-6;流量范围:6～60L/m;精度:2.5%

③浓度测量

塔底吸收液浓度分析:定量化学分析仪一套。

塔顶尾气浓度分析:吸收瓶、量气瓶、水准瓶一套。

④实验流程图

实验流程见图 5-44 所示。

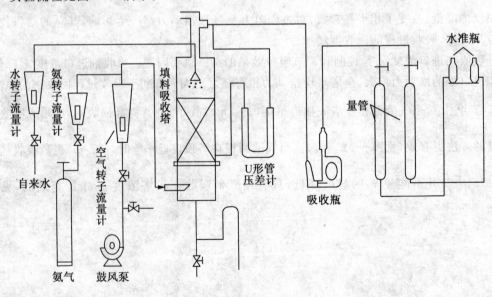

图 5-44 实验流程图

2.11.2.3　实验方法及步骤

(1)测量某喷淋量下填料层($\Delta P/Z$)—U关系曲线

先打开水的调节阀,使水的喷淋量为40L/h,后启动鼓风机,用空气调节阀调节进塔的空气流量,按空气流量从小到大的顺序读取填料层压降ΔP,转子流量计读数和流量计处空气温度,并注意观察塔内的操作现象,一旦看到液泛现象时记下对应的空气转子流量计读数。在对数坐标纸上标出液体喷淋量为40L/h时($\Delta P/Z$)—U关系曲线,确定液泛气速与观察的液泛气速相比较。

(2)测一定空气流量和水流量下的氨气的吸收效果

选择适宜的空气流量和水流量(建议水流量为30L/h),计算向进塔空气中送入的氨气流量,使混合气体中氨组分为0.02左右摩尔比。待吸收过程基本稳定后,记录各流量计读数和温度,记录塔底排出液的温度,并分析塔顶尾气及塔底吸收液的浓度。

(3)尾气分析方法

①排出两个量气管内空气,使其中水面达到最上端的刻度线零点处,并关闭三通旋塞。

②用移液管向吸收瓶内装入5mL浓度为0.005mol左右的硫酸并加入1～2滴甲基橙指示液。

③将水准瓶移至下方的实验架上,缓慢地旋转三通旋塞,让塔顶尾气通过吸收瓶,旋塞的开度不宜过大,以能使吸收瓶内液体以适宜的速度不断循环为限。从尾气开始通入吸收瓶起就必需始终观察瓶内液体的颜色,中和反应达到终点时立即关闭三通旋塞,在量气管内水面与水准瓶内水面齐平的条件下读取量气管内空气的体积。

若某量气管内已充满空气,但吸收瓶内未达到终点,可关闭对应的三通旋塞,读取该量气管内的空气体积,同时启用另一个量气管,继续让尾气通过吸收瓶。

④用下式计算尾气浓度Y_2

因为氨与硫酸中和反应式为:

$$2NH_3 + H_2SO_4 = (NH_4)_2SO_4$$

所以到达化学计量点(滴定终点时),被滴物的摩尔数n_{NH_3}和滴定剂的摩尔数$n_{H_2SO_4}$之比为:

$$n_{NH_3} : n_{H_2SO_4} = 2 : 1$$

$$n_{NH_3} = 2n_{H_2SO_4} = 2M_{H_2SO_4} \cdot V_{H_2SO_4}$$

$$Y_2 = \frac{n_{NH_3}}{n_{空气}} = \frac{2M_{H_2SO_4} \cdot V_{H_2SO_4}}{(V_{量气筒} \times T_0/T_{量气筒})/22.4}$$

式中:n_{NH_3},$n_{空气}$——分别为NH_3和空气的摩尔数;

　　$M_{H_2SO_4}$——硫酸溶液体积摩尔浓度,mol溶质/L溶液;

　　$V_{H_2SO_4}$——硫酸溶液的体积,mL;

　　$V_{量气筒}$——量气管内空气总体积,mL;

　　T_0——标态时绝对温度,2.73K;

　　T——操作条件下的空气绝对温度,K。

(4)塔底吸收液的分析方法

①当尾气分析吸收瓶达终点后即用三角瓶接取塔底吸收液样品,约200mL并加盖。

②用移液管取塔底溶液10mL置于另一个三角瓶中,加入2滴甲基橙指示剂。

③将浓度约为0.1N的硫酸置于酸滴定管内,用以滴定三角瓶中的塔底溶液至终点。

使雨水喷淋量保持不变,加大或减小空气流量,相应地改变氨流量,使混合气中的氨浓度与第一次传质实验时相同,重复上述操作,测定有关数据。

2.11.2.4　注意事项

(1)启动鼓风机前,务必先打开放空阀2。

(2)做传质实验时,水流量不可以超过 40L/h,否则尾气的氨浓度极低,给尾气分析带来麻烦。

2.11.2.5　数据记录与处理

(1)干填料时$(\Delta P/Z)$—U 关系测定

$L=0$　　　填料层高度 $Z=0.4$m　　　塔径 $D=0.075$m

序号	填料层高度 ΔP(mmH$_2$O)	单位高度填料层压降 $\Delta P/Z$ (mmH$_2$O)	空气转子流量计读数 (m³/h)	空气流量计处空气温度 t(℃)	对应空气的流量 V_h(m³/h)	空塔气速 u (m/s)
1						
2						
3						
...						

(2)喷淋量为 40L/h,$(\Delta P/Z)$—U 关系测定

序号	填料层高度 ΔP (mmH$_2$O)	单位高度填料层压降 $\Delta P/Z$(mmH$_2$O)	空气转子流量计读数 (m³/h)	空气流量计处空气温度 t(℃)	对应空气的流量 V_h(m³/h)	空塔气速 u (m/s)	塔内的操作现象
1							
2							
3							
...							

公式计算:

$$V_h=V_{转}\sqrt{\frac{273+t}{273+20}}$$

式中:$V_{转}$——空气转子流量计读数,m³/h;

　　　t——空气转子流量计处空气温度,℃。

(3)传质实验

被吸收的气体混合物:空气＋氨混合气;吸收剂:水;填料种类:瓷拉西环;填料尺寸:10mm×10mm×1.5mm;填料层高度:0.4m;塔内径:75mm

实验项目		1	2
空气流量	空气转子流量计读数(m³/h) 转子流量计处空气温度(℃) 流量计处空气的体积流量(m³/h)		
氨流量	氨转子流量计读数(m³/h) 转子流量计处氨温度(℃) 流量计处氨的体积流量(m³/h)		
水流量	水转子流量计读数(L/h) 水流量		
塔顶 Y_2 的测定	测定用硫酸的浓度(mol/L) 测定用硫酸的体积(mL) 量气管内空气总体积(mL) 量气管内空气温度(℃)		
塔底 X_1 的测定	滴定用硫酸的浓度(mol/L) 滴定用硫酸的体积(mL) 样品的体积(mL)		
相平衡	塔底液相的温度(℃) 相平衡常数(m)		

实验项目	1	2
塔底气相浓度 Y_1(kmol 氨/kmol 空气)		
塔顶气相浓度 Y_2(kmol 氨/kmol 空气)		
塔底液相浓度 X_1(kmol 氨/kmol 水)		
Y_{1*}(kmol 氨/kmol 空气)		
平均浓度差 ΔY_m(kmol 氨/kmol 空气)		
气相总传质单元数 N_{OG}		
气相总传单元高度 H_{OG}(m)		
空气的摩尔流量 V(kmol/h)		
气相总体积吸收系数 $K_{y \cdot a}$(kmol 氨/m³·h)		
回收率 η_A		
物料衡量	气相给出的氨量 $G_{气} = V(Y_1 - Y_2)$ 液相得到的氨量 $G_{液} = L(X_1 - X_2)$ kmol 氨/h 对于 $G_{气}$ 的相对误差 Er		

175

2.11.2.6 思考题

(1)从传质推动力和传质阻力两方面分析吸收剂流量和吸收剂温度对吸收过程的影响。

(2)要提高氨水浓度有什么方法(不改变进气浓度)？这时又会带来什么问题？

(3)填料吸收塔底为什么要有液封装置？液封装置是怎么设计的？

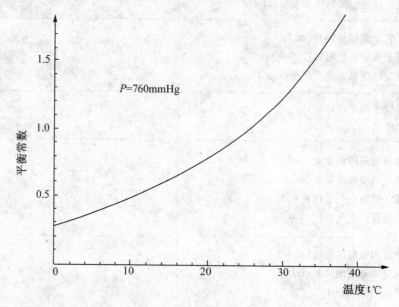

图 5-45　NH_3—H_2O 系统平衡 m 与 t 关系图

2.12 多釜串联返混性能测定装置

在连续流动反应器中进行化学反应时,反应进行的程度除了与反应系统本身的性质有关以外,还与反应物料在反应器内停留时间长短有密切关系。停留时间越长,则反应越完全。停留时间通常是指从流体进入反应器时开始,到其离开反应器为止的这一段时间。显然对流动反应器而言,停留时间不象间歇反应器那样是同一个值,而是存在着一个停留时间分布。造成这一现象的主要原因是流体在反应器内流速分布的不均匀,流体的扩散,以及反应器内的死区等。

停留时间分布的测定不仅广泛应用于化学反应工程及化工分离过程,而且应用于涉及流动过程的其它领域。它也是反应器设计和实际操作所必不可少的理论依据。

2.12.1 实验目的

(1)通过实验了解停留时间分布测定的基本原理和实验方法。

(2)掌握停留时间分布的统计特征值的计算方法。

(3)学会用理想反应器的串联模型来描述实验系统的流动特性。

2.12.2 实验原理

停留时间分布测定所采用的方法主要是示踪响应法。它的基本思路是:在反应器入口以一定的方式加入示踪剂,然后通过测量反应器出口处示踪剂浓度的变化,间接地描述反应器内流体的停留时间。常用的示踪剂加入方式有脉冲输入、阶跃输入和周期输入等。本实验选用的是脉冲输入法。

脉冲输入法是在极短的时间内,将示踪剂从系统的入口处注入主流体,在不影响主流体原有流动特性的情况下随之进入反应器。与此同时,在反应器出口检测示踪剂浓度 $C(t)$ 随时间的变化。整个过程可以形象地用图 5-46 描述。

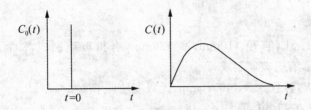

图 5-46　脉冲法测停留时间分布

由概率论知识可知,概率分布密度函数 $E(t)$ 就是系统的停留时间分布密度函数。因此,$E(t)\mathrm{d}t$ 就代表了流体粒子在反应器内停留时间介于 t 到 $t+\mathrm{d}t$ 之间的概率。

在反应器出口处测得的示踪剂浓度 $C(t)$ 与时间 t 的关系曲线叫响应曲线。由响应曲线就可以计算出 $E(t)$ 与时间 t 的关系,并绘出 $E(t)\sim t$ 关系曲线。计算方法是对反应器作示踪剂的物料衡算,即

$$QC(t)\mathrm{d}t = mE(t)\mathrm{d}t \tag{1}$$

式中:Q 表示主流体的流量,m 为示踪剂的加入量。示踪剂的加入量可以用下式计算

$$m = \int_0^\infty QC(t)\mathrm{d}t \tag{2}$$

在 Q 值不变的情况下,由(1)式和(2)式求出:

$$E(t) = \frac{C(t)}{\displaystyle\int_0^\infty C(t)\mathrm{d}t} \tag{3}$$

关于停留时间分布的另一个统计函数是停留时间分布函数 $F(t)$,即

$$F(t) = \int_0^\infty E(t)\mathrm{d}t \tag{4}$$

用停留时间分布密度函数 $E(t)$ 和停留时间分布函数 $F(t)$ 来描述系统的停留时间,给出了很好的统计分布规律。但是为了比较不同停留时间分布之间的差异,还需要引入另外两个统计特征值,即数学期望和方差。

数学期望对停留时间分布而言就是平均停留时间 $\bar{t}$,即

$$\bar{t} = \frac{\displaystyle\int_0^\infty tE(t)\mathrm{d}t}{\displaystyle\int_0^\infty E(t)\mathrm{d}t} = \int_0^\infty tE(t)\mathrm{d}t \tag{5}$$

方差是和理想反应器模型关系密切的参数。它的定义是:

$$\sigma_t^2 = \int_0^\infty t^2 E(t)\mathrm{d}t - \bar{t}^2 \tag{6}$$

对活塞流反应器 $\sigma_t^2 = 0$;而对全混流反应器 $\sigma_t^2 = \bar{t}^2$;对介于上述两种理想反应器之间的非理想反应器可以用多釜串联模型描述。多釜串联模型中的模型参数 N 可以由实验数据处理得到的 σ_t^2 来计算。

$$N = \frac{\overline{t^2}}{\sigma_t^2} \tag{7}$$

当 N 为整数时,代表该非理想流动反应器可以用 N 个等体积的全混流反应器的串联来建立模型。当 N 为非整数时,可以用四舍五入的方法近似处理,也可以用不等体积的全混流反应器串联模型。

2.12.3 实验装置

釜式反应器 1.5L,直径 110mm,高 120mm,有机玻璃制成,3 个。釜式反应器直径 160mm,高 120mm,有机玻璃制成,1 个。

搅拌马达 25W,转数 90～1400r/min,无级变速调节

液体(水)流量 0～100L/h。

电磁阀控制示踪剂进入量 5～10mL/次。

2.12.4 实验步骤

实验流程如图 5-47。

(1)准备工作

①将饱和 KCl 液体注入标有 KCl 的储瓶内。

②连接好入水管线,打开自来水阀门,使管路充满水。

③检查电极导线连接是否正确。

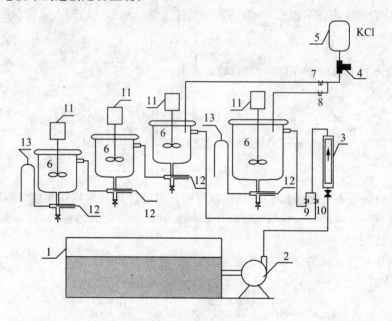

图 5-47 实验流程图

1.水箱;2.水泵;3.转子流量计;4.电磁阀;5.KCl罐;6.釜式反应器

7,8,9,10.截止阀;11.搅拌电机;12.电导电极;13.溢流口;

(2)操作

①打开总电源开关,开启入水阀门,向水槽内注水,启动水泵,慢慢打开进水转子流量计的阀门(注意:初次通水必须排尽管路中的所有气泡,特别是死角处!)。调节水流量维持在 20～30L/h 之间某值,直至各釜充满水,并能正常地从最后一级流出。

②分别开启釜1、釜2、釜3、釜4搅拌马达开关,后再调节马达转速的旋钮,使四釜搅拌程度在200~250r。开启电磁阀开关和电导仪总开关,按电导仪使用说明书分别调节"调零"、调温度和电极常数等。调整完毕,备用。(电导仪的使用方法见该仪器使用说明书)

③开启计算机电源,按计算机提示要求操作。

④按下"趋势图"按钮,调节"实验周期"、"阀开时间",使显示值为实验所需值(推荐实验周期25~30min,阀开时间1~3s,按下开始按钮,开始采集数据。

⑤待测试结束,按下"结束"按钮后,按下"保存数据"按钮保存数据文件。

(3)停车

①实验完毕,将实验柜上三通阀转至"H_2O"位置,将程序中"阀开时间"调到20s左右,按"开始"按钮,冲洗电磁阀及管路。反复三四次。

②关闭各进水阀门、电源开关,打开釜底排水阀,将水排空。

③退出实验程序,关闭计算机。

2.12.5　注意事项

(1)实验过程中,要保持水的流量和釜内液面高度稳定,并保证各釜有效容积相等。若液面高度不能维持恒定,则需检查是否有漏气的地方。

(2)实验过程中,要保持操作条件恒定和测试仪器性能稳定。每次实验前,需检查校正电导率仪指针的零点和满量程;保持电极插头洁净,用前最好用丙酮擦拭干净;防止电极上气泡的形成,一旦有气泡必须及时清除(放水控干),否则会影响测量的准确性和稳定性,以致造成实验的失败。

(3)搅拌器的起动和调速必须缓慢操作,切忌动作过猛,以防损坏设备。

2.12.6　实验数据处理及实验报告

(1)记录实验设备与操作基本参数

①实验设备参数

搅拌釜的直径:$D=100mm$

高度:$H=200mm$

高径比:$H/D=2$

搅拌器的形式:旋桨式

桨叶直径:$d=30mm$

桨叶宽度:$b=10mm$

桨叶高度:$h_1=$＿＿＿＿＿＿mm

安装高度:

挡板的形式:

宽度:$B=10mm$

高度:$h_2=120mm$

②操作参数

搅拌釜的级数:$N=$＿＿＿＿＿＿mm

料液高度:$h=$＿＿＿＿＿＿m^2

有效容积:$V=$＿＿＿＿＿＿m^2

主流流体(水)的体积流率: $V_{s,o}$ _____ $m^3 \cdot s^{-1}$

示踪剂(KCl 的饱和溶液)注入量: $V_i =$ _____ mL

搅拌速度: $n =$ _____ $r \cdot min^{-1}$

实验数据采集频率: $f =$ _____ 次/秒

操作温度: $T =$ _____ ℃

操作压力: $P =$ _____ MPa

(2)参考下列表格记录实验数据

采集的数据序号	
数据采集累计数 n(次)	
电压值 $U(n)$(mV)	

初始电压 $U_0 =$ _____ mV;起峰电压 $U_r =$ _____ mV

最高电压 $U_{max} =$ _____ mV。

(3)参考下列步骤整理实验数据

①列表整理实验数据

采集的数据序号	
时间 $t(s)$	
电压 $U(t)$(mV)	
$tU(t)$	
$t^2U(t)$	

计算式: $t = n/f$

$\qquad\qquad U(t) = U(n) - U_0$

②由上列实验数据计算停留时间的主要数字特征和模型参数

平均停留时间	$\bar{t}(s)$	(1)	
停留时间的数学期望	$\bar{t}(s)$	(2)	
停留时间分布的方差	$\sigma_t^2(s^2)$	(3)	
停留时间分布的无因次方差	$\sigma_\theta^2(-)$	(4)	
多级全混流模型参数	$N(-)$	(5)	

列出表中各项的计算公式。

③根据每次实验结果,检验是否已接近理想流动模型。进而从一系列实验结果中得出实现理性流动模型的主要操作条件的数值范围。

(4)在计算机上进行数据处理。

(5)列出一组数据,写出计算过程。

(6)对实验结果进行分析讨论。

2.12.7 思考题

(1)加入示踪剂时有哪些注意事项?

(2)本实验中影响模型参数的主要因素有哪些?

2.13 洞道干燥操作和干燥速度曲线的测定

2.13.1 实验目的与内容

(1)学习干燥曲线和干燥速率曲线的实验测定方法,加深对干燥过程及其机理的理解。

(2)学习干湿球温度湿度计的使用方法,学习被干燥物料与热空气之间对流传热系数测定方法。

(3)了解水分在物料内部的扩散速率与物料结构以及物料中水分性质的关系。

(4)测定一定干燥条件下的物料干燥曲线及干燥速率曲线。

2.13.2 实验原理与装置

(1)原理

干燥操作是采用某种方式将热量传给含水物料,使含水物料中水分蒸发分离的操作,干燥操作同时伴有传热和传质,过程比较复杂,目前仍依赖于实验解决干燥问题。

确定湿物料的干燥条件,例如已知干燥要求,当干燥面积一定时确定所需干燥时间;或干燥时间一定时,确定所需干燥面积。因此,必须掌握物料的干燥特性即干燥速度曲线。

物料的含水量,一般多指干物料总量的水分含量,即以湿物料为基准的水分含量,用符号 w 表示。但因干燥时物料总量在变化,所以采用以干料量为基准的含水率 C 表示较为方便,w 和 C 之间有如下关系:

$$C=\frac{w}{1-w} \quad 或 \quad w=\frac{C}{1+C} \tag{1}$$

若将非常湿的物料置于一定的干燥条件下,例如在有一定湿度、温度和风速的大量热空气流中,测定被干燥物料的质量和温度随时间的变化如图 5-48 所示的关系。

干燥过程分为如下三个阶段:Ⅰ物料预热阶段;Ⅱ恒速干燥阶段和Ⅲ降速干燥阶段。非常潮湿的物料其表面有液态水存在,当它置于恒定干燥条件下,则其温度近似等于热风的湿球温度 t_w,到达此温度新的阶段称为Ⅰ阶段。在随后的第二阶段中,由于表面存在有液态水,物料温度约等于空气的湿球温度 t_w,传入的热量只用来蒸发物料表面水分。在第Ⅱ阶段中含水率 C 随时间成比例减少,因此其干燥速率不变,亦即为恒速干燥阶段。在第Ⅲ阶段中,物料表面已无液态水存

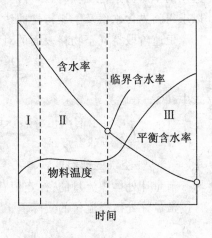

图 5-48 干燥曲线图

在,亦即若水分由物料内部的扩散慢于物料表面的蒸发,则物料表面将变干,其温度开始上升,传入的热量因此而减少,且传入的热量部分消耗于加热物料,因此干燥速率很快降低,最

后达到平衡含水率而终止。Ⅱ和Ⅲ交点处的含水率称为临界含水率用 C_w 表示。对于第Ⅱ、Ⅲ阶段很长的物料,第Ⅰ阶段可以忽略,温度低时,或根据物料特性亦可无第二阶段。

干燥速率为单位时间内在单位干燥面积上汽化的水分质量:

$$u = \frac{dw}{s d\tau} = \frac{\Delta w}{s(\Delta \tau)} = \frac{Gc(\Delta x)}{s(\Delta \tau)} \tag{2}$$

式中:u——干燥速率,kg/m² · s;

    w——汽化水份量,kg;

    S——干燥物料汽化面积,m²;

    τ——干燥时间,s;

    Gc——湿物料中绝干物料的质量,kg;

    X——湿物料的含水率,kg 水/kg 绝干物料。

干基含水量 X:

    X=湿物料中水分的质量(kg)/湿物料中绝干物料的质量(kg)

干燥曲线:

干燥曲线即物料的 X 与干燥时间 τ 之间的变化关系曲线,$X = F(\tau)$,干燥曲线形状决定于物料性质与干燥工况。

干燥速率曲线:

干燥速率 $U = dW/s d\tau$

干燥速率曲线常用 $U = F(X)$ 标绘,其形状决定于物料性质与干燥工况。

应该注意,干燥特性曲线,临界含水率均显著地受到物料和热风的接触状态(和干燥器种类有关)、物料大小、形态的影响,例如对干粉状物料,一粒粒呈分散状态,在热风中进行干燥时,除干燥面积更大外,一般其临界含水率低,干燥也容易,若成堆积状态,使热风平行流过堆积物料表面进行干燥,则其临界含水率变大,干燥速度也变慢。因此,在不可能采用欲选用的干燥器进行实验时,尽可能在实验室中模拟近似于干燥器内物料与热风的接触状态,以求得临界含水率及干燥特性曲线。

恒速阶段空气至物料表面的对流传热系数

$$d = \frac{Q}{S \Delta t} = \frac{U_0 r_{LW} \times 10^3}{t - t_w} [W/(m^2 \cdot ℃)] \tag{3}$$

式中:U_0——临界干燥速率,kg/(m² · S);

    r_{LW}——t_w 时水的汽化潜热,kJ/kg;

    t——空气干球温度,K;

    t_w——空气湿球温度,K。

流量计处体积流量的"标定值"V_{20}(m³/h)用流量标定曲线读出或用其回归式算出。

流量计处体积流量的实际值

$$V_{流} = V_{20} \times \sqrt{\frac{273 + t_0}{273 + 20}} (m^3/h) \tag{4}$$

(2)实验装置及流程

①主要流程:主要流程见图 5-49 所示。

②主要设备及仪表

风机、孔板流量计、孔板压差计、加热器、风速调节阀、玻璃视窗、干燥室、式样架、仪表、压力表、电流表、电位调节器、控制开关及加热指示灯。

重量传感器精度:0.0g;型号:708T

干球温度计精度:0.1℃;型号:708T

湿球温度计精度:0.1℃;型号:708T

新参数:干燥物料面积:$s=0.045m^2$

空气流通的横截面积:$A=0.029m^2$

老参数:干燥物料面积:$s=0.0272m^2$

空气流通的横截面积 $A=0.008m^2$

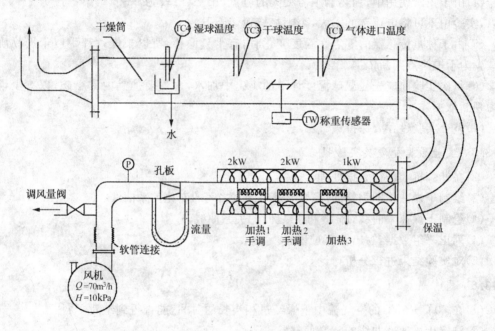

图 5-49　实验流程图

2.13.3　实验步骤

(1)先检查各部分电路是否连接完好,开关处于关闭状态,电位器逆时针旋到头,风机连接是否完好。

(2)向湿球温度计下的小碗中加入适量水。至有少量水溢出为止。

(3)放上托架,接通总电源,打开电源开关。

(4)打开风机开关后再开加热开关,将加热调节钮向顺时针方向缓慢旋转,同时注意与其对应的电流表示数不可太大。

(5)待温度升到预设值时,系统再预热 15~30min。

(6)先记录空载时的质量,放上被干燥物,再记录放入绝干物料后的质量。

(7)将绝干物料取出,充分湿润后,放入干燥箱中,同时用秒表开始计时,记录各显示仪表显示出来的数据。

(8)待干燥物料质量不再下降时,即为干燥终点。

(9)关闭加热开关,系统温度下降到 50℃以下时再关闭风机,然后关闭总电源。将物料及托架都拿出,结束实验。

2.13.4　注意事项

(1)为防止电炉丝过热,开车时可先开风机再开加热系统,否则加热系统不能正常工作,停车时应先关加热,待系统温度降到 50℃ 以下再关风机。禁止在不通风的情况下开加热系统。

(2)每次实验前应先开风机,再开加热系统,预热 15～30min 后再开始实验。

(3)由于称重传感器系精密仪器,实验过程中要特别注意保护,尤其是不能磕、碰、或承受 900g 以上的力。要求每次上托架时,尽可能轻拿轻放,严禁用力压。

(4)由于正常使用中,加热器不需太大的电流(第一、二段为 2～6A,第三段为 2～4A),所以,实验中不可将电流调的太大,否则将烧毁熔断器

(5)由于称重传感器的零点在温度变化时,有少量漂移,所以干燥过程中以干燥物质量不减少为干燥终点判断依据。

(6)每次实验前应先往湿球温度计下的小碗中加水,水量要加满内称小碗,以有少量溢出为判断依据。

(7)整个实验过程要保持进气温度不变。

2.13.5　实验数据处理及实验报告

(1)在计算机上进行数据处理。

(2)绘制干燥曲线即物料的 X 与干燥时间 τ 之间的变化关系曲线。

(3)绘制干燥速率曲线,即 U 和 X 之间的关系曲线。

(4)列出一组数据,写出计算过程。

(5)对实验结果进行分析讨论。

2.13.6　思考题

(1)在 70℃～80℃ 的空气流中干燥经过相当长的时间,能否得到绝对干料?

(2)测定干燥速率曲线的意义何在?

(3)有一些物料在热气流中干燥,希望热气流相对湿度要小,而有一些物料则要在相对湿度较大些的热气流中干燥,为什么?

(4)为什么在操作中要先开鼓风机送气,而后再通电加热?

附表　　　　　　　　　　　　洞道干燥实验数据记录

绝干物料量:＿＿＿＿g　　U 形管压差 R:＿＿＿＿mmH$_2$O

湿球温度:＿＿＿＿℃　　干球温度:＿＿＿＿℃　　空气进口温度:＿＿＿＿℃

序号	1	2	3	4	5	...
物料重量(g)						
干燥时间(s)						

2.14　流化床干燥操作实验

2.14.1　实验目的

固体干燥是利用热能使固体物料与湿分分离的操作。在工业上,固体干燥有多种方法,其中以对流干燥方法应用最为广泛。对流干燥是利用热空气或其他高温气体介质掠过物料表面,介质向物料传递热能同时物料向介质中扩散湿分,达到去湿之目的。对流干燥过程中,同时在气固两相间发生传热和传质过程,其过程机理颇为复杂。并且,对流干燥设备的型式又多种多样。因此,目前对干燥过程的研究仍以实验研究为主。

干燥过程的基础实验研究是测定固体湿物料的干燥曲线,临界湿含量和干燥速度曲线等基础数据。

本试验采用流化床干燥器,以热空气为干燥介质,以水为湿分,测定固体颗粒物料(硅胶球形颗粒)的干燥曲线和干燥速度曲线,以及临界点和临界湿含量。通过实验掌握对流干燥的实验研究方法,了解流化床干燥器的主要结构与流程,以及流态化干燥物质的各种性状,并进而加深对干燥过程原理的理解。

2.14.2　实验原理

(1)干燥曲线

在流化床干燥器中,颗粒状湿物料悬浮在大量的热空气流中进行干燥。在干燥过程中,湿物料中的水分随着干燥时间增长而不断减少。在恒定空气条件(即空气的温度、湿度和流动速度保持不变)下,实验测定物料中含水量随时间的变化而变化。将其标绘成曲线,即为湿物料的干燥曲线。湿物料含水量可以湿物料的质量为基准(称之为湿基),或以绝干物料的质量为基准(称之为干基)来表示:

当湿物料中绝干物料的质量为 m_c,水的质量为 m_w 时,则

以湿基表示的物料含水量为

$$w = \frac{m_w}{m_c + m_w} \quad [\text{kg(水)/kg(湿物料)}] \tag{1}$$

以干基表示的湿物料含水量为

$$W = \frac{m_w}{m_c} \quad [\text{kg(水)/kg(绝干物料)}] \tag{2}$$

湿含量的两种表示方法存在如下关系:

$$w = \frac{W}{1+W} \tag{3}$$

$$W = \frac{w}{1-w} \tag{4}$$

(2)干燥速度曲线

物料的干燥速度即水分汽化的速度。

若以固体物料与干燥介质的接触面积为基准,则干燥速度可表示为

$$N_A = \frac{-m_c \, \mathrm{d}W}{A \, \mathrm{d}t} \quad (\text{kg} \cdot \text{m}^{-2} \cdot \text{s}^{-1}) \tag{5}$$

若以绝干物料的质量为基准,则干燥速度可表示为

$$N_A' = \frac{-\mathrm{d}W}{\mathrm{d}t} \quad [\mathrm{s}^{-1} 或 \mathrm{kg}(水) \cdot \mathrm{kg}^{-1}(绝干物料) \cdot \mathrm{s}^{-1}] \tag{6}$$

式中:m_c——绝干物料的质量,kg;

$\quad\quad A$——气固相接触面积,m^2;

$\quad\quad W$——物料的含水量,[kg(水) $\cdot$ kg^{-1}(绝干物料)];

$\quad\quad t$——气固两相接触时间,也即干燥时间,s。

由此可见,干燥曲线上各点的斜率即为干燥速度。若将各点的干燥速度对固体的含水量标绘成曲线,即为干燥速度曲线。干燥速度曲线也可采用干燥速度对自由含水量进行标绘。在实验曲线的测绘中,干燥速度值也可近似地按下列差分进行计算:

$$N_A' = \frac{-\Delta W}{\Delta t} \quad (\mathrm{s}^{-1}) \tag{7}$$

(3)临界点和临界含水量

从干燥曲线和干燥速度曲线可知,在恒定干燥条件下,干燥过程可分为如下三个阶段:

①物料预热阶段 当湿物料与热空气接触时,热空气向湿物料传递热量,湿物料温度逐渐升高,一直达到热空气的湿球温度。这一阶段称为预热阶段。

②恒速干燥阶段 由于湿物料表面存在液态的非结合水,热空气传给湿物料的热量,使表面水分在空气湿球温度下不断气化,并由固相向气相扩散。在此阶段,湿物料的含水量以恒定的速度不断减少。因此,这一阶段称为恒定干燥阶段。

③降速干燥阶段 当湿物料表面非结合水已不复存在时,固体内部水分由固体内部向表面扩散后气化,或者气化表面逐渐内移,因此水分的汽化速度受内扩散速度控制,干燥速度逐渐下降,一直达到平衡含水量而终止。因此这个阶段称为降速干燥阶段。

在一般情况下,第一阶段相对于后两阶段所需时间要短得多,因此一般可略而不计,或归入第二阶段一并考虑。根据固体物料特性和干燥介质的条件,第二阶段与第三阶段相比较,所需干燥时间长短不一,甚至有的可能不存在其中某一阶段。

第二阶段与第三阶段干燥速度曲线的交点称为干燥过程的临界点,该交叉点上的含水量称为临界含水量。

干燥速度曲线中临界点的位置,也即临界含水量的大小,受众多因素的影响。它受固体物料的特性,物料的形态和大小,物料的堆积方式,物料与干燥介质的接触状态以及干燥介质的条件(湿度、温度和风速)等等因素的复杂影响。例如,同样的颗粒状固体物料在相同的干燥介质条件下,在流化床干燥器中干燥较在固定床中干燥的临界含水量要低。因此,在实验室中模拟工业干燥器,测定干燥过程临界点的临界含水量,干燥曲线和干燥速度曲线,具有十分重要的意义。

2.14.3 实验装置

流化干燥实验装置由流化床干燥器、空气预热器、风机和空气流量与温度的测量与控制仪表等几个部分组成。该实验仪的装置流程如图 5-50 所示。

空气由风机经孔板流量计和空气预热器进入流化床干燥器。热空气由干燥器底部鼓入,经分布板分布后,进入床层将固体颗粒流化并进行干燥。湿空气由器顶排出,经扩大段沉降和过滤器过滤后放空。

空气的流量由调节阀和旁路放空阀联合调节,并由孔板流量计计量。热风温度由温度控制仪自动控制，并由数字显示出床层温度。

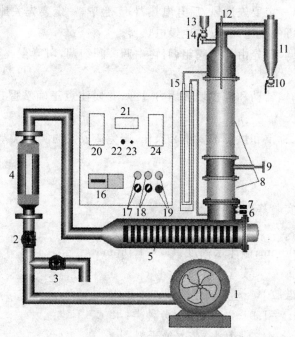

图 5-50　流化床干燥器干燥曲线测定的实验装置流程

1. 风机　2. 流量调节阀 1　3. 旁路阀 2　4. 转子流量计　5. 电加热管　6,7. 热电阻
8. 玻璃视桶　9. 取样口　10. 阀 3　11. 旋风分离器　12. 加水口　13. 加料口　14. 加料
阀 4　15. U 形压差计　16. 总电源　17. 仪表电源开关及指示灯　18. 风机电源开关及指
示灯　19. 电加热管启停按钮　20. 温度显示仪　21. 加热电压表　22. 温度控制手自动切
换开关　23. 温度手动调节旋钮　24.　温度控制仪

固体物料采用间歇操作方式，由干燥器顶部加入，实验毕在流化状态下由下部卸料口流出。分析用试样由采样器定时采集。

流化床干燥器的床层压降由 U 形压差计测取。

2.14.4　实验方法与步骤

(1)打开总电源开关，打开仪表电源开关及风机电源开关，启动加热电源。

(2)配合阀 1、阀 2 将风量阀控制在 25m³/h 左右，将温度控制在 70℃。

(3)往塔里的硅胶球上缓慢加水，当加至饱和后，减小水的流量，往塔里继续加水，直至塔内温度至 70℃时，停止加水，开始实验。

(4)测量床层流化高度，并同时开始测定干燥过程的第一组数据(也即起始湿含量)。然后，每隔 5min 采集一次试样，记录一次床层温度和压降，直至干燥过程结束。本试验一般要求采集 10~12 组数据。

(5)每次采集的试样放入称量瓶后，迅速将盖盖紧。用天平称取各瓶重量后，放入烘箱在 150℃~170℃下烘 2~4h。烘干后将称量瓶放入保干器中，冷却后再称重。

(6)实验完毕，先关闭电热器，直至床层温度冷却至接近室温时，打开卸料口收集固体颗粒于容器中待用。然后，依次打开放空阀，关闭入口调节阀，关闭风机，最后切断电源。

若欲测定不同空气流量或温度下的干燥曲线，则可重复上述实验步骤进行实验。

2.14.5 注意事项

(1)实验开始时,一定要先通风,后开电热器;实验毕,一定要先关掉电热器,待空气温度降至接近室温后,才可停止通风,以防烧毁电热器。

(2)空气流量的调节,先由放空阀粗调,再由调节阀细调,切莫在放空阀和调节阀全闭下启动风机。

(3)使用采样器时,转动和推拉切莫用力过猛,并要注意正确掌握拉动的位置和扭转的方向和时机。

(4)试样的采集、称重和烘干都要精心操作,避免造成大的实验误差,或因操作失误而导致实验失败。

2.14.6 实验结果

(1)测量并记录实验基本参数。

①流化床干燥器

床层内径:$d = 100 \text{mm}$;静床层高度:$H_m = 130 \text{mm}$

②固体物料

固体物料种类:硅胶

颗粒平均直径:$d_p = 1.0 \sim 2.0 \text{mm}$;湿分种类:水

起始湿含量:$W_0 = $ _____ [kg(水)/kg(绝干料)]

③干燥介质

干燥介质种类:空气;加热温度:$T_0 = $ _____ ℃;床层温度:$T_1 = $ _____ ℃

(2)记录测得的实验数据

①实验条件

塔压降:$P_0 = $ _____;空气流量计读数:$R_0 = $ _____ mmH$_2$O;空气流量:$V = $ _____ m³/h;流化床的流化高度:$H_f = $ _____ mm;流化床的膨胀比:$R = $ _____

②实验数据

床层温度:____ T_b(℃)   称量瓶重:____ m_v(g)   床层压降:____ Δp(mmH$_2$O)

序号	取样时间	湿试样毛重 $(m_c + m_w + m_v)$ (g)	干试样毛重 $(m_c + m_v)$(g)	干试样净重 m_c(g)	试样中的水量 m_w(g)	干基含水量 W
1						
2						
3						
4						
5						
6						
7						
8						
9						
10						
11						
12						

2.14.7 报告内容

(1)在一定干燥条件下测得的实验数据,标绘出干燥曲线($W-t$曲线)和床层温度变化曲线($Tb-t$曲线)。

(2)由干燥曲线标绘干燥速度曲线。

2.14.8 思考题

(1)本实验湿物料含水量为何以绝干物料的质量(干基)为基准?

(2)如何以干燥曲线绘制干燥速度曲线?从干燥速度曲线可以得到那些信息?

(3)将流化床干燥器的操作气速逐渐增大至很大,或逐渐减小至很小,会产生什么精况?

2.15 双流喷雾干燥实验

2.15.1 实验目的

(1)了解喷雾干燥的基本原理。

(2)掌握喷雾干燥实验的操作技术。

2.15.2 实验原理及装置

(1)原理

许多化工产品一般都需要进行干燥,有时还需要产品具有一定的颗粒分布和形状。工业上的干燥方法有洞道干燥、流化床干燥、鼓风干燥、红外线干燥等。干燥后的产品还可以采用研磨、球磨、气流粉碎等方法使之成型,而具有一定的颗粒分布和形状。根据湿物料的性质,有时也将干燥和成型的过程合在一起进行,如喷雾干燥。

喷雾干燥是使液态物料经过喷嘴喷雾进入热的干燥介质中使之转变成干粉的过程,这是一种将成型、干燥综合为一个过程的单元操作。喷雾干燥技术已有一百多年的历史,它从用于制作蛋粉和奶粉开始,到现在为止,已在化学、食品、医药、农药、陶瓷、水泥、水产、林业、冶金等许多工业部门中普遍采用。喷雾干燥不仅可以和流化床干燥相结合使用,还可以和冷冻干燥、微波干燥等其他干燥方法相结合,使其适用面更为广泛。目前,喷雾技术仍处于快速发展过程中,它已应用到喷雾冷却造形、喷雾萃取、喷雾反应和吸收、喷雾热分解、喷雾涂层造粒等方面。

一般喷雾干燥包括四个阶段:①料液雾化;②雾群与热干燥介质接触混合;③雾滴的蒸发干燥;④干燥产品与干燥介质分离。料液的形式可以是溶液、悬浮液、乳浊液等,可以用泵输送。干燥的产品可以是粉状、颗粒状或经过团聚的粗颗粒。

我国常用的雾化形式有三种:气流式喷嘴雾化、压力式喷嘴雾化、旋转式雾化。雾化形式的选择取决于料液的性质和对最终产品所要求的特性等方面。

气流式喷嘴雾化是利用压缩空气(或水蒸气)以高速从喷嘴喷出,借助于空气(或蒸气)和料液两相间相对速度的不同而产生的摩擦力,把料液分散成雾滴。

压力式喷嘴雾化是利用压力泵将料液从喷嘴孔内高压喷出,将压力能转化为动能,在干燥介质中将料液分散成雾滴。压力喷嘴式雾化能生产小颗粒状物料,可减少细粉飞扬,提高干粉回收率,且喷嘴制造简单,加工方便,对产品的污染小,在工业上有较广的应用。

旋转式雾化又叫离心式雾化,是将料液加到高速旋转的盘或轮中,使之在离心力作用下,从盘或轮的边缘甩出形成料雾。喷雾干燥的产品采用旋风分离器、湿式除尘器和袋式除尘器等设备加以回收。

实验室中最常用的是双流式(气流式)喷嘴雾化器。它有气体和浆液流动的两个通道。在流出口,气体以高流速流动,造成相当高的气液相对流速。气体流出时液膜发生磨擦、撕裂,被分散成雾滴,随着高速气流喷出,液滴则由于表面张力的作用而收缩形成微球,与热风接触后溶剂挥发而干燥。

(2)实验装置

喷雾干燥器的双流喷嘴结构见图 5-51,实验流程如图 5-52 所示。

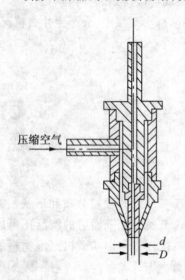

图 5-51　双流式喷嘴结构示意图

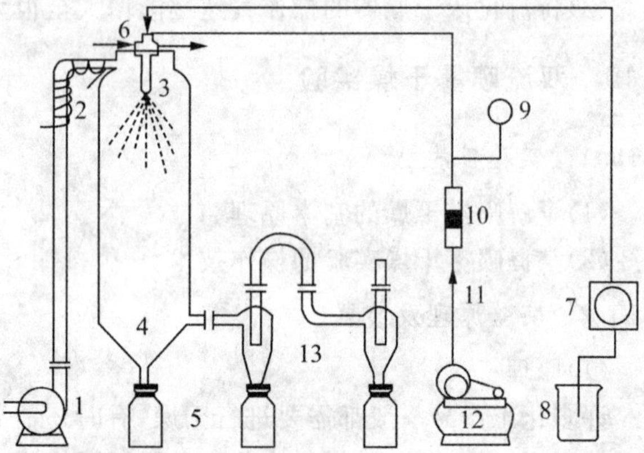

图 5-52　喷雾干燥实验流程图

1. 鼓风机;2. 加热器;3. 双流式喷嘴;4. 干燥塔;5. 收集器;
6. 冷却水进出口;7. 蠕动泵;8. 浆液槽;9. 压强计;10. 转子流量计;
11. 调节阀;12. 空气压缩机;13. 旋风分离器

2.15.3　实验步骤

(1)制浆

①在 500mL 烧杯中加入 285mL 蒸馏水,将快速称重的 15g 无水 AlCl$_3$ 分批加入到蒸馏水中,搅拌溶解至澄清溶液。如有不溶物,则应将溶液过滤得到质量百分数为 5% 的 AlCl$_3$ 溶液。

②将配好的 5% AlCl$_3$ 溶液转移到三口瓶中,升温到 313K 在机械搅拌条件下,快速倒入理论量 80% 的 1:1 氨水,使 AlCl$_3$ 水解产生 Al(OH)$_3$。若溶液变得粘稠,再加入少许氨水,使胶体变稀,用 pH 试纸检测,当 pH 值为 8~9 时,停止加氨水,继续搅拌 30min,并随时检测 pH 值,应使 pH 值保持在 8~9。然后升温到 343K,停止搅拌,静置老化 1h。

③过滤老化后的凝胶,将滤出物加入蒸馏水中打浆后再过滤,反复数次,直至无氯离子。

④向得到的 Al(OH)$_3$ 凝胶中加入少量 12mol·L^{-1} 浓硝酸,即可将其变成流动性能甚好的溶胶,可作为喷雾的料液使用。喷雾前要用丝网过滤浆液,否则易堵塞喷嘴。

⑤取少量料液称重后放入烘箱烘干,测定含水率。

(2)成型

①开启鼓风机 1 并调节进风量,开启加热器 2 并调节温度至 503~573K。

②待温度接近规定值后,打开双流式喷嘴 3 的冷却水阀门。

③将蠕动泵 7 的吸入管端插入装有蒸馏水的烧杯内。开启蠕动泵将蒸馏水送入喷嘴,调节进浆流量为 $150\text{mL} \cdot \text{h}^{-1}$。

④把喷嘴的进风压力控制在 0.12MPa 后,将蠕动泵吸入管插入装有浆液并持续搅拌着的浆液槽 8 内,经过片刻,旋风分离器内有微球状粉末出现。记录加热电压、电流、加料速度、风压、塔顶与塔底的温度。

⑤待浆液槽 8 内的浆液全部转入吸入口后,将吸入管移至蒸馏水的烧杯内。待水从喷嘴排出时,停止加热,吹冷风冷却。温度降至 100℃ 以下后,打开塔的上盖,清扫塔壁,最终收集样品称重,计算收率。

⑥取少量产品,测定其含水率。

⑦将收集的粉末过筛,将筛分的产品分别称重,测出粒度分布。

⑧取少许粉末放在显微镜下观察外形。

⑨改变风压、进浆流量及热风温度,重复进行实验,分析实验条件对干燥效率和颗粒分布的影响。

2.15.4 注意事项

(1)配制的凝胶应留有充分的稳定时间。

(2)加热时应逐渐提高加热电流值。

(3)烘干温度应保持在规定的数值上。

(4)实验过程中应保持各参数稳定。

2.15.5 数据处理

(1)设计表格记录实验数据。

(2)绘出产品粒度分布曲线,并加以讨论。

(3)进行物料衡算。

(4)计算热量损失率 η 损和热效率 η。

(5)计算体积对流传热系数 α_V。

2.15.6 思考题

喷雾干燥有什么特点?

2.16 液—液萃取塔的操作实验

2.16.1 实验目的与内容

(1)了解液—液萃取设备的结构和特点;

(2)掌握液—液萃取塔的操作;

(3)掌握传质单元高度及体积总传质系数的测定方法,并分析外加能量对液—液萃取塔传质单元高度及通量的影响。

(4)以煤油为分散相,水为连续相,进行萃取过程的操作。

(5)测定一定转速下转盘式或桨叶式旋转萃取塔的萃取效率(传质单元高度、传质系数)。

2.16.2 实验原理与装置

(1)原理

萃取是分离混合液体的一种方法,它是一种弥补精馏操作无法实现分离的方法之一,特别适用于稀有分散昂贵金属的冶炼和高沸点多组分分离,它是依据液体混合物各组分在溶剂中溶解度的差异而实现分离的。但是,萃取单元操作得不到高纯物质,它只是将难以分离的混合液转化为容易分离的混合液,增加了分离设备和途径,导致成本提高。所以,经济效益是评价萃取单元操作成功与否的标准。

①萃取和吸收的区别

a. 相同之处

两者均是利用混合物中的各组分在某溶剂中溶解度的不同而达到分离的。吸收是气—液接触传质,萃取是液—液接触传质,两者同属相际传质,因此两者的速率表达式和传质推动力的表达式是相同的。

b. 不同之处

由于液—液萃取体系的特点,两相的密度比较接近,界面张力较小,所以,能用于强化过程的推动力不大,加上分散的一相,凝聚分层能力不高;而气液吸收两相密度相差很大,界面张力较大,气

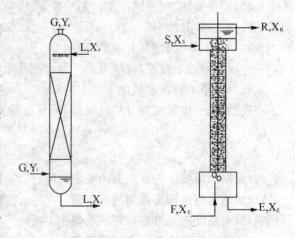

图 5-53 萃取和吸收的区别

液两相分离能力很大,由此,对于气—液接触效率较高的设备,用于液—液接触效率不一定高。为了提高液—液相际传质设备的效率,常常需外加能量,如搅拌、脉动、振动等。另外,为了让分散的液滴凝聚,实现两相的分离,需要有足够的停留时间也即凝聚空间,简称分层分离空间。

②萃取塔结构特征

由于液—液萃取体系的特点,从而使萃取塔的结构发生了根本性变化:需要适度的外加能量;需要足够大的分层分离空间。

③萃取塔的操作特点

a. 分散相的选择

容易分散的一相为分散相:在现实操作过程中,很易转相,为了避免此类情况发生,宜选择容易分散的一相为分散相。

不易润湿材质的一相作为分散相:对某些没有外加能量的萃取设备,像填料塔和筛板塔等,使连续相优先润湿塔器内壁,对萃取效率的提高相当重要。

根据界面张力理论:由于界面张力的变化对传质面积影响很大,对于正系统 $\dfrac{\mathrm{d}\sigma}{\mathrm{d}x}>0$,传质方向如图 5-54 所示。此时的液滴稳定性较差,容易破碎,而液膜的稳定性较好,液滴不易合并,所形成的液滴平均直径较小,相际接触表面较大。

粘度大的、含放射性的、成本高的、易燃易爆的物料选为分散相。本次实验所选用的物系是清水萃取煤油中的苯甲酸,它正好符合上面几条依据,因此选油相为分散相。

b. 外加能量的大小

外加能量的目的是使一相形成适宜尺寸的液滴,因为液滴的尺寸不仅关系到相际接触面积,而且影响传质系数和塔的流通度。所以外加能量有它有利的一面和不利的一面。

有利:增加液—液传质面积;增加液—液传质系数。

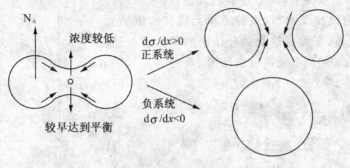

麦朗格效应

图 5-54　表面张力理论图

不利:返混增加,传质推动力下降;液滴太小,内循环消失,传质系数下降;容易发生液泛,通量下降。

基于以上两方面考虑,外加能量要适度。

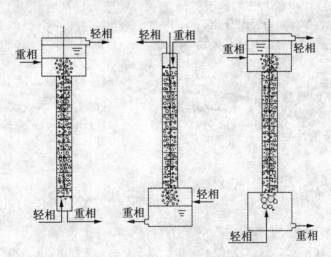

图 5-55　分散相分层分离空间位子图

c. 液泛

定义:当连续相速度增加、分散相速度下降或外加能量增加,此时分散相上升或下降速度为零,对应的连续相速度即为液泛速度。

影响液泛的因素:

外加能量的太大有关,外加能量指振幅和振动频率。

与通量和系统的物性有关,通量指相比,系统的物性主要指 ρ,μ,σ。

④萃取塔的分离空间

若选择重相为连续相,分层分离空间在塔顶,先灌满重相;若选择轻相为连续相,分层分离空间在塔底,先灌满轻相。换句话说,先灌满连续相,再开分散相。

⑤萃取塔的传质效果

与精馏吸收过程类似,由于过程的复杂性,萃取过程也被分解为理论级和级效率;或传质单元数和传质单元高度,对于转盘塔、振动塔这类微分接触的萃取塔,一般采用传质单元数和传质单元高度来处理。

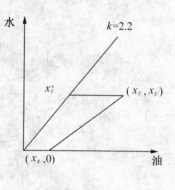

图 5-56 平衡线和操作线关系图

a. 传质速率式　$N_A = KaH\Delta x_m$ 　　　　(1)

$$H = \frac{N_A}{Ka\Delta x_m} = \frac{G_{油}}{Ka}\frac{(x_F - x_R)}{\Delta x_m}$$ 　　(2)

$$\Delta x_m = \frac{(x_F - x_F^*) - (x_R - 0)}{\ln\dfrac{x_F - x_F^*}{x_R}}$$ 　　(3)

其中 $x_F^* = \dfrac{x_E}{k}$ 代入上式,C_E 由(4)式物料衡算求得,其中萃取计进口浓度为 0。

b. 物料衡算式

$$G_{油}(x_F - x_R) = G_{水}(x_E - 0)$$ 　　　　　(4)

其中:

$$\begin{cases} 轻组分入口\ x_F \\ 重组分出口\ x_E \end{cases} \quad \begin{cases} 轻组分出口\ x_R \\ 重组分入口\ x = 0 \end{cases}$$

c. $H = H_{OR} N_{OR}$ 　　　　　　　　　　　(5)

N_{OR}:反映分离的难易:$N_{OR} = \dfrac{(x_F - x_R)}{\Delta x_m}$

H_{OR}:反映设备的性能:$H_{OR} = \dfrac{G_{油}}{Ka}$

d. 浓度计算

塔底轻相入口浓度　　　$x_F = \dfrac{N_F M_{苯甲酸}}{\rho_{油}}$ 　(kg 苯甲酸/kg 煤油)

其中:$N_F V_F = N_{NaOH}\overline{V}_{NaOHF}$。

塔顶轻相出口浓度　　　$x_R = \dfrac{N_R M_{苯甲酸}}{\rho_{油}}$ 　(kg 苯甲酸/kg 煤油)

其中:$N_R V_R = N_{NaOH}\overline{V}_{NaOHR}$。

e. 油的流量校核,通过换算得到实际流量。

$$G_{油实际} = G_{水读数}\sqrt{\frac{\rho_{水}(\rho_f - \rho_{油})}{\rho_{油}(\rho_f - \rho_{水})}}$$ 　　(L/h)

$$G_{油} = \rho_{油} G_{油实际}$$ 　　(kg/h)

式中:ρ_f——转子流量计的转子密度;

　　　$G_{水读数}$——油转子流量计读数。

(2)实验装置

①主要设备

料液输送泵、萃取塔体及塔内构件、管道、阀门、槽不锈钢材质、测速仪、无级调速器

②主要参数

重相密度　　　1000kg/m³　　　轻相密度　800kg/m³　　　相平衡常数:$k=2.2$

搅拌萃取塔的几何尺寸:

塔径:$D=37$mm;塔板数:15 块;塔的有效高度:$H=630$mm;板间距:40mm;流量计转子密度:7900kg/m³;

转盘萃取塔的几何尺寸:

塔径:$D=75$mm;塔板数:31 块;塔的有效高度:$H=800$mm;板间距:25mm;流量计转子密度:7920kg/m³;

③实验流程图

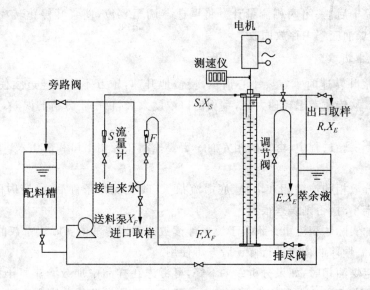

图 5-57　实验流程图

2.16.3　实验步骤

(1)轻相煤油的配置:苯甲酸在煤油中的浓度保持在 1.5～2.0g(苯甲酸)/kg(煤油)。

(2)先灌满连续相,即水相,然后再打开分散相,即油相。操作时将水流量计开至 20L/h(老设备 4L/h),油流量计开至 20L/h(老设备 6L/h),此时油的实际流量为 22.68L/h。由泵输送的过多的油,可通过旁路阀回流至料液槽。

(3)将调速装置的旋钮调到零位,然后接通电源,开动电动机并调至某一固定的转速,调速时应小心谨慎,慢慢地升速,绝不可调节过量致使马达产生"飞转"而损坏设备。

(4)实验顺序和布点

从小电压做起,至电压大到使萃取塔中出现第二个分界面(发生了液泛)时实验结束。其间布点 6 个,它们转速分别为:500,700,1000,1100,1300,1400r/min。避免900～1000r/min之间布点,因为此时正是中心轴共振区域,中心轴晃动厉害。

(5)油水分界面的高低由界面控制阀调节,一般维持在分层分离空间的中间或偏上些,

若油层太薄,将界面控制阀开大些,反之,将界面控制阀开小些,当连续相进等于出时,界面高度保持恒定,总物料平衡。分散相出料多与少受界面高低控制,它是靠溢流的,没有阀门控制。(注:老设备用调节 II 形管的高度来调节和稳定两相界面,使界面位于重相入口与轻相出口之间中点左右的位置)

(6)通过进口原料取样阀,取 100mL 煤油,用 25mL 移液管分别移入三个滴定瓶中,然后在三个滴定瓶中分别加入 25mL 水,再加入 1~2 滴酚酞指示剂,摇动滴定瓶,用已知浓度的 NaOH 溶液滴定,通过化学滴定分析等当量求取进口煤油中苯甲酸的浓度 N_F。三个样取算术平均。

(7)改变 6 种不同的转速,每改变一次,需待 15min 后,才可在油相出口处取样(这些时间用于新工况下连续相置换老工况下连续相),分析方法同(5),从而获得出口煤油中苯甲酸的浓度 N_R,煤油中苯甲酸绝对量的减少等于转移至水中的苯甲酸的绝对量,进而求得 X_E。

(8)实验完毕后,关闭两相流量计。将调速器调至零位,使浆叶停止转动。切断电源。滴定分析过的煤油应集中存放回收。

2.16.4　注意事项

(1)调节浆叶转速时一定要小心谨慎,慢慢地升速,千万不能增速过猛使马达产生"飞转"损坏设备。从传质考虑转速太高,重相出口浓度太大,再由于分析的误差,可能出现实验异常。

(2)在整个实验过程中,塔顶两相界面一定要控制在轻相出口和重相入口之间适中位置并保持不变。

(3)由于分散相和连续相在塔顶、底滞流很大,改变操作条件后,稳定时间一定要足够长,大约要用半小时,否则误差很大。

(4)煤油的实际体积流量并不等于流量计读数。需用煤油的实际流量数值时,必须用流量修正公式对流量计的读数进行修正后方可使用。

(5)在滴定煤油相时,如果分析效果不好,可考虑在样品中加数滴非离子型表面活性剂醚磺化 AES(脂肪醇聚乙烯醚硫酸脂钠盐)也可加入其他类型的非离子型表面活性剂。并激烈地摇动滴定至终点。

2.16.5　实验数据记录及整理

(1)在计算机上进行数据处理。

(2)做不同转速下的萃取效率(传质单元高度)的图(即 H_{OR} 与 u 的关系图)。

(3)列出一组数据,写出计算过程。

(4)对实验结果进行讨论。

2.16.6　思考题

(1)液—液萃取设备与汽—液传质设备有何主要区别?

(2)本实验为什么不宜用水作分散相,倘若用水作分散相操作步骤是怎样的,两相分层分离段应设在塔底还是塔顶?

(3)重相出口为什么采用 II 形管,II 形管的高度是怎么确定的?

(4)什么是萃取塔的液泛,在操作中,你是怎么确定液泛速度的?

(5)对于液—液萃取过程来说是否外加能量越大越有利?

附表：   萃取塔性能测定数据表

项目	单位	第一组	第二组	……
转盘或浆叶转速	r/min			
水转子流量计读数	L/h			
煤油转子流量计读数	L/h			
校正的煤油实际流量	L/h			
塔底轻相样品体积	mL			
塔底轻相 NaOH 用量	mL			
塔顶轻相样品体积	mL			
塔顶轻相 NaOH 用量	mL			
塔底重相样品体积	mL			
塔底重相 NaOH 用量	mL			

2.17 单管升膜蒸发器的操作

2.17.1 实验目的与内容

(1)了解单管升膜蒸发器的操作、结构和特点。

(2)了解并观察单管升膜蒸发器中出现的四种两相流流型。

(3)学会单管升膜蒸发器的对流传热系数的测定和确定蒸汽干度。

(4)在一定热负荷下，通过调节冷水流量等来直接观察气液两相流的四种流型和形成升膜后的流动特点。

(5)通过测量壁温和主流温度，确定搅拌流型和环状流型下的对流传热系数 a；以及通过测量蒸发量确定蒸汽干度 X(无因次)。

2.17.2 实验原理及装置

(1)原理

①升膜蒸发器

升膜蒸发器的基本组成部分是一根外表面受热的直立圆管。料液在管内从下往上流动。由于料液不断被加热汽化，形成气液两相流。在流动汽化过程中，流体动力学与传热过程是密切联系的。当对两相流动的流体进行加热时，会引起两相数量分布的变化，形成不同的流型。流型为环状流时，其特征是含有液滴的连续气相沿管中心运动，液相则以波浪液膜形式沿壁面向上爬行，故此种蒸发器名为升膜蒸发器。

②直立受热通道中气液两相流动的观察和描述

液体在直立受热通道中流动时其流型(或流动结构)可分为两大类，即重力控制流型和剪力控制流型。图 5-58 描述了均匀受热直立管内流动沸腾可能出现的流型及其相应的传热区域。流体的对流传热区(A 区)过冷液体进入管底向上流动，在逐渐被加热到饱和温度前，壁温仍低于泡化所需温度，传热过程为单相对流传热。

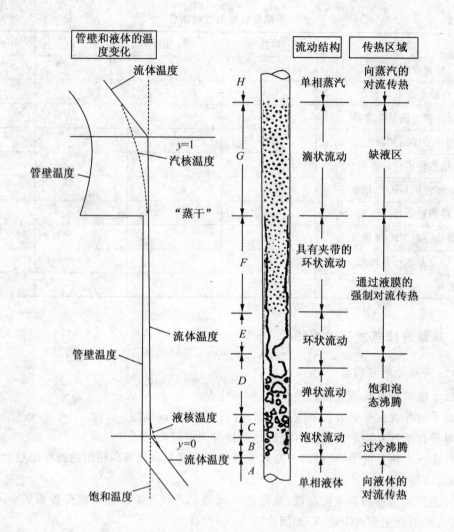

图 5-58　流动沸腾的传热区域

过冷沸腾区（B 区）流型为泡状流。过冷沸腾的特征是加热面温度高于饱和温度，泡化核心处产生气泡。过冷沸腾时液相主体的温度低于饱和温度。气泡将在加热面以外的过冷液体中冷凝。上述过程有时伴有加热面的噪声振动。

饱和泡核沸腾区（C 区与 D 区）流型是典型的泡状流。弹状流或以低蒸汽速度流动的环状流。在此区内液体主体温度已达到饱和温度。

两相强制对流区（E 区和 F 区）蒸汽干度的定义如下，

$$y = \frac{W_g}{W_g + W_l} = \frac{W_v}{W}$$

式中，W_g、W_l 分别为蒸汽和液体的质量流量，W_v 是管顶流出蒸汽流量，W 是进入釜的冷水流量，单位为 kg/s。随蒸汽干度的增加，传热方式将发生转变，流型转变为环状流。这种流型有一个蒸汽核心和一个液体环。蒸汽核心流速很高，汽液界面湍动强烈，沸腾过程为蒸发过程所代替。由于蒸汽对界面产生剪切力，使受热表面上液膜的热阻变小，壁温下降，因而泡化作用大大削弱，甚至消失。对流传热系数受流动状况的影响较大，具有非沸腾传热的特征。此区域称为两相强制对流区(或称通过液膜的强制对流蒸发区)。在稳定的饱和泡核、沸腾区和两相强制对流区之间有一个转变区。在该区中,强制对流过程和泡态、沸腾过程都不容忽视。前者将随干度的增加而逐渐增加。

很多文献中,将弹状流向环状流的过渡区称为搅拌流区。此区正是上面所指的转变区。

缺液区(G区)中,对应的流型为雾状流(滴状流),在此区中,壁面上液膜已"蒸干",仅在汽核中存有液滴,这些液滴有时会碰撞到壁面上。与两相强制对流区相比,此区的对流传热系数下降,壁温上升,汽核处于过热状态。

蒸汽的对流传热区(H区),此区的流型为单相蒸汽流。

升膜蒸发的最佳操作流型为环状流型。

图 5-58 是在沿管长均匀加热的条件下得到的。壁温与流体温度的差值可反映对流传热系数的变化。习惯上将壁温超过流体温度的程度称为过热度 $\Delta t_{wf}=t_w-t_f$(t_w 为管内壁温,t_f 为管内流体的主体温度)。

在单相对流区,温度对液体物性的影响不大,故对流传热系数变化较小。在过冷泡核沸腾区,对流传热系数沿管长增加。在饱和泡核沸腾区,温差 Δt_{wf} 不变,表示对流传热系数不变。实验证明,在饱和泡核沸腾区中,传热过程与蒸汽干度 y 质量速度均无关。在两相对流区、壁温自下而上缓慢下降,原因是沿管长蒸汽干度增加,蒸汽对液膜表面剪切力的作用,使液膜厚度减小,紊流度提高,本区的对流传热系数将随 y 值提高而增大。例如,水两相强制对流区的对流传热系数可高达 $200\text{kW}/(\text{m}^2\cdot\text{℃})$。在蒸干点上,因为两相强制对流区的对流传热系数的数值很高,突然降至液膜完全蒸发后的较低数值,故壁温突然增高,在缺液区开始处,随着干度的增加,蒸汽速度和对流传热系数也相应加大。最后,在单相蒸汽区,对流传热系数数值达到与单相蒸汽对流传热相对应的低水平值。

③流动沸腾对流传热系数的测定

目前,单相流对流传热系数的测定精度仍然未能很好解决,而两相流对流传热系数的测定较单相更加困难,主要原因是沸腾或冷凝对流传热系数很高,过热度 Δt_{wf} 很小,这就必须提高测量壁温的精度。

本实验装置通过 1.4 米长的管子,在一定的热负荷下,调节冷水入口流量可直接观察到垂直管内的泡状流、弹状流、搅拌流和环状流四种两相流流型。并通过测量壁温和主流温度,确定搅拌和环状流型下的对流传热系数 $a(\text{W}/\text{m}^2\cdot\text{℃})$。

对流传热系数的测定以下式为基础:

$$a=\frac{Q}{S_1(t_w-t_f)}=\frac{Q}{S_1\Delta t_{wf}}$$

其中,Q——传热量(W)。

Δt_{wf}——过热度(℃)(t_w 为内壁温度,t_f 为主流温度)

S_1——传热面积(m^2),$S_1=\pi dL$(d、L 为测量段管内径及管长)。

测定对流传热系数 a 需要进行传热量 Q 及温度差 Δt_{wf} 的测定。通过电加热消耗的功率(即通过电流 I 与电压 V 计算)可得到 Q;管内流体的主流温度 t_f 可用温度计直接测出,剩下的就是测量管壁温度,若测得壁温,即可求得温度差 Δt_{wf}。

(2)实验装置

①实验装置的结构及工艺流程

本实验装置的主体是蒸发器。其预热釜和蒸发管的管外均镀以电加热膜（玻璃材质），即能加热又具全透明特点，实验全过程可以清晰地见到热态下气液两相流的四种流型和形成升膜后的流动特点的全貌。

其实验装置流程图见图 5-59，实验台正面的板面布置见图 5-60。

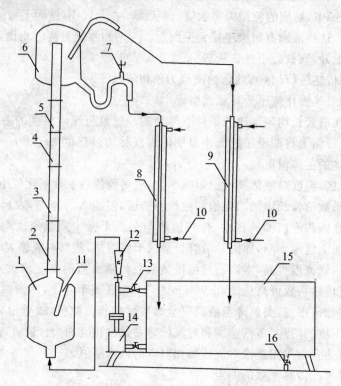

图 5-59　单管升膜蒸发实验装置流程示意图

1. 预热釜；2. 加热下段；3. 加热中段；4. 测量段；5. 加热上段；6. 气液分离器；7. 放气夹；8. 冷却器；9. 冷凝器；10. 冷却水入口；11. 釜温测量管；12. 转子流量计；13. 回流阀；14. 水泵；15. 水槽；16. 排水阀

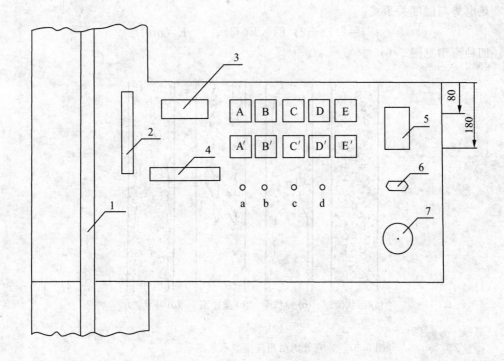

图 5-60 蒸发实验装置版面布置图

1.蒸发器;2.转子流量计;3.毫伏计;4.热电偶切换开关;5.总电阀;6.水泵电闸;7.测量段变压器

A,A′,a:分别为加热釜电压表、电流表、调压旋钮;B,B′,b:分别为加热下段电压表、电流表、调压旋钮;C,C′,c:分别为加热中段电压表、电流表、调压旋钮;E,E′:分别为测量段电压表、电流表;D,D′,d:分别为加热上段电压表、电流表、调压旋钮

②实验装置的主要技术参数

单管升膜发生器

名称	直径（mm）	高度（mm）	材质	调压方式	额定电流和功率
加热釜	∅60×2	350	玻璃		20A
加热管上、中、下	∅17×1	350	石英玻璃	固态调压器	10A
测量段	∅17×1	350	石英玻璃	自偶变压器	800W
气夜分离器	∅50	100	玻璃		
冷凝器	∅17×1	1090	紫铜		
冷凝器	∅17×1	1270			
保温管	∅60×2	350	有机玻璃		

热电势与温度关系式：

$$t = 2.73 + 21.84 \times E (\text{℃}); \qquad E : (\text{mv})$$

四种流型见图 5-61。

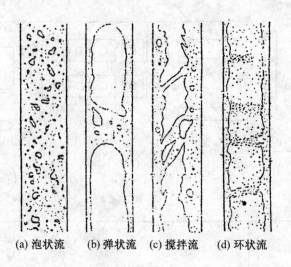

(a) 泡状流　(b) 弹状流　(c) 搅拌流　(d) 环状流

图 5-61　垂直管内两相流流型示意图

操作参数见下表：

| | 流量 L(h) | 流型 | 电功率(W)或电流(A) | | | | 釜温 (mV) | 主流温度 (mV) | 内壁温度 (mV) | 保温管温度 (mV) |
			釜 (A)	下段 (A)	中上段 (A)	测量段 (W)				
第一阶段	40～45	泡状	10	4.5	0	0	3	4.45	4.45	1.4
	35～45	泡状	—	—	—	—	—	—	—	—
	30 左右	弹状	16	6.0		30	5	4.5	4.5	1.5
第二阶段	30 左右	搅拌	8.0	9.5	9.5	300	1.5	4.45	4.45	1.4
	14～20	环状	—	—	—	—	—	—	—	—
	40 左右	搅拌	7.0	9.0	1.5	500	3	4.55	4.55	1.9

2.17.3　实验步骤

(1)实验前准备,检查工作：

①水槽底阀关闭,槽内充满蒸馏水。泵出口回流阀 10 全开状态。

②所有电器开关均为关闭状态。

③按下热电偶转换开关 6,将毫伏计短接,冰水桶放满冰水。

(2)实验操作：

①合闸：毫伏计读数为零或 ±1 字,如果毫伏计的读数不为零,一般待预热一段时间(20min 左右)即可。

②打开冷却水。启动泵,开启流量计调节阀,维持流量在 40L/h 左右,待蒸发管内充满水后,依次进行第二阶段的操作。

③由于弹状流是一种极不稳定的流型,所以先进行第一阶段流型观察实验。为能见到泡状流和弹状流的流型,此时测量段的功率必须极小,故该阶段中三种流型下壁温和主体温度基本相同。

④保持水流量不变(40L/h),依次缓慢开启固态调压器旋钮和自偶变压器,逐渐加大各段电压、电流接近指定值,一旦观察到弹状流流型后,维持流量和电功率均不变,让弹状流流型反复呈现一段时间后,保持该功率下,适当加大和减少流量,分别观察泡状和搅拌流流型。

⑤在进入第二阶段流型观测实验时,先保持水流量不变(30L/h)左右,依次缓慢调整或加大各段电压、电流到指定值(见参考值)。搅拌流和环状流阶段,在测取相对应的热电势值时,在冷凝器下端出口测取蒸汽冷凝液的流量。

2.17.4　注意事项

(1)蒸发管、釜外壁均导电,操作时严禁接触,管外均加有机玻璃管进行保护。

(2)外电源输入到装置上时,必须火线接装置的绿色线、零线接黄色线。

(3)操作结束,必须按下热电偶转换开关 6,毫伏计短接。

(4)实验开始先启动泵并调流量后通电加热,实验结束时,开大流量(50L/h)运转数分钟后,切断加热电路开关、流量计阀,再停泵。泵回流阀 13 在全部实验过程中不许关闭。

(5)固态调压器所显示的电压,电流值不是实际有效功率,不能作为计算依据。

(6)整个实验过程要始终不停地观察流型和壁温变化、严防干壁。干壁一旦出现,壁温读数会急剧增加,此时应立即减少甚至完全切断加热电路电源,否则会损坏设备。

2.17.5　报告内容

(1)将实验数据记入下列表格中。

(2)举例计算出环状流和搅拌流型下的对流传热系数 a,及确定其蒸汽干度。

(3)对实验中观测到的现象及出现的问题进行讨论。

附录:数据记录表

实验日期:　　　　　　　　　　　　　　　　　　　　　　　　　　室温:

			第一阶段			第二阶段		
流量 L(h)								
功 率	釜	电压 V						
		电流 A						
	下段	电压 V						
		电流 A						
	中段	电压 V						
		电流 A						

续表

功率	上段	电压(V)		
		电流(A)		
	测量段	电压(V)		
		电流(A)		
测量段	釜温	mV		
		℃		
	主体温 t_f	mV		
		℃		
	内壁温 t_w	mV		
		℃		
	外壁温 t_R	V		
		℃		
	流型			
	蒸气冷凝量 mL/min			

2.18 超滤膜分离实验

2.18.1 实验目的与内容

(1)了解和熟悉超滤膜分离的工艺过程。

(2)采用超滤膜分离水中分子量为 10000 的聚乙二醇(PEG10000),测定实验用膜的渗透通量和 PEG10000 的截留率。

2.18.2 实验原理及装置

(1)原理

超滤过程是利用极小的膜孔实现对大分子的截留,因此,要达到良好分离的目的,就要求被分离的组分间的分子量至少要相差一个数量级以上。超滤操作可分为静态操作和动态操作两种。在静态操作(死端式过滤)中,类似于板框过滤,所有的被截留微粒或大分子都沉积在膜上,形成随时间增厚的滤饼层,传质阻力不断增加,过滤速率不断降低。在动态过滤(横流过滤)中,进料流体不断平行地从膜表面流过,虽然还会有微粒或大分子在膜的表面沉积,形成沉积层,但是由于流体流动产生的剪切力和浮力,微粒或大分子的沉积与冲脱处于平衡,过滤速率降到一个恒定值。为了提高过滤速率,经常采用动态过滤的方式。衡量超滤膜分离的指标为截留率 f 和渗透通量 J,其定义如下:

$$f = \frac{原料液初始浓度-透过液浓度}{原料液初始浓度} \times 100\%$$

$$J = \frac{透过液体积}{实验时间 \times 膜面积 \times 压差} [L/m^2 \cdot h \cdot kPa]$$

（2）实验装置与流程

①主要设备

中空纤维超滤组件，过滤面积 $7m^2$/膜组件，适宜流量 240～360L/h。

②实验流程（见图5-62）

聚乙二醇水溶液（PEG）经泵 2 输送经过滤器 3，然后从下部进入膜组件7。透过液由流量计 9 计量后回料液槽 1；浓缩液经转子流量计 5 计量后回料液槽 1。流程中，漏斗 8 为膜组件加保护液（5％甲醛溶液）用；贮罐 6 为放出保护液的接收容器；过滤器 3 为聚丙烯酰胺式过滤器，精度 $5\mu m$，作用是拦截料液中的不溶性杂质，以保护膜不受阻塞。

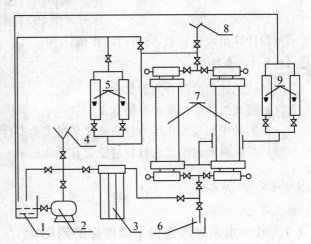

图 5-62　超滤膜分离实验流程图
1. 料液贮槽；2. 进料泵；3. 过滤器；4. 漏斗；5. 转子流量计；
6. 保护液贮槽；7. 超滤组件；8. 漏斗；9. 转子流量计

2.18.3　实验方法

（1）为防止中空纤维膜受微生物侵蚀而损伤，不工作期间，在超滤组件内加入保护液。在实验前，必须将保护液放净。为洗去残余的保护液，用自来水清洗 2～3次，然后放净清洗液。配制浓度为 0.1％（质量比）的 PEG10000 水溶液，用逐步稀释法配制不同浓度的溶液，以蒸馏水为空白，用 722 型分光光度计测量不同浓度溶液在 535nm 处的光密度，制成标准曲线，供分析用。

（2）将配制的 PEG 料液加入料槽 1 中计量，记录 PEG 料液的体积。用移液管取料液 5mL 放入容量瓶（50mL）中，稀释至 50mL 后，用分光光度计测定原料液的初始浓度。

（3）启动泵 2，将预先配制的 PEG 料液在 0.05MPa 压力和室温下，进行超滤实验。每隔 2min，记录一次渗透液的流量；运转 40min 后，在透过液出口端用 100mL 烧杯接取透过液约 50mL，然后用移液管从烧杯中取 10mL 放入另一容量瓶中，用分光光度计测量 PEG 的浓度，烧杯中剩余透过液全部倾入贮槽 1 中，混匀。

（4）改变流量，再进行两个不同流量的实验，数据测取完毕，停泵。

（5）待超滤组件中的 PEG 溶液放净之后，用自来水代替原料液，在较大流量下运转 20min 左右，清洗组件中残余 PEG 溶液。

（6）加保护液。如果 10h 以上不使用超滤组件，须加入保护液至组件的二分之一高度。然后密闭系统，避免保护液损失。

（7）将仪器清洗干净，放在指定位置；切断分光光度计的电源。

2.18.4　注意事项

（1）系统最大操作压力 0.8MPa，最高操作温度 50℃。

（2）首次使用时，应先在进液管中预灌满水。

(3)10 小时以上不使用,应在膜组件中加入保护液,密闭系统。

(4)实验结束时应将仪器清洗干净。

2.18.5　实验报告内容

(1)计算出 PEG 的脱除率、回收率 Y,并对流量作图。

$$Y = \frac{\text{浓缩液中 PEG 量}}{\text{原料液中 PEG 量}} \times 100\%$$

(2)计算出渗透通量,并对时间作图。

2.18.6　思考题

(1)试论述超滤膜分离的机理。

(2)超滤组件中加保护液的意义。

(3)实验中如果操作压力过高或流量过大会有什么结果?

(4)提高料液的温度进行超过滤会有什么影响?

3　综合实验

3.1　氨—水系统汽液相平衡数据的测定

3.1.1　实验目的与内容

(1)学习用静力法测定氨—水系统相平衡数据。

(2)掌握相平衡实验的基本技能。

3.1.2　实验原理及装置

(1)原理

气液系统的相平衡数据主要是指气体在液体中的溶解度。这在吸收、气提等单元操作中是很重要的基础数据,但比之汽液平衡数据要短缺得多,尤其是 25℃ 以上的数据甚少,至于有关的关联式和计算方法更是缺乏。

当气液两相达平衡时,气相和液相中 i 组分的逸度必定相等。

$$\hat{f}_i^V = \hat{f}_i^l \tag{1}$$

气相中 i 组分逸度为

$$\hat{f}_i^V = p y_i \varphi_i^V \tag{2}$$

式中:$\hat{f}_i^V$,$\hat{f}_i^l$——分别为气相和液相中 i 组分的逸度,MPa;

y_i、φ_i^V——分别为气相中 i 组分的摩尔分数和逸度系数(无量纲);

p——系统压力,MPa。

当气体溶解度较小时,液相中组成的逸度采用亨利定律计算

$$\hat{f}_i^l = E_i x_i \tag{3}$$

式中:x_i、E_i——分别为液相中 i 组分的摩尔分数和亨利系数(MPa)。

如气体在液体中具有中等程度的溶解度时,则应引入液相活度系数 γ^* 的概念,即

$$\hat{f}_i^l = E_i \gamma^* x_i \tag{4}$$

γ^* 表示对亨利定律的偏差,故其极限条件为 $x_i \to 0$ 时,$\gamma^* \to 1$。

由前三式可得汽液平衡基本关系式:

$$y_i = \frac{E_i}{\varphi_i^V p} x_i \tag{5}$$

或

$$y_i = \frac{E_i \gamma_i^*}{\varphi_i^V p} x_i$$

当气相为理想溶液时,$\varphi_i^V = \varphi_i$,若气相为理想气体的混合物,$\varphi_i^V = 1$,此时气相分压 p_i 如下式所示:

$$p_i = p y_i = E_i x_i \tag{6}$$

此式是在低压下,使用很广泛的气液相的平衡关系式。

亨利定律也常用摩尔浓度表示。

$$\hat{f}_i^V = H_i c_i \tag{7}$$

式中:c_i——气体在溶液中的摩尔浓度,$kmol/m^3$;

H_i——气体在溶液中的溶解度系数,$m^3/(kmol \cdot MPa)$。

在低压下,同样可应用下式

$$p_i = H_i c_i \tag{8}$$

亨利定律只适用于物理溶解,如溶质在溶剂中发生离解、缔合及化学反应时,必须把亨利定律和液相反应进行关联。温度、压力以及化学反应对气体溶解度的影响可以从它们对亨利系数 E,溶解度系数 H 的关系进行推算。详细可参阅有关书刊。

根据相律,$F = C - \pi + 2$,即自由度=独立组分数-相数+条件数。二组分系统汽液平衡时,自由度为 2,即在温度 T,压力 p,液相组成 x_1,x_2 及气相组成 y_1,y_2 共 6 个变数中,指定任意 2 个,则其余 4 个变数都将确定。对于一定的系统,其挥发组分的平衡分压与总压、平衡温度及溶液组成有关。在较低压力下,总压的影响可以忽略。故在实验中,为使气相组成测定准确,必须使温度和液相组成保持稳定。

测定溶液挥发组分平衡分压的方法有静态法、流动法和循环法。

静态法是在密闭容器中,使气液两相在一定温度下充分接触,经一定时间后达到平衡,用减压抽取法迅速取出气、液两相试样,经分析后得出平衡分压与液相组成的关系。此法流程简单,只需一个密闭容器即可。

流动法是将已知量的惰性气体,以适当的速度通过一定温度已知浓度的试样溶液,使其充分接触而达成平衡。测定气相中被惰性气体带出的挥发组分,即可求得平衡分压与液相组成的关系。此法易于建立平衡,可在较短时间里完成实验,气相取样量较多,且取样时系统温度、压力能保持稳定,准确程度高,但流程较复杂,设备装置也多。

循环法是在平衡装置外有一个可使气体或液体循环的装置,因而有气体循环、液体循环以及气液双循环的装置。循环法搅拌情况比较好,容易达到平衡,但循环泵的制作要求很高,要保证不泄漏。

本实验采用静态法,在一定温度,加压条件下测定氨—水系统的气相平衡分压,以获取液相组成和平衡分压的关系。

(2)实验装置

实验装置如图 5-63 所示。

本实验是在加压条件下测定平衡氨分压,故高压釜是测定汽液相平衡数据的主要装置,根据增加气液接触方式的不同有电磁搅拌式,振荡式,机械旋转式,摇摆式以及气相或液相循环式等。电磁搅拌式是常用的相平衡测定装置,它结构简单,但达到平衡的时间较长。本实验采用电磁搅拌式高压釜。

电磁搅拌式高压釜配备有电磁搅拌器及其控制仪,电加热及其温度控制装置,加料装置及气液相样品测定装置。

3.1.3 实验步骤

(1)实验操作

①把清洗干净的高压釜安装好,进行气密性检查。

②配制一定浓度的氨水。先向高压釜液相管中加入一定量的水,然后用真空泵从气相管将釜中空气抽空,再用小钢瓶准确地从液相管中加入液氨,其量由二次称量相减得到。

③将气相、液相取样管装好,高压釜放入恒温槽内,开动电磁搅拌器。

④测定在 30℃、35℃、40℃ 温度下的平衡压力,并分析 40℃ 平衡条件下的液相和气相组成。

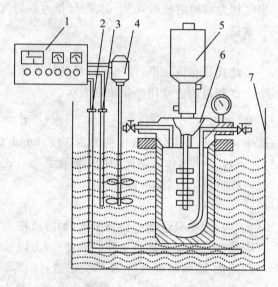

图 5-63 汽液相平衡数据测量装置
1. 控制器;2. 加热器;3. 测温元件;4. 搅拌器;
5. 电磁搅拌器;6. 高压釜;7. 恒温槽

(2)分析

①仪器及试剂

5mL 移液管 2 支;2.0mol/L 及 0.6mol/L H_2SO_4 标准溶液,0.3mol/L NaOH 标准溶液。

取样瓶 4 只;电光天平(称重 200g,感量 0.1mg)1 台;50mL 酸式、碱式滴定管各 1 支。

②分析方法

液相:用移液管吸取 2.0mol/L H_2SO_4 标准溶液 5mL 放入取样瓶中并加数滴甲基橙指示剂,然后接入高压釜上的液相取样管上,取样约 1g,根据溶液的颜色决定用酸或碱回滴求得液相的组成。

气相:用移液管吸取 0.6mol/L H_2SO_4 标准溶液 5mL,其他操作与液相分析相同。

3.1.4 注意事项

(1)必须对高压釜进行气密性检查。

(2)必须迅速取样。

(3)向高压釜加入液氨前须抽净釜内空气。

3.1.5 实验报告内容

(1)说明本实验的目的,装置及方法。

(2)记录实验数据。

(3)根据分析数据,计算出气、液相组成及气相中氨分压。

(4)实验结果讨论。

3.1.6 思考题

(1)测定气液平衡数据的方法有哪几种？分别说明它们的实验原理和基本装置、适用范围。

(2)可采用哪些方法加速系统达到平衡？

(3)如何判断实验系统达到平衡？

3.2 双驱动搅拌器测定气—液传质系数

3.2.1 实验目的与内容

(1)了解双驱动搅拌吸收器的特点及其适用场合。

(2)学习测定气液传质系数。

(3)进一步了解气液传质过程。

3.2.2 实验原理及装置

(1)原理

气液传质过程中由于物系不同,其传质机理可能也不相同。被吸收组分从气相传递到液相的整个过程决定于发生在气液界面两侧的扩散过程以及在液相中的化学反应过程,化学反应又影响组分在液相中的传递。化学反应的条件、结果各不相同,影响组分在液相中传递的程度也不同。通常化学反应是促进了被吸收组分在液相中的传递。如果将传质过程的阻力分成气膜阻力与液膜阻力,就需要了解整个传质过程中哪一个是传质的主要阻力,进而采取一定的措施,或者提高某一相的运动速度,或者采用更有效的吸收剂,从而提高传质的速率。

气膜阻力为主的系统、液膜阻力为主的系统或者气膜阻力与液膜阻力相近的系统在实际操作中都会存在,在开发吸收过程中要了解某系统的吸收传质机理必须在实验设备上进行研究。双驱动搅拌吸收器的主要特点是气相与液相搅拌是分别控制的,搅拌速度可以分别调节,所以适应面较宽。可以分别改变气、液相转速测定吸收速率来判断其传质机理,也可以通过改变液相或气相的浓度来测定气膜一侧的传质速率或液膜一侧的传质速率。

要测定某条件下的气液传质系数,就必须采取切实可行的方法测出单位时间单位面积的传质量,并通过操作条件及气液平衡关系求出传质推动力。传质量的计算可以通过测定被吸收组分进入搅拌吸收器的量与流出吸收器的量之差求得,或者通过测定搅拌吸收器里的吸收液中被吸收组分的起始浓度与最终浓度之差值来确定。

本实验以热碳酸钾吸收二氧化碳作为系统,该系统是一个伴有化学反应的吸收过程:

$$K_2CO_3 + CO_2 + H_2O \Longrightarrow 2KHCO_3 \tag{1}$$

CO_2从气相主体扩散到气液界面,在液相界面与K_2CO_3进行化学反应并扩散到液相主体中去,由于CO_2在K_2CO_3的溶液中的反应为快速反应,使原来液膜控制的过程有所改善。若气膜阻力可以忽略时,吸收速率的公式可写成:

$$N_{CO_2} = \beta K_L (c_A^* - c_{AL}) \tag{2}$$

$$N_{CO_2} = \beta K_G H_{CO_2} (p_A - p_{AL}^*) = K(p_A - p_{AL}^*) \tag{3}$$

式中:N_{CO_2}——单位时间单位面积传递的CO_2量;

β——增大因子；

K_L——液相传质系数；

K_G——气相传质系数；

c_A^*——气相中 CO_2 分压的平衡浓度；

c_{AL}——液相中的 CO_2 浓度；

H_{CO_2}——CO_2 的溶解度系数；

p_A——CO_2 分压，为总压与吸收液面上饱和水蒸气压之差；

p_{AL}^*——吸收液上 CO_2 的平衡分压；

K——K_2CO_3 吸收 CO_2 的气液传质系数。

实验中以钢瓶装 CO_2 作气源，经过稳压、控制气体流量、增湿后进入双驱动搅拌吸收器。气体为连续流动，吸收液固定在吸收器内。操作一定的时间后取得各项数据，可计算出 K 值，此为一个平均值。

CO_2 在整个吸收过程的传质量可用 K_2CO_3 中的 $KHCO_3$ 增加量来确定，即可用酸解法来得到，从每毫升吸收液在吸收前后所持有 CO_2 量的差可以确定 CO_2 总吸收量（操作方法见实验步骤中的分析方法）。

吸收在 60℃ 下操作，使用浓度为 1.2mol/L 的 K_2CO_3 吸收液，它的平衡分压可用下式计算：

$$p_{CO_2}^* = 1.98 \times 10^8 \times c^{0.4} \left(\frac{f^2}{1-f} \right) \exp\left(\frac{8160}{T} \right) \tag{5}$$

式中：$p_{CO_2}^*$——CO_2 平衡分压，MPa；

c——K_2CO_3 的浓度，mol/L；

T——吸收温度，K；

f——转化度，无量纲，$f = \dfrac{c_{HCO_3^-}}{2c_{CO_3^{2-}} + c_{HCO_3^-}}$。

60℃时热钾碱上水蒸气分压较大，应从总压中扣除水蒸气分压后才是界面上 CO_2 的分压。60℃碱液上水蒸气分压可按下式计算：

$$p_w = 0.01751(1 - 0.3 \times f) \tag{6}$$

式中：p_w——水蒸气分压，MPa。

吸收液的起始转化度和终了转化度均可用酸解法求取（见分析方法）。

为了考察其他物系不同操作条件对吸收速率的影响，可以分别改变气相的搅拌速度与液相的搅拌速度，测得传质系数后进行综合比较，确定系统的传质的情况。

（2）实验装置及流程

如图 5-64 所示，气体从钢瓶经减压阀送出，经稳压管稳压后由气体调节阀 4 调节适当流量，用皂膜流量计计量后进入水饱和器 6；饱和器放置在超级恒温槽内；双驱动搅拌吸收器 7 的吸收温度也由恒温槽控制；增湿的气体从吸收器中部进入，与吸收液接触后从上部出口引出；出口气体经另一皂膜流量计后放空。

双驱动搅拌吸收器是一个气液接触界面已知的设备。气相搅拌轴与液相搅拌轴都与各自的磁钢相连接，搅拌桨的转速分别通过可控硅直流调速器调节。吸收器中液面的位置应控制在液相搅拌桨上桨的下缘 1mm 左右，以保证桨叶转动时正好刮在液面上，以达到更新表面的目的。吸收液从吸收剂瓶一次准确加入。

3.2.3　实验步骤及方法

（1）实验操作步骤

①开启电源。开启超级恒温槽，将恒温水调节到需要的温度。

②关闭气体调节阀，开启 CO_2 钢瓶阀，缓慢开启减压阀，观察稳压管内的鼓泡情况，再开气体调节阀并通过皂膜流量计调节到适当流量，并让 CO_2 置换装置内的空气。调节气相及液相搅拌转速在指定值附近。

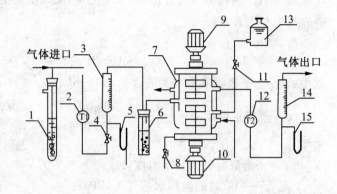

图 5-64　双驱动搅拌器实验流程示意图

1. 气体稳压管；2,12. 气体温度计；3,14. 皂膜流量计；4. 气体调节阀；
5,15. 压差计；6. 气体增湿器；7. 双驱动搅拌吸收器；
8. 吸收液取样阀；9.、10. 直流电机；11. 弹簧夹；13. 吸收剂瓶

③待恒温槽到达所需温度，排代空气置换完全，进入吸入器的气体流量适宜且气体稳压管里有气泡冒出，此时可向吸收器内加吸收液，使吸收剂的液面与液相搅拌器上面一个桨叶的下缘相切。吸收液要一次正确加入。液相的转速不能过大，以防液面波动造成实验误差过大。此时记作为吸收过程开始的"零点"。

④吸收 2h，从吸收液相取样阀 8 中迅速放出吸收液，用 250mL 量筒接取，并精确量出吸收液体积。

⑤用酸解法分析初始及终了的吸收液中 CO_2 的含量。

⑥关闭吸收液取样阀门、气体调节阀、CO_2 减压阀、钢瓶阀，关闭超级恒温槽的电源，使气液相转速回"零"，关闭两个转速表开关，关掉总电源。注意采取有效措施防止压强计上的水柱坐倒灌。

（2）酸解法分析吸收液中 CO_2 含量

①原理

热钾碱与 H_2SO_4 的反应放出 CO_2 含量，用量气管测量 CO_2 体积，即可求出溶液的转化度。反应式为：

$$K_2CO_3 + H_2SO_4 = K_2SO_4 + CO_2 + H_2O \qquad (7)$$

$$2KHCO_3 + H_2SO_4 = K_2SO_4 + CO_2 + 2H_2O \qquad (8)$$

②仪器与试剂

a. 仪器装置（图 5-65）。

b. 1mL 移液管 1 支，5mL 移液管 1 支。

c. 3mol/L 浓度的 H_2SO_4。

③分析操作及计算

准确吸取吸收液 1mL 置于反应瓶中，用 5mL 移液管取 5mL 3mol H_2SO_4 于反应瓶的外瓶内；提高水准瓶，使液面升至量气管的上刻度处，塞紧瓶塞，使其不漏气·

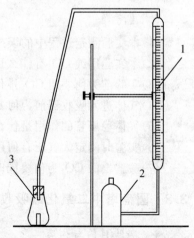

图 5-65　酸解法分析装置

1. 量气管；2. 水准瓶；3. 反应瓶

后,调整水准瓶的高度,使水准瓶的液面与量气管内液面相平,记下量气管的读数 V_1;摇动反应瓶使 H_2SO_4 与碱液充分混合,反应完全(无气泡发生),再记下量气管的读数 V_2;计算出吸收液中 CO_2 含量。

溶液中:

$$V_{CO_2}(mL/mL\ 碱液)=(V_2-V_1)\cdot\varphi \tag{9}$$

式中:V_{CO_2}——吸收液中 CO_2 的含量,mL/mL;

$$\varphi——校正系数,\varphi=\frac{273.2}{T}\frac{(p-p_{H_2O})}{101.3}; \tag{10}$$

式中:p——大气压,kPa;

T——酸解时器内 CO_2 温度,K;

p_{H_2O}——t℃时的饱和水蒸气压,kPa;

$$p_{H_2O}=0.1333\exp[18.3036-3816.44/(T-46.13)] \tag{11}$$

溶液转化度可按下式计算:

$$f=\frac{c_f}{c_f^0}-1 \tag{12}$$

式中:f——吸收液的转化度。可用来计算吸收液上 CO_2 的平衡分压与水的饱和蒸汽压;

c_f,c_f^0——吸收后和吸收前 1mL 吸收液酸解后放出的 CO_2 校正后体积数(mL)。

3.2.4 注意事项

(1)防止压强计上的水柱坐倒灌。

(2)吸收液要一次正确加入。

3.2.5 实验数据处理

从记录的实验原始数据中逐项计算出单位时间单位面积的 CO_2 传递量,换算成摩尔数,以及从初始及终了吸收液的转化度算出吸收的推动力,求取平均推动力来计算气液传质系数,单位为 $mol/(s\cdot m^2\cdot MPa)$。

对在不同的液相转速下取得的 K 值进行综合比较,并得出结论。

3.2.6 思考题

(1)本实验测定过程中的误差来源是什么?

(2)本实验用纯 CO_2 有什么目的?

(3)实验前为何要用 CO_2 排代实验装置中的空气?

(4)气体进入吸收器前为何要用水饱和器?

(5)气体稳压管的作用是什么?

(6)实验时测定大气压有何用处?

(7)酸解出的 CO_2 为何要同时测定温度?

3.3 圆盘塔中二氧化碳吸收的液膜传质系数测定

3.3.1 实验目的与内容

(1)掌握气液吸收过程液膜传质系数的实验求取方法。

(2)根据实验数据关联圆盘塔的液膜传质系数与液流速率之间的关系式。

3.3.2　实验原理及装置

(1)原理

传质系数的实验测定方法一般有两类,即静力法和动力法。静力法是将一定容积的气体于一定的时间间隔内,在密闭容器中与液体的静止表面相接触,根据气体容积的变化测定其吸收速度。此时液相主体必须在破坏表面的情况下进行搅拌,以避免由于在相界面附近饱和程度很高而影响其吸收速度。静力法的优点是能够了解反应过程的机理,设备小,操作简便,因其研究的情况,如流体力学条件与工业设备中的状况不尽相似,故吸收系数的数值不宜一次性直接放大。

动力法是在一定的实验条件下,在气液两相都处于逆向流动状态下,测定其传质系数。此法能在一定程度上克服上述静力法的缺点,但所求得的传质系数只能是平均值,因而无法探讨传质过程的机理。

本实验基于动力法的原理,在圆盘塔中进行液膜传质系数的测定,但又与动力法不完全相同。其差异在于液相是处于流动状态,而气相在测试时处在不流动的封闭系统中。对于这一改进,其优点是简化了实验手段及实验数据的处理,同时也减少了操作过程产生的误差,实验结果与 Stephens 和 Morris 总结的圆盘塔中 K_L 的准数关联式相吻合;不足的是只适合在常压(0.1MPa)测试条件下进行。

圆盘塔是一种小型实验室吸收装置:Stephens 和 Morris 根据 Higbien 的不稳定传质理论,认为液体从一个圆盘流至另一个圆盘,类似于填充塔中液体从一个填料流至下一个填料池,流体在下降吸收过程中交替地进行了一系列混合和不稳定传质过程。他们用水吸收纯 CO_2 气体,实验测得的结果是一致的,且与塔高无关,消除了设备液膜控制时,因波纹现象所产生的端末效应。

Sherwood 和 Hollowag 将有关填充塔液膜传质系数数据整理成如下形式:

$$\frac{K_L}{D}\left(\frac{\mu^2}{g\rho^2}\right)^{1/3}=a\left(\frac{4\Gamma}{\mu}\right)^{0.5}$$

式中:$\dfrac{K_L}{D}\left(\dfrac{\mu^2}{g\rho^2}\right)^{1/3}$——修正修伍德数 Sh;

$\dfrac{4\Gamma}{\mu}$——雷诺数 Re;

$\dfrac{\mu}{\rho D}$——许密特数 Sc;

m——系数,在 0.78~0.54 之间变化。

而 Stephens 和 Morris 总结圆盘塔中 K_L 的准数关系式为:

$$\frac{K_L}{D}\left(\frac{\mu^2}{g\rho^2}\right)^{1/3}=3.22\times10^{-3}\left(\frac{4\Gamma}{\mu}\right)^{0.7}\left(\frac{\mu}{\rho D}\right)^{0.5}$$

在实验范围内,Stephens 和 Morris 与 Sherwood 和 Hollowag 的数据极为吻合。这说明 Stephens 和 Morris 所创造的小型标准圆盘塔与填充塔的液膜传质系数与液流速度的关系式极相似。因此,依靠圆盘塔所测定的液膜传质系数可直接用于填充塔设计。

本实验气相是纯 CO_2 气体,液相是蒸馏水,测定纯 CO_2-H_2O 系统的液膜传质系数,并通过对液膜传质系数与液流速率之间的关系式的计算,求得系数 m 值。

基于双膜理论:

$$A = K_L F \Delta c_m = K_G F \Delta p_m$$

$$1/K_L = H/k_g + 1/k_L$$

$$k_g = \frac{D_G p}{R T Z_G (p_B)_m}$$

当采用纯 CO_2 气体时,因为 $(p_B)_m \to 0$,所以是 $k_g \to \infty$,即 $K_L = k_L$。

式中:k_L——液膜传质分系数,$\dfrac{\mathrm{mol}}{\mathrm{h} \cdot \mathrm{m}^2} \cdot \dfrac{\mathrm{m}^3}{\mathrm{mol}}$;

$\quad N_A$——CO_2吸收速度,mol/h;

$\quad F$——吸收表面积,m^2;

$\quad \Delta c_m$——液相浓度的平均推动力,$\mathrm{mol/m}^3$。

(2)实验装置

采用圆盘塔测定液膜传质系数的装置,如图 5-66 所示。

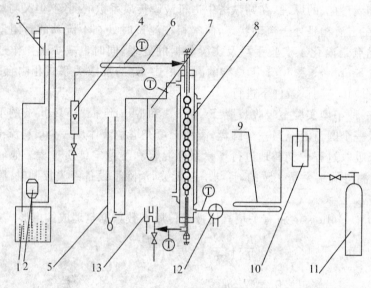

图 5-66　圆盘塔实验装置

1. 贮液罐;2. 水泵;3. 高位槽;4. 流量计;5. 皂膜流量计;6. 加热器;7. U 型测压管;8. 圆盘塔;9. 加热器;
10. 水饱和器;11. 钢瓶;12. 三通玻璃活塞;13. 琵琶形液封器

液相的流向:贮液罐中的吸收液经泵打至高位槽,多余的液体由高位槽溢流口回流到贮液罐,借以维持高位槽液位稳定。由高位槽流出的吸收液由调节阀调节,经转子流量计计量和恒温加热系统加热至一定温度,进入圆盘塔塔顶的喷口,沿圆盘流下并在圆盘的表面进行气液传质。出圆盘塔的吸收液由琵琶形液封溢口排出。液相进出圆盘塔顶、塔底的温度由玻璃水银温度计测得。

气相的流向:纯度在 99.8% 以上的 CO_2 由高压钢瓶放出,经减压阀调节进入水饱和器和恒温加热系统,通过三通考克切换进入圆盘塔底部。CO_2 在塔中与自上而下的吸收液逆流接触,之后从塔顶部出来经 U 形压力计至皂膜流量计排空。

3.3.3　实验步骤

(1)系统的气体置换:开启钢瓶总阀,调节减压阀使气体有一个稳定的流量。切换三通考克使气体进入塔底自下而上由塔顶出来,经皂膜流量计后排空。一般经 10min 置换,即可着手进行测定。

(2)开启超级恒温槽,调节接触温度计至操作温度值,由水泵将恒温水注入圆盘塔的隔套层,使恒温水不断地循环流动。

(3)开启高位槽进水泵,当吸收液由高位槽溢流口开始溢出时方可进行下述操作。

(4)调节转子流量计的阀门,使吸收液的流量稳定在设置值上。

(5)调节气体和液体温度控制装置,使气体和液体温度稳定在操作温度值上,其气、液间的温度误差不大于 ±1℃。

(6)调节琵琶形液封器,使圆盘塔中心管的液面保持在喇叭口处。

(7)液相的流量、温度、气相温度和圆盘塔水隔套中的恒温水温度达到设定值,稳定数分钟后,即可进行测定,每次重复做三个数据。

(8)实验操作是在常压下以 CO_2 的体积变化来测定液膜传质系数。当皂膜流量计鼓泡,皂膜至某一刻度时,即切换三通考克的导向,使 CO_2 直接排空,此时塔体至皂膜流量计形成一个封闭系统。随着吸收液液膜不断更新,塔内 CO_2 的体积也随之变小,皂膜流量计中的皂膜开始下降,依据原设置的要求将体积变化 ΔV 所用的时间 Δs 记录下来,同时记录下各处的温度。

(9)改变液体流量,继续如上的操作,上下行共做 9~10 次。

3.3.4　注意事项

(1)二氧化碳钢瓶减压阀的开关方向与普通阀门方向相反,顺时针为开,逆时针为关。

(2)固定好操作点后,应注意随时检查,保持各值不变。

(3)操作条件改变后,应等待系统稳定后,方能读取数据。

(4)分析组成时一定要认真。

3.3.5　数据处理及数据记录

液流速率 $\Gamma(\mathrm{kg \cdot m^{-1} \cdot h^{-1}})$ 的计算:

$$\Gamma = \frac{\rho L}{l}$$

式中:ρ——液体的密度,$\mathrm{kg/m^3}$;

　　L——液体的流量,$\mathrm{m^3/h}$;

　　l——平均液流周边,m。

(2)气体吸收速率 $N_A(\mathrm{mol \cdot h^{-1}})$ 的计算:

$$N_A = p V_{CO_2}/SRT$$

式中:p——吸收压力,Pa;

　　V_{CO_2}——CO_2 吸收量,$\mathrm{m^3}$;

　　S——吸收时间,h;

　　R——气体常数,R=8.314;

　　T——吸收温度,K。

(3)液相浓度的平均推动力 $\Delta c_m(\mathrm{mol \cdot m^3})$ 的计算:

$$\Delta c_m = \frac{\Delta c_i - \Delta c_0}{\ln \dfrac{\Delta c_i}{\Delta c_0}}$$

$$\Delta c_i = c^*_{CO_2,i} - c_{CO_2,i}$$

$$\Delta c_0 = c^*_{CO_2,0} - c_{CO_2,0}$$

式中:$c^*_{CO_2,i}$,$c_{CO_2,i}$——塔顶液相中 CO_2 的平衡浓度与实测浓度,$c^*_{CO_2,i} = H_i p_{CO_2,i}$;

$c^*_{CO_2,0}$,$c_{CO_2,0}$——塔底液相中 CO2 的平衡浓度与实测浓度,$c^*_{CO_2,0} = H_0 p_{CO_2,0}$;

H_i,H_o——CO_2 在塔顶与塔底水中的溶解度系数,$mol/(Pa \cdot m^3)$,$H = \dfrac{p_{H_2O}}{MK}$;

$p_{CO_2,i}$,$p_{CO_2,0}$——塔顶与塔底气流中 CO_2 的分压,Pa,$p_{CO_2} = p - p_{H_2O}$;

M——吸收剂的分子量;

K——亨利系数,Pa(见附表)。

液体中进出口的 CO_2 实际浓度为:

$$c_{CO_2,i} = 0, \quad c_{CO_2,0} = N_A/L$$

圆盘塔中的圆盘为素瓷材质,圆盘塔内系一根不锈钢丝串连四十个相互垂直交叉的圆盘而成。每一圆盘的尺寸为直径 $d = 14.3mm$,厚度 $\delta = 4.3mm$,平均液流周边数 $l = (2\pi d^2/4 + \pi d\delta)/d$,吸收面积 $F = 40 \times (2\pi d^2/4 + \pi d\delta)$,圆盘间用 502 胶水(或环氧树脂)粘结在不锈钢丝上。

实验数据记录表

室温_____   大气压_____   被吸收气体_____

吸收液体_____   水饱和分压_____

序号	液体流量 $L(h)$	CO_2吸收量(mL)	吸收速率 $\Delta V(mL \cdot S^{-1})$	吸收时间(s)				液相温度(℃)		气相温度(℃)		水夹套温度(℃)	
				S_1	S_2	S_3	S_4	进	出	进	出	进	出
1													
2													
3													
4													
5													
6													
7													
8													
9													
10													
11													
12													

3.3.6 思考题

(1)本实验中 CO_2 流量的变化对 K_L 有无影响,为什么?

（2）若液流量小于设置的下限或大于设置的上限将会产生什么结果？

附录		二氧化碳与水的有关物性数据	
温度（℃）	CO_2在水中的亨利系数 $K \times 10^{-6}$（Pa）	水的密度 ρ（kg·m^{-3}）	水的饱和蒸汽压 P（Pa）
10	105.30	999.7	1223.20
11	108.86	999.6	1307.52
12	112.49	999.5	1396.90
13	116.19	999.4	1491.73
14	119.94	999.2	1592.28
15	123.77	999.1	1698.41
16	127.64	998.9	1811.06
17	131.58	998.8	1930.10
18	135.58	998.6	2055.78
19	139.64	998.4	2188.65
20	143.73	998.2	2329.50
21	147.90	998.0	2476.99
22	152.11	997.8	2633.53
23	156.37	997.6	2798.72
24	160.69	997.3	2972.68
25	165.04	997.1	3156.09
26	169.46	996.8	3349.07
27	173.90	996.6	3552.43
28	178.39	996.3	3766.56
29	182.94	996.0	3991.33
30	187.52	995.7	4228.07
31	192.13	995.4	4476.78
32	196.79	995.1	4738.125
33	201.48	994.8	5012.77
34	206.22	994.4	5301.25
35	210.98	994.1	5604.22

3.4　共沸精馏实验

3.4.1　实验目的与内容

（1）通过实验加深对共沸精馏过程的理解；

(2)熟悉精馏设备的构造,掌握共沸精馏操作方法。

3.4.2 实验原理及装置

(1)原理

精馏是化工生产中常用的分离方法。对于不同的分离对象,精馏方法也有所差异。例如,分离乙醇和水的二元物系。由于乙醇和水可以形成共沸物,而常压下的共沸温度和乙醇的沸点温度极为相近,所以采用普通精馏方法只能得到乙醇和水的混合物,而无法得到无水乙醇。为此,在乙醇—水系统中加入第三种物质,该物质被称为共沸剂。共沸剂具有能和被分离系统中的一种或几种物质形成最低共沸物的特性。在精馏过程中共沸剂将以共沸物的形式从塔顶蒸出,塔釜则得到无水乙醇。这种方法称共沸精馏。

乙醇—水系统加入共沸剂苯以后可以形成 4 种共沸物。现将它们在常压下的共沸温度、共沸组成列于表1。

为了便于比较,再将乙醇、水、苯 3 种纯物质常压下的沸点列于表2。

表 1　　　　　　　　　　乙醇—水—苯三元共沸物性质

共沸物(简记)	共沸点(℃)	共沸物组成(%)(质量分数)		
		乙醇	水	苯
乙醇—水—苯(T)	64.85	18.5	7.4	74.1
乙醇—苯(ABz)	68.24	32.7	0.0	67.3
苯—水(BWz)	69.25	0.0	8.83	91.17
乙醇—水(AWz)	78.15	95.57	4.43	0.0

表 2　　　　　　　　　　乙醇、水、苯的常压沸点

物质名称(简记)	乙醇(A)	水(W)	苯(B)
沸点温度(℃)	78.3	100.0	80.1

从表 1 和表 2 列出的沸点看,除乙醇—水二元共沸物的共沸点与乙醇沸点相近之外,其余 3 种共沸物的共沸点与乙醇沸点均有 10℃左右的温度差。因此,可以设法使水和苯以共沸物的方式从塔顶分离出来,塔釜则得到无水乙醇。

整个精馏过程可以用图 5-67 来说明。图中 A、B、W 分别为乙醇、苯和水的英文字头;ABz、AWz、BWz 代表二元共沸物,T 表示三元共沸物。图中的曲线下方为两相区,上方为均相区。图中标出的三元共沸组成点 T 处在两相区内。

以 T 为中心,连接 3 种纯物质组成点 A、B、W 及 3 个二元共沸组成点 ABz、AWz、BWz,将该图分为 6 个小三角形。如果原料液的组成点落在某个小三角形内,当塔顶采用混相回流时精

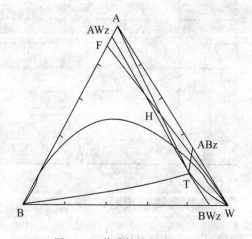

图 5-67　共沸精馏原理图

馏的最终结果只能得到这个小三角形 3 个顶点所代表的物质。故要想得到无水乙醇，就应该保证原料液的组成落在包含顶点 A 的小三角形内，即在△A T ABz 或△A TAWz 内。从沸点看，乙醇－水的共沸点和乙醇的沸点仅差 0.15℃，本实验的技术条件无法将其分开。而乙醇－苯的共沸点与乙醇的沸点相差 10.06℃，很容易将它们分离开来。所以分析的最终结果是将原料液的组成控制在△ATABz 中。

图 5-67 中 F 代表未加共沸物时原料乙醇、水混合物的组成。随着共沸剂苯的加入，原料液的总组成将沿着 FB 连线变化，并与 AT 线交于 H 点，这时共沸剂苯的加入量称理论共沸剂用量，它是达到分离目的所需最少的共沸剂量。

上述分析只限于混相回流的情况，即回流液的组成等于塔顶上升蒸汽组成的情况。而塔顶采用分相回流时，由于富苯相中苯的含量很高，可以循环使用，因而苯的用量可以低于理论共沸剂的用量。分相回流也是实际生产中普遍采用的方法，它的突出优点是共沸剂的用量少、共沸剂提纯的费用低。

（2）实验装置

本实验所用的精馏塔为内径 $\varnothing 20mm \times 2000mm$ 的玻璃塔。内装 θ 网环型 $\varnothing 3mm \times 3mm$ 的高效散装填料，填料层高度 1.5m。塔釜为内热自循环玻璃釜，容积 500mL，塔外壁镀有金属膜，通电流使塔身加热保温。

塔釜加热沸腾后产生的蒸汽通过填料层到达塔顶全凝器。为了满足各种不同操作方式的需要，在全凝器与回流管之间设置了一个特殊构造的容器。在进行分相回流时，它可以用作分相器兼回流比调节器；当进行混相回流时，它又可以单纯地作为回流比调节器使用。这样的设计既实现了连续精馏操作，又可进行间歇精馏操作。在进行分相回流时，分相器中会出现两层液体，上层为富苯相，下层为富水相。实验中，富苯相由溢流口回流入塔，富水相则取出。当间歇操作时，为了保证有足够高的溢流液位，富水相可在实验结束后取出。具体的实验流程见图 5-68。

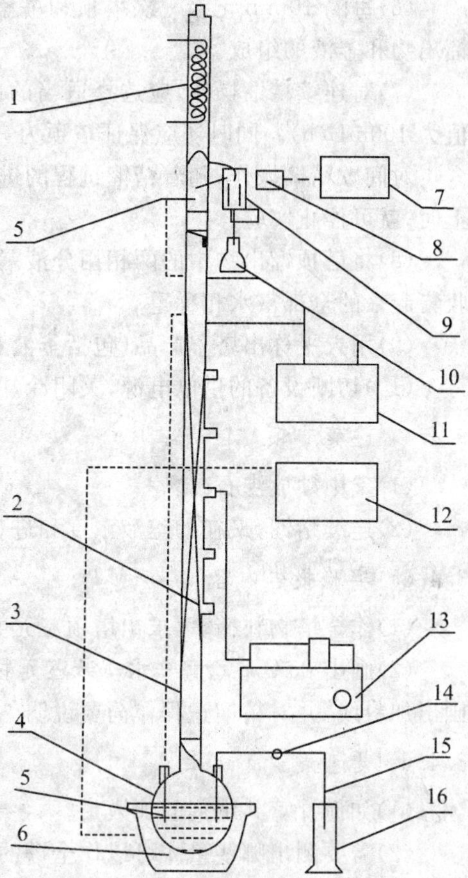

图 5-68　共沸精馏实验流程图

1. 全凝器；2. 进料口；3. 填料塔；4. 塔釜；
5. 热电阻；6. 电加热包；7. 回流比控制器；8. 电磁铁；
9. 分相器；10. 馏出液收集器；11. 温度显示器；
12. 控温仪；13. 进料泵；14. 调节阀；15. 出料管；
16. 塔釜产品收集器

3.4.3　实验步骤

（1）将 70g 浓度 95％ 的乙醇溶液加入塔釜，再放入几粒沸石。

（2）若选用混相回流的操作方式，则按照实验原理部分讲到的共沸剂配比加入共沸剂。对间歇精馏，共沸剂全部加入塔釜；对连续精馏，最初的釜液浓度和进料浓度均应满足共沸剂的配比要求。

（3）若采用分相回流的操作方式，则共沸剂应分成两部分加入。一部分在精馏操作开始之前先充满分相器，其余部分可随原料液进入塔内。但共沸剂的用量应少于理论共沸剂的用量，否则会降低乙醇的收率。

（4）上述准备工作完成之后，即可向全凝器中通入冷却水。打开电源开关，开始塔釜加热。

（5）为了使填料层具有均匀的温度梯度，可适当调节塔的上、下段保温，使塔处在正常操作范围内。

（6）每隔 10min 记录一次塔顶和塔釜的温度，每隔 20min 用气相色谱仪分析一次塔顶馏出物和釜液的组成。

（7）对连续精馏操作，应选择适当的回流比（参考值为 10∶1）和适当的进料流量（参考值为 100mL/h）。同时还应保证塔顶为三元共沸物，塔釜为无水乙醇。

对间歇精馏操作，随着精馏过程的进行，塔釜液相组成不断变化，当浓度达到 99.5% 以上时，就可停止实验。

（8）将塔顶馏出物中的两相用分液漏斗分离，然后用气相色谱仪测出浓度值，最后再将收集起来的全部富水相称重。

（9）用天平称出塔釜产品（包括釜液和塔釜出料两部分）的质量。

（10）切断设备的供电电源，关闭冷却水，结束实验。

3.4.4　注意事项

（1）釜中须放沸石。

（2）连续精馏，最初的釜液浓度和进料浓度均应满足共沸剂的配比要求。

3.4.5　实验报告内容

（1）作全塔物料衡算，求出塔顶三元共沸物的组成。

（2）画出 25℃ 下乙醇—水—苯三元物系的溶解度曲线。在图上标明共沸物的组成点，画出加料线，并对精馏过程作简要说明。

3.4.6　思考题

（1）如何计算共沸剂的加入量？

（2）需要测出哪些量才可以作全塔的物料衡算？具体的衡算方法是什么？

3.5　反应精馏实验

3.5.1　实验目的与内容

（1）掌握反应精馏的操作。

（2）进行全塔物料衡算和塔操作的过程分析。

（3）了解反应精馏与常规精馏的区别。

（4）了解反应精馏是既服从质量作用定律又服从相平衡规律的复杂过程。

3.5.2　实验原理及装置

（1）原理

反应精馏是精馏技术中的一个特殊领域。在操作过程中,化学反应与分离同时进行,故能显著提高总体转化率,降低能耗。此法在酯化、醚化、酯交换、水解等化工生产中得到应用,而且越来越显示其优越性。

反应精馏过程不同于一般精馏,精馏与化学反应同时存在,相互影响,使过程更加复杂。因此,反应精馏对下列两种情况特别适用:①可逆平衡反应。一般情况下,反应受平衡影响,转化率很难维持在平衡转化的水平;但是,若生成物中有低沸点或高沸点物质存在,则精馏过程可使生成物连续地从系统中排出,结果超过平衡转化率,大大提高了效率。②异构体混合物分离。通常因它们的沸点接近,靠精馏方法不易分离提纯,若异构体中某组分能发生化学反应并能生成沸点不同的物质,这时可在过程中得以分离。

对醇酸酯化反应来说,属于第一种情况。但该反应若无催化剂存在,单独采用反应精馏操作也达不到高效分离的目的,这是因为反应速度非常缓慢,故一般都用催化反应方式。酸是有效的催化剂,常用硫酸。反应随硫酸浓度增高而加快,浓度为 $0.2\% \sim 1.0\%$(质量分数)。此外,还可用离子交换树脂、重金属盐类和丝光沸石分子筛等固体催化反应,而应用固体催化剂则由于存在一个最适宜的温度,精馏塔本身难以达到此条件,故很难实现最佳化操作。本实验是以醋酸和乙醇为原料,在酸催化剂作用下生成醋酸乙酯的可逆反应。反应的化学方程式为:

$$CH_3COOH + C_2H_5OH \Longleftrightarrow CH_3COOC_2H_5 + H_2O$$

实验的进料有两种方式:一种是直接从塔釜进料;另一种是在塔的某处进料。前者有间歇和连续式操作;后者只有连续式。本实验用后一种方式进料,即在塔上部某处加带有酸催化剂的醋酸,塔下部某处加乙醇。釜沸腾状态下塔内醋酸从上段向下段移动,与向塔上段移动的乙醇接触,在不同填料高度均发生反应,生成酯和水。塔内此时有4组元。由于醋酸在气相中有缔合作用,除醋酸外,其他3个组分形成三元或二元共沸物。水—酯、水—醇共沸物沸点较低,醇和酯能不断地从塔顶排出。若控制反应原料比例,可使某组分全部转化。因此,可认为反应精馏的分离塔也是反应器。反应过程进行情况由反应的转化率和醋酸乙酯的收率来衡量,其计算式为:

$$转化率 = \frac{醋酸加料量 + 釜内原醋酸量 - 馏出醋酸量 - 釜残醋酸量}{醋酸加料量 + 釜内原醋酸量}$$

(2)实验装置与流程

反应精馏塔用玻璃制成。直径 20mm,塔高 1500mm,塔内填装有 3mm×3mm 不锈钢 θ 网环型填料(316L)。塔釜为内热自循环玻璃釜,容积 500mL,塔外壁镀有透明导电膜,通电流使塔身加热保温。实验装置如图 5-69 所示。

3.5.3 实验步骤

(1)操作前在釜内加入 200g 接近稳定操作组成的釜液,并分析其组成。检查进料系统各管线是否连接正常。无误后将醋酸、乙醇注入计量管内(醋酸内含 0.3% 硫酸),开动蠕动泵,让液料充满管路各处后停泵。

(2)开启加热釜系统,注意不要使电流过大,以免设备突然受热而损坏。待釜液沸腾,开启塔身保温电源,调节保温电流(注意不能过大),开塔顶冷却水。

(3)当塔顶有液体出现,待全回流 10~15min 后开始进料,一般可将回流比定在 3:1,酸醇分子比定在 1:1.3,乙醇进料速度为 0.5mol/h。

（4）进料后仔细观察塔底和塔顶温度与压力，测量塔顶与塔釜出料速度。记录所有数据，及时调节进出料，使之处于平衡状态。

（5）稳定操作 2h，其中每隔 30min 用小样品瓶取塔顶与塔釜流出液，称重并分析组成。在稳定操作下用微量注射器在塔身不同高度取样口内取液样，直接注入色谱仪内，取得塔内组分浓度分布曲线。

如果时间允许，可改变回流比或改变进料摩尔比，重复操作，取样分析，并进行对比。

（6）实验完成后关闭加料泵，停止加热，让持液全部流至塔釜，取出釜液称重，分析组成，停止通冷却水。

3.5.4　注意事项

（1）检查进料系统各管线是否连接正常。

（2）开启加热釜系统时，注意不要使电流过大。

（3）及时调节进出料，使之处于平衡状态。

3.5.5　报告内容

（1）计算出反应转化率。

（2）画出塔内浓度分布曲线并分析影响因素。

3.5.6　思考题

（1）怎样提高酯化收率？

（2）不同回流比对产物分布影响如何？

（3）进料摩尔比保持多少为佳？

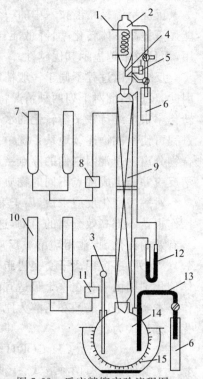

图 5-69　反应精馏实验流程图

1. 冷却水；2. 塔头；3. 温度计；4. 摆锤；5. 电磁铁；6. 收集量管；7. 醋酸及催化剂计量管；8. 醋酸及催化剂加料泵；9. 反应精馏塔；10. 乙醇计量管；11. 乙醇加料泵；12. 压差计；13. 出料管；14. 塔釜；15. 电加热包

3.6　超临界流体萃取高附加值产品

3.6.1　实验目的与内容

（1）通过超临界流体萃取实验，了解超临界流体、超临界二氧化碳的特点。

（2）掌握超临界流体萃取原理和过程影响因素。

（3）掌握超临界二氧化碳萃取过程的特点及应用范围。

3.6.2　实验原理及装置

（1）原理

超临界流体萃取通过改变过程流体的密度以改变流体的溶解能力，从而实现物质的萃取和分离。图 5-70 给出了一般物质的对比压力与对比密度之间的关系。由图中可知，物质在临界点的特征为：

$$\left(\frac{\partial p}{\partial V}\right)_{T_C} = 0, \left(\frac{\partial^2 p}{\partial V^2}\right)_{T_C} = 0$$

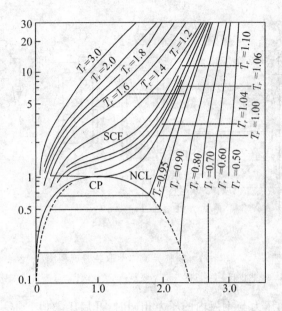

图 5-70　流体的对比压力与对比密度的关系

即在临界点附近,微小的压力变化会引起流体密度的巨大变化。在临界温度附近,相当于 $T_r=1\sim1.2$ 时,流体有很大的可压缩性。在对比压力 $P_r=0.7\sim2$ 的范围内,适当增加压力可使流体的密度很快增大到接近普通液体的密度,使流体具有类似液体的溶解能力。流体密度随温度和压力的变化而连续变化。流体的密度大,溶解能力大;反之,溶解能力就小。

用于高附加值产品的超临界萃取,过程最常用的流体为 CO_2,它具有无毒、无臭,不燃而价廉易得的优点。CO_2 临界温度 31.04℃,临界压力 7.38MPa,临界密度 0.468g/L,只需改变压力,就可在近常温的条件下萃取分离和溶剂 CO_2 再生。而传统的有机溶剂萃取过程,通常要用加热蒸发等方法把溶剂和萃取物分开。这样不仅消耗能源,在许多情况下还会造成萃取物中低挥发性组分或热敏性物质的损失,得到的萃取物还常常含有残留的有机溶剂,产品可能有异味,因而影响产品的质量。采用超临界 CO_2 萃取技术可克服这些弊端。故超临界 CO_2 萃取技术特别适用于热敏性、易氧化物质及天然植物有效成分的提取。

超临界 CO_2 对脂溶性的物质有较好的溶解性能,但对一些极性较强的物质,其溶解能力很小甚至不溶,适当调节超临界 CO_2 的极性,如超临界 CO_2 中携带甲醇、乙醇之类极性较强的溶剂,可改善超临界 CO_2 对强极性物质的溶解性能。

(2)实验装置

超临界流体萃取的实验装置及流程如图 5-71 所示。装置由三部分组成:增压和调压系统(压缩机和调压阀);萃取与分离系统;加热与温度控制系统。

3.6.3　实验步骤

(1)若原料为固体时,需进行粉碎使固体颗粒小于 20 目。

(2)经粉碎的原料填装到萃取釜内,然后按图 5-71 所示的流程连接好萃取器、分离器,紧固各接口。然后关闭阀 6-1、阀 6-2,同时开启恒温槽,待温度升至设定值。

(3)打开 CO_2 钢瓶出口阀,同时打开阀 3,使钢瓶内的 CO_2 进入压缩机和萃取器。

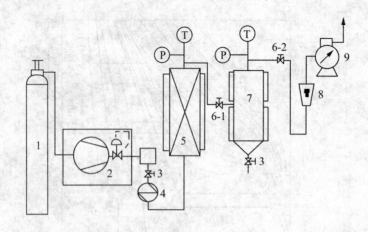

图 5-71　超临界流体萃取装置流程图

1. CO_2 钢瓶；2. 增压系统；3. 截止阀；4. 换热器；5. 萃取器；6. 微调阀；7. 分离器；8. 转子流量计；9. 湿式流量计

（4）待萃取器内的压力与钢瓶内的压力相同时，开启压缩机。CO_2 经压缩机增压后通过调压阀进入萃取器，调节到设定压力后，恒定一段时间，一般在 10min 左右。

（5）逐渐开启微调阀 6-1，溶有溶质的 CO_2 通过微调阀进入分离器；当分离器内压力达到设定值时，逐渐开启微调阀 6-2。在分离器内，由于压力下降，CO_2 的溶解能力下降，使溶质与 CO_2 分离，溶质留在分离器内，CO_2 则经阀 6-2 进一步减压，然后经计量后放空。转子流量计显示流体的瞬时流率，湿式流量计累计 CO_2 总量。

（6）经一段时间萃取后，CO_2 中的溶质会愈来愈少。当 CO_2 中无溶质萃出时，关闭压缩机，然后关闭 CO_2 钢瓶的出口阀。逐渐开大阀 6-1，匀速地卸压，直至萃取器内压力为零。

（7）拆下萃取器，取出釜内萃余物；拆下分离器，取出产品，称重。

3.6.4　注意事项

（1）固体原料粉碎必须达到规定要求。

（2）各接口应紧固，保持密封良好。

（3）CO_2 钢瓶出口阀应逐渐开启。

3.6.5　数据处理

（1）CO_2 中溶质浓度 c 计算

c 某一时间内分离器内得到的溶质重量与该段时间内 CO_2 的标准体积之比，单位 g/L。

（2）产品收率 β

$$\beta = \frac{产品质量}{原料质量} \times 100\%$$

（3）溶剂比

消耗的 CO_2 与原料之比（g/g）。

3.6.6　结果及讨论

（1）超临界流体萃取过程热力学分析

从实验的结果可知，超临界流体对组分的溶解能力比按理想气体组分蒸气压计算所得值要大得多,这可从热力学的角度进行分析。

对任何两相,当平衡时,必须满足如下的热力学关系

$$f_i'' = f_i'' \qquad (i=1,2,3,\cdots,m) \tag{1}$$

式中,f_i 是组分 i 的逸度,m 为组分数。对于固体与超临界流体体系,由式(1)可得到组分 i 的逸度在超临界流体相中的表达式为:

$$f_i^{SCF} = Y_i \phi_i^{SCF} p \tag{2}$$

对于纯固体组分 i,其逸度 f_i^{OS} 表达如下:

$$f_i^{OS} = p_i^{Sub}(T) \phi_i^{Sub}(T, p_i^{Sub}) \left[\int_{p_i^{Sub}}^{p} \left(\frac{V_i^{OS}}{RT} \right) \right] \tag{3}$$

式(2)和式(3)中,

Y_i——为组分 i 的溶解度;

φ——逸度系数;p_i^{Sub} 为组分 i 在系统温度下的升华饱和蒸气压;

V_i^{OS}——为组分 i 的摩尔体积。

合并式(2)和式(3)得纯固体在超临界流体中的溶解度为:

$$Y_i = \frac{p_i^{Sub}(T)}{p} \cdot \frac{\varphi_i^{Sub}}{\varphi_i^{SCF}} \cdot \exp\left[\int_{p_i^{Sub}}^{p} \left(\frac{V_i^{OS}}{RT} \right) \mathrm{d}p \right] \tag{4}$$

式(4)中右边第一项为理想溶解度,是温度和压力的函数;第二项是对流体非理想性的考虑;第三项为 Poynting 校正,表示压力对凝聚相逸度的影响。

对于固体,p_i^{Sub} 很小,故 $\varphi_i^{Sub} \approx 1$;而在常压到 10.0MPa 范围内,式(4)中的 Poynting 修正数仍不大于 2。由此可见,表现为组分在超临界流体中非理想性的 φ_i^{SCF} 是导致溶解度急剧增加的主要因素。例如乙烯—萘体系,在压力为 10.0MPa 时,萘在流体中的逸度系数远小于 1,使得 φ_i^{SCF} 的倒数高达 25000。

(2)萃取过程影响因素

①压力　当温度恒定时,溶剂的溶解能力随压力的增加而增加。经一段时间的萃取后,原料中有效成分的残留随压力的增加而减少。

②温度　温度对流体溶解能力的影响比压力的影响要复杂。当等压升温时,超临界流体的密度下降导致溶解能力下降,但同时,溶质的蒸气压会随温度的增加而增加,使溶解度增加。两者消涨的结果,会出现一个转变压力,当压力小于转变压力时,温度升高使流体的溶解能力下降;当压力大于转变压力时,温度的升高使流体的溶解能力增加,同时可获得较高的萃取速率。

③流体密度　超临界流体的溶解能力与其密度有关,密度大,溶解能力大。但密度大时,传质系数小。恒温时,密度增加,萃取速率增加;恒压时,密度增加,萃取速率下降。

④溶剂比　当萃取过程温度和压力确定后,溶剂比是一个重要参数。低溶剂比时,经萃取后原料中有效成分残留量大;用非常大的溶剂比时,萃取后原料中有效成分的残留趋于低限。在实际生产过程中,溶剂比的大小必须考虑其经济性。

⑤原料颗粒度　超临界流体通过物料萃取时的传质,在很多情况下将取决于固体相内部的传质速率,固体相内部的传递路径的长度决定了质量传递速率。一般情况下,萃取速率随颗粒尺寸减小而增加,当颗粒过大时,固体相内部传质控制起主导作用,萃取速率慢,在这种情况下,即使提高萃取压力,增加溶剂的溶解能力,也不能有效地提高溶剂中溶质浓度。

⑥原料水分的影响 原料中水分的存在不利于传质,尤其当原料含水量较高时,颗粒内或颗粒间的传质通道由于毛细管作用而形成液层,溶质需通过此液膜才能进入超临界相,因此传质阻力增大。

(3)超临界流体萃取的特点

综合上述的结果和讨论,我们可得出超临界流体在溶解能力、传递性能和溶剂回收等方面具以下特点:

①由于超临界流体的密度与液体溶剂的密度相近,因此用超临界流体萃取具有与液体相近的溶解能力。同时超临界流体又保持气体所具有的传递特性,即比液体溶剂渗透得快,渗透得深,能更快地达到平衡。

②操作参数主要为压力和温度,而这两者比较容易控制。在接近临界点处。只要温度和压力有较小的变化,就可使流体的密度有较大的变化,即流体的溶解能力会有很大的变化。因此,萃取后溶质和溶剂的分离容易。

③超临界流体萃取集精馏和液-液萃取特点于一体,故有可能分离一些用常规方法难以分离的物系。

④超临界CO_2萃取,可在近常温的条件下操作,因此特别适用于热敏性、易氧化物质的提取和分离。如提取天然香料挥发油、中草药有效成分等产品,几乎可全部保留热敏性本真物质,过程有效成分损失少,产品收率高。且CO_2无毒。

⑤超临界流体萃取在高压下进行,相平衡关系较复杂,物性数据缺乏,同时高压装置投资费用高,安全要求亦高。另外,萃取过程的超临界流体中溶质浓度相对还是比较低,需大量的溶剂循环。因此超临界流体萃取适用于高附加值产品的提取。

3.6.7 思考题

(1)超临界流体与气体、液体有何区别?

(2)超临界流体萃取过程的主要操作参数是什么?

(3)超临界CO_2萃取与传统有机溶剂萃取的区别是什么?有哪些特点?适用哪些物质提取分离?

附:主要符号说明

f——逸度;

p——压力;

T——温度;

V——摩尔体积;

Y——溶解度;

φ——逸度系数。

上标:

SCF——超临界流体相;

OS——纯固体组分相;

Sub——纯固体组分的升华饱和相。

3.7　填充管式反应器液体停留时间分布及流动模型参数的测定

3.7.1　实验目的与内容

（1）掌握采用脉冲激发—响应法测定停留时间分布。

（2）初步掌握对流体流经固体颗粒层这类设备的流动模型检验和模型参数的实验测定方法。

3.7.2　实验原理及装置

（1）原理

采用脉冲激发—响应技术测定停留时间分布的实验方法，是当主流流体以恒定的体积流率流经具有一定堆积体积的填充层时，在反应器入口处瞬时脉冲注入一定量的示踪剂，与此同时在反应器出口处检测示踪物的含量，测得示踪物浓度随时间而变化的数据。由此可得到示踪物浓度与时间的关系曲线，即 $c(t)-t$ 曲线，并可转换为停留时间分布密度与时间的关系曲线，即 $E(t)-t$ 曲线，如图 5-72 所示。

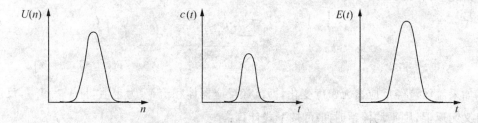

图 5-72　停留时间分布的实验曲线

由停留时间分布实验曲线可以定性地判断流体流经反应器的流动状况。停留时间分布属于随机变量的分布，概率上还可以定量地用数字特征加以描述，表征这种随机分布的数字特征，主要是数学期望的方差。

①停留时间分布的数学期望 $\hat{t}$

随机变量的数学期望也就是该变量的平均数。流体流经反应器停留时间分布的数学期望也就是停留时间的平均值。停留时间分布数学期望的定义式为

$$\hat{t} = \frac{\int_0^\infty tE(t)\mathrm{d}t}{\int_0^\infty E(t)\mathrm{d}t} \tag{1}$$

如果取一定时间间隔的离散数据，则上述定义可用离散型随机变量数学期望定义式替代，即：

$$\hat{t} = \frac{\sum\limits_{i=1}^n t_i E(t_i)\Delta t_i}{\sum\limits_{i=1}^n E(t_i)\Delta t_i} \tag{2}$$

如果取等时间间隔的离散数据，即 Δt_i 为一定值，则式（2）可化简为

$$\hat{t} = \frac{\sum\limits_{i=1}^{n} t_i E(t_i)}{\sum\limits_{i=1}^{n} E(t_i)} \tag{3}$$

本实验以水为主流体,其体积流率恒定为 V_{S0},以 KCl 为示踪剂,其注入量为 n_0,则停留时间分布密度与浓度的关系为

$$E(t) = \frac{V_{S0}}{n_0} c(t) \tag{4}$$

本实验采用电导率仪测定出口处的示踪剂浓度,且已知水溶液的电导率与水溶液中 KCl 的浓度呈过原点的线性关系,水溶液的电导率又与电导率仪输出的电压显示值 $U(t)$ 呈线性关系,则停留时间分布密度 $E(t)$ 与 $U(t)$ 存在如下线性关系:

$$E(t) = \frac{V_{S0}}{n_0} c(t) = KU(t) \tag{5}$$

式中,K 为换算系数,在固定测试条件下为一常数。

由此,可将式(3)改写为

$$\hat{t} = \frac{\sum\limits_{i=1}^{n} t_i U(t_i)}{\sum\limits_{i=1}^{n} U(t_i)} \tag{6}$$

如果流体流经反应器无密度变化,即流经反应器体积流 V_S 为定值,且 $V_S = V_{S0}$,反应器进口又无返混,则平均停留时间 $\bar{t}$ 可按下式计算:

$$\bar{t} = \frac{V_0}{V_S} = \frac{\varepsilon V_C}{V_{S0}} \tag{7}$$

式中:V_0——流体流过反应器的流通体积,亦即固体颗粒填充层内的自由体积,mL;

   ε——固体颗粒填充层的空隙率;

   V_C——固体颗粒填充层的堆积体积,mL。

②停留时间分布的方差 σ_t^2

停留时间分布的数学期望只表征停留时间分布的中心,但不能反映停留时间分布的离散程度,而反应器内物料停留时间分布的离散程度正是反映物料在器内的返混程度。因此,停留时间分布的离散程度,统计学上用另一个特征数——方差来表征。停留时间分布方差的定义式为

$$\sigma_t^2 = \frac{\int_0^\infty (t - \hat{t})^2 E(t)\,\mathrm{d}t}{\int_0^\infty E(t)\,\mathrm{d}t} \tag{8}$$

如果采集等时间间隔的离散型随机变量数据,则停留时间分布的方差可按下式计算:

$$\sigma_t^2 = \frac{\sum\limits_{i=1}^{\infty} (t - \hat{t})^2 E(t_i)}{\sum\limits_{i=1}^{\infty} E(t_i)} \tag{9}$$

展开上式经整理后可得:

$$\sigma_t^2 = \frac{\sum\limits_{i=1}^{\infty} t_i^2 E(t_i)}{\sum\limits_{i=1}^{\infty} E(t_i)} - \hat{t}^2 \tag{10}$$

根据前述相同理由,本实验中的方差还可按下式计算:

$$\sigma_t^2 = \frac{\sum\limits_{i=1}^{\infty} t_i^2 U(t_i)}{\int_0^{\infty} \sum\limits_{i=1}^{\infty} U(t_i)} - \hat{t}^2 \tag{11}$$

③理想流动模型的检验

由实验测得的停留时间分布方差值,可按下式计算无因次方差:

$$\sigma_\theta^2 = \frac{\sigma_t^2}{\hat{t}^2} \tag{12}$$

由无因次方差 σ_θ^2 的数值,可对被测反应器的流动状况作出判断,对其是否已达到理想流动模型进行检验。

当 $\sigma_\theta^2 = 0$,该反应器为理想流动反应器,其流动模型为理想的活塞流模型。

当 $\sigma_\theta^2 = 1$,该反应器为理想流动反应器,其流动模型为理想的全混流模型。

当 $0 < \sigma_\theta^2 < 1$ 时,该反应器为非理想流动反应器。

④非理想流动反应器的流动模型与模型参数

对非理想流动反应器的流动模型,需要采用各种不同方法加以模拟,建立等效于原型的数学模型。

目前,常用的流动模型有凝集流模型,分散活塞流模型(或称扩散模型),多级全混流模型,循环流模型和组合模型等。

a. 分散活塞流模型

流体流经填充层时,如果流体在填充床层内作返混程度不大的一维定常流动,并且床层内维持等温,则非理想流动反应器可采用分散活塞流模型,即在活塞流中,由于轴向扩散引起返混来模拟实际的返混状况。根据模型假设可导出数学模型为

$$D_1 = \frac{\mathrm{d}c^2}{\mathrm{d}l^2} - u\frac{\mathrm{d}c}{\mathrm{d}l} = 0 \tag{13}$$

式中:c——示踪物的浓度,$\mathrm{mol/m^3}$;

D_1——轴向等效扩散系数,$\mathrm{m^2/s}$;

L——长度,m;

u——流体在反应器内的流动速度,$\mathrm{m/s}$。

当反应器的长度为 L,无因次时间为 θ,且 $\theta = t/\hat{t} = tu/l$。$l/L = Z$ 为无因次长度,则轴向分散模型又可表达为

$$\left(\frac{D_1}{uL}\right)\frac{\mathrm{d}c^2}{\mathrm{d}Z^2} - \frac{\mathrm{d}c}{\mathrm{d}Z} - \frac{\mathrm{d}c}{\mathrm{d}\theta} = 0 \tag{14}$$

式中 D_1/uL 为无因次数群,令该数群的倒数等于 Pe,即:

$$\frac{uL}{D_1} = Pe \tag{15}$$

Pe 称为彼克列模数(Peclet modulus)。为一维轴向分散模型的模型参数,其数值也可

用来度量返混程度的大小。Pe 数愈大（即 D_1 愈小），则返混程度愈小。反之，则返混程度愈大。

当 Pe 趋于 ∞（或 D_1/uL 趋于 0）时，则流动状况趋于完全无返混，即流动模型接近活塞流模型。

根据各种反应器的不同边界条件和示踪物输入方法，求解式（14）可得到不同的解。各种求解方法及其解得结果文献中多有报道。在本实验设备和操作条件下，保证设备出口无返混，即属于闭式设备。当返混程度很小（$Pe \geqslant 100$）时，则可解得 Pe 与 σ_θ^2 的关系式为

$$\sigma_\theta^2 = 2/Pe \tag{16}$$

当返混程度比较大（$Pe < 100$）时，则需根据下式进行试差计算模型参数：

$$\sigma_\theta^2 = \frac{2}{Pe} - 2\left(\frac{1}{Pe}\right)(1 - e^{-Pe}) \tag{17}$$

b. 多级全混流模型

多级全混流模型是以多级串联全混流反应器模拟各种非理想流动反应器。该模型也属于单参数模型，模型参数为虚拟的串联级数 N。

由式（8）的停留时间分布方差定义式，经展开并整理后，可表达为如下形式：

$$\sigma_t^2 = \int_0^\infty t^2 E(t) \mathrm{d}t - \hat{t}^2 \tag{18}$$

多级全混流反应器的停留时间分布密度为

$$E(t) = \frac{1}{(N-1)!} \cdot \frac{N}{\hat{t}} \cdot \left(\frac{Nt}{\hat{t}}\right)^{N-1} \cdot e^{-Nt/\hat{t}} \tag{19}$$

$$N = \hat{t}^2/\sigma_t^2 \tag{20}$$

或

$$N = 1/\sigma_\theta^2 \tag{21}$$

由模型参数 N 的数值可度量非理想流动反应器的返混程度。N 数值愈大，返混程度愈小；反之，则愈大。当 N 值趋于 ∞ 时，则反应器的流动模型趋于活塞模型。一般情况下，当 $N \geqslant 50$ 时，已可视为活塞流反应器。

（2）实验装置

本实验装置主要由反应器、供水系统、电导率仪和微型电子计算机等几个部分组成，其装置流程如图 5-73 所示。

本实验采用的反应器由 $\varnothing 65\text{mm} \times 5\text{mm}$，总高度约为 1600mm 的圆形直管构成。管内填充有 $\varnothing 5\sim 6\text{mm}$ 的玻璃珠，填充高度为 1400mm。主体流体（水）从贮水槽由泵压送至反应器顶部，流量由调节阀调节，并由流量计显示。反应器顶部流入的水，自上而下流经填充层后由器底出口排出，排出的水经电导池与电极接触后，再经 Π 形管排入下水道。反应器内液层高度由 Π 形管高度控制，并由器顶放空阀进行微调。固体颗粒填充至示踪剂注入口的下沿，而液面调至以淹没示踪剂注入口为度，一般以高出填料层约 15mm 左右为宜。示踪剂采用 KCl 饱和溶液，用注射器由器顶示踪剂注入口注入。由电导率仪测得出口溶液的浓度变化信号经接口输入微型电子计算机。

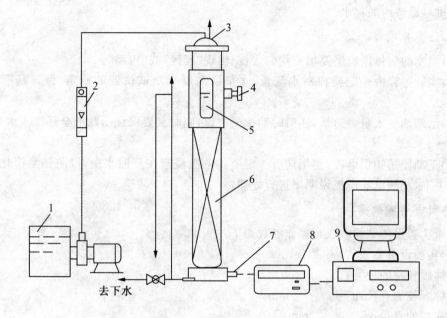

图 5-73　填充管式反应器测定停留时间分布及流动模型参数的实验装置流程

1. 供水系统；2. 转子流量计；3. 排气阀；4. 液面视镜；5. 示踪剂注入口；6. 反应器；

7. 电导池；8. 数字电导率仪；9. 微型电子计算机

3.7.3　实验步骤

（1）实验前的准备工作

①将贮水槽灌满水，关闭泵出口阀，启动水泵。

②按预定的实验计划，用调节阀调节流量。流量一般可在 16～160L/h 范围内选取。

③利用 Π 形管和器顶放空阀，调节填料上方的水垫层高度（约 15mm），并维持稳定。

④待水流量和水垫层高度稳定后，启动电导率仪和电子计算机，并调节好实验数据采集程序。待屏幕上显示的初始电压值稳定不变后，可以开始测定停留时间分布实验。

（2）停留时间分布测定实验

①用注入器将适量的示踪剂（KCl 饱和溶液），由反应器上方示踪剂注入口迅速注入器内的水垫层中，示踪剂用量应与主体流体的流量相适应，以使屏幕上显示的最高电压值不超出程序预先设定的值。示踪剂注入量一般约为 0.5～1mL。

②在注入示踪剂的同时，用鼠标点击"开始采集"指令键。

③当连续采集的电压值再次出现初始值时，点击"终止采集"的指令键终止数据采集。再点击"存储数据 1"指令键，将采集的实验数据赋予文件名后存入机内待用。

按上述操作步骤重复操作 2～3 次，以便获得相同操作条件下的平行数据，进而可改变流量，重复上述实验步骤，取得不同流量下的实验数据。

（3）实验结束工作

当最后一组实验数据采集完毕之后，按下列步骤进行停机操作：

①先关闭计算机，再关闭电导率仪。

②先关闭水调节阀，再关闭泵的出口阀，最后停泵。

231

③排尽设备内的存水。

3.7.4　注意事项

(1)填充的固体颗粒层要填充均匀,避免出现"死区"或"短路"。

(2)实验过程中一定要控制水流量,水垫层高度和测试仪器的稳定,保证基准电压不飘移。

(3)示踪剂注入量要适量,注射时动作要快速,同时又要保证示踪剂全部注入水垫层内,防止飞溅。

(4)正确使用铂黑电极,使用前后一定要将电极浸泡在蒸馏水中,以防铂黑惰化。如发现电极失准,应按电导电极说明书进行处理。

3.7.5　计算参考数据

记录实验设备结构参数与操作参数如下:

(1)实验设备参数

固体颗粒物的种类:

固体颗粒的直径:$d_p=$　　　　mm;

填充层的直径:$d=$　　　　mm;

填充层的高度:$h=$　　　　mm;

填充层的堆积体积:$V_c=$　　　　mL;

填充层的自由体积(流通体积):$V_0=$　　　　mL;

填充层的空隙率:$\varepsilon=$

(2)操作参数

主体流体(水)的体积流率:$V_{S0}=$　　　　L/h;

示踪剂(KCl饱和溶液)注入量:$V_i=$　　　　mL;

数据采集频率:$f=$　　　　次/s;

初始电压值:$U(n=0)=$　　　　mV;

起峰电压值:$U(n=r)=$　　　　mV;

最终电压值:$U(n=f)=$　　　　mV。

3.7.6　思考题

(1)简述流动状况对反应过程的影响。

(2)试比较管式反应器与釜式反应器的性能。

(3)如何进行管式反应器的变温操作?

3.8　液膜分离法脱除废水中的污染物

3.8.1　实验目的与内容

(1)掌握液膜分离技术的操作过程。

(2)了解两种不同的液膜传质机理。

(3)用液膜分离技术脱除废水中的污染物。

3.8.2　实验原理及装置

(1)原理

液膜分离技术是近三十年来开发的技术,集萃取与反萃取于一个过程中,可以分离浓度比较低的液相体系。此技术已在湿法冶金提取稀土金属、石油化工、生物制品,三废处理等领域得到应用。

液膜分离是将第三种液体展成膜状以分隔另外两相液体,由于液膜的选择性透过,故第一种液体(料液)中的某些成分透过液膜进入第二种液体(接受相),然后将三相各自分开,实现料液中组分的分离。

所谓液膜,即是分隔两液相的第三种液体,它与其余被分隔的两种液体必须完全不互溶或溶解度很小。因此,根据被处理料液为水溶性或油溶性可分别选择油或水溶液作为液膜。根据液膜的形状,可分为乳状液膜和支撑型液膜,本实验为乳状液膜分离醋酸—水溶液。

由于处理的是醋酸废水溶液体系,所以可选用与之不互溶的油性液膜,并选用 NaOH 水溶液作为接受相。先将液膜相与接受相(也称内相)在一定条件下乳化,使之成为稳定的油包水(W/O)型乳状液,然后将此乳状液分散于含醋酸的水溶液中(此处称作为外相)。外相中醋酸以一定的方式透过液膜向内相迁移,并与内相 NaOH 反应生成 NaAc 而被保留在内相。然后乳液与外相分离,经过破乳,得到内相中高浓度的 NaAc,而液膜则可以重复使用。

为了制备稳定的乳状液膜,需要在膜中加入乳化剂。乳化剂的选择可以根据亲水亲油平衡值(HLB)来决定,一般对于 W/O 型乳状液,选择 HLB 值为 3～6 的乳化剂。有时,为了提高液膜强度,也可在膜相中加入一些膜增强剂(一般黏度较高的液体)。

溶质透过液膜的迁移过程,可以根据膜相中是否加入流动载体而分为促进迁移Ⅰ型或促进迁移Ⅱ型传质。

促进迁移Ⅰ型传质,是利用液膜本身对溶质有一定的溶解度,选择性地传递溶质。

促进迁移Ⅱ型传质,是在液膜中加入一定的流动载体(通常为溶质的萃取剂),选择性地与溶质在界面处形成络合物;然后此络合物在浓度梯度的作用下向内相扩散,至内相界面处被内相试剂解络(反萃),解离出溶质载体,溶质进入内相而载体则扩散至外相界面处再与溶质络合。这种形式,更大地提高了液膜的选择性及应用范围。

综合上述两种传质机理,可以看出,液膜传质过程实际上相当于萃取与反萃取两步过程同时进行:液膜将料液中的溶质萃入膜相,然后扩散至内相界面处,被内相试剂反萃至内相(接受相)。因此,萃取过程中的一些操作条件(如相比等)在此也同样影响液膜传质速率。

(2)实验装置

实验装置主要包括:可控硅直流调速搅拌器二套;标准搅拌釜两只,小的为制乳时用,大的进行传质实验;砂芯漏斗两只,用于液膜的破乳。

液膜分离的工艺流程如图 5-74 所示。

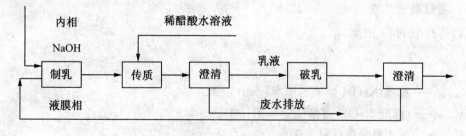

图 5-74 乳状液膜分离过程不意图

3.8.3　实验步骤及方法

(1)制备液膜。

液膜组成已于实验前配好,分别为以下两种液膜:

a. 液膜 1♯组成:煤油 95%;乳化剂 E644,5%。

b. 液膜 2♯组成:煤油 90%;乳化剂 E644,5%;TBP(载体),5%。

内相用 2M 的 NaOH 水溶液。采用 HAc 水溶液作为料液进行传质试验,外相 HAc 的初始浓度在实验时测定。

(2)在制乳搅拌釜中先加入液膜 1♯ 70mL,然后在 1600r/min 的转速下滴加内相 NaOH 水溶液 70mL(约 1min 加完),在此转速下搅拌 15min,待成稳定乳状液后停止搅拌,待用。

(3)在传质釜中加入待处理的料液 450mL,在约 400r/min 的搅拌速度下加入上述乳液 90mL,进行传质实验,在一定时间下取少量料液进行分析,测定外相 HAc 浓度随时间的变化(取样时间为 2,5,8,12,16,20,25min),并作出外相 HAc 浓度与时间的关系曲线。待外相中所有 HAc 均进入内相后,停止搅拌。放出釜中液体,洗净待用。

(4)在传质釜中加入 450mL 料液,在搅拌下(与(2)同样转速)加入小釜中剩余的乳状液(应计量),重复步骤(2)。

(5)比较(2)~(3)的实验结果,说明在不同处理比(料液体积/L 乳液体积)下传质速率的差别,并分析其原因。

(6)用液膜 2♯膜相,重复上述步骤(1)~(4)。注意,两次传质的乳液量应分别与(2)~(3)步的用量相同。

(7)分析比较不同液膜组成的传质速率,并分析其原因。

(8)收集经沉降澄清后的上层乳液,采用砂芯漏斗抽滤破乳,破乳得到的膜相返回至制乳工序,内相 NaAc 进一步精制回收。

本实验采用酸碱滴定法测定外相中的 HAc 浓度,以酚酞作为指示剂显示滴定终点。

3.8.4　注意事项

(1)搅拌时应逐渐提高转速。

(2)酸碱滴定时应遵循操作步骤。

(3)实验结束要及时清洗设备。

(4)将实验设备存放在指定位置。

(5)配制乳液要佩戴防护镜。

3.8.5　实验数据处理

(1)外相中 HAc 浓度 c_{HAc}

$$c_{HAC} = \frac{c_{NaOH} V_{NaOH}}{V_{HAc}}$$

式中:c_{NaOH}——标准 NaOH 溶液的浓度,mol/L(M);

　　　V_{NaOH}——标准 NaOH 溶液滴定体积,mL;

　　　V_{HAc}——外相料液取样量,mL。

(2)醋酸脱除率

$$\eta = \frac{c_0 - c_t}{c_0} \times 100\%$$

式中，c 代表外相 HAc 浓度，下标 $0,t$ 分别代表初始及瞬时值。

3.8.6　思考题

(1)液膜分离与液液萃取有什么异同？

(2)液膜传质机理有哪几种形式？主要区别在何处？

(3)液膜分离中乳化剂的作用是什么？其选择依据是什么？

(4)液膜分离操作主要有哪几步？各步的作用是什么？

附 录

附录一 计量单位及单位换算

1. 法定基本单位

量的名称	单位名称	单位符号
长 度	米	m
质 量	千克(公斤)	kg
时 间	秒	s
电 流	安培	A
热力学温度	开尔文	K
物质的量	摩尔	mol
光强度	坎德拉	cd

2. 常用物理量及单位

量的名称	量的符号	单位符号	量的名称	量的符号	单位符号
质 量	M	kg	黏 度	μ	Pa·S
力(重量)	F	N	功、能、热	W、E、Q	J
压强(压力)	P	Pa	功 率	P	W
密 度	ρ	kg/m³			

3. 基本常数与单位

名 称	符号	数 值
重力加速度(标)	g	9.80665m/s^2
波尔兹曼常数	k	$1.38044 \times 10^{-25} \text{J/K}$
气体常数	R	8.314J/(mol·K)
气体标准 kmol 比容	V_0	$22.4136 \text{m}^3/\text{kmol}$
阿佛加德罗常数	N_A	$6.02296 \times 10^{23} \text{mol}^{-1}$
斯蒂芬—波尔兹曼常数	σ	$5.669 \times 10^{-8} \text{W/(m}^2 \cdot \text{K}^4)$
光速(真空中)	c	$2.997930 \times 10^8 \text{m/s}$

4. 单位换算
(1)质量

千克(kg)	吨(t)	磅(1b)
1000	1	2204.62
0.4536	4.536×10^{-4}	1

(2)长度

米(m)	英寸(in)	英尺(ft)	码(yd)
0.30480	12	1	0.33333
0.9144	36	3	1

(3)面积

米²(m²)	厘米²(cm²)	英寸²(in²)	英尺²(ft²)
6.4516×10^{-4}	6.4516	1	0.006944
0.09290	929.030	144	1

注：1 平方公里＝100 公顷＝10,000 公亩＝10^6 平方米

(4)容积

米³(m³)	升(L)	英尺³(ft³)	英加仑(UKgal)	美加仑(USgal)
0.02832	28.3161	1	6.2288	7.48048
0.004546	4.5459	0.16054	1	1.20095
0.003785	3.7853	0.13368	0.8327	1

(5)流量

米³/秒 (m³/s)	升/秒 (1/s)	米³/时 (m³/h)	美加仑/分 (USgal/min)	英尺³/时 (ft³/h)	英尺³/秒 (ft³/s)
6.309×10^{-5}	0.06309	0.2271	1	8.021	0.002228
7.866×10^{-8}	7.866×10^{-3}	0.02832	0.12468	1	2.778×10^{-4}
0.02832	28.32	101.94	448.8	3600	1

(6)力(重量)

牛(N)	公斤(力)(kgf)	磅(1b)	达因(dyn)	磅达(pdl)
4.448	0.4536	1	444.8×10^3	32.17
10^{-3}	1.02×10^{-6}	2.248×10^{-6}	1	0.7233×10^{-4}
0.1383	0.01410	0.03110	13825	1

（7）密度

千克/米³(kg/m³)	克/厘米³(g/cm³)	磅/英尺³(1b/ft³)	磅/加仑(1b/USgal)
16.02	0.01602	1	0.1337
119.8	0.1198	7.481	1

（8）压强

帕 (Pa)	巴 (bar)	公斤(力)/厘米² (kgf/cm²)	磅/英寸² (1b/in²)	标准大气压 (atm)	水银柱		水柱	
					毫米(mm)	英寸(in)	米(m)	英寸(in)
10^5	1	1.0197	14.50	0.9869	750.0	29.53	10.197	401.8
$9.807×10^4$	0.9807	1	14.22	0.9678	735.5	28.96	10.01	394.0
6895	0.06895	0.07031	1	0.06804	51.71	2.036	0.7037	27.70
$1.0133×10^5$	1.0133	1.0332	14.7	1	760	29.92	10.34	407.2
$1.333×10^5$	1.333	1.360	19.34	1.316	1000	39.37	13.61	535.67
$3.386×10^3$	0.03386	0.03453	0.4912	0.03342	25.40	1	0.3456	13.61
9798	0.09798	0.09991	1.421	0.09670	73.49	2.893	1	39.37
248.9	0.002489	0.002538	0.03609	0.002456	1.867	0.07349	0.0254	1

注：有时"巴"亦指 1[达因/厘米²]，即相当于上表中之 1/10⁶（亦称"巴利"）。

1[公斤(力)/厘米²]＝98100[牛顿/米²]。毫米水银柱亦称"托"(Torr)。

（9）动力黏度（通称黏度）

帕·秒 (Pa·s)	泊 (P)	厘泊 (cP)	千克/(米·秒) (kg/(m·s))	千克/(米·时) (kg/(m·h))	磅/(英尺·秒) (1b/(ft·s))	公斤(力)·秒/米² (kgf·s/m²)
10^{-1}	1	100	0.1	360	0.06720	0.0102
10^{-3}	0.01	1	0.001	3.6	$6.720×10^{-4}$	$0.102×10^{-3}$
1	10	1000	1	3600	0.6720	0.102
$2.778×10^{-4}$	$2.778×10^{-3}$	0.2778	$2.778×10^{-4}$	1	$1.8667×10^{-4}$	$0.283×10^{-4}$
1.4881	14.881	1488.1	1.4881	5357	1	0.1519
9.81	98.1	9810	9.81	$0.353×10^5$	6.59	1

（10）运动黏度

米²/秒 (m²/s)	[泊](斯托克) 厘米²/秒(cm²/s)	米²/时 (m²/h)	英尺²/秒 (ft²/s)	英尺²/时 (ft²/h)
10^{-4}	1	0.360	$1.076×10^{-3}$	3.875
$2.778×10^{-4}$	2.778	1	$2.990×10^{-3}$	10.76
$9.29×10^{-2}$	929.0	334.5	1	3600
$0.2581×10^{-4}$	0.2581	0.0929	$2.778×10^{-4}$	1

注：1厘泊＝0.01泊

（11）能量（功）

焦 （J）	公斤（力）·米 kgf·m	千瓦·时 （kW·h）	马力·时	千卡 （kcal）	英热单位 （Btu）	英尺·磅 （ft·lb）
9.8067	1	2.724×10^{-6}	3.653×10^{-6}	2.342×10^{-3}	9.296×10^{-3}	7.233
3.6×10^{6}	3.671×10^{5}	1	1.3410	860.0	3413	2.655×10^{6}
2.685×10^{6}	273.8×10^{3}	0.7457	1	641.33	2544	1.981×10^{6}
4.1868×10^{3}	426.9	1.1622×10^{-3}	1.5576×10^{-3}	1	3.968	3087
1.055×10^{3}	107.58	2.930×10^{-4}	3.926×10^{-4}	0.2520	1	778.1
1.3558	0.1383	0.3766×10^{-6}	0.5051×10^{-6}	3.239×10^{-4}	1.285×10^{-3}	1

注：1 尔格＝1［达因·厘米］＝10^{-7}［焦］

（12）功率

瓦 （W）	千瓦 （kW）	公斤（力）·米/秒 （kgf·m/s）	英尺·磅/秒 （ft·lb/s）	马力	千卡/秒 （kcal/s）	英热单位/秒 （Btu/s）
10^{3}	1	101.97	735.56	1.3410	0.2389	0.9486
9.8067	0.0098067	1	7.23314	0.01315	0.002342	0.009293
1.3558	0.0013558	0.13825	1	0.0018182	0.0003289	0.0012851
745.69	0.74569	76.0375	550	1	0.17803	0.70675
4186	4.1860	426.85	3087.44	5.6135	1	3.9683
1055	1.0550	107.58	$7''/$ 8.168	1.4148	0.251996	1

（13）热容（比热）

焦/（克·℃） ［J/(g·℃)］	千卡/（公斤·℃） ［kcal/(kg·℃)］	英热单位/（磅·F） ［Btu/(1b·F)］
1	0.2389	0.2389
4.186	1	1

（14）导热系数

瓦/米·开 ［w/(m·K)］	焦/（厘米·秒·℃） ［J/(cm·s·℃)］	卡/（厘米·秒·℃） ［cal/(cm·s·℃)］	千卡/（米·时·℃） ［kcal/(m·h·℃)］	英热单位/英尺·时·F ［Btu/(ft·h·F)］
102	1	0.02389	86.00	57.79
418.6	4.186	1	360	241.9
1.163	0.01163	0.0002778	1	0.6720
1.73	0.01730	0.0004134	1.488	1

(15)传热系数

瓦/(米²·开) [W/(m²·K)]	千卡/(米²·时·℃) [kcal/(m²·h·℃)]	卡/(厘米²·秒·℃) [cal/(cm²·s·℃)]	英热单位/(英尺²·时·F) [Btu/(ft²·h·F)]
1.163	1	2.778×10^{-8}	0.2048
4.186×10^{4}	3.6×10^{4}	1	7374
5.678	4.882	1.3562×10^{-4}	1

(16)扩散系数

米²/秒 (m²/s)	厘米²/秒 (cm²/s)	米²/时 (m²/h)	英尺²/时 (ft²/h)	英寸²/秒 (in²/s)
10^{-4}	1	0.360	3.875	0.1550
2.778×10^{-4}	2.778	1	10.764	0.4306
0.2581×10^{-4}	0.2581	0.09290	1	0.040
6.452×10^{-4}	6.452	2.323	25.000	1

(17)表面张力

牛/米 (N/m)	达因/厘米 (dyn/cm)	克/厘米 (g/cm)	公斤(力)/米 (kgf/m)	磅/英尺 (1b/ft)
10^{-2}	1	0.001020	1.020×10^{-4}	6.854×10^{-5}
0.9807	980.7	1	0.1	0.06720
9.807	9807	10	1	0.6720
14.592	14592	14.88	1.488	1

(18)温度单位换算表

名称	摄氏温标(℃)	兰氏温标(°R)	华氏温标(℉)	热力学温标(K)
在标准大气压时水的沸点	100	80	212	373.15
在标准大气压时冰的熔点	0	0	32	273.15
华氏零度	-17.78	-14.22	0	255.37
绝对零度	-273.15	-218.52	-459.67	0
右 t_C 代摄氏温度℃值	t_C	$\frac{4}{5}t_C$	$\frac{9}{5}t_C+32$	$t_C+273.15$
右 t_R 代兰氏温度°R值	$\frac{4}{5}t_R$	t_R	$\frac{9}{4}t_R+32$	$\frac{5}{4}t_R+273.15$
右 t_F 代华氏温度℉值	$\frac{5}{9}(t_F-32)$	$\frac{4}{9}(t_F-32)$	t_F	$\frac{5}{9}(t_F-32)+273.15$
右 t_K 代热力学温度 K 值	$t_K-273.15$	$\frac{4}{5}(t_K-273.15)$	$\frac{9}{5}(t_K-273.15)+32$	t_K

附录二　气体流量换算公式

序号	换算公式	参数的定义
1	$qv = qvn \cdot \dfrac{pn+f}{p1}$	qv——工作状态下湿气体的体积流量，m^3/h；
2	$qv = qvn \cdot \dfrac{pn}{pg}$	qvn——干部分为标准状态下湿气体(或干部分)体积流量，m^3/h（标准状态）；
3	$qv = qvn \cdot \dfrac{pnT_1Z}{(p_1-\varphi ps_{\max})Tn}$	pn——干部分在标准状态下的密度，kg/m^3；
4	$qv = qvn \cdot \dfrac{0.804+f}{0.804} \cdot \dfrac{pnT_1Z}{p_1T_n}$	$p1$——湿气体在工作状态下的密度，kg/m^3；
5	$qv = qvn \cdot \dfrac{0.804}{0.804-f'} \cdot \dfrac{pnT_1Z}{p1T_n}$	φ——工作状态下的相对湿度，%；
		pg——湿气体在工作状态下干部分的密度，kg/m^3；
		$ps_{\max}$——温度为 T1 时水蒸气最大压力，Pa；
		f——工作状态下湿气体对标准状态干气体而言的绝对湿度，kg/m^3；
		f'——工作状态下湿气体对标准状态湿气体而言的绝对湿度，kg/m^3；
		pn,T_n——标准状态下的压力和温度；
		p_1,T_1——工作状态下的压力和温度；
		Z——气体的压缩系数

附录三　常见气体的重要物理性质

某些气体的重要物理性质

名称	分子式	密度(标态) $(kg \cdot m^{-3})$	比定压热容 cp $(kJ \cdot kg^{-1} \cdot K^{-1})$	黏度 μ $(10^{-5}Pa \cdot s)$	沸点 (101.3kPa) (℃)	气化热 (101.3 kPa) $(kJ \cdot kg^{-1})$	临界点		导热系数 λ(标准态) $(W \cdot m^{-1} \cdot K^{-1})$
							温度(℃)	压强(kPa)	
空气	—	1.293	1.009	1.73	−195	197	−140.7	3768.4	0.0244
氧	O_2	1.429	0.653	2.03	−132.98	213	−118.82	5036.6	0.0240
氮	N_2	1.251	0.745	1.70	−195.78	199.2	−147.13	3392.5	0.0228

续表

氢	H_2	0.0899	10.13	0.842	−252.75	454.2	−239.9	1296.6	0.163
氦	He	0.1785	3.18	1.88	−268.95	19.5	−267.96	228.94	0.144
氩	Ar	1.7820	0.322	2.09	−185.87	163	−122.44	4862.4	0.0173
氯	Cl_2	3.217	0.355	1.29(16℃)	−33.8	305	+144.0	7708.9	0.0072
氨	NH_3	0.711	0.67	0.918	−33.4	1373	+132.4	11295	0.0215
一氧化碳	CO	1.250	0.754	1.66	−191.48	211	−140.2	3497.9	0.0226
二氧化碳	CO_2	1.976	0.653	1.37	−78.2	574	+31.1	7384.8	0.0137
二氧化硫	SO_2	2.927	0.502	1.17	−10.8	394	+157.5	7879.1	0.0077
二氧化氮	NO_2	—	0.615	—	+21.2	712	+158.2	10130	0.0400
硫化氢	H_2S	1.539	0.804	1.166	−60.2	548	+100.4	19136	0.0131
甲烷	CH_4	0.717	1.70	1.03	−161.58	511	−82.15	4619.3	0.0300
乙烷	C_2H_6	1.357	1.44	0.850	−88.50	486	+32.1	4948.5	0.0180
丙烷	C_3H_8	2.020	1.65	0.795(18℃)	−42.1	427	+95.6	4355.9	0.0148
正丁烷	C_4H_{10}	2.673	1.73	0.810	−0.5	386	+152	3798.8	0.0135
正戊烷	C_5H_{12}	—	1.57	0.874	−36.08	151	+197.1	3342.9	0.0128
乙烯	C_2H_4	1.261	1.222	0.935	+103.7	481	+9.7	5135.9	0.0164
丙烯	C_3H_6	1.914	1.436	0.835(20℃)	−47.7	440	+91.4	4599.0	—
乙炔	C_2H_2	1.171	1.352	0.935	−83.66(升华)	829	+35.7	6240.0	0.0184
氯甲烷	CH_3Cl	2.308	0.582	0.989	−24.1	406	+148	6685.8	0.0085
苯	C_6H_6	—	1.139	0.72	+80.2	394	+288.5	4832.0	0.0088

附录四　液体性质表

名称	分子式	分子量	密度 p20 (kg/m³) 20℃	沸点 t_b(℃) 101.325kPa	临界点			体积膨胀系数 $a_v \times 10^5$ (℃$^{-1}$)
					温度 t_c(℃)	压力 p_c(MPa)	密度 p_c(kg /m³)	
水	H_2O	18.0	998.3	100.00	374.15	22.129	317	18
水银	Hg	200.6	13545.7	356.95	1460	10.55	5000	18.1
溴	Br_2	159.8	3120	58.8	311	10.336	1180	113
硫酸	H_2SO_4	98.1	1834	340 分解				57
硝酸	HNO_3	63.0	1512	86.0				124
盐酸(30%)	HCl	36.47	1149.3					
环丁	$C_4H_8SO_2$	120	1261(30℃)	285				
丙酮	CH_3COCH_5	58.08	791	56.2	235	4.766	268	143

续表

甲乙酮	$CH_3COC_2H_5$	72.11	803	79.6	260	3.874		
酚	C_6H_5OH	94.1	1050(30℃)	181.8	419	6.139		
二硫化碳	CS_2	76.13	1262	46.3	277.7	7.404	440	119
乙醇胺	$NH_2CH_2CH_2OH$	61.1		170.5				
甲醇	CH_3OH	32.04	791.3	64.7	240	7.973	272	119
乙醇	C_2H_5OH	46.07	789.2	78.3	243.1	6.315	275.5	110
乙二醇	$C_2H_4(OH)_2$	62.1	1113	197.6				
正丙醇	$CH_3CH_2CH_2OH$	60.10	804.4	97.2	265.8	5.080	273	98
乙丙醇	$CH_3CHOHCH_3$	60.10	785.1	82.2	273.5	5.384	274	
正丁醇	$CH_3CH_2CH_2CH_2OH$	74.12	809.6	117.8	287.1	4.923		
乙腈	CH_3CN	41	783	81.6	274.7	4.835	240	
正戊醇	$CH_3CH_2CH_2CH_2CH_2OH$	88.15	813.0	138.0	315.0			88
乙醛	CH_3CHO	44.05	783	20.2	188.0			
丙醛	CH_3CH_2CHO	58.08	808	48.9				
环己酮	$C_6H_{10}O$	98.15	946.6	155.7				
二乙醚	$(C_2H_5)_2O$	74.12	714	34.6	194.7	3.677	264	162
甘油	$C_3H_5(OH)_3$	92.09	1261.3	290分解				50
邻甲酚	$C_6H_4OHCH_3$	108.14	1020(50℃)	191.0	422.3	5.011		
间甲酚	$C_6H_4OHCH_3$	108.14	1034.1	202.2	432.0	4.560		
对甲酚	$C_6H_4OHCH_3$	108.14	1011(50℃)	202.0	426.0	5.158		
甲酸甲酯	CH_3OOCH	60.05	975	31.8	212.0	5.992	349	124
醋酸甲酯	CH_3OOCCH_3	74.08	934	57.1	235.8	4.697		
丙酸甲酯	$CH_3OOCC_2H_5$	88.11	915	79.7	261.0	4.001		
甲酸	$HCOOH$	46.03	1220	100.7				102
乙酸	CH_3COOH	60.05	1049	118.1	321.5	5.786		
丙酸	C_2H_5COOH	74.08	993	141.3	339.5	5.305	320	
苯胺	$C_6H_3NH_2$	93.13	1021.7	184.4	425.7	5.305	340	
丙腈	C_3H_5N	55.08	781.8	97.2	291.2	4.197		
丁腈	C_4H_7N	69.11	790	117.6	309.1	3.785		
噻吩	$(CH)_2S(CH)_2$	84.14	1065	84.1	317.3	4.835		
二氯甲烷	CH_2Cl_2	84.93	1325.5	40.2	237.5	6.168		
氯仿	$CHCl_3$	119.38	1490	61.2	260.0	5.452	496	128

续表

四氯化碳	CCl₄	153.82	1594	76.8	283.2	4.560	558	122
邻二甲苯	C_8H_{10}	106.16	880	144	358.4	3.736		97
间二甲苯	C_8H_{10}	106.16	864	139.2	346	3.648		99
对二甲苯	C_8H_{10}	106.16	861	138.4	345	3.540		102
甲苯	C_7H_8	92.1	866	110.7	320.6	4.217	290	108
邻氯甲苯	C_7H_7Cl	126.6	1081	159				89
间氯甲苯	C_7H_7Cl	126.6	1072	162.2				
环己烷	C_6H_{12}	84.1	778	80.8	280	4.050	273	120
乙烷	C_6H_{14}	86.2	660	68.73	234.7	3.030	234	135
庚烷	C_7H_{16}	100.2	684	98.4	267.0	2.736	235	124
辛烷	C_8H_{18}	114.2	702	125.7	296.7	2.491	233	114

附录五 某些二元物系的汽液平衡组成

1. 乙醇—水(P—0.101MPa)

乙醇(mol%)		温 度 (℃)	乙醇(mol%)		温 度 (℃)
液相中	气相中		液相中	气相中	
0.00	0.00	100.0	32.73	58.26	81.5
1.90	17.00	95.5	39.65	61.22	80.7
7.21	38.91	89.0	50.79	65.64	79.8
9.66	43.75	86.7	51.98	65.99	79.7
12.38	47.04	85.3	57.32	68.41	79.3
16.61	50.89	84.1	67.63	73.85	78.74
23.37	54.45	82.7	74.72	78.15	78.41
26.08	55.80	82.3	89.43	89.43	78.15

2. 苯—甲苯(P—0.101MPa)

苯(mol%)		温 度 (℃)	苯(mol%)		温 度 (℃)
液相中	气相中		液相中	气相中	
0.0	0.0	110.6	59.2	78.9	89.4
8.8	21.2	106.1	70.0	85.3	86.8
20.0	37.0	102.2	80.3	91.4	84.4
30.0	50.0	98.6	90.3	95.7	82.3
39.7	61.8	95.2	95.0	97.9	81.2
48.9	71.0	92.1	100.0	100.0	80.2

3. 氯仿－苯(P－0.101MPa)

氯仿(质量分数)		温度	氯仿(质量分数)		温度
液相中	气相中	(℃)	液相中	气相中	(℃)
10	13.6	79.9	60 70	75.0	74.6
20	27.2	79.0	80	83.0	－72.8
30	40.6	78.1	90	90.0	70.5
40	53.0	77.2		96.1	67.0
50	65.0	76.0			

4. 水－醋酸(P－0.101MPa)

水(mol%)		温度	水(mol%)		温度
液相中	气相中	(℃)	液相中	气相中	(℃)
0.0	0.0	118.2	83.3	88.6	101.3
27.0	39.4	108.2	88.6	91.9	100.9
45.5	56.5	105.3	93.0	95.0	100.5
58.8	70.7	103.8	96.8	97.7	100.2
69.0	79.0	102.8	100.0	100.0	100.0
76.9	84.5	101.9			

5. 甲醇－水(P－0.101MPa)

甲醇(mol%)		温度	甲醇(mol%)		温度
液相中	气相中	(℃)	液相中	气相中	(℃)
5.31	28.34	92.9	29.09	68.01	77.8
7.67	40.01	90.3	33.33	69.18	76.7
9.26	43.53	88.9	35.13	73.47	76.2
12.57	48.31	86.6	46.20	77.56	73.8
13.15	54.55	85.0	52.92	79.71	72.7
16.74	55.85	83.2	59.37	81.83	71.3
18.18	57.75	82.3	68.49	84.92	70.0
20.83	62.73	81.6	77.01	89.62	68.0
23.19	64.85	80.2	87.41	91.94	66.9
28.18	67.75	78.0			

附录六 某些气体溶于水的亨利系数

气体	温 度 （℃）															
	0	5	10	15	20	25	30	35	40	45	50	60	70	80	90	100
	$E \times 10^{-6}$ (kPa)															
H_2	5.87	6.16	6.44	6.70	6.92	7.16	7.39	7.52	7.61	7.70	7.75	7.75	7.71	7.65	7.61	7.55
N_2	5.35	6.05	6.77	7.48	8.15	8.76	9.36	9.98	10.5	11.0	11.4	12.2	12.7	12.8	12.8	12.8
空气	4.38	4.94	5.56	6.15	6.73	7.30	7.81	8.34	8.82	9.23	9.59	10.2	10.6	10.8	10.9	10.8
CO	3.57	4.01	4.48	4.95	5.43	5.88	6.28	6.68	7.05	7.39	7.71	8.32	8.57	8.57	8.57	8.57
O_2	2.58	2.95	3.31	3.69	4.06	4.44	4.81	5.14	5.42	5.70	5.96	6.37	6.72	6.96	7.08	7.10
CH_4	2.27	2.62	3.01	3.41	3.81	4.18	4.55	4.92	5.27	5.58	5.85	6.34	6.75	6.91	7.01	7.10
NO	1.71	1.96	2.21	2.45	2.67	2.91	3.14	3.35	3.57	3.77	3.95	4.24	4.44	4.54	4.58	4.60
C_2H_6	1.28	1.57	1.92	2.90	2.66	3.06	3.47	3.88	4.29	4.69	5.07	5.72	6.31	6.70	6.96	7.01
	$E \times 10^{-6}$ (kPa)															
C_2H_4	5.59	6.62	7.78	9.07	10.3	11.6	12.9	—	—	—	—	—	—	—	—	—
N_2O	—	1.19	1.43	1.68	2.01	2.28	2.62	3.06	—	—	—	—	—	—	—	—
CO_2	0.738	0.888	1.05	1.24	1.44	1.66	1.88	2.12	2.36	2.60	2.87	3.46	—	—	—	—
C_2H_2	0.73	0.85	0.97	1.09	1.23	1.35	1.48	—	—	—	—	—	—	—	—	—
Cl_2	0.272	0.334	0.399	0.461	0.537	0.604	0.669	0.74	0.80	0.86	0.90	0.97	0.99	0.97	0.96	−1.50
H_2S	0.272	0.319	0.372	0.418	0.489	0.552	0.617	0.686	0.755	0.825	0.689	1.04	1.21	1.37	1.46	
	$E \times 10^{-6}$ (kPa)															
SO_2	0.167	0.203	0.245	0.294	0.355	0.413	0.485	0.567	0.661	0.763	0.871	1.11	1.39	1.70	2.01	—

附录七 物质的摩尔热容（100kPa）

1. 单质和无机物

物质	$C^{\ominus}_{p,m}$(298.15K)	$C^{\ominus}_{p,m}=a+bT+cT^2$，或 $C^{\ominus}_{p,m}=a+bT+c'T^{-2}$				
		a	$b \times 10^3$	$c \times 10^6$	$c' \times 10^{-5}$	
	$(J \cdot K^{-1} \cdot mol^{-1})$	$(J \cdot K^{-1} \cdot mol^{-1})$	$(J \cdot mol^{-1} \cdot K^{-2})$	$(J \cdot mol^{-1} \cdot K^{-3})$	$(J \cdot K \cdot mol^{-1})$	适用温度范围(K)
Ag(s)	25.48	23.97	5.284		−0.25	293～1234
Ag_2O(s)	65.57					
Al(s)	24.35	20.67	12.38			273～931.7
Al_2O_3-α	79.0	92.38	37.535		−26.861	27～1937

续表

$Al_2(SO_4)3(s)$	259.4	368.57	61.92		−113.47	298～1100
$Br_2(g)$	35.99	37.20	0.690		−1.188	300～1500
$Br_2(l)$	35.6					
C(金刚石)	6.07	9.12	13.22		−6.19	298～1200
C(石墨)	8.66	17.15	4.27		−8.79	298～2300
$CO(g)$	29.142	27.6	5.0			290～2500
$CO_2(g)$	37.120	44.14	9.04		−8.54	298～2500
$Ca(s)$	26.27	21.92	14.64			273～673
$CaC_2(s)$	62.34	68.6	11.88		−8.66	298～720
$CaCO_3$(方解石)	81.83	104.52	21.92		−25.94	298～1200
$CaCl_2(s)$	72.63	71.88	12.72		−2.51	298～1055
$CaO(s)$	48.53	43.83	4.52		−6.52	298～1800
$Ca(OH)_2(s)$	84.5					
$CaSO_4$(硬石膏)	97.65	77.49	91.92		−6.561	273～1373
$Cl_2(g)$	33.9	36.69	1.05		−2.523	273～1500
$Cu(s)$	24.47	24.56	4.18		−1.201	273～1357
$CuO(s)$	44.4	38.79	20.08			298～1250
Cu_2O-α	69.8	62.34	23.85			298～1200
$F_2(g)$	31.46	34.69	1.84		−3.35	273～200
Fe-α	25.23	17.28	26.69			273～1041
$FeCO_3(s)$	82.13	48.66	112.1			298～885
$FeO(s)$	51.1	52.80	6.242		−3.188	273～1173
$Fe_2O_3(s)$	104.6	97.74	17.13		−12.887	298～1100
$Fe_3O_4(s)$	143.42		78.91		−41.88	298～1100
$H(g)$	20.80					
$H_2(g)$	28.83	29.08	−0.84	2.00		300～1500
$D_2(g)$	29.20	28.577	0.879	1.958		298～1500
$HBr(g)$	29.12	26.15	5.86		1.09	298～1600
$HCl(g)$	29.12	26.53	4.60		1.90	298～2000
$HI(g)$	29.12	26.32	5.94		0.92	298～1000
$H_2O(g)$	33.571	30.12	11.30			273～2000
$H_2O(l)$	75.296					
$H_2O_2(l)$	82.29					

续表

$H_2S(g)$	33.97	29.29	15.69		273～1300
$H_2SO_4(l)$	137.57				
$I_2(g)$	55.97	40.12	49.79		298～386.8
$I_2(g)$	36.87				
$N_2(g)$	29.12	26.87	4.27		273～2500
$NH_3(g)$	35.65	29.79	25.48	−1.665	273～1400
$NO(g)$	29.861	29.58	3.85	−0.59	273～1500
$NO_2(g)$	37.90	42.93	8.54	−6.74	
$N_2O(g)$	38.70	45.69	8.62	−8.54	273～500
$N_2O_4(g)$	79.0	83.89	30.75	14.90	
$_2O_5(Ng)$	108.0				
$O(g)$	21.93				
$O_2(g)$	29.37	31.46	3.39	−3.77	273～2000
$O_3(g)$	38.15				
S(单斜)	23.64	14.90	29.08		368.6～392
S(斜方)	22.60	14.98	26.11		273～368.6
(g)	32.55	36.11	1.09		273～2000
$S(g)$			−3.51		
$SO_2(g)$	39.79	47.70	7.171	−8.54	298～1800
$SO_3(g)$	50.70	57.32	26.86	−13.05	273～900

2. 有机化合物

在指定温度范围内恒压热容可用下式计算：$C_{p,m}^{\ominus}=a+bT+cT^2+dT^3$

物质	$C_{p,m}^{\ominus}(298.15K)$ $(J \cdot K^{-1} \cdot mol^{-1})$	$C_{p,m}^{\ominus}=\varphi(T)$				适用温度范围(K)
		a $(J \cdot K^{-1} \cdot mol^{-1})$	$b \times 10^3$ $(J \cdot mol^{-1} \cdot K^{-2})$	$c \times 10^6$ $(J \cdot mol^{-1} \cdot K^{-3})$	$d \times 10^6$ $(J \cdot K \cdot mol^{-1})$	
烃　类						
$CH_4(g)$,甲烷	35.715	17.451	60.46	1.117	−7.205	298～1500
$C_2H_2(g)$,乙炔	43.928	23.460	85.768	−58.342	15.870	298～1500
$C_2H_4(g)$,乙烯	43.56	4.197	154.590	−81.090	16.815	298～1500
$C_2H_6(g)$,乙烷	52.650	4.936	182.259	−74.856	10.799	298～1500
$C_3H_6(g)$,丙烯	63.89	3.305	235.860	−117.600	22.677	298～1500

续表

物质						
$C_3H_6(g)$,丙烷	73.51	-4.799	307.311	-160.159	32.748	298~1500
$C_4H_6(g)$,1,3-丁二烯	79.54	-2.958	340.084	-223.689	56.530	298~150
$C_4H_8(g)$,1-丁烯	85.65	2.540	344.929	4	41.664	298~1500
$C_4H_8(g)$,顺-2-丁烯	78.91	8.774	342.448	-197.322	34.271	298~1500
$C_4H_8(g)$,反-2-丁烯	87.82	8.381	307.541	-148.256	27.284	298~1500
$C_4H_8(g)$,2-甲基两烯	89.12	7.084	321.632	-166.071	33.497	298~1500
$C_4H_{10}(g)$,正丁烷	97.45	0.469	385.376	-198.882	39.996	298~1500
$C_4H_{10}(g)$,异丁烷	96.82	-6.841	409.643	-220.547	45.739	298~1500
$C_6H_6(g)$,苯	81.67	-33.899	471.872	-298.344	70.835	298~1500
$C_6H_6(l)$苯	135.77	59.50	255.01			281~353
$C_6H_{12}(g)$,环己烷	106.27	-67.664	679.452	-380.761	78.006	298~1500
$C_6H_{14}(g)$,正己烷	143.09	3.084	565.786	-300.369	62.061	298~1500
$C_6H_{14}(l)$正己烷	194.93					
$C_6H_5CH_3(g)$,甲苯	103.76	-33.882	557.045	-342.373	79.873	298~1500
$C_6H_5CH_3(l)$,甲苯	157.11	59.62	326.98			281~382
$C_6H_4(CH_2)(g)$,邻二甲苯	133.26	-14.811	591.136	-339.590	74.697	298~1500
$C_6H_4(CH_3)_2(l)$,邻二甲苯	187.9	187.9				
$C_6H_4(CH_3)_2(g)$,间二甲苯	127.57	-27.384	620.870	-363.895	81.379	298~1500
$C_6H_4(CH_3)_2(l)$,间二甲苯	183.3	183.3				
$C_6H_4(CH_3)_2(g)$,对二甲苯	126.86	-25.924	60.670	-350.561	76.877	298~1500
$C_6H_4(CH_3)_2(l)$,对二甲苯	183.7	183.7				
含氧化合物	35.36					
$HCOH(g)$,甲醛	54.4	35.36	18.820	58.379	-15.606	291~1500
$HCOOH(g)$,甲酸	99.04	30.67	89.20	-34.539		300~700
$HCOOH(l)$,甲酸	49.4					
$CH_3OH(g)$,甲醇	81.6	20.42	103.68	-24.640		300~700
$CH_3OH(l)$,甲醇	62.8					
$CH_2COH(g)$,乙醛	123.4	31.054	121.457	-36.577		298~1500
$CH_3COOH(l)$,乙酸	72.4	54.81	230			
$CH_3COOH(g)$,乙酸	114.6	21.76	193.09	-76.78		300~700
$C_2H_5OH(l)$,乙醇	71.1	106.52	165.7	575.3		283~348
$C_2H_5OH(g)$,乙醇	124.73	20.694	-205.38	-99.809		300~1500

续表

CH$_3$COCH$_3$(l),丙酮	75.3	124.73	55.61	232.2		298～320
CH$_3$COCH$_3$(g),丙酮		22.472	201.78	−63.521		298～1500
C$_2$H$_5$OC$_2$H$_5$(l),乙醚		170.7				290
CH$_3$COOC$_2$H$_5$(l),乙酸乙酯			169.0			293
C$_6$H$_5$COOH(s),苯甲酸	155.2	155.2				
卤 代 烃						
CH$_3$Cl(g),氯甲烷	40.79	14.903	96.2	−31.552		273～800
CH$_2$Cl$_2$(g),二氯甲烷	51.38	33.47	65.3			273～800
CHCl$_3$(l),氯仿	116.3					
CHCl$_3$(g),氯仿	65.81	29.506	148.942	−90.713		273～800
CCl$_4$(l),四氯化碳	131.75	97.99	111.71			273～330
CCl$_4$(g),四氯化碳	85.51					
C$_6$H$_5$Cl(l),氯苯	145.6					
含 氮 化 合 物						
NH(CH$_3$)$_2$(g),二甲胺	69.37					
C$_5$H$_5$N(l),吡啶		140.2				293
C$_6$H$_5$NH$_2$(l),苯胺	199.6	338.28	−1068.6	2022.1		278～348
C$_6$H$_5$NO$_2$(l),硝基苯		185.4				293

附录八 折射率表

1. 某些液体的折射率

液体折射率表				
物质名称	分子式	密度	温度(℃)	折射率
丙醇	CH$_3$COCH$_3$	0.791	20	1.3593
甲醇	CH$_3$OH	0.794	20	1.3290
乙醇	C$_2$H$_5$OH	0.800	20	1.3618
苯	C$_6$H$_6$	1.880	20	1.5012
二硫化碳	CS$_2$	1.263	20	1.6276
四氯化碳	CCl$_4$	1.591	20	1.4607
三氯甲烷	CHCl$_3$	1.489	20	1.4467
乙醚	C$_2$H$_5$OC$_2$H$_5$	0.715	20	1.3538
甘油	C$_3$H$_8$O$_3$	1.260	20	1.4730

续表

		0.87	20.7	1.4721
松节油		0.87	20.7	1.4721
橄榄油		0.92	0	1.4763
水	H_2O	1.00	20	1.3330

2. 不同温度下水和乙醇的折射率

$t(℃)$	纯 水	99.8％乙醇	$t(℃)$	纯 水	99.8％乙醇
14	1.33348		34	1.33136	1.35474
15	1.33341		36	1.33107	1.35390
16	1.33333	1.36210	38	1.33079	1.35306
18	1.33317	1.36129	40	1.33051	1.35222
20	1.33299	1.36048	42	1.33023	1.35138
22	1.33281	1.35967	44	1.32992	1.35054
24	1.33262	1.35885	46	1.32959	1.34969
26	1.33241	1.35803	48	1.32927	1.34885
28	1.33219	1.35721	50	1.32894	1.34800
30	1.33192	1.35639	52	1.32860	1.34715
32	1.33164	1.35557	54	1.32827	1.34629

附录九 某些物系的折射率与组成的关系

1. 正庚烷—甲基环己烷物系组成与折射率关系

组成(正庚烷的摩尔分数)(％)	折射率(25～C)n	组成(正庚烷的摩尔分数)(％)	折射率(25～C)n
0	1.4206	54	1.4004
2	1.4194	58	1.3990
6	1.4182	62	1.3976
10	1.4166	66	1.3962
14	1.4150	70	1.3948
18	1.4134	74	1.3936
22	1.4119	78	1.3922
26	1.4104	82	1.3908
30	1.4090	86	1.3892
34	1.4075	90	1.3884
38	1.4061	94	1.3876
42	1.4047	98	1.3868
46	1.4032	100	1.3864
50	1.418		

2. 乙醇—正丙醇物系组成与折射率关系

组成（正庚烷的摩尔分数）（%）	折射率（25～C）n
5.46	1.3621
16.06	1.3647
25.85	1.3671
25.64	1.3695
45.83	1.3720
54.39	1.3741
65.81	1.3769
74.38	1.3790
85.79	1.3818

附录十 一些物系的相对挥发度

1. 正庚烷—甲基环己烷系相对挥发度

温度（℃）	正庚烷蒸气压 p_A（kPa）	甲基环己烷蒸气压 p_B（kPa）	相对挥发度Ⅸ
100.93	108.987	101.311	1.07576
100.50	107.639	100.085	1.07548
100.10	106.398	98.965	1.07510
100.00	106.088	98.685	1.07502
99.667	105.066	97.757	1.07475
99.50	104.555	97.294	1.07462
99.00	103.039	95.920	1.07422
98.50	101.541	94.560	1.07382
98.42	101.302	94.344	1.07375

2. 乙醇—正醇物系相对挥发度

温度（℃）	乙醇含量 x（摩尔分数）（%）	正丙醇含量铀（摩尔分数）（%）	相对挥发度 α
94.50	7.37	16.37	2.460
93.85	8.19	20.45	2.882
90.65	20.45	40.50	2.648
88.20	23.73	42.95	2.420
86.30	36.82	57.67	2.338
83.50	52.36	71.17	2.2416

续表

82.20	58.90	76.89	2.322
81.20	70.51	84.50	2.280
80.20	81.81	90.80	2.194
79.30	89.98	99.48	1.906

附录十一　IS 与 IH 型单级单吸离心泵

1. IS 型单级单吸离心泵

IS 型单级单吸(轴向吸入)离心泵适用于工业制药、饮料、化工等厂矿和城市排水、给水,亦可用于农业排灌。供输送清水或物理及化学性质类似清水的其它液体之用,使用方便可靠。IS 型性能范围(按设计参数):转速 2900r/min 和 1450r/min,50～200mm 流量 6.3～400m³/h,扬程 5～125m,介质温度不高于 80℃。

型号泵进口－出口－叶轮 (mm)(mm)(mm)	流量 (m³/h)	扬程 (m)	配用电机		效率(%)
			型号	功率(kW)	
50－32－125	12.5	20	Y90L-2	2.2	60
50－32－125	6.3	5	Y801-4	0.55	54
50－32－160	12.5	32	Y100L-2	3	54
50－32－160	6.3	8	Y801-4	0.55	48
50－32－200	12.5	50	Y132S1-2	5.5	48
50－32－200	6.3	12.5	Y802-4	0.75	42
50－32－250	12.5	80	Y160M1-2	11	38
50－32－250	6.3	20	Y90S-4	1.5	32
65－50－125	25	20	Y100L-2	3	69
65－50－125	12.5	50	Y901-4	0.55	64
65－50－160	25	32	Y132S1-2	0.5	65
65－50－160	12.5	5	Y802-4	0.75	60
65－40－200	25	50	Y132S2-2	7.5	60
65－40－200	12.5	12.5	Y90S-4	1.1	55
65－40－250	25	80	Y160M2-2	15	50
65－40－250	12.5	20	Y100L1-4	2.2	46
80－65－125	50	20	Y132S1-2	5.5	75
80－65－125	25	5	Y802-4	0.75	71
80－65－160	50	32	Y132S2-2	7.5	73

续表

80—65—160	25	8	Y90L-4	1.5	69
80—50—200	50	50	Y160M2-2	15	69
80—50—200	25	12.5	Y100L1-4	2.2	65
80—50—250	50	80	Y180M-2	22	63
80—50—250	25	20	Y100L2-4	3	60
80—50—315	50	125	Y200L2-2	37	54
80—50—315	25	32	Y132S-4	5.5	52
100—80—125	100	20	Y160M1-2	11	78
100—80—125	50	5	Y90L-4	1.5	75
100—80—160	100	32	Y160M2-2	15	78
100—80—160	50	8	Y100L1-4	2.2	75
100—65—200	100	50	Y180M-2	22	76
100—65—200	50	12.5	Y112M-4	4	73
100—65—250	100	80	Y200L2-4	37	72
100—65—250	50	20	Y132S-4	5.5	69
100—65—315	100	125	Y280S-2	75	66
100—65—315	50	32	Y160M-4	11	63
125—100—200	200	50	Y225M-2	45	81
125—100—200	100	12.5	Y132M-4	7.5	76
125—100—250	200	80	Y280S-2	75	78
125—100—250	100	20	Y160M-4	11	76
125—100—315	100	32	Y160L-4	15	73
125—100—400	100	50	Y200L-4	30	65
150—125—250	200	20	Y180M-4	18.5	81
150—125—315	200	32	Y200L-4	30	79
200—150—250	400	20	Y225S-4	37	79
200—150—315	400	32	Y225M-4	45	79
200—150—400	400	50	Y280S-4	75	77

2. IH 型单级单吸高心泵

IH 型单级单吸(轴向吸入)离心泵适用于工业制药、饮料、化工等厂矿和城市排水、给水,亦可用于农业排灌。供输送清水或物理及化学性质类似清水的其它液体之用,使用方便可靠。IH 型性能范围(按设计参数):转速 2900r/min 和 1450r/min,50~200mm 流量 6.3~400m³/h,扬程 5~125m,介质温度不高于 80℃。

型号泵进口－出口－叶轮 （mm）（mm）（mm）	流量 （m³/h）	扬程 （m）	配用电机		效率（%）
			型号	功率（KW）	
50－32－125	12.5	20	Y90L-2	2.2	60
50－32－125	6.3	5	Y801-4	0.55	54
50－32－160	12.5	32	Y100L-2	3	54
50－32－160	6.3	8	Y801-4	0.55	48
50－32－200	12.5	50	Y132S1-2	5.5	48
50－32－200	63	12.5	Y802-4	0.75	42
50－32－250	12.5	80	Y160M1-2	11	38
50－32－250	6.3	20	Y90S-4	1.5	32
65－50－125	25	20	Y100L-2	3	69
65－50－125	12.5	50	Y901-4	0.55	64
65－50－160	25	32	Y132S1-2	0.5	65
65－50－160	12.5	5	Y802-4	0.75	60
65－40－200	25	50	Y132S2-2	7.5	60
65－40－200	12.5	12.5	Y90S-4	1.1	55
65－40－250	25	80	Y160M2-2	15	50
65－40－250	12.5	20	Y100L1-4	2.2	46
80－65－125	50	20	Y132S1-2	5.5	75
80－65－125	25	5	Y802-4	0.75	71
80－65－160	50	32	Y132S2-2	7.5	73
80－65－160	25	8	Y90L-4	1.5	69
80－50－200	50	50	Y160M2-2	15	69
80－50－200	25	12.5	Y100L1-4	2.2	65
80－50－250	50	80	Y180M-2	22	63
80－50－250	25	20	Y100L2-4	3	60
80－50－315	50	125	Y200L2-2	37	54
80－50－315	25	32	Y132S-4	5.5	52
100－80－125	100	20	Y160M1-2	11	78
100－80－125	50	5	Y90L-4	1.5	75
100－80－160	100	32	Y160M2-2	15	78
100－80－160	50	8	Y100L1-4	2.2	75
100－65－200	100	50	Y180M-2	22	76

续表

100－65－200	50	12.5	Y112M-4	4	73
100－65－250	100	80	Y200L2-4	37	72
100－65－250	50	20	Y132S-4	5.5	69
100－65－315	100	125	Y280S-2	75	66
100－65－315	50	32	Y160M-4	11	63
125－100－200	200	50	Y225M-2	45	81
125－100－200	100	12.5	Y132M-4	7.5	76
125－100－250	200	80	Y280S-2	75	78
125－100－250	100	20	Y160M-4	11	76
125－100－315	100	32	Y160L-4	15	73
125－100－400	100	50	Y200L-4	30	65
150－125－250	200	20	Y180M-4	18.5	81
150－125－315	200	32	Y200L-4	30	79
200－150－250	400	20	Y225S-4	37	79
200－150－315	400	32	Y225M-4	45	79
200－150－400	400	50	Y280S-4	75	77

附录十二　流体常用流速范围表

流　体　名　称		流速范围(m/s)
饱和蒸汽	主管	30～40
	支管	20～30
低压蒸汽	<10 绝对压强	15～20
中压蒸汽	10～40 加绝对压强	20～40
高压蒸汽	40～120 绝对压强	40～60
过热蒸汽	主管	40～60
	支管	35～40
一般气体(常压)		10～20
加热蛇管	入口管	30～40
氧气	0～0.5 表压	5.0～10
	0.5～6 表压	7.0～8.0
	6～10 表压	4.0～6.0
	10～20 表压	4.0～5.0
	20～30 表压	3.0～4.0

续表

车间换气通风	主管	4.0～15
	支管	2.5～8.0
风管距风机	最远处	1.0～4.0
	最近处	8.0～12
压缩空气	1～2 表压	10～15
压缩气体	真空	5.0～10
	1～2 绝对大气压	8.0～12
	1～6 表压	10～20
	6～10 表压	10～15
	10～20 表压	8.0～10
	20～30 表压	3.0～6.0
	30～250 表压	0.5～3.0
		2.5～15
煤气	经济流速	8.0～10
煤气	初压 200 Pa	0.75～3.0
	初压 60 kPa	3.0～12
（以上主、支管长 50～100m）		
半水煤气	1～1.5(绝压)	10～15
烟道气	烟道内	3.0～6.0
	管道内	3.0～4.0
工业烟囱(自然通风)		2.0～8.0
		实际 3～4
石灰窑窑气管		10～12
乙炔气	（车间内)0.1～15 表压(中压)	4.0～8.0
	（车间内)0.1 表压以下(低压)	3.0～4.0
	（外管线)0.1～15 表压(中压)	2.0～4.0
	（外管线)0.1 表压以下(低压)	1.0～2.0
氨气	真空	15～25
	1～2 绝压	8～15
	3.5 绝压	10～20
	6 表压以下	10～20
	10～20 表压以下	3.0～8.0
氮气	50～100 绝压	2～5
变换气	1～15 绝压	10～15
铜洗前气体	820 绝压	4～9
蛇管内常压气体		5～12

257

续表

真空管	＜10
真空蒸发器出气口　　低真空	50～60
高真空	60～75
末效蒸发器出汽口	40～50
蒸发器出汽口　　常压	40～50
真空度 650～710 mmHg(87～95 kPa)管道	80～130
填料吸收塔空塔气体速度	(0.2～0.3)～(1～1.5)
膜式塔气体板间Φ速	4.0～6.0
废气　　低压	20～30
高压	80～100
化工设备排气管	20～25
氢气	≤8.0
自来水　　主管(3 表压)	1.5～3.5
支管(3 表压)	1.0～1.5
工业供水　　8 表压以下	1.5～3.5
压力回水	0.5～2.0
水和碱液　　6 表压以下	1.5～2.5
自流回水　　有黏性	0.2～0.5
黏度和水相仿的液体	与水相同
自流回水和碱液	0.7～1.2
换热器管内水	0.2～1.5
蛇管内低黏度液体	0.5～1.0
蛇管冷却水	＜1
石棉水泥输水管　　下限	0.28～0.4
Φ50～250mm　　　上限	0.9～1.5
下限	0.55～0.6
Φ600～1000 mm　上限	2.2～2.6
锅炉给水 8 表压以上	＞3.0
蒸汽冷凝水	0.5～1.5
凝结水(自流)	0.2～0.5
气压冷凝器排水	1.0～1.5
油及黏度大的液体	0.5～2
黏度较大的液体(盐类溶液)	0.5～1
石灰乳(粥状)	≤1.0

续表

泥浆		0.5～0.7
液氨	真空	0.05～0.3
	6 表压以下	0.3～0.5
	20 表压以下	0.5～1.0
盐水		1.0～2.0
制冷设备中盐水		0.6～0.8
泡罩塔液中溢流管		0.05～0.2
过热水		2
离心泵	吸入口	1～2
	排出口	1.5～2.5
往复真空泵	吸入口	13～16
油封式真空泵	吸入口	25～30
空气压缩机	吸入口	10～13
	排出口	<10～15
通风机	吸入口	15～20
	排出口	10～15
		15～20
旋风分离器入气		15～25
出气		4.0～15
结晶母液	泵前速度	2.5～3.5
	泵后速度	3～4
	吸入口	<1.0
齿轮泵	排出口	1.0～2.0
	吸入口	0.7～1.0
往复泵（水类液体）	排出口	1.0～2.0
黏度 0.05 Pa.s 液体 （Φ25mm 以下）		0.5～0.9
黏度 0.05 Pa.s 液体 （Φ25～50mm）		0.7～1
黏度 0.05 Pa.s 液体 （Φ50～100mm）		1～1.6
黏度 0.1 Pa.s 液体 （Φ25 以下）		0.3～0.6
黏度 0.1 Pa.s 液体 （Φ25～50mm）		0.5～0.7
黏度 0.1 Pa.s 液体 （Φ50～100mm）		0.7～1
黏度 1 Pa.s 液体 （Φ25mm 以下）		0.1～0.2
黏度 1 Pa.s 液体 （Φ25～50mm）		0.16～0.25
黏度 1 Pa.s 液体 （Φ50～100mm）		0.25～0.35
黏度 1 Pa.s 液体 （Φ100～200mm）		0.35～0.55
易燃易爆液体		<1

附录十三　标准筛目

泰勒标准筛			日本 JIS 标准筛		德国标准筛		
目数	孔目大小（mm）	网线径（mm）	孔目大小（mm）	网线径（mm）	目数	孔目大小（mm）	网线径（mm）
21/2	7.925	2.235	7.93	2.0			
3	6.680	1.778	6.73	1.8			
31/2	5.613	1.651	5.66	1.6			
4	4.699	1.651	4.76	1.29			
5	3.962	1.118	4.00	1.08			
6	3.327	0.914	3.36	0.87			
7	2.794	0.853	2.83	0.80			
8	2.362	0.813	2.38	0.80			
9	1.981	0.738	2.00	0.76			
10	1.651	0.689	1.68	0.74			
12	1.397	0.711	1.41	0.71	4	1.50	1.00
14	1.168	0.635	1.19	0.62	5	1.20	0.80
16	0.991	0.597	1.00	0.59	6	1.02	0.85
20	0.83S	0.437	0.84	0.43	—	—	—
24	0.701	0.358	0.71	0.35	8	0.75	0.50
28	0.589	0.318	0.59	0.32	10	0.60	0.40
32	0.495	0.300	0.50	0.29	11	0.54	0.37
35	0.417	0.310	0.42	0.29	12	0.49	0.34
42	0.351	0.254	0.35	0.29	14	0.43	0.28
48	0.295	0.234	0.297	0.232	16	0.385	0.24
60	0.246	0.178	0.250	0.212	20	0.300	0.20
65	0.208	0.183	0.210	0.181	24	0.250	0.17
80	0.175	0.142	0.177	0.141	30	0.200	0.13
100	0.147	0.107	0.149	0.105	—	—	—
115	0.124	0.097	0.125	0.087	40	0.150	0.10
150	0.104	0.066	0.105	0.070	50	0.120	0.08
170	0.088	0.061	0.088	0.061	60	0.102	0.065
200	0.074	0.053	0.074	0.053	70	0.088	0.055
250	0.061	0.041	0.062	0.048	80	0.075	0.050
270	0.053	0.041	0.053	0.048	100	0.060	0.040
325	0.043	0.036	0.044	0.034			
400	0.038	0.025					

附录十四　差压式流量计示值修正公式

流量示值	气体密度改变时	气体温度改变时	气体压力改变时	气体温度和压力改变时	气体湿度改变时
工作状态下被测气体的流量	$q'v = qv\sqrt{\dfrac{p}{p'}}$ $q'm = qm\sqrt{\dfrac{p'}{p}}$	$q'v = qv\sqrt{\dfrac{T'Z'}{TZ}}$ $q'm = qm\sqrt{\dfrac{TZ}{T'Z'}}$	$q'v = qv\dfrac{E'}{E}\sqrt{\dfrac{pZ'}{p'Z}}$ $q'm = qm\dfrac{E'}{E}\sqrt{\dfrac{p'Z}{pZ'}}$	$q'v = qv$ $\dfrac{E'}{E}\sqrt{\dfrac{pT'Z'}{p'TZ}}$ $q'm = qm$ $\dfrac{E'}{E}\sqrt{\dfrac{p'TZ}{pT'Z'}}$	
干气体在标准状态(20℃、101.325kPa)的流量	$q'vN = qvN$ $\sqrt{\dfrac{pN}{p'N}}$	$q'vN = qvN$ $\sqrt{\dfrac{TZ}{T'Z'}}$	$q'vN = qvN$ $\dfrac{E'}{E}\sqrt{\dfrac{p'Z}{pZ'}}$	$q'vN = qvN$ $\dfrac{E'}{E}\sqrt{\dfrac{p'TZ}{pT'Z'}}$	
湿气体干部分在标准状态(20℃、101.325kPa)的流量	$q'vN = qvN\sqrt{\dfrac{p}{p'}}$ $\dfrac{p-\varphi'p's_{max}}{p-\varphi ps_{max}}\cdot$ $\dfrac{TZ}{T'Z'}\sqrt{\dfrac{p}{p'}}$	$q'vN = qvN$ $\dfrac{p'-\varphi ps_{max}}{p-\varphi ps_{max}}\cdot$ $\dfrac{E'Z}{EZ'}\sqrt{\dfrac{p}{p'}}$	$q'vN = qvN$ $\dfrac{p'-\varphi'p's_{max}}{p-\varphi ps_{max}}\cdot$ $\dfrac{E'TZ}{ET'Z'}\sqrt{\dfrac{p}{p'}}$	$q'vN = qvN$ $\dfrac{p'-\varphi'p's_{max}}{p-\varphi ps_{max}}\cdot$ $\sqrt{\dfrac{p}{p'}}$	$q'vN =$ $\dfrac{p'-\varphi'p's_{max}}{pp-\varphi ps_{max}}$ $\cdot\sqrt{\dfrac{p}{p'}}$

注:1. 被测气体的状态和参数改变时,其各量的符号与改变前相同,只是在符号的右边角加"'"。

　　2. 以上所列各式仅适用于不至于引起流出系数 C 改变的情况,如果由于有关参数变化较大而引起流出系数 C 改变,应相应地乘以 C'/C 数值。

附录十五　标准阀门型号及其结构形式

1. 各类阀门型号含义

1	2	3	4	5	6	7
汉语拼音字母表示阀门类型	一位数字表示传动方式	一位数字表示连接形式	一位数字表示结构形式	汉语拼音字母表示密封面或衬里	数字表示公称压力(kg/m^2)	汉语拼音字母表示阀体材料

续表

Z 闸阀 J 截止阀 L 节流阀 Q 球阀 D 碟阀 H 止回阀和底阀 G 隔膜阀 A 安全阀 T 调节阀 X 旋塞阀 Y 减压阀 S 疏水阀 DZ 电磁阀	0 电磁动 1.电磁—液动 2.电—液动 3.蜗轮 4.正齿轮转动 5.伞齿轮转动 6.气动 7.液动 8.气—液动 9.电动 其他手轮、手柄、板手无号表示	1.内螺纹 2.外螺纹 3.法兰（用于双弹簧安全阀） 4.法兰 5.法兰（用于杠杆式、安全门、单弹簧安全门） 6.焊接 7.对夹 8.卡箍 9.卡套	（见下页阀门结构形式表）	T 铜合金 H 合金钢 B 锡基轴承合金（巴氏合金） Y 硬质合金 X 橡胶 J 硬橡胶 SA 聚四氟乙烯 SB 聚三氟乙烯 SC 聚氟乙烯 SD 酚醛塑料 SN 尼龙	Z 灰铸件（一般不表示） X 可锻铸铁 Q 球墨铸铁 T 铜合金 B 铅合金 Ⅱ 铬钼合金钢 L 铬合金 P 铬镍钛钢 V(Ⅱ) 铬钼钒合金钢 R 铬镍钼钛钢
				F 氟塑料 P 皮革（渗硼钢） S 塑料 D 渗氮钢 CJ 衬胶 TC 搪磁 CS 衬塑料 CQ 衬铅 W 密封圈由阀体加工	C 碳钢（一般不表示） G 硅铁

2. 各类阀门结构形式

	1	2	3	4	5	6	7	8	9	10
闸阀 Z	明杆楔式单闸阀	明杆楔式双闸阀	—	明杆平行式双闸阀	暗杆楔式双闸阀	暗杆楔式双闸阀	—	暗杆平行式	—	—
截止阀 J 节流阀 L	直通式（铸造）	角式（铸造）	直通式（锻造）	角式（锻造）	直流工式	—	—	直通式（无填料）	压力计用	—
隔膜阀 G	直通式	角式	—	—	直流式	—	—	—	—	—
球阀 Q	直通式（铸造）	—	直通式（铸造）	—	—	—	—	—	—	—

续表

旋塞阀 X	直通式	调节式	直通填料式	三通填料式	四通填料式	—	油封式	三通油封式	液面指标器用	—
止回阀 H	直通升降式（锻造）	立式升降式	直通升降式（锻造）	角瓣旋启式	多瓣旋启式	—	—	—	—	摇板式
蝶阀 D	旋转偏心轴式	—	—	—	—	—	—	—	—	杠杆式
弹簧式 A 安全阀	封闭全启式	封闭全启式	封闭带板手微启式	封闭带板手全启式	—	—	不封闭带扳手微启式	不封闭带板手全启式	—	带散热器全启式
杠杆式 A 安全阀	单杆式微启式	单杠式微启式	双杠式微启式	双杠式全启式	—	—	—	—	—	—
减压阀 Y	外弹簧薄膜式	内弹簧薄膜式	膜片活塞式	波管式	纹管式	杠杆弹簧式	气垫薄膜式	—	—	—

3. 其他

电动阀	"B"为防爆电动装置，"Y""S"为未注代号的均为普通型电动装置。
阀门型号	首位前加"K"表示抗硫阀；"G"表示配金属棱型垫片及加接法兰，螺栓、螺母。"G"表示联合设计的截止、节流阀。"C"表示 CVA 标准。 "S"表示地下水门。 "W"高中压表示波纹管阀；"W"低压表示卧式安装。 "HD"表示止回蝶阀；"GD"表示高真空截止阀。"D"表示低温阀。
材　质	1) C_4、C_6 表示耐浓硝酸的新钢种。 2) TI 表示耐剧腐蚀的工业钝钛。 3) N 表示铝铌铜氮钢。 4) RL 表示超低碳的不锈钢。

附录十六　低压流体输送用焊接钢管(根据 GB/T3092-93)

公称口径		外径		普通钢管			加厚钢管		
				壁　厚		理论重量	壁　厚		理论重量
mm	in	公称尺寸(mm)	允许偏差	公称尺寸(mm)	允许偏差(%)	(kg/m)	公称尺寸(mm)	允许偏差(%)	(kg/m)
6	1/8	10.0		2.00		0.39	2.50		0.46
8	1/4	13.5		2.25		0.62	2.75		0.73
10	3/8	17.0		2.25		0.82	2.75		0.97
15	1/2	21.3		2.75		1.26	3.25		1.45
20	3/4	26.8	0~0.50mm	2.75		1.63	3.50		2.01
25	1	33.5		3.25		2.42	4.00		2.91
32	11/4	42.3		3.25	+12−15	3.13	4.00	12−15	3.78
40	11/2	48.0		3.50		3.84	4.25		4.58
50	2	60.0		3.50		4.88	4.50		6.16
65	21/2	75.5		3.75		6.64	4.50		7.88
80	3	88.5		4.00		8.34	4.75		9.81
100	4	114.0	0~1%	4.00		10.85	5.00		13.44
125	5	140.0		4.00		13.42	5.50		18.24
150	6	165.0		4.50		17.81	5.50		21.63

钢管的力学性能				
	抗拉强度 σ_b(MPa)	屈服点 σ_s(MPa)	断后伸长率 δ_5(%)	
牌号			不小于	
	不小于	不小于	$D \leqslant 168.3$	$D \geqslant 168.3$
Q215A、Q215B	335	215	15	20
Q235A、Q235B	375	235	15	20
Q295A、Q295B	390	295	13	18
Q345A、Q345B	510	345	13	18